suhrkamp taschenbuch 3803

AF546778

Hermann Hesse, Erzähler, Lyriker, Maler und zeitkritischer Essayist, am 2.7.1877 in Calw/Württemberg als Sohn eines baltischen Missionars und der Tochter eines schwäbischen Indologen geboren, 1946 ausgezeichnet mit dem Nobelpreis für Literatur, starb am 9.8.1962 in Montagnola bei Lugano. Seine Bücher sind mittlerweile in einer Auflage von mehr als 120 Millionen Exemplaren in aller Welt verbreitet und haben ihn zum meistgelesenen deutschsprachigen Autor u.a. in den USA, Japan und Korea gemacht.

Die Erzählungen des dritten Bandes stammen aus Hesses 28. bis 30. Lebensjahr. Nur vier dieser Schilderungen (die Gerbersau-Geschichten »Walter Kömpff« und »Schön ist die Jugend« sowie die Schilderung einer »Fußreise im Herbst« und das Erzählfragment »Berthold«) hat er in seine Bücher aufgenommen. Die zwölf anderen fanden sich im Feuilletonteil von Zeitungen und Zeitschriften. Zu den bedeutsamsten von ihnen zählen die beiden lange unbekannt gebliebenen autobiographischen Gerbersau-Erzählungen »In einer kleinen Stadt« und »Hans Dierlamms Lehrzeit« sowie das heitere Bravourstück »Casanovas Bekehrung«. Die autobiographische Geschichte »Schön ist die Jugend« ist diejenige von Hesses frühen Erzählungen, die der Autor selbst am höchsten schätzte.

»Der einfache ruhige Gang von Hesses Prosa täuscht jene Leser, die nicht ahnen, in welch vielfältig bewegten Hintergründen er anhebt. Diese Einfachheit des Ausdrucks zu erreichen, ist nicht einfach. Sie überzeugt auf eine musikalische Weise, ihr Andante übt eine nur ihr eigene Bezauberung aus. Ihre Ordnung und Gehaltenheit haben klassizistisches Gepräge; damit verglichen ist die Prosa Thomas Manns der reine Manierismus; hochpersönlich bis ins Einzelne, formenwuchernd, spielfreudig, reich an Wort- und grammatikalischem Formenschatz, aufnehmend und sich anverwandelnd, was da über den Weg läuft. Hesses Stärke ist aussparender Art wie die Linienführung einer Melodie.« *Max Rychner*

Hermann Hesse
Das erste Abenteuer

Sämtliche Erzählungen
1905–1907

Herausgegeben
und mit einem Nachwort von
Volker Michels

Suhrkamp

Der Text der Erzählungen folgt der Ausgabe
Hermann Hesse, »Sämtliche Werke«
Band 6 »Die Erzählungen 1« und
Band 7 »Die Erzählungen 2«
Suhrkamp Verlag Frankfurt am Main 2001

Umschlagmotiv nach einem Aquarell von Hermann Hesse
aus dem Band
Hermann Hesse, »Spiel mit Farben. Der Dichter als Maler«,
Frankfurt am Main 2005

2. Auflage 2024

Erste Auflage 2006
suhrkamp taschenbuch 3803
© 2006, Suhrkamp Verlag AG, Berlin
Alle Rechte vorbehalten. Wir behalten uns auch eine Nutzung des Werks
für Text und Data Mining im Sinne von § 44b UrhG vor.
Umschlag: Göllner, Michels, Zegarzewski
Satz: pagina GmbH, Tübingen
Druck und Bindung: CPI books GmbH, Leck
Printed in Germany
ISBN 3-518-45803-5

www.suhrkamp.de

Das erste Abenteuer

Das erste Abenteuer

Sonderbar, wie Erlebtes einem fremd werden und entgleiten kann! Ganze Jahre, mit tausend Erlebnissen, können einem verloren gehen. Ich sehe oft Kinder in die Schule laufen und denke nicht an die eigene Schulzeit, ich sehe Gymnasiasten und weiß kaum mehr, daß ich auch einmal einer war. Ich sehe Maschinenbauer in ihre Werkstätten und windige Kommis in ihre Büros gehen und habe vollkommen vergessen, daß ich einst die gleichen Gänge tat, die blaue Bluse und den Schreibersrock mit glänzigen Ellenbogen trug. Ich betrachte in der Buchhandlung merkwürdige Versbüchlein von Achtzehnjährigen, im Verlag Pierson in Dresden erschienen, und ich denke nicht mehr daran, daß ich auch einmal derartige Verse gemacht habe und sogar demselben Autorenfänger auf den Leim gegangen bin.

Bis irgend einmal auf einem Spaziergang oder auf einer Eisenbahnfahrt oder in einer schlaflosen Nachtstunde ein ganzes vergessenes Stück Leben wieder da ist und grell beleuchtet wie ein Bühnenbild vor mir steht, mit allen Kleinigkeiten, mit allen Namen und Orten, Geräuschen und Gerüchen. So ging es mir vorige Nacht. Ein Erlebnis trat wieder vor mich hin, von dem ich seinerzeit ganz sicher wußte, daß ich es nie vergessen würde, und das ich doch jahrelang spurlos vergessen hatte. Ganz so wie man ein Buch oder ein Taschenmesser verliert, vermißt und dann vergißt, und eines Tages liegt es in einer Schublade zwischen altem Kram und ist wieder da und gehört einem wieder.

Ich war achtzehnjährig und am Ende meiner Lehrzeit in der Maschinenschlosserei. Seit kurzem hatte ich eingesehen, daß ich es in dem Fache doch nicht weit bringen würde, und war entschlossen, wieder einmal umzusatteln. Bis sich eine Gelegenheit böte, dies meinem Vater zu eröffnen, blieb ich noch im Betrieb und tat die Arbeit halb verdrossen, halb fröhlich wie einer, der schon gekündigt hat und alle Landstraßen auf sich warten weiß.

Wir hatten damals einen Volontär in der Werkstatt, dessen hervorragendste Eigenschaft darin bestand, daß er mit einer reichen Dame im Nachbarstädtchen verwandt war. Diese Dame, eine junge Fabrikantenwitwe, wohnte in einer kleinen Villa, hatte einen eleganten Wagen und ein Reitpferd und galt für hochmütig und exzentrisch, weil sie nicht an den Kaffeekränzchen teilnahm und statt dessen ritt, angelte, Tulpen züchtete und Bernhardiner hielt. Man sprach von ihr mit Neid und Erbitterung, namentlich seit man wußte, daß sie in Stuttgart und München, wohin sie häufig reiste, sehr gesellig sein konnte.

Dieses Wunder war, seit ihr Neffe oder Vetter bei uns volontierte, schon dreimal in der Werkstatt gewesen, hatte ihren Verwandten begrüßt und sich unsere Maschinen zeigen lassen. Es hatte jedesmal prächtig ausgesehen und großen Eindruck auf mich gemacht, wenn sie in feiner Toilette mit neugierigen Augen und drolligen Fragen durch den rußigen Raum gegangen war, eine große hellblonde Frau mit einem Gesicht so frisch und naiv wie ein kleines Mädchen. Wir standen in unseren öligen Schlosserblusen und mit unseren schwarzen Händen und Gesichtern da und hatten das Gefühl, eine Prinzessin habe uns besucht. Zu unseren sozialdemokratischen Ansichten paßte das nicht, was wir nachher jedesmal einsahen.

Da kommt eines Tags der Volontär in der Vesperpause auf mich zu und sagt: »Willst du am Sonntag mit zu meiner Tante kommen? Sie hat dich eingeladen.«

»Eingeladen? Du, mach keine dummen Witze mit mir, sonst steck' ich dir die Nase in den Löschtrog.« Aber es war Ernst. Sie hatte mich eingeladen auf Sonntagabend. Mit dem Zehnuhrzug konnten wir heimkehren, und wenn wir länger bleiben wollten, würde sie uns vielleicht den Wagen mitgeben.

Mit der Besitzerin eines Luxuswagens, der Herrin eines Dieners, zweier Mägde, eines Kutschers und eines Gärtners Verkehr zu haben, war nach meiner damaligen Weltanschauung einfach ruchlos. Aber das fiel mir erst ein, als ich schon längst mit Eifer zugesagt und gefragt hatte, ob mein gelber Sonntagsanzug gut genug sei.

Bis zum Samstag lief ich in einer heillosen Aufregung und Freude herum. Dann kam die Angst über mich. Was sollte ich dort sagen, wie mich benehmen, wie mit ihr reden? Mein Anzug, auf den ich immer stolz gewesen war, hatte auf einmal so viele Falten und Flecken, und meine Krägen hatten alle Fransen am Rand. Außerdem war mein Hut alt und schäbig, und alles das konnte durch meine drei Glanzstücke – ein Paar nadelspitze Halbschuhe, eine leuchtend rote, halbseidene Krawatte und einen Zwicker mit Nickelrändern – nicht aufgewogen werden.

Am Sonntagabend ging ich mit dem Volontär zu Fuß nach Settlingen, krank vor Aufregung und Verlegenheit. Die Villa ward sichtbar, wir standen an einem Gitter vor ausländischen Kiefern und Zypressen, Hundegebell vermischte sich mit dem Ton der Torglocke. Ein Diener ließ uns ein, sprach kein Wort und behandelte uns geringschätzig, kaum daß er geruhte, mich vor den großen Bernhardinern zu schützen, die mir an die Hose wollten. Ängstlich sah ich meine Hände an, die seit Monaten nicht so peinlich sauber gewesen waren. Ich hatte sie am Abend vorher eine halbe Stunde lang mit Petroleum und Schmierseife gewaschen.

In einem einfachen, hellblauen Sommerkleid empfing uns die Dame im Salon. Sie gab uns beiden die Hand und hieß uns Platz nehmen, das Abendessen sei gleich bereit.

»Sind Sie kurzsichtig?« fragte sie mich.

»Ein klein wenig.«

»Der Zwicker steht Ihnen gar nicht, wissen Sie.« Ich nahm ihn ab, steckte ihn ein und machte ein trotziges Gesicht.

»Und Sozi sind Sie auch?« fragte sie weiter.

»Sie meinen Sozialdemokrat? Ja, gewiß.«

»Warum eigentlich?«

»Aus Überzeugung.«

»Ach so. Aber die Krawatte ist wirklich nett. Na, wir wollten essen. Ihr habt doch Hunger mitgebracht?«

Im Nebenzimmer waren drei Couverts aufgelegt. Mit Ausnahme der dreierlei Gläser gab es wider mein Erwarten nichts, was mich in Verlegenheit brachte. Eine Hirnsuppe, ein Lendenbraten, Gemüse, Salat und Kuchen, das waren lauter Dinge, die ich zu essen verstand, ohne mich zu blamieren. Und die Weine schenkte die Hausfrau selber ein. Während der Mahlzeit sprach sie fast nur mit dem Volontär, und da die guten Speisen samt dem Wein mir angenehm zu tun gaben, wurde mir bald wohl und leidlich sicher zumute.

Nach der Mahlzeit wurden uns die Weingläser in den Salon gebracht, und als mir eine feine Zigarre geboten und zu meinem Erstaunen an einer rot und goldenen Kerze angezündet war, stieg mein Wohlsein bis zur Behaglichkeit. Nun wagte ich auch die Dame anzusehen, und sie war so fein und schön, daß ich mich mit Stolz in die seligen Gefilde der noblen Welt versetzt fühlte, von der ich aus einigen Romanen und Feuilletons eine sehnsüchtig vage Vorstellung gewonnen hatte.

Wir kamen in ein ganz lebhaftes Gespräch, und ich wurde so kühn, daß ich über Madames vorige Bemerkungen, die Sozialdemokratie und die rote Krawatte betreffend, zu scherzen wagte.

»Sie haben ganz recht«, sagte sie lächelnd. »Bleiben Sie nur bei Ihrer Überzeugung. Aber Ihre Krawatte sollten sie weniger schief binden. Sehen Sie, so –«

Sie stand vor mir und bückte sich über mich, faßte

meine Krawatte mit beiden Händen und rückte an ihr herum. Dabei fühlte ich plötzlich mit heftigem Erschrekken, wie sie zwei Finger durch meine Hemdspalte schob und mir leise die Brust betastete. Und als ich entsetzt aufblickte, drückte sie nochmals mit den beiden Fingern und sah mir dabei starr in die Augen.

O Donnerwetter, dachte ich, und bekam Herzklopfen, während sie zurücktrat und so tat, als betrachte sie die Krawatte. Statt dessen aber sah sie mich wieder an, ernst und voll, und nickte langsam ein paarmal mit dem Kopf.

»Du könntest droben im Eckzimmer den Spielkasten holen«, sagte sie zu ihrem Neffen, der in einer Zeitschrift blätterte. »Ja, sei so gut.«

Er ging und sie kam auf mich zu, langsam, mit großen Augen.

»Ach du!« sagte sie leise und weich. »Du bist lieb.«

Dabei näherte sie mir ihr Gesicht, und unsre Lippen kamen zusammen, lautlos und brennend, und wieder, und noch einmal. Ich umschlang sie und drückte sie an mich, die große schöne Dame, so stark, daß es ihr weh tun mußte. Aber sie suchte nur nochmals meinen Mund, und während sie küßte, wurden ihre Augen feucht und mädchenhaft schimmernd.

Der Volontär kam mit den Spielen zurück, wir setzten uns und würfelten alle drei um Pralinés. Sie sprach wieder lebhaft und scherzte bei jedem Wurf, aber ich brachte kein Wort heraus und hatte Mühe mit dem Atmen. Manchmal kam unter dem Tisch ihre Hand und spielte mit meiner oder lag auf meinem Knie.

Gegen zehn Uhr erklärte der Volontär, es sei Zeit für uns zu gehen.

»Wollen Sie auch schon fort?« fragte sie mich und sah mich an.

Ich hatte keine Erfahrung in Liebessachen und stotterte, ja es sei wohl Zeit, und stand auf.

»Na, denn«, rief sie, und der Volontär brach auf. Ich

folgte ihm zur Tür, aber eben als er über die Schwelle war, riß sie mich am Arm zurück und zog mich noch einmal an sich. Und im Hinausgehen flüsterte sie mir zu: »Sei gescheit, du, sei gescheit!« Auch das verstand ich nicht.

Wir nahmen Abschied und rannten auf die Station. Wir nahmen Billette, und der Volontär stieg ein. Aber ich konnte jetzt keine Gesellschaft brauchen. Ich stieg nur auf die erste Stufe, und als der Zugführer pfiff, sprang ich wieder ab und blieb zurück. Es war schon finstere Nacht.

Betäubt und traurig lief ich die lange Landstraße heim, an ihrem Garten und an dem Gitter vorbei wie ein Dieb. Eine vornehme Dame hatte mich lieb! Zauberländer taten sich vor mir auf, und als ich zufällig in meiner Tasche den Nickelzwicker fand, warf ich ihn in den Straßengraben.

Am nächsten Sonntag war der Volontär wieder eingeladen zum Mittagessen, aber ich nicht. Und sie kam auch nicht mehr in die Werkstatt.

Ein Vierteljahr lang ging ich noch oft nach Settlingen hinüber, sonntags oder spät abends, und horchte am Gitter und ging um den Garten herum, hörte die Bernhardiner bellen und den Wind durch die ausländischen Bäume gehen, sah Licht in den Zimmern und dachte: Vielleicht sieht sie mich einmal; sie hat mich ja lieb. Einmal hörte ich im Haus Klaviermusik, weich und wiegend, und lag an der Mauer und weinte.

Aber nie mehr hat der Diener mich hinaufgeführt und vor den Hunden beschützt, und nie mehr hat ihre Hand die meine und ihr Mund den meinen berührt. Nur im Traum geschah mir das noch einigemal, im Traum. Und im Spätherbst gab ich die Schlosserei auf und legte die blaue Bluse für immer ab und fuhr weit fort in eine andere Stadt.

(1905)

Liebesopfer

Drei Jahre arbeitete ich als Gehilfe in einer Buchhandlung. Anfangs bekam ich achtzig Mark im Monat, dann neunzig, dann fünfundneunzig, und ich war froh und stolz, daß ich mein Brot verdiente und von niemand einen Pfennig anzunehmen brauchte. Mein Ehrgeiz war, im Antiquariat vorwärtszukommen. Da konnte man wie ein Bibliothekar in alten Büchern leben, Wiegendrucke und Holzschnitte datieren, und es gab in guten Antiquariaten Stellen, die mit zweihundertfünfzig Mark und mehr bezahlt wurden. Allerdings, bis dahin war der Weg noch weit, und es galt zu arbeiten, zu arbeiten – –

Sonderbare Käuze gab es unter meinen Kollegen. Oft kam es mir vor, als sei der Buchhandel ein Asyl für Entgleiste jeder Art. Ungläubig gewordene Pfarrer, verkommene ewige Studenten, stellenlose Doktoren der Philosophie, unbrauchbar gewordene Redakteure und Offiziere mit schlichtem Abschied standen neben mir am Kontorpult. Manche hatten Weib und Kinder und liefen in trostlos abgetragenen Kleidern herum, andere lebten fast behaglich, die meisten aber haben es im ersten Drittel des Monats geschwollen, um die übrige Zeit sich mit Bier und Käse und prahlerischen Reden zu begnügen. Alle aber hatten aus glänzenderen Zeiten her Reste von feinen Manieren und gebildeter Redeweise bewahrt und waren überzeugt, sie seien nur durch unerhörtes Pech auf ihre bescheidenen Plätze heruntergekommen.

Sonderbare Leute, wie gesagt. Aber einen Mann wie den Columban Huß hatte ich doch noch nie gesehen. Er kam eines Tages bettelnd ins Kontor und fand zufällig eine geringe Schreiberstelle offen, die er dankbar annahm und über ein Jahr lang behielt. Eigentlich tat und sagte er nie etwas Auffallendes und lebte äußerlich nicht anders als andere arme Büroangestellte. Aber man sah ihm an, daß er nicht immer so gelebt hatte. Er konnte wenig über fünfzig sein und war schön gewachsen wie ein Soldat. Seine Bewegungen waren nobel und großzügig, und sein Blick war so, wie ich damals glaubte, daß Dichter ihn haben müssen.

Es kam vor, daß Huß mit mir ins Wirtshaus ging, weil er witterte, daß ich ihn heimlich bewunderte und liebte. Dann tat er überlegene Reden über das Leben und erlaubte mir, seine Zeche zu zahlen. Und folgendes sagte er mir eines Abends im Juli. Da ich Geburtstag hatte, war er mit mir zu einem kleinen Abendessen gegangen, wir hatten Wein getrunken und waren dann durch die warme Nacht flußaufwärts durch die Allee spaziert. Da stand unter der letzten Linde eine steinerne Bank, auf der streckte er sich aus, während ich im Grase lag. Und da erzählte er.

»Sie sind ein junger Dachs, Sie, und wissen noch nichts vom Leben in der Welt. Und ich bin ein altes Rindvieh, sonst würde ich Ihnen das nicht erzählen, was ich jetzt sage. Wenn Sie ein anständiger Kerl sind, behalten Sie es für sich und machen keinen Klatsch daraus. Aber wie Sie wollen.

Wenn Sie mich anschauen, sehen Sie einen kleinen Schreiber mit krummen Fingern und geflickten Hosen. Und wenn Sie mich totschlagen wollten, hätte ich nichts dagegen. An mir ist wenig mehr totzuschlagen. Und wenn ich Ihnen sage, daß mein Leben ein Sturmwind und eine Flamme gewesen ist, so lachen Sie nur, bitte! Aber Sie werden vielleicht auch nicht lachen, Sie junger Dachs, wenn Ihnen ein alter Mann in der Sommernacht ein Märchen erzählt.

Sie sind schon verliebt gewesen, nicht wahr? Einigemal, nicht wahr? Ja, ja. Aber Sie wissen noch nicht, was Lieben ist. Sie wissen es nicht, sage ich. Vielleicht haben Sie einmal eine ganze Nacht geweint? Und einen ganzen Monat schlecht geschlafen? Vielleicht haben Sie auch

Gedichte gemacht und auch einmal ein bißchen mit Selbstmordgedanken gespielt? Ja, ich kenne das schon. Aber das ist nicht Liebe, Sie. Liebe ist anders.

Noch vor zehn Jahren war ich ein respektabler Mann und gehörte zur besten Gesellschaft. Ich war Verwaltungsbeamter und Reserveoffizier, war wohlhabend und unabhängig, ich hielt ein Reitpferd und einen Diener, wohnte bequem und lebte gut. Logensitze im Theater, Sommerreisen, eine kleine Kunstsammlung, Reitsport und Segelsport, Junggesellenabende mit weißem und rotem Bordeaux und Frühstücke mit Sekt und Sherry.

All das Zeug war ich jahrelang gewohnt, und doch entbehre ich es ziemlich leicht. Was liegt schließlich am Essen und Trinken, Reiten und Fahren, nicht wahr? Ein bißchen Philosophie, und alles wird entbehrlich und lächerlich. Auch die Gesellschaft und der gute Ruf und daß die Leute den Hut vor einem ziehen, ist schließlich unwesentlich, wenn auch entschieden angenehm.

Wir wollten ja von der Liebe sprechen, he? Also was ist Liebe? Für eine geliebte Frau zu sterben, dazu kommt man ja heutzutage selten. Das wäre freilich das Schönste. – Unterbrechen Sie mich nicht, Sie! Ich rede nicht von der Liebe zu zweien, vom Küssen und Beisammenschlafen und Heiraten. Ich rede von der Liebe, die zum einzigen Gefühl eines Lebens geworden ist. Die bleibt einsam, auch wenn sie, wie man sagt, ›erwidert‹ wird. Sie besteht darin, daß alles Wollen und Vermögen eines Menschen mit Leidenschaft einem einzigen Ziel entgegenstrebt und daß jedes Opfer zur Wollust wird. Diese Art Liebe will nicht glücklich sein, sie will brennen und leiden und zerstören, sie ist Flamme und kann nicht sterben, ehe sie das letzte irgend Erreichbare verzehrt hat.

Über die Frau, die ich liebte, brauchen Sie nichts zu wissen. Vielleicht war sie wunderbar schön, vielleicht nur hübsch. Vielleicht ein Genie, vielleicht keines. Was liegt daran, lieber Gott! Sie war der Abgrund, in dem ich untergehen sollte, sie war die Hand Gottes, die eines Tages in mein unbedeutendes Leben griff. Und von da an war dies unbedeutende Leben groß und fürstlich, begreifen Sie, es war auf einmal nicht mehr das Leben eines Mannes von Stande, sondern eines Gottes und eines Kindes, rasend und unbesonnen, es brannte und loderte.

Von da an wurde alles lumpig und langweilig, was mir vorher wichtig gewesen war. Ich versäumte Dinge, die ich nie versäumt hatte, ich erfand Listen und unternahm Reisen, nur um jene Frau einen Augenblick lächeln zu sehen. Für sie war ich alles, was sie gerade erfreuen konnte, für sie war ich froh und ernst, gesprächig und still, korrekt und verrückt, reich und arm. Als sie bemerkte, wie es mit mir stand, hat sie mich auf unzählige Proben gestellt. Mir war es eine Lust, ihr zu dienen, sie konnte unmöglich etwas erfinden, einen Wunsch ausdenken, den ich nicht wie eine Kleinigkeit erfüllte. Dann sah sie ein, daß ich sie mehr liebte als irgendein anderer Mann, und es kamen stille Zeiten, in denen sie mich verstand und meine Liebe annahm. Wir sahen uns tausendmal, wir reisten zusammen, wir taten Unmögliches, um beisammen zu sein und die Welt zu täuschen.

Jetzt wäre ich glücklich gewesen. Sie hatte mich lieb. Und eine Zeitlang war ich auch glücklich, vielleicht.

Aber meine Bestimmung war nicht, diese Frau zu erobern. Als ich eine Weile jenes Glück genoß und keine Opfer mehr zu bringen brauchte, als ich ohne Mühe ein Lächeln und einen Kuß und eine Liebesnacht von ihr bekam, begann ich unruhig zu werden. Ich wußte nicht, was mir fehlte, ich hatte mehr erreicht, als meine kühnsten Wünsche jemals begehrt hatten. Aber ich war unruhig. Wie gesagt, meine Bestimmung war nicht, diese Frau zu erobern. Daß mir das geschah, war ein Zufall. Meine Bestimmung war, an meiner Liebe zu leiden, und als der Besitz der Geliebten anfing, dies Leiden zu heilen und zu kühlen, kam die Unruhe über mich. Eine gewisse Zeit hielt ich es aus, dann trieb es mich plötzlich weiter. Ich verließ die Frau. Ich nahm Urlaub und machte eine große Reise. Mein Vermögen war damals schon stark angegriffen, aber was lag daran? Ich reiste und kam nach einem Jahr zurück. Eine sonderbare Reise! Kaum war ich fort, so fing das frühere Feuer wieder an zu brennen. Je weiter ich fuhr und je länger ich fort war, desto peinigender kehrte meine Leidenschaft zurück, und ich sah zu und freute mich und reiste weiter, ein Jahr lang immerzu, bis die Flamme unerträglich geworden war und mich wieder in die Nähe meiner Geliebten nötigte.

Da stand ich dann, war wieder daheim und fand sie zornig und bitter gekränkt. Nicht wahr, sie hatte sich mir hingegeben und mich beglückt, und ich hatte sie verlassen! Sie hatte wieder einen Liebhaber, aber ich sah, daß sie ihn nicht liebte. Sie hatte ihn angenommen, um sich an mir zu rächen.

Ich konnte ihr nicht sagen oder schreiben, was es war, das mich von ihr weg und nun wieder zu ihr zurückgetrieben hatte. Wußte ich es selber? Also fing ich wieder an, um sie zu werben und zu kämpfen. Ich tat wieder weite Wege, versäumte Wichtiges und gab große Summen, um ein Wort von ihr zu hören oder um sie lächeln zu sehen. Sie entließ den Liebhaber, nahm aber bald einen andern, da sie mir nicht mehr traute. Dennoch sah sie mich zuzeiten gern. Manchmal in einer Tischgesellschaft oder im Theater sah sie über ihre Umgebung weg plötzlich zu mir herüber, sonderbar mild und fragend.

Sie hatte mich immer für sehr, sehr reich gehalten. Ich hatte diesen Glauben in ihr geweckt und hielt ihn am Leben, nur um immer wieder etwas für sie tun zu dürfen, was sie einem Armen nicht erlaubt hätte. Früher hatte ich ihr Geschenke gemacht, das war nun vorüber, und ich mußte neue Wege finden, ihr Freude machen und Opfer bringen zu können. Ich veranstaltete Konzerte, in denen von Musikern, die sie schätzte, ihre Lieblingsstücke gespielt und gesungen wurden. Ich kaufte Logen auf, um ihr ein Premierenbillett anbieten zu können. Sie gewöhnte sich wieder daran, mich für tausend Dinge sorgen zu lassen.

Ich war in einem unaufhörlichen Wirbel von Geschäften für sie. Mein Vermögen war erschöpft, nun fingen die Schulden und Finanzkünste an. Ich verkaufte meine Gemälde, mein altes Porzellan, mein Reitpferd, und kaufte dafür ein Automobil, das zu ihrer Verfügung stehen sollte.

Dann war es so weit, daß ich das Ende vor mir sah. Während ich Hoffnung hatte, sie wiederzugewinnen, sah ich meine letzten Quellen erschöpft. Aber ich wollte nicht aufhören. Ich hatte noch mein Amt, meinen Einfluß, meine angesehene Stellung. Wozu, wenn es ihr nicht diente? So kam es, daß ich log und unterschlug, daß ich aufhörte, den Gerichtsvollzieher zu fürchten, weil ich Schlimmeres fürchten mußte. Aber es war nicht umsonst. Sie hatte auch den zweiten Liebhaber weggeschickt, und ich wußte, daß sie jetzt keinen mehr oder mich nehmen würde.

Sie nahm mich auch, ja. Das heißt, sie ging in die Schweiz und erlaubte mir, ihr zu folgen. Am folgenden Morgen reichte ich ein Gesuch um Urlaub ein. Statt der Antwort erfolgte meine Verhaftung. Urkundenfälschung, Unterschlagung öffentlicher Gelder. Sagen Sie nichts, es ist nicht nötig. Ich weiß schon. Aber wissen Sie, daß auch das noch Flamme und Leidenschaft und Liebeslohn war, geschändet und gestraft zu werden und den letzten Rock vom Leibe zu verlieren? Verstehen Sie das, Sie junger Verliebter?

Ich habe Ihnen ein Märchen erzählt, junger Mann. Der Mensch, der es erlebt hat, bin nicht ich. Ich bin ein armer Buchhalter, der sich von Ihnen zu einer Flasche Wein einladen läßt. Aber jetzt will ich heimgehen. Nein, bleiben Sie noch, ich gehe allein. Bleiben Sie!« *(1906)*

Liebe

Herr Thomas Höpfner, mein Freund, ist ohne Zweifel unter allen meinen Bekannten der, der am meisten Erfahrung in der Liebe hat. Wenigstens hat er es mit vielen Frauen gehabt, kennt die Künste des Werbens aus langer Übung und kann sich sehr vieler Eroberungen rühmen. Wenn er mir davon erzählt, komme ich mir wie ein Schulbub vor. Allerdings meine ich zuweilen ganz im stillen, vom eigentlichen Wesen der Liebe verstehe er auch nicht mehr als unsereiner. Ich glaube nicht, daß er oft in seinem Leben um eine Geliebte Nächte durchwacht und durchweint hat. Er hat es jedenfalls selten nötig gehabt, und ich will es ihm gönnen, denn ein fröhlicher Mensch ist er trotz seiner Erfolge nicht. Vielmehr sehe ich ihn nicht selten von einer leichten Melancholie befangen, und sein ganzes Auftreten hat etwas resigniert Ruhiges, Gedämpftes, was nicht wie Sättigung aussieht.

Nun, das sind Vermutungen und vielleicht Täuschungen. Mit Psychologie kann man Bücher schreiben, aber nicht Menschen ergründen, und ich bin auch nicht einmal Psycholog. Immerhin scheint es mir zuzeiten, mein Freund Thomas sei nur darum ein Virtuos im Liebesspiel, weil ihm zu der Liebe, die kein Spiel mehr ist, etwas fehle, und er sei deshalb ein Melancholiker, weil er jenen Mangel an sich selber kenne und bedauere. – Lauter Vermutungen, vielleicht Täuschungen.

Was er mir neulich über Frau Förster erzählte, war mir merkwürdig, obwohl es sich nicht um ein eigentliches Erlebnis oder gar Abenteuer, sondern nur um eine Stimmung handelte, eine lyrische Anekdote.

Ich traf mit Höpfner zusammen, als er eben den »Blauen Stern« verlassen wollte, und überredete ihn zu einer Flasche Wein. Um ihn zum Spendieren eines besseren Getränkes zu nötigen, bestellte ich eine Flasche gewöhnlichen Mosel, den ich selber sonst nicht trinke. Unwillig rief er den Kellner zurück.

»Keinen Mosel, warten Sie!«

Und er ließ eine feine Marke kommen. Mir war es recht, und bei dem guten Wein waren wir bald im Gespräch. Vorsichtig brachte ich die Unterhaltung auf die Frau Förster, eine schöne Frau von wenig über dreißig Jahren, die noch nicht sehr lange in der Stadt wohnte und im Ruf stand, viele Liebschaften gehabt zu haben.

Der Mann war eine Null. Seit kurzem wußte ich, daß mein Freund bei ihr verkehrte.

»Also die Förster«, sagte er endlich nachgebend, »wenn sie dich denn so heftig interessiert. Was soll ich sagen? Ich habe nichts mit ihr erlebt.«

»Gar nichts?«

»Na, wie man will. Nichts, was ich eigentlich erzählen kann. Man müßte ein Dichter sein.«

Ich lachte.

»Du hältst sonst nicht viel von den Dichtern.«

»Warum auch? Dichter sind meistens Leute, die nichts erleben. Ich kann dir sagen, mir sind im Leben schon tausend Sachen passiert, die man hätte aufschreiben sollen. Immer dachte ich, warum erlebt nicht auch einmal ein Dichter so was, damit es nicht untergeht. Ihr macht immer einen Mordslärm um Selbstverständlichkeiten, jeder Dreck reicht für eine ganze Novelle – –«

»Und das mit der Frau Förster? Auch eine Novelle?«

»Nein. Eine Skizze, ein Gedicht. Eine Stimmung, weißt du.«

»Also, ich höre.«

»Nun, die Frau war mir interessant. Was man von ihr sagt, weißt du. Soweit ich aus der Ferne beobachten konnte, mußte sie viel Vergangenheit haben. Es schien mir, sie habe alle Arten von Männern geliebt und kennengelernt und keinen lang ertragen. Dabei ist sie schön.«

»Was nennst du schön?«

»Sehr einfach, sie hat nichts Überflüssiges, nichts zuviel. Ihr Körper ist ausgebildet, beherrscht, ihrem Willen dienstbar. Nichts an ihm ist undiszipliniert, nichts versagt, nichts ist träge. Ich kann mir keine Situation denken, der sie nicht noch das äußerst Mögliche von Schönheit abgewinnen würde. Eben das zog mich an, denn für mich ist das Naive meist langweilig. Ich suche bewußte Schönheit, erzogene Formen, Kultur. Na, keine Theorien!«

»Lieber nicht.«

»Ich ließ mich also einführen und ging ein paarmal hin. Einen Liebhaber hatte sie zur Zeit nicht, das war leicht zu bemerken. Der Mann ist eine Porzellanfigur. Ich fing an, mich zu nähern. Ein paar Blicke über Tisch, ein leises Wort beim Anstoßen mit dem Weinglas, ein zu lang dauernder Handkuß. Sie nahm es hin, abwartend, was weiter käme. Also machte ich einen Besuch zu einer Zeit, wo sie allein sein mußte, und wurde angenommen.

Als ich ihr gegenübersaß, merkte ich schnell, daß hier keine Methode am Platz sei. Darum spielte ich *va banque* und sagte ihr einfach, ich sei verliebt und stehe zu ihrer Verfügung. Daran knüpfte sich ungefähr folgender Dialog:

›Reden wir von Interessanterem.‹

›Es gibt nichts, was mich interessieren könnte, als Sie, gnädige Frau. Ich bin gekommen, um Ihnen das zu sagen. Wenn es Sie langweilt, gehe ich.‹

›Nun denn, was wollen Sie von mir?‹

›Liebe, gnädige Frau!‹

›Liebe! Ich kenne Sie kaum und liebe Sie nicht.‹

›Sie werden sehen, daß ich nicht scherze. Ich biete Ihnen alles an, was ich bin und tun kann, und ich werde vieles tun können, wenn es für Sie geschieht.‹

›Ja, das sagen alle. Es ist nie etwas Neues in euren Liebeserklärungen. Was wollen Sie denn tun, das mich hinreißen soll? Würden Sie wirklich lieben, so hätten Sie längst etwas getan.‹

›Was zum Beispiel?‹

›Das müßten Sie selber wissen. Sie hätten acht Tage fasten können oder sich erschießen, oder wenigstens Gedichte machen.‹

›Ich bin nicht Dichter.‹

›Warum nicht? Wer so liebt, wie man einzig lieben sollte, der wird zum Dichter und zum Helden um ein Lächeln, um einen Wink, um ein Wort von der, die er lieb hat. Wenn seine Gedichte nicht gut sind, sind sie doch heiß und voll Liebe –‹

›Sie haben recht, gnädige Frau. Ich bin kein Dichter und kein Held, und ich erschieße mich auch nicht. Oder wenn ich das täte, so geschähe es aus Schmerz darüber, daß meine Liebe nicht so stark und brennend ist, wie Sie sie verlangen dürfen. Aber statt alles dessen habe ich eines, einen einzigen kleinen Vorzug vor jenem idealen Liebhaber: ich verstehe Sie.‹

›Was verstehen Sie?‹

›Daß Sie Sehnsucht haben wie ich. Sie verlangen nicht nach einem Geliebten, sondern Sie möchten lieben, ganz und sinnlos lieben. Und Sie können das nicht.‹

›Glauben Sie?‹

›Ich glaube es. Sie suchen die Liebe, wie ich sie suche. Ist es nicht so?‹

›Vielleicht.‹

›Darum können Sie mich auch nicht brauchen, und ich werde Sie nicht mehr belästigen. Aber vielleicht sagen Sie mir noch, ehe ich gehe, ob Sie einmal, irgend einmal, der wirklichen Liebe begegnet sind.‹

›Einmal, vielleicht. Da wir so weit sind, können Sie es ja wissen. Es ist drei Jahre her. Da hatte ich zum erstenmal das Gefühl, wahrhaftig geliebt zu werden.‹

›Darf ich weiter fragen?‹

›Meinetwegen. Da kam ein Mann und lernte mich kennen und hatte mich lieb. Und weil ich verheiratet war, sagte er es mir nicht. Und als er sah, daß ich meinen Mann nicht liebte und einen Günstling hatte, kam er und schlug mir vor, ich solle meine Ehe auflösen. Das ging nicht, und von da an trug dieser Mann Sorge um mich, bewachte uns, warnte mich und wurde mein guter Beistand und Freund. Und als ich seinetwegen den Günstling entließ und bereit war, ihn anzunehmen, verschmähte er mich und ging und kam nicht wieder. Der hat mich geliebt, sonst keiner.‹

›Ich verstehe.‹

›Also gehen Sie nun, nicht? Wir haben einander vielleicht schon zu viel gesagt.‹

›Leben Sie wohl. Es ist besser, ich komme nicht wieder.‹«

Mein Freund schwieg, rief nach einer Weile den Kellner, zahlte und ging. Und aus dieser Erzählung unter anderm schloß ich, ihm fehle die Fähigkeit zur richtigen Liebe. Er hatte es ja selber ausgesprochen. Und doch muß man den Menschen dann am wenigsten glauben, wenn sie von ihren Mängeln reden. Mancher hält sich für vollkommen, nur weil er geringe Ansprüche an sich stellt. Das tat mein Freund nicht, und es mag sein, daß gerade sein Ideal einer wahren Liebe ihn so hat werden lassen, wie er ist. Vielleicht hat der kluge Mann mich auch zum besten gehabt, und möglicherweise war jenes Gespräch mit Frau Förster einfach seine Erfindung. Denn er ist ein heimlicher Dichter, so sehr er sich auch dagegen verwahrt.

Lauter Vermutungen, vielleicht Täuschungen. *(1906)*

Brief eines Jünglings

Verehrte gnädige Frau!

Sie haben mich eingeladen, Ihnen einmal zu schreiben. Sie dachten, für einen jungen Mann mit literarischer Begabung müßte es köstlich sein, Briefe an eine schöne und gefeierte Dame schreiben zu dürfen. Sie haben recht, es ist köstlich.

Und außerdem haben Sie auch bemerkt, daß ich weit besser schreiben als sprechen kann. Also schreibe ich. Es ist für mich die einzige Möglichkeit, Ihnen ein kleines Vergnügen zu machen, und das möchte ich so gerne tun. Denn ich habe Sie lieb, gnädige Frau. Erlauben Sie mir, ausführlich zu sein! Es ist notwendig, weil Sie mich sonst mißverstehen würden, und es ist vielleicht berechtigt, weil dieser Brief an Sie mein einziger sein wird. Und nun genug der Einleitungen!

Als ich sechzehn Jahre alt war, sah ich mit einer sonderbaren und vielleicht frühreifen Schwermut die Freuden der Knabenzeit mir fremd werden und verlorengehen. Ich sah meinen kleinern Bruder Sandkanäle anlegen, mit Lanzen werfen und Schmetterlinge fangen und beneidete ihn um die Lust, die er dabei empfand und an deren leidenschaftliche Innigkeit ich mich noch so gut erinnern konnte. Mir war sie abhanden gekommen, ich wußte nicht wann und nicht warum, und an ihre Stelle war, da ich die Genüsse der Erwachsenen noch nicht recht teilen konnte, Unbefriedigtsein und Sehnsucht getreten.

Mit heftigem Eifer, aber ohne Ausdauer trieb ich bald Geschichte, bald Naturwissenschaften, machte eine Woche lang alltäglich bis in die Nacht hinein botanische Präparate und tat dann wieder vierzehn Tage lang nichts als Goethe lesen. Ich fühlte mich einsam und von allen Beziehungen zum Leben wider meinen Willen abgetrennt, und diese Kluft zwischen dem Leben und mir suchte ich instinktiv durch Lernen, Wissen, Erkennen zu überbrükken. Zum ersten Mal begriff ich unsern Garten als einen Teil der Stadt und des Tales, das Tal als einen Einschnitt im Gebirge, das Gebirge als ein deutlich begrenztes Stück der Erdoberfläche.

Zum ersten Mal betrachtete ich die Sterne als Weltkörper, die Formen der Berge als notwendig entstandene Produkte der Erdkräfte, und zum ersten Mal erfaßte ich damals die Geschichte der Völker als einen Teil der Erdgeschichte. Ausdrücken und mit Namen nennen konnte ich das damals noch nicht, aber es war in mir und lebte.

Kurz, ich begann in jener Zeit zu denken. Also erkannte ich mein Leben als etwas Bedingtes und Begrenztes, und damit erwachte in mir jener Wunsch, den das Kind noch nicht kennt, der Wunsch, aus meinem Leben das möglichst Gute und Schöne zu machen. Vermutlich erleben alle jungen Leute annähernd dasselbe, aber ich erzähle es, als wäre es ein ganz individuelles Erleben gewesen, das es ja für mich auch war.

Unbefriedigt und von der Sehnsucht nach Unerreichbarem verzehrt, lebte ich einige Monate hin, fleißig und doch unstet, glühend und doch nach Wärme verlangend. Mittlerweile war die Natur klüger als ich und löste das peinliche Rätsel meines Zustandes. Eines Tages war ich verliebt und hatte unverhofft alle Beziehungen zum Leben wieder, stärker und mannigfaltiger als je vorher.

Seitdem habe ich größere und köstlichere Stunden und Tage gehabt, aber nie mehr solche Wochen und Monate, so warm und so erfüllt von einem stetig strömenden Gefühl. Die Geschichte meiner ersten Liebe will ich Ihnen nicht erzählen, es liegt nichts daran, und die äußeren Umstände hätten ebensogut ganz andere sein können. Aber das Leben, das ich damals lebte, möchte ich ein wenig zu schildern versuchen, wenn ich auch weiß, daß es mir nicht gelingen wird. Das hastige Suchen hatte ein Ende. Ich stand plötzlich mitten in der lebendigen Welt und war durch tausend wurzelnde Fasern mit der Erde und den Menschen verbunden. Meine Sinne schienen verändert, schärfer und lebhafter. Namentlich die Augen. Ich sah ganz anders als früher. Ich sah heller und farbiger, wie ein Künstler, ich empfand Freude am reinen Anschauen.

Der Garten meines Vaters stand in sommerlicher Pracht. Da standen blühende Gesträuche und Bäume mit dichtem Sommerlaub gegen den tiefen Himmel, Efeu wuchs die hohe Stützmauer hinan, und darüber ruhte der Berg mit rötlichen Felsen und blauschwarzem Tannenwald. Und ich stand und sah es an und war ergriffen davon, daß jedes Einzelne so wunderlich schön und lebendig, farbig und strahlend war. Manche Blumen wiegten sich auf ihren Stengeln so zart und blickten aus den farbigen Kelchen so rührend fein und innig, daß ich sie lieb hatte und sie genoß wie Lieder eines Dichters. Auch viele Geräusche, die ich früher nie beachtet hatte, fielen mir jetzt auf und sprachen zu mir und beschäftigten mich: der Laut des Windes in den Tannen und im Gras, das Läuten der Grillen auf den Wiesen, der Donner entfernter Gewitter, das Rauschen des Flusses am Wehr und die vielen Stimmen der Vögel. Abends sah und hörte ich die Schwärme der Fliegen im goldenen Spätlicht und lauschte den Fröschen am Teich. Tausend nichtige Dinge wurden mir auf einmal lieb und wichtig und berührten mich wie Erlebnisse. Zum Beispiel wenn ich morgens zum Zeitvertreib ein paar Beete im Garten begoß und die Erde und die Wurzeln so dankbar und gierig tranken. Oder ich sah einen kleinen blauen Schmetterling im Mittagsglanz wie betrunken taumeln. Oder ich beobachtete die Entfaltung einer jungen Rose. Oder ich ließ abends vom Nachen aus die Hand ins Wasser hängen und spürte das weiche laue Ziehen des Flusses an den Fingern.

Während die Pein einer ratlosen ersten Liebe mich plagte und während unverstandene Not, tägliche Sehnsucht und Hoffnung und Enttäuschung mich bewegten, war ich trotz Schwermut und Liebesangst doch jeden Augenblick im innersten Herzen glücklich. Alles, was um mich war, war mir lieb und hatte mir etwas zu sagen, es gab nichts Totes und keine Leere in der Welt. Ganz ist mir das nie mehr verlorengegangen, aber es ist auch nie mehr so stark und stetig wiedergekommen. Und das noch einmal zu erleben, es mir zueigen zu machen und festzuhalten, das ist jetzt meine Vorstellung vom Glück.

Wollen Sie weiter hören? Seit jener Zeit bis auf diesen Tag bin ich eigentlich immer verliebt gewesen. Mir schien von allem, was ich kennenlernte, doch nichts so edel und feurig und hinreißend wie die Liebe zu Frauen. Nicht immer hatte ich Beziehungen zu Frauen oder Mädchen, auch liebte ich nicht immer mit Bewußtsein eine bestimmte Einzelne, aber immer waren meine Gedanken irgendwie mit Liebe beschäftigt, und meine Verehrung des Schönen war eigentlich eine beständige Anbetung der Frauen.

Liebesgeschichten will ich Ihnen nicht erzählen. Ich habe einmal eine Geliebte gehabt, einige Monate lang, und ich habe gelegentlich einen Kuß und einen Blick und eine Liebesnacht halb ungewollt im Vorbeigehen geerntet, aber wenn ich wirklich liebte, war es immer unglücklich. Und wenn ich mich genau besinne, so waren die Leiden einer hoffnungslosen Liebe, die Angst und die Zaghaftigkeit und die schlaflosen Nächte eigentlich weit schöner als alle kleinen Glücksfälle und Erfolge.

Wissen Sie, daß ich sehr in Sie verliebt bin, gnädige Frau? Ich kenne Sie seit bald einem Jahr, wenn ich auch nur viermal in Ihr Haus gekommen bin. Als ich Sie zum ersten Mal sah, trugen Sie auf einer hellgrauen Bluse eine Brosche mit der Florentiner Lilie. Einmal sah ich Sie am Bahnhof in den Pariser Schnellzug steigen. Sie hatten ein Billett nach Straßburg. Damals kannten Sie mich noch nicht.

Dann kam ich mit meinem Freund zu Ihnen, ich war damals schon in Sie verliebt. Sie bemerkten es erst bei meinem dritten Besuch, an jenem Abend mit der Schubertmusik. Wenigstens schien es mir so. Sie scherzten zuerst über meine Ernsthaftigkeit, dann über meine lyrischen Ausdrücke, und beim Adieusagen waren Sie gütig und ein wenig mütterlich. Und das letzte Mal, nachdem Sie mir Ihre Sommeradresse genannt hatten, haben Sie mir erlaubt, Ihnen zu schreiben. Und das habe ich also heut getan, nach langem Überlegen.

Wie soll ich nun den Schluß finden? Ich sagte Ihnen ja, daß dieser erste Brief von mir auch mein letzter sein würde. Nehmen Sie meine Konfessionen, die vielleicht etwas Lächerliches haben, von mir als das einzige, was ich Ihnen geben und womit ich Ihnen zeigen kann, daß ich Sie hochschätze und liebe. Indem ich an Sie denke und mir gestehe, daß ich Ihnen gegenüber die Rolle des Verliebten sehr schlecht gespielt habe, fühle ich doch etwas von dem Wunderbaren, von dem ich Ihnen schrieb.

Es ist schon Nacht, die Grillen singen noch immer vor meinem Fenster im feuchten Grasgarten, und vieles ist wieder wie in jenem märchenhaften Sommer. Vielleicht, denke ich mir, darf ich das alles einst wieder haben und nochmals erleben, wenn ich dem Gefühl treu bleibe, aus dem ich diesen Brief geschrieben habe. Ich möchte auf das verzichten, was für die meisten jungen Leute aus dem Verliebtsein folgt und was ich selber mehr als genug kennengelernt habe – auf das halb echte, halb künstliche Spiel der Blicke und Gebärden, auf das kleinliche Benützen einer Stimmung und Gelegenheit, auf das Berühren der Füße unterm Tisch und den Mißbrauch eines Handkusses.

Es gelingt mir nicht, was ich meine, richtig auszudrükken. Wahrscheinlich verstehen Sie mich trotzdem. Wenn Sie so sind, wie ich Sie mir gerne vorstelle, dann können Sie über mein konfuses Schreiben herzlich lachen, ohne mich darum geringzuschätzen. Möglich, daß ich selber einmal darüber lachen werde; heute kann ich es nicht und wünsche es mir auch nicht.

In treuer Verehrung Ihr ergebener B. *(1906)*

Abschiednehmen

Lieber Theo!

Bitte, lies diesen Brief aufmerksam, auch wenn er ein wenig lang und eintönig ausfallen sollte, und sage niemand etwas von ihm. Wenn ich hinzufüge, daß es vermutlich mein letzter Brief an Dich sein wird, so soll Dich das nicht erschrecken, denn ich habe weder im Sinn zu sterben, noch Dir untreu zu werden.

Es ist eine recht peinliche Sache. Ich bin, um es gleich deutlich zu sagen, im Begriff blind zu werden. Vor acht Tagen war ich zum letztenmal in der Stadt beim Augenarzt, und seither weiß ich und muß mich damit abzufinden suchen, daß meine schwachen Augen längstens noch etwa ein Jahr vorhalten werden. Die Kur, die ich diesen Winter durchmachte, ist ohne Erfolg geblieben.

Nimm mir's nicht übel, daß ich nun gerade zu Dir komme! Klagen will ich ja nicht, aber ein bißchen darüber zu reden, ist mir doch ein Bedürfnis. Hier habe ich, wie Du weißt, niemand als meine Frau, und der wollte ich einstweilen nichts davon sagen. Wir hatten mein Augenleiden als eine vorübergehende Ermüdung betrachtet, und ich möchte ihr nun die Wahrheit nicht früher sagen, als bis ich selber mich einigermaßen darein gefunden habe. Sonst säßen wir einander gar zu trostlos gegenüber. Auch würde sie, wenn ich es ihr sagte, mir entweder einreden wollen, ich sehe zu schwarz und es sei nicht so schlimm, oder sie würde schon jetzt, noch vor der Zeit, mich mit Mitleid und Fürsorge wie einen Blinden behandeln, und beides wäre mir wahrscheinlich gleich unerträglich.

So suche ich Dich auf, um Dir von meinem Zustand und von den Gedanken, die mich zur Zeit beschäftigen, zu erzählen, so wie wir früher manche Erlebnisse geteilt und miteinander besprochen haben. Und da das Schreiben mir nun doch bald nicht mehr möglich sein wird, sollst Du der letzte sein, mit dem ich mich auf diese Art unterhalte.

Sorge sollst Du um mich nicht haben. Vielleicht werde ich ja auch später noch arbeiten können, mit Hilfe von Vorlesen, Diktieren usw., und auch wenn das nicht gehen sollte, werde ich doch nicht in Not geraten.

Bis jetzt habe ich nichts aufgeben müssen als das Lesen. Das war ja freilich sonst meine Hauptbeschäftigung, doch habe ich, Gott sei Dank, viel Schönes und Erbauliches im Kopf behalten und bin auch wohl nie so sehr Stubenhocker gewesen, daß ich ohne Bücher nimmer leben könnte. Bedauerlich ist es ja, und wenn ich an meinen vielen Büchern vorbeigehe, kann ich oft nicht widerstehen und nehme einen Band heraus, um mir eine halbe Stunde von meiner Frau vorlesen zu lassen. Natürlich darf ich das nicht allzu häufig tun, damit sie nicht merkt, wie es mit mir steht. Übrigens sind meine Augen noch immer so, daß ich selber noch lesen könnte; aber lang würde das doch nimmer dauern, so spare ich sie lieber für Wichtigeres.

Das ist es, wovon ich Dir eigentlich erzählen wollte. Ich lebe seit meiner Verurteilung hier wie einer, der Abschied nimmt. Ein merkwürdiger Zustand, der zu manchen Gedanken anregt und sonderbarerweise nicht nur Schmerzliches bringt. Du kennst unsere Gegend, unseren Hügel und mein Häuschen mit dem Blick auf das weite Kornland und die Wiesen. Das alles sehe ich mir jetzt an und merke, wie vieles mir doch in allen den Jahren davon unbekannt geblieben ist. Denn, nicht wahr, jetzt muß ich es alles recht gut und genau kennenlernen, um nachher nicht in einer Fremde leben zu müssen, sondern auch ohne Augen darin heimisch sein zu können. Ich gehe herum und bin oft verwundert, wie viel es zu sehen gibt, wenn man einmal wirklich trinkt, »was die Wimper hält«. Dabei genieße ich sogar noch eine vielleicht lächerliche Eitelkeit. Denn schau, ich kann mir nicht helfen, aber bei diesem Abschiednehmen und dieser letzten, gierigen Augenlust will es mir immer mehr so vorkommen, als sei ein rechter Künstler an mir verlorengegangen, als verstehe ich das Schauen ganz besonders. Oder vielleicht sehe ich jetzt, in meinem betrüblichen Ausnahmezustand, die Welt so an, wie ein Künstler sie immer sieht. Und daran habe ich, wenn auch unter Schmerzen, meine Freude.

Ein Haferfeld und ein Erlenbaum, von dem ich weiß, daß ich ihn in ein paar Monaten nimmer werde sehen können, sieht ganz anders aus, als er mir früher erschien. Alles und wieder alles, bis auf das Wurzelnetzwerk auf einem Lehmweg am Waldrand, hat auf einmal einen Wert, ist köstlich und eine Lust anzusehen. Jeder Buchenast und jeder fliegende Kiebitz ist schön und erstaunlich, drückt einen Schöpfungsgedanken aus, existiert, lebt, ist da und rechtfertigt durchs bloße Dasein seine Existenz, daß es ein Wunder und eine Freude ist. Und indem ich daran denke, daß diese Dinge mir alle bald entschwinden sollen, werden sie mir zu Bildern, verlieren ihre kurzweilige Zufälligkeit und wachsen zu Symbolen, werden Ideen und gewinnen den Ewigkeitswert von Kunstwerken. Das ist so seltsam und großartig, daß mir darüber die Furcht und das Jämmerliche meines Zustandes oft für Stunden ganz verlorengeht. Manchmal sehe ich eine weite, vielfältige Landschaft so zusammengefaßt, so aufs Wesentliche vereinfacht, wie sie vielleicht nur ein großer Maler darstellen könnte. Und manchmal betrachte ich kleines Zeug, Gräser und Insekten, eine Baumrinde oder einen Kieselstein, und habe nicht weniger große Eindrücke davon, ich sehe Farben und studiere sie fast wie ein Maler, ich sehe Körper und genieße dieses ergreifende Schauen wie ein wertvolles Talent.

Häufig prüfe ich auch mein Bildergedächtnis, und wenn ich dabei auch unendlich viel Vergessenes mit

Trauer verloren geben muß, so bin ich doch froh darüber, daß ich vieles ungewollt so gut bewahrt habe. Ich kann mir manches Dorf, durch das ich vor Jahren gewandert bin, noch als ein frisches Bild wieder vorstellen, und manchen Wald und manche schöne Stadt, und ich habe auch noch einen Tizian und ein paar Antiken und manche andere Kunstwerke unverloren im Gedächtnis. Ich weiß noch, wie die Fäden des Löwenzahnsamens aussehen, wenn sie im Wind segeln, und ich weiß noch von vielen fernen Jugendtagen her, wie damals die Morgensonne in einem Bergbach spiegelte, oder wie ein Gewitter aufzog, oder wie eine Reihe von Dorfmädchen abends Arm in Arm in der Gasse flanierte. Wenn das noch so gut sitzt und noch so lebendig ist, wird auch das, was ich jetzt noch aufnehmen kann, nicht gar so schnell verlorengehen, denke ich.

Freilich darf ich solche Proben mit meiner Umgebung noch nicht anstellen, wenn ich nicht mein bißchen Heiterkeit verlieren will. Wenn ich zuweilen meine Frau betrachte, ihre Gestalt, ihr Kleid, ihr Gesicht, ihre Hände, und dann zu grübeln anfange, wie wohl ihr Bildnis später hinter meinen erblindeten Augen leben wird, so verläßt mich alle Vernunft, und mein Schicksal kommt mir scheußlich dumm, sinnlos und grausam vor.

Aber davon wollte ich Dir nicht schreiben.

Ich will Dir lieber sagen, daß ich Dich und Deine Freundschaft, unsere vielen lieben Erinnerungen und alles das, was mir sonst in unzufriedenen Zeiten tröstlich gewesen ist, jetzt noch inniger empfinde und näher mit mir verwandt und verbunden weiß. Ich schaue jetzt, wie Du begreifen wirst, mit einer gewissen Angst nach Dingen aus, die einem erschütterten Leben zu Trost und neuen Kraftquellen werden können, und ich glaube, es gibt ihrer genug, um gegen die Verzweiflung aufzukommen. Da ich jetzt blind werden soll, scheint mir natürlich das Augenlicht und alles mit den Augen Genießbare besonders wertvoll und herrlich zu sein. Doch weiß ich immerhin, daß es noch anderes gibt.

Musik treibe ich jetzt gar nicht. Einmal bin ich nicht ruhig genug, dann beschäftigt mich auch jenes Abschiednehmen zu ausschließlich, und endlich möchte ich mir das für die Zeit sparen, wo ich es nötiger haben werde. Ich bin ja nur Dilettant und habe recht wenig Kenntnisse auf diesem Gebiet, aber ich kenne doch einiges, das mir auch in bösen Zeiten gut getan hat und teuer war, und das ich dorthinüber mitnehmen werde. Ein paar Sätze von Beethoven und namentlich auch ein paar Melodien von Schubert – an die denke ich, wie ein Schlafloser an Morphium denkt.

Außerdem gibt es ja noch so viel Feines und Schönes zu hören, ganz abgesehen von der Musik. Ich achte darauf jetzt besonders lebhaft. Ich suche Vögel am Gesang und bekannte Menschen an Gang und Stimme recht sicher erkennen zu lernen, ich horche nachts auf den Wind und denke mir, daß man gewiß aus seinem Ton zuweilen Wetter und Jahreszeit heraushören kann. Und ich freue mich, daß doch manches Angenehme auf Erden nur fürs Ohr und nicht für das Auge da ist, wie Nachtigallen, Zikaden usw.

Trotz allem beschäftige ich mich freilich vorwiegend mit den sichtbaren Dingen. Was man verlieren soll, schätzt man zehnfach, und was ich jetzt noch in meinem Auge spiegeln und mit dem Auge empfangen und mir zu eigen machen kann, das nehme ich wie eine Beute mit.

Als ich erfahren hatte, wie es mit mir stehe, und als die anfängliche Betäubung vorüber war, kam mir der Gedanke, eine größere Reise zu machen, vielleicht mit Dir, und noch einmal mit Bewußtsein und mit vollem Hunger mich an den Schönheiten der Welt zu laben, noch einmal ins Hochgebirg und noch einmal nach Rom und noch einmal ans Meer zu gehen. Aber ich wäre doch schon ein Kranker gewesen, es hätte jemand für mich die Fahrpläne lesen und manche Dinge besorgen müssen, während ich hier noch immer ein freier Mann bin und keine verdächtige Hilfe brauche. Das kommt alles noch früh genug. Immerhin hätte ich Dich gern noch einmal recht angesehen, alter Theo, ehe die wirkliche Dämmerung beginnt. Nicht wahr, Du kommst dann, mir zuliebe? Jetzt ist es noch zu früh, es ließe sich vor meiner Frau doch nicht verbergen, daß wir ein peinliches Geheimnis haben. Aber sobald ich so weit bin, daß ich es ihr ohne Jammer sagen kann, mußt du kommen, gelt?

Nun habe ich meine Bitte vom Herzen. Und rede mit niemand davon, sonst habe ich die Anfragen und Kondolationen auf dem Hals. Es muß noch diese kleine Weile so aussehen, als sei es mit mir beim alten. Ich habe noch nicht einmal meine Zeitschriften abbestellt, und die Buchhändler schicken mir ihre Novitätenpakete noch wie immer zu.

Nun bin ich wieder ins Aktuelle geraten, und wollte doch nichts, als noch einmal in alter Weise schriftlich mit Dir plaudern. Falls Du meine Briefe aufbewahrt und zusammengelegt hast, wie ich Deine, muß es ein ganz stattliches Bündel sein. Es werden auch, hoffe ich, noch recht viele dazu kommen, denn später kann ich ja dann diktieren. Aber von den *manu propria* geschriebenen dürfte es der letzte, und mithin eine Art Autographenrarität sein. Genug denn, Du, und auch heute wieder wie immer treuen Dank für Deine Liebe. Dein alter Franz.

(1906)

Eine Sonate

Frau Hedwig Dillenius kam aus der Küche, legte die Schürze ab, wusch und kämmte sich und ging dann in den Salon, um auf ihren Mann zu warten.

Sie betrachtete drei, vier Blätter aus einer Dürermappe, spielte ein wenig mit einer Kopenhagener Porzellanfigur, hörte vom nächsten Turme Mittag schlagen und öffnete schließlich den Flügel. Sie schlug ein paar Töne an, eine halbvergessene Melodie suchend, und horchte eine Weile auf das harmonische Ausklingen der Saiten. Feine, verhauchende Schwingungen, die immer zarter und unwirklicher wurden, und dann kamen Augenblicke, in denen sie nicht wußte, klangen die paar Töne noch nach oder war der feine Reiz im Gehör nur noch Erinnerung.

Sie spielte nicht weiter, sie legte die Hände in den Schoß und dachte. Aber sie dachte nicht mehr wie früher, nicht mehr wie in der Mädchenzeit daheim auf dem Lande, nicht mehr an kleine drollige oder rührende Begebenheiten, von denen immer nur die kleinere Hälfte wirklich und erlebt war. Sie dachte seit einiger Zeit an andere Dinge. Die Wirklichkeit selber war ihr schwankend und zweifelhaft geworden. Während der halbklaren, träumenden Wünsche und Erregungen der Mädchenzeit hatte sie oft daran gedacht, daß sie einmal heiraten und einen Mann und ein eigenes Leben und Hauswesen haben werde, und von dieser Veränderung hatte sie viel erwartet. Nicht nur Zärtlichkeit, Wärme und neue Liebesgefühle, sondern vor allem eine Sicherheit, ein klares Leben, ein wohliges Geborgensein vor Anfechtungen, Zweifeln und unmöglichen Wünschen. So sehr sie das Phantasieren und Träumen geliebt hatte, ihre Sehnsucht war doch immer nach einer Wirklichkeit gegangen, nach einem unbeirrten Wandeln auf zuverlässigen Wegen.

Wieder dachte sie darüber nach. Es war anders gekommen, als sie es sich vorgestellt hatte. Ihr Mann war nicht mehr das, was er ihr während der Brautzeit gewesen war, vielmehr sie hatte ihn damals in einem Licht gesehen, das jetzt erloschen war. Sie hatte geglaubt, er sei ihr ebenbürtig und noch überlegen, er könne mit ihr gehen bald als Freund, bald als Führer, und jetzt wollte es ihr häufig scheinen, sie habe ihn überschätzt. Er war brav, höflich, auch zärtlich, er gönnte ihr Freiheit, er nahm ihr kleine häusliche Sorgen ab. Aber er war zufrieden, mit ihr und mit seinem Leben, mit Arbeit, Essen, ein wenig Vergnügen, und sie war mit diesem Leben nicht zufrieden. Sie hatte einen Kobold in sich, der necken und tanzen wollte, und einen Träumergeist, der Märchen dichten wollte, und eine beständige Sehnsucht, das tägliche kleine Leben mit dem großen herrlichen Leben zu verknüpfen, das in Liedern und Gemälden, in schönen Büchern und im Sturm der Wälder und des Meeres klang. Sie war nicht damit zufrieden, daß eine Blume nur eine Blume und ein Spaziergang nur ein Spaziergang sein sollte. Eine Blume sollte eine Elfe, ein schöner Geist in schöner Verwandlung sein, und ein Spaziergang nicht eine kleine pflichtmäßige Übung und Erholung, sondern eine ahnungsvolle Reise nach dem Unbekannten, ein Besuch bei Wind und Bach, ein Gespräch mit den stummen Dingen. Und wenn sie ein gutes Konzert gehört hatte, war sie noch lang in einer fremden Geisterwelt, während ihr Mann längst in Pantoffeln umherging, eine Zigarette rauchte, ein wenig über die Musik redete und ins Bett begehrte.

Seit einiger Zeit mußte sie ihn nicht selten erstaunt ansehen und sich wundern, daß er so war, daß er keine Flügel mehr hatte, daß er nachsichtig lächelte, wenn sie einmal recht aus ihrem inneren Leben heraus mit ihm reden wollte.

Immer wieder kam sie zu dem Entschluß, sich nicht zu ärgern, geduldig und gut zu sein, es ihm in seiner Weise bequem zu machen. Vielleicht war er müde, vielleicht plagten ihn Dinge in seinem Amt, mit denen er sie verschonen wollte. Er war so nachgiebig und freundlich, daß sie ihm danken mußte. Aber er war nicht ihr Prinz, ihr Freund, ihr Herr und Bruder mehr, sie ging alle lieben Wege der Erinnerung und Phantasie wieder allein, ohne ihn, und die Wege waren dunkler geworden, da an ihrem Ende nicht mehr eine geheimnisvolle Zukunft stand.

Die Glocke tönte, sein Schritt erklang im Flur, die Türe ging, und er kam herein. Sie ging ihm entgegen und erwiderte seinen Kuß.

»Geht's gut, Schatz?«

»Ja, danke, und dir?«

Dann gingen sie zu Tisch.

»Du«, sagte sie, »paßt es dir, daß Ludwig heut abend kommt?«

»Wenn dir dran liegt, natürlich.«

»Ich könnte ihm nachher telefonieren. Weißt du, ich kann es kaum mehr erwarten.«

»Was denn?«

»Die neue Musik. Er hat ja neulich erzählt, daß er diese neuen Sonaten studiert hat und sie jetzt spielen kann. Sie sollen so schwer sein.«

»Ach ja, von dem neuen Komponisten, nicht?«

»Ja, Reger heißt er. Es müssen merkwürdige Sachen sein, ich bin schrecklich gespannt.«

»Ja, wir werden ja hören. Ein neuer Mozart wird's auch nicht sein.«

»Also heut abend. Soll ich ihn gleich zum Essen bitten?«

»Wie du willst, Kleine.«

»Bist du auch neugierig auf den Reger? Ludwig hat so begeistert von ihm gesprochen.«

»Nun, man hört immer gern was Neues. Ludwig ist vielleicht ein bißchen sehr enthusiastisch, nicht? Aber schließlich muß er von Musik mehr verstehen als ich. Wenn man den halben Tag Klavier spielt!«

Beim schwarzen Kaffee erzählte ihm Hedwig Geschichten von zwei Buchfinken, die sie heute in den Anlagen gesehen hatte. Er hörte wohlwollend zu und lachte.

»Was du für Einfälle hast! Du hättest Schriftstellerin werden können!«

Dann ging er fort, aufs Amt, und sie sah ihm vom Fenster aus nach, weil er das gern hatte. Darauf ging auch sie an die Arbeit. Sie trug die letzte Woche im Ausgabenbüchlein nach, räumte ihres Mannes Zimmer auf, wusch die Blattpflanzen ab und nahm schließlich eine Näharbeit vor, bis es Zeit war, wieder nach der Küche zu sehen.

Gegen acht Uhr kam ihr Mann und gleich darauf Ludwig, ihr Bruder. Er gab der Schwester die Hand, begrüßte den Schwager und nahm dann nochmals Hedwigs Hände.

Beim Abendessen unterhielten sich die Geschwister lebhaft und vergnügt. Der Mann warf hie und da ein Wort dazwischen und spielte zum Scherz den Eifersüchtigen. Ludwig ging darauf ein, sie aber sagte nichts dazu, sondern wurde nachdenklich. Sie fühlte, daß wirklich unter ihnen dreien ihr Mann der Fremde war. Ludwig gehörte zu ihr, er hatte dieselbe Art, denselben Geist, die gleichen Erinnerungen wie sie, er sprach dieselbe Sprache, begriff und erwiderte jede kleine Neckerei. Wenn er da war, umgab sie eine heimatliche Luft; dann war alles wieder wie früher, dann war alles wieder wahr und lebendig, was sie von Hause her in sich trug und was von ihrem Mann freundlich geduldet, aber nicht erwidert und im Grunde vielleicht auch nicht verstanden wurde.

Man blieb noch beim Rotwein sitzen, bis Hedwig mahnte. Nun gingen sie in den Salon, Hedwig öffnete den Flügel und zündete die Lichter an, ihr Bruder legte die Zigarette weg und schlug sein Notenheft auf. Dillenius streckte sich in einen niederen Sessel mit Armlehnen und stellte den Rauchtisch neben sich. Hedwig nahm abseits beim Fenster Platz.

Ludwig sagte noch ein paar Worte über den neuen Musiker und seine Sonate. Dann war es einen Augenblick ganz stille. Und dann begann er zu spielen.

Hedwig hörte die ersten Takte aufmerksam an, die Musik berührte sie fremd und sonderbar. Ihr Blick hing an Ludwig, dessen dunkles Haar im Kerzenlicht zuweilen aufglänzte. Bald aber spürte sie in der ungewohnten Musik einen starken und feinen Geist, der sie mitnahm und ihr Flügel gab, daß sie über Klippen und unverständliche Stellen hinweg das Werk begreifen und erleben konnte.

Ludwig spielte, und sie sah eine weite dunkle Wasserfläche in großen Takten wogen. Eine Schar von großen, gewaltigen Vögeln kam mit brausenden Flügelschlägen daher, urweltlich düster. Der Sturm tönte dumpf und warf zuweilen schaumige Wellenkämme in die Luft, die in viele kleine Perlen zerstäubten. In dem Brausen der Wellen, des Windes und der großen Vogelflügel klang etwas Geheimes mit, da sang bald mit lautem Pathos bald mit feiner Kinderstimme ein Lied, eine innige, liebe Melodie.

Wolken flatterten schwarz und in zerrissenen Strähnen, dazwischen gingen wundersame Blicke in golden tiefe Himmel auf. Auf großen Wogen ritten Meerscheusale von grausamer Bildung, aber auf kleinen Wellen spielten zarte rührende Reigen von Engelbüblein mit komisch dicken Gliedern und mit Kinderaugen. Und das Gräßliche ward vom Lieblichen mit wachsendem Zauber überwunden, und das Bild verwandelte sich in ein leichtes, luftiges, der Schwere enthobenes Zwischenreich, wo in einem eigenen, mondähnlichen Lichte ganz zarte, schwebende Elfenwesen Luftreigen tanzten und dazu mit reinen, kristallenen, körperlosen Stimmen selig leichte, leidlos verwehende Töne sangen.

Nun aber wurde es, als seien es nicht mehr die engelhaften Lichtelfen selber, die im weißen Scheine sangen und schwebten, sondern als sei es ein Mensch, der von ihnen erzähle oder träume. Ein schwerer Tropfen Sehnsucht und unstillbares Menschenleid rann in die verklärte Welt des wunschlos Schönen, statt des Paradieses erstand des Menschen Traum vom Paradiese, nicht weniger glänzend und schön, aber von tiefen Lauten unstillbaren Heimwehs begleitet. So wird Menschenlust aus Kinderlust; das faltenlose Lachen ist dahin, die Luft aber ist inniger und schmerzlich süßer geworden.

Langsam zerrannen die holden Elfenlieder in das Meeresbrausen, das wieder mächtig schwoll. Kampfgetöse, Leidenschaft und Lebensdrang. Und mit dem Wegrollen einer letzten hohen Woge war das Lied zu Ende. Im Flügel klang die Flut in leiser, langsam sterbender Resonanz nach, und klang aus, und eine tiefe Stille entstand. Ludwig blieb in gebückter Haltung lauschend sitzen, Hedwig hatte die Augen geschlossen und lehnte wie schlafend im Stuhl.

Endlich stand Dillenius auf, ging ins Speisezimmer zurück und brachte dem Schwager ein Glas Wein.

Ludwig stand auf, dankte und nahm einen Schluck.

»Nun, Schwager«, sagte er, »was meinst du?«

»Zu der Musik? Ja, es war interessant, und du hast wieder großartig gespielt. Du mußt ja riesig üben.«

»Und die Sonate?«

»Siehst du, das ist Geschmackssache. Ich bin ja nicht absolut gegen alles Neue, aber das ist mir doch zu ›originell‹. Wagner laß ich mir noch gefallen – –«

Ludwig wollte antworten. Da war seine Schwester zu ihm getreten und legte ihm die Hand auf den Arm.

»Laß nur, ja? Es ist ja wirklich Geschmackssache.«

»Nicht wahr?« rief ihr Mann erfreut. »Was sollen wir streiten? Schwager, eine Zigarre?«

Ludwig sah etwas betroffen der Schwester ins Gesicht. Da sah er, daß sie von der Musik ergriffen war, und daß sie leiden würde, wenn weiter darüber gesprochen würde. Zugleich aber sah er zum erstenmal, daß sie ihren Mann schonen zu müssen glaubte, weil ihm etwas fehlte, das für sie notwendig und ihr angeboren war. Und da sie traurig schien, sagte er vor dem Weggehen heimlich zu ihr: »Hede, fehlt dir was?«

Sie schüttelte den Kopf.

»Du mußt mir das bald wieder spielen, für mich allein. Willst du?« Dann schien sie wieder vergnügt zu sein, und nach einer Weile ging Ludwig beruhigt heim.

Sie aber konnte diese Nacht nicht schlafen. Daß ihr Mann sie nicht verstehen könne, wußte sie, und sie hoffte, es ertragen zu können. Aber sie hörte immer wieder Ludwigs Frage: »Hede, fehlt dir was?« und dachte daran, daß sie ihm mit einer Lüge hatte antworten müssen, zum erstenmal mit einer Lüge.

Und nun, schien es ihr, hatte sie die Heimat und ihre herrliche Jugendfreiheit und alle leidlose, lichte Fröhlichkeit des Paradieses erst ganz verloren. *(1906)*

Walter Kömpff

Über den alten Hugo Kömpff ist wenig zu sagen, als daß er in allem ein echter Gerbersauer von der guten Sorte war. Das alte, feste und große Haus am Marktplatz mit dem niedrigen und finsteren Kaufladen, der aber für eine Goldgrube galt, hatte er von Vater und Großvater übernommen und führte es im alten Sinne fort. Nur darin war er einen eigenen Weg gegangen, daß er seine Braut von auswärts geholt hatte. Sie hieß Kornelie und war eine Pfarrerstochter, eine hübsche und ernste Dame ohne das geringste bare Vermögen. Das Erstaunen und Reden darüber dauerte seine Weile, und wenn man die Frau auch später noch ein wenig seltsam fand, gewöhnte man sich doch zur Not an sie. Kömpff lebte in einer sehr stillen Ehe und bei guten Geschäftszeiten unauffällig nach der väterlichen Art dahin, war gutmütig und wohlangesehen, dabei ein vortrefflicher Kaufmann, so daß es ihm an nichts fehlte, was hierorts zum Glück und Wohlsein gehört. Zur rechten Zeit stellte sich ein Söhnlein ein und wurde Walter getauft; er hatte das Gesicht und den Gliederbau der Kömpffe, aber keine graublauen, sondern von der Mutter her, braune Augen. Nun war ein Kömpff mit braunen Augen freilich noch nie gesehen worden, aber genau betrachtet schien das dem Vater kein Unglück, und der Bub ließ sich auch nicht an wie ein aus der Art Geschlagener. Es lief alles seinen leisen, gesunden Gang, das Geschäft ging vortrefflich, die Frau war zwar immer noch ein wenig anders, als man gewohnt war, aber das war kein Schade, und der Kleine wuchs und gedieh und kam in die Schule, wo er zu den Besten gehörte. Nun fehlte dem Kaufmann noch, daß er in den Gemeinderat kam, aber auch das konnte nimmer lang auf sich warten lassen, und dann wäre seine Höhe erreicht und alles wie beim Vater und Großvater gewesen.

Es kam aber nicht dazu. Ganz wider die Kömpffsche Tradition legte sich der Hausherr schon mit vierundvierzig Jahren zum Sterben nieder. Es nahm ihn langsam genug hinweg, daß er alles Notwendige noch in Ruhe bestimmen und ordnen konnte. Und so saß denn eines Tages die hübsche dunkle Frau an seinem Bett, und sie besprachen dies und jenes, was zu geschehen habe und was die Zukunft etwa bringen könnte. Vor allem war natürlich von dem Buben Walter die Rede, und in diesem Punkte waren sie, was sie beide nicht überraschte, keineswegs derselben Gesinnung und gerieten darüber in einen stillen, doch zähen Kampf. Freilich, wenn jemand an der Stubentüre gehorcht hätte, der hätte nichts von einem Streit gemerkt.

Die Frau hatte nämlich vom ersten Tage der Ehe an darauf gehalten, daß auch an unguten Tagen Höflichkeit und sanfte Rede herrsche. Mehr als einmal war der Mann, wenn er bei irgendwelchem Vorschlag oder Entschluß ihren stillen, aber festen Widerstand spürte, in Zorn geraten. Aber dann verstand sie ihn beim ersten scharfen Wort auf eine Art anzusehen, daß er schnell einzog und seinen Groll wenn nicht abtat, so doch in den Laden oder auf die Gasse trug und die Frau damit verschonte, deren Willen dann meistens ohne weitere Worte bestehen blieb und erfüllt wurde. So ging auch jetzt, da er schon nah am Tode war und seinem letzten und stärksten Wunsch ihr festes Andersmeinen gegenüberstand, das Gespräch in Maß und Zucht seine Bahn. Doch sah das Gesicht des Kranken so aus, als wäre es mühsam gebändigt und könne von Augenblick zu Augenblick die Haltung verlieren und Zorn oder Verzweiflung zeigen.

»Ich bin an mancherlei gewöhnt, Kornelie«, sagte er, »und du hast ja gewiß auch manchmal gegen mich recht gehabt, aber du siehst doch, daß es sich diesmal um eine andre Sache handelt. Was ich dir sage, ist mein fester Wunsch und Wille, der seit Jahren feststeht, und ich muß ihn jetzt deutlich und bestimmt aussprechen und darauf bestehen. Du weißt, daß es sich hier nicht um eine Laune handelt und daß ich den Tod vor Augen habe. Wovon ich sprach, das ist ein Stück von meinem Testament, und es wäre besser, du würdest es in Güte hinnehmen.«

»Es hilft nichts«, erwiderte sie, »soviel drüber zu reden. Du hast mich um etwas gebeten, was ich nicht gewähren kann. Das tut mir leid, aber zu ändern ist nichts daran.«

»Kornelie, es ist die letzte Bitte eines Sterbenden. Denkst du daran nicht auch?«

»Ja, ich denke schon. Aber ich denke noch mehr daran, daß ich über das ganze Leben des Buben entscheiden soll, und das darf ich so wenig, wie du es darfst.«

»Warum nicht? Es ist etwas, was jeden Tag vorkommt. Wenn ich gesund geblieben wäre, hätte ich aus Walter doch auch gemacht, was mir recht geschienen hätte. Jetzt will ich wenigstens dafür sorgen, daß er auch ohne mich Weg und Ziel vor sich hat und zu seinem Besten kommt.«

»Du vergißt nur, daß er uns beiden gehört. Wenn du gesund geblieben wärst, hätten wir beide ihn angeleitet, und wir hätten es abgewartet, was sich als das Beste für ihn gezeigt hätte.«

Der kranke Herr verzog den Mund und schwieg. Er schloß die Augen und besann sich auf Wege, doch noch in Güte zum Ziel zu kommen. Allein er fand keine, und da er Schmerzen hatte und nicht sicher sein konnte, ob er morgen noch das Bewußtsein haben werde, entschloß er sich zum letzten.

»Sei so gut und bring ihn her«, sagte er ruhig.

»Den Walter?«

»Ja, aber sogleich.«

Frau Kornelie ging langsam bis an die Tür. Dann kehrte sie um.

»Tu es lieber nicht!« sagte sie bittend.

»Was denn?«

»Das, was du tun willst, Hugo. Es ist gewiß nicht das Rechte.«

Er hatte die Augen wieder zugemacht und sagte nur noch müde: »Bring ihn her!«

Da ging sie hinaus und in die große, helle Vorderstube hinüber, wo Walter über seinen Schulaufgaben saß. Er war zwischen zwölf und dreizehn, ein zarter und gutwilliger Knabe. Im Augenblick war er freilich verscheucht und aus dem Gleichgewicht, denn man hatte ihm nicht verheimlicht, daß es mit dem Vater zu Ende gehe. So folgte er der Mutter verstört und mit einem inneren Widerstreben kämpfend in die Krankenstube, wo der Vater ihn einlud, neben ihm auf dem Bettrand zu sitzen.

Der kranke Mann streichelte die warme, kleine Hand des Knaben und sah ihn gütig an.

»Ich muß etwas Wichtiges mit dir sprechen, Walter. Du bist ja schon groß genug, also hör gut zu und versteh mich recht. In der Stube da ist mein Vater und mein Großvater gestorben, im gleichen Bett, aber sie sind viel älter geworden als ich, und jeder hat schon einen erwachsenen Sohn gehabt, dem er das Haus und den Laden und alles hat ruhig übergeben können. Das ist nämlich eine wichtige Sache, mußt du wissen. Stell dir vor, daß dein Urgroßvater und dann der Großvater und dann dein Vater jeder viele Jahre lang hier geschafft hat und Sorgen gehabt hat, damit das Geschäft auch in gutem Stand an den Sohn komme. Und jetzt soll ich sterben und weiß nicht einmal, was aus allem werden und wer nach mir der Herr im Hause sein soll. Überleg dir das einmal. Was meinst du dazu?«

Der Junge blickte verwirrt und traurig vor sich nieder; er konnte nichts sagen und konnte auch nicht nachdenken, der ganze Ernst und die feierliche Befangenheit dieser sonderbaren Stunde in dem dämmernden Zimmer umgab ihn wie eine schwere, dicke Luft. Er schluckte, weil ihm das Weinen nahe war, und blieb in Trauer und Verlegenheit still.

»Du verstehst mich schon«, fuhr der Vater fort und streichelte wieder seine Hand. »Mir wär es sehr lieb, wenn ich nun ganz gewiß wissen könnte, daß du, wenn du einmal groß genug bist, unser altes Geschäft weiterführst. Wenn du mir also versprechen würdest, daß du Kaufmann werden und später da drunten alles übernehmen willst, dann wäre mir eine große Sorge abgenommen, und ich könnte viel leichter und froher sterben. Die Mutter meint –«

»Ja, Walter«, fiel die Frau Kornelie ein, »du hast gehört, was der Vater gesagt hat, nicht wahr? Es kommt jetzt ganz auf dich an, was du sagen willst. Du mußt es dir nur gut überlegen. Wenn du denkst, es wäre vielleicht besser, daß du kein Kaufmann wirst, so sag es nur ruhig; es will dich niemand zwingen.«

Eine kleine Weile schwiegen alle drei.

»Wenn du willst, kannst du hinübergehen, und es noch bedenken, dann ruf ich dich nachher«, sagte die Mutter. Der Vater heftete die Blicke fest und fragend auf Walter, der Knabe war aufgestanden und wußte nichts zu sagen. Er fühlte, daß die Mutter nicht dasselbe wolle wie der Vater, dessen Bitte ihm nicht gar so groß und wichtig schien. Eben wollte er sich abwenden, um hinauszugehen, da griff der Leidende noch einmal nach seiner Hand, konnte sie aber nicht erreichen. Walter sah es und wandte sich ihm zu, da sah er in des Kranken Blick die Frage und die Bitte und fast eine Angst, und er fühlte plötzlich mit Mitleid und Schrecken, daß er es in der Hand habe, seinem sterbenden Vater weh oder wohl zu tun. Dies Gefühl von ungewohnter Verantwortung drückte ihn wie ein Schuldbewußtsein, er zögerte, und in einer plötzlichen Regung gab er dem Vater die Hand und sagte leise unter hervorbrechenden Tränen: »Ja, ich verspreche es.«

Dann führte ihn die Mutter ins große Zimmer zurück,

wo es nun auch zu dunkeln begann; sie zündete die Lampe an, gab dem Knaben einen Kuß auf die Stirn und suchte ihn zu beruhigen. Darauf ging sie zu dem Kranken zurück, der nun erschöpft tief in den Kissen lag und in einen leichten Schlummer sank. Die großgewachsene, schöne Frau setzte sich in einen Armstuhl am Fenster und suchte mit müden Augen in die Dämmerung hinaus, über den Hof und die unregelmäßigen, spitzigen Dächer der Hinterhäuser hinweg an den bleichen Himmel blickend. Sie war noch in guten Jahren und war noch eine Schönheit, nur daß an den Schläfen die blasse Haut gleichsam ermüdet war.

Sie hätte wohl auch einen Schlummer nötig gehabt, doch schlief sie nicht ein, obwohl alles an ihr ruhte. Sie dachte nach. Es war ihr eigen, daß sie entscheidende, wichtige Zeiten ungeteilt bis auf die Neige durchleben mußte, sie mochte wollen oder nicht. So hielt es sie auch jetzt, der Ermattung zum Trotz, mitten in dem unheimlich stillerregten, überreizten Lebendigsein dieser Stunden fest, in denen alles wichtig und ernst und unabsehbar war. Sie mußte an den Knaben denken und ihn in Gedanken trösten, und sie mußte auf das Atmen ihres Mannes horchen, der dort lag und schlummerte und noch da war und doch eigentlich schon nicht mehr hierher gehörte. Am meisten aber mußte sie an diese vergangene Stunde denken.

Das war nun ihr letzter Kampf mit dem Mann gewesen, und sie hatte ihn wieder verloren, obwohl sie sich im Recht wußte. Alle diese Jahre hatte sie den Gatten überschaut und ihm ins Herz gesehen in Liebe und in Streit, und hatte es durchgeführt, daß es ein stilles und reinliches Miteinanderleben war. Sie hatte ihn lieb, heute noch wie immer, und doch war sie immer allein geblieben. Sie hatte es verstanden, in seiner Seele zu lesen, aber er hatte die ihre nicht verstehen können, auch in Liebe nicht, und war seine gewohnten Wege gegangen. Er war immer an der

Oberfläche geblieben mit dem Verstand wie mit der Seele, und wenn es Dinge gab, in denen es ihr nicht erlaubt und möglich war, sich ihm zu fügen, hatte er nachgegeben und gelächelt, aber ohne sie zu verstehen.

Und nun war das Schlimmste doch geschehen. Sie hatte über das Kind mit ihm nie ernstlich reden können, und was hätte sie ihm auch sagen sollen? Er sah ja nicht ins Wesen hinein. Er war überzeugt, der Kleine habe von der Mutter die braunen Augen und alles andere von ihm. Und sie wußte seit Jahren jeden Tag, daß das Kind die Seele von ihr habe und daß in dieser Seele etwas lebe, was dem väterlichen Geist und Wesen widersprach. Gewiß, er hatte viel vom Vater, er war ihm fast in allem ähnlich. Aber den innersten Nerv, dasjenige, was eines Menschen wahres Wesen ausmacht und geheimnisvoll seine Geschicke schafft, diesen Lebensfunken hatte das Kind von ihr, und wer in den innersten Spiegel seines Herzen hätte sehen können, in die leise wogende, zarte Quelle des Persönlichen und Eigensten, hätte dort die Seele der Mutter gespiegelt gefunden.

Behutsam stand Frau Kömpff auf und trat ans Bett, sie bückte sich zu dem Schlafenden und sah ihn an. Sie wünschte sich noch einen Tag, noch ein paar Stunden für ihn, um ihn noch einmal recht zu sehen. Er hatte sie nie ganz verstanden, aber ohne seine Schuld, und eben die Beschränktheit seiner kräftigen und klaren Natur, die auch ohne inneres Verstehen sich ihr so oft gefügt hatte, erschien ihr liebenswert und ritterlich. Überschaut hatte sie ihn schon in der Brautzeit, damals nicht ohne einen feinen Schmerz.

Später war der Mann in seinen Geschäften und unter seinen Kameraden freilich um ein weniges derber, gewöhnlicher und spießbürgerlich beschränkter geworden, als ihr lieb war, aber der Grund seiner ehrenhaft festen Natur war doch geblieben, und sie hatten ein Leben miteinander geführt, an dem nichts zu bereuen war. Nur hatte sie gedacht, den Knaben so zu leiten, daß er frei bleibe und seiner eingeborenen Art unbehindert folgen könne. Und jetzt ging ihr vielleicht mit dem Vater auch das Kind verloren.

Der Kranke konnte bis spät in die Nacht hinein schlafen. Dann erwachte er mit Schmerzen, und gegen Morgen hin war es deutlich zu sehen, daß er abnahm und die letzten Kräfte rasch verlor. Doch gab es dazwischen noch einen Augenblick, wo er klar zu reden vermochte.

»Du«, sagte er. »Du hast doch gehört, daß er es mir versprochen hat?«

»Ja, freilich. Er hat es versprochen.«

»Dann kann ich darüber ganz ruhig sein?«

»Ja, das kannst du.«

»Das ist gut. – Du, Kornelie, bist du mir böse?«

»Warum?«

»Wegen Walter.«

»Nein, du, gar nicht.«

»Wirklich?«

»Ganz gewiß. Und du mir auch nicht, nicht wahr?«

»Nein, nein. O du! Ich dank dir auch.«

Sie war aufgestanden und hielt seine Hand. Die Schmerzen kamen, und er stöhnte leise, eine Stunde um die andere, bis er am Morgen erschöpft und still mit halb offenen Augen lag. Er starb erst zwanzig Stunden später.

Die schöne Frau trug nun schwarze Kleider und der Knabe ein schwarzes Florband um den Arm. Sie blieben im Hause wohnen, der Laden aber wurde verpachtet. Der Pächter hieß Herr Leipolt und war ein kleines Männlein von einer etwas aufdringlichen Höflichkeit. Zu Walters Vormund war ein gutmütiger Kamerad seines Vaters bestimmt, der sich selten im Hause zeigte und vor der strengen und scharfblickenden Witwe einige Angst hatte. Übrigens galt er für einen vorzüglichen Geschäftsmann. So war fürs erste alles nach Möglichkeit wohlbestellt, und das Leben im Hause Kömpff ging ohne Störungen weiter.

Nur mit den Mägden, mit denen schon zuvor eine ewige Not gewesen war, haperte es wieder mehr als je, und die Witwe mußte sogar einmal drei Wochen lang selber kochen und das Haus besorgen. Zwar gab sie nicht weniger Lohn als andere Leute, sparte auch am Essen der Dienstboten und an Geschenken zu Neujahr keineswegs, dennoch hatte sie selten eine Magd lang im Hause. Denn während sie in vielem fast freundlich war und namentlich nie ein grobes Wort hören ließ, zeigte sie in manchen Kleinigkeiten eine kaum begreifliche Strenge. Vor kurzem hatte sie ein fleißiges, anstelliges Mädchen, an der sie sehr froh gewesen war, wegen einer winzigen Notlüge entlassen. Das Mädchen bat und weinte, doch war alles umsonst. Der Frau Kömpff war die geringste Ausrede oder Unoffenheit unerträglicher als zwanzig zerbrochene Teller oder verbrannte Suppen.

Da fügte es sich, daß die Holderlies nach Gerbersau heimkehrte. Die war längere Jahre auswärts in Diensten gewesen, brachte ein ansehnliches Erspartes mit und war hauptsächlich gekommen, um sich nach einem Vorarbeiter aus der Deckenfabrik umzusehen, mit dem sie vorzeiten ein Verhältnis gehabt und der seit langem nicht mehr geschrieben hatte. Sie kam zu spät und fand den Ungetreuen verheiratet, was ihr so nahe ging, daß sie sogleich wieder abreisen wollte. Da fiel sie durch Zufall der Frau Kömpff in die Hände, ließ sich trösten und zum Dableiben überreden und ist von da an volle dreißig Jahre im Hause geblieben.

Einige Monate war sie als fleißige und stille Magd in Stube und Küche tätig. Ihr Gehorsam ließ nichts zu wünschen übrig, doch scheute sie sich auch gelegentlich nicht, einen Rat unbefolgt zu lassen oder einen erhaltenen Auftrag sanft zu tadeln. Da sie es in verständiger und gebührlicher Weise und immer mit voller Offenheit tat, ließ die

Frau sich darauf ein, rechtfertigte sich und ließ sich belehren, und so kam es allmählich, daß unter Wahrung der herrschaftlichen Autorität, die Magd zu einer Mitsorgerin und Mitarbeiterin herangedieh. Dabei blieb es jedoch nicht. Sondern eines Abends kam es wie von selber, daß die Lies ihrer Herrin am Tisch bei der Lampe und feierabendlichen Handarbeit ihre ganze sehr ehrbare, aber nicht sehr fröhliche Vergangenheit erzählte, worauf Frau Kömpff eine solche Achtung und Teilnahme für das ältliche Mädchen faßte, daß sie ihre Offenherzigkeit erwiderte und ihr selber manche von ihren streng behüteten Erinnerungen mitteilte. Und bald war es beiden zur Gewohnheit geworden, miteinander über ihre Gedanken und Ansichten zu reden.

Dabei geschah es, daß unvermerkt vieles von der Denkart der Frau auf die Magd überging. Namentlich in religiösen Dingen nahm sie viele Ansichten von ihr an, nicht durch Bekehrung, sondern unbewußt, aus Gewohnheit und Freundschaft. Frau Kömpff war zwar eine Pfarrerstochter, aber keine ganz orthodoxe, wenigstens galt ihr die Bibel und ihr angeborenes Gefühl weit mehr als die Norm der Kirche. Peinlich achtete sie darauf, ihr tägliches Tun und Leben stets im Einklang mit ihrer Ehrfurcht vor Gott und den ihr gefühlsmäßig innewohnenden Gesetzen zu halten. Dabei entzog sie sich den natürlichen Begebnissen und Forderungen des Tages nicht, nur bewahrte sie sich ein stilles Gebiet im Innern, wohin Begebnisse und Worte nicht reichen durften und wo sie in sich selber ausruhen oder in unsicheren Lagen ihr Gleichgewicht suchen konnte.

Es konnte nicht ausbleiben, daß von den beiden Frauen und der Art des Zusammenhausens auch der kleine Walter beeinflußt wurde. Doch nahm ihn fürs erste die Schule zu sehr in Anspruch, als daß er viel für sonstige Gespräche und Belehrungen übrig gehabt hätte. Auch ließ ihn die Mutter gern in Ruhe, und je sicherer sie seines innersten

Wesens war, desto unbefangener beobachtete sie, wie viele Eigenschaften und Eigentümlichkeiten des Vaters nach und nach in dem Kinde zum Vorschein kamen. Namentlich in der äußeren Gestalt wurde er ihm immer ähnlicher.

Aber wenn auch vorerst niemand etwas Besonderes an ihm fand, so war der Knabe doch von recht ungewöhnlicher Natur. So wenig die braunen Augen in sein Kömpffsches Familiengesicht paßten, so unverschmelzbar schienen in seinem Gemüt väterliches und mütterliches Erbteil nebeneinander zu liegen. Einstweilen spürte selbst die Mutter nur selten etwas davon. Doch war Walter nun schon in die späteren Kinderjahre getreten, in welchen allerlei Gärungen und seltsame Rösselsprünge vorkommen und wo die jungen Leute sich beständig zwischen empfindlicher Schamhaftigkeit und derbem Wildtun hin und wider bewegen. Da war es immerhin gelegentlich auffallend, wie schnell oft seine Erregungen wechselten und wie leicht seine Gemütsart umschlagen konnte. Ganz wie sein Vater fühlte er nämlich das Bedürfnis, sich dem Durchschnitt und herrschenden Ton anzupassen, war also ein guter Klassenkamerad und Mitschüler, auch von den Lehrern gern gesehen. Und doch schienen daneben andre Bedürfnisse in ihm mächtig zu sein. Wenigstens war es einmal, als besänne er sich auf sich selbst und lege eine Maske ab, wenn er sich von einem tobenden Spiel beiseite schlich und sich entweder einsam in seine Dachbodenkammer setzte oder mit ungewohnter, stummer Zärtlichkeit zur Mutter kam. Gab sie ihm dann gütig nach und erwiderte sein Liebkosen, so war er unknabenhaft gerührt und weinte sogar zuweilen. Auch hatte er einst an einer kleinen Rachehandlung der Klasse gegen den Lehrer teilgenommen und fühlte sich, nachdem er sich zuvor laut des Streiches gerühmt hatte, nachher plötzlich sehr zerknirscht, daß er aus eigenem Antrieb hinging und um Verzeihung bat.

Das alles war erklärlich und sah harmlos aus. Es zeigte sich dabei zwar eine gewisse Schwäche, aber auch das gute Herz Walters, und niemand hatte Schaden davon. So verlief die Zeit bis zu seinem fünfzehnten Jahr in Stille und Zufriedenheit für Mutter, Magd und Sohn. Auch Herr Leipolt gab sich um Walter Mühe, suchte wenigstens seine Freundschaft durch öfteres Überreichen von kleinen, für Knaben erfreulichen Ladenartikeln zu erwerben. Dennoch liebte Walter den allzu höflichen Ladenmann gar nicht und wich ihm nach Kräften aus.

Am Ende des letzten Schuljahrs hatte die Mutter eine Unterredung mit dem Söhnlein, wobei sie zu erkunden suchte, ob er auch wirklich entschlossen und ohne Widerstreben damit einverstanden sei, nun Kaufmann zu werden. Sie traute ihm eher Neigung zu weiteren Schul- und Studienjahren zu. Aber der Jüngling hatte gar nichts einzuwenden und nahm es für selbstverständlich hin, daß er jetzt ein Ladenlehrling werde. So sehr sie im Grunde darüber erfreut sein mußte und auch war, kam es ihr doch fast wie eine Art von Enttäuschung vor. Zwar gab es noch einen ganz unerwarteten Widerstand, indem der Junge sich hartnäckig weigerte, seine Lehrzeit im eignen Hause unter Herrn Leipolt abzudienen, was das einfachste und für ihn auch das leichteste gewesen wäre und bei Mutter und Vormund längst für selbstverständlich gegolten hatte. Die Mutter fühlte nicht ungern in diesem festen Widerstand etwas von ihrer eignen Art, sie gab nach, und es wurde in einem andern Kaufhaus eine Lehrstelle für den Knaben gefunden.

Walter begann seine neue Tätigkeit mit dem üblichen Stolz und Eifer, wußte täglich viel davon zu erzählen und gewöhnte sich schon in der ersten Zeit einige bei den Gerbersauer Geschäftsleuten übliche Redensarten und Gesten an, zu denen die Mutter freundlich lächelte. Allein dieser fröhliche Anfang dauerte nicht sehr lange.

Schon nach kurzer Zeit wurde der Lehrling, der anfangs nur geringe Handlangerdienste tun oder zusehen durfte, zum Bedienen und Verkaufen am Ladentisch herangezogen, was ihn zunächst sehr froh und stolz machte, bald aber in einen schweren Konflikt führte. Kaum hatte er nämlich ein paarmal selbständig einige Kunden bedient, so deutete sein Lehrherr ihm an, er möge vorsichtiger mit der Waage umgehen. Walter war sich keines Versäumnisses bewußt und bat um eine genauere Anweisung.

»Ja, weißt du denn das nicht schon von deinem Vater her?« fragte der Kaufmann.

»Was denn? Nein, ich weiß nichts«, sagte Walter verwundert.

Nun zeigte ihm der Prinzipal, wie man beim Zuwägen von Salz, Kaffee, Zucker und dergleichen durch ein nachdrückliches letztes Zuschütten die Waage scheinbar zugunsten des Käufers niederdrücken müsse, indessen tatsächlich noch etwas am Gewicht fehle. Das sei schon deshalb notwendig, da man zum Beispiel am Zucker ohnehin fast nichts verdiene. Auch merke es ja niemand.

Walter war ganz bestürzt.

»Aber das ist ja unrecht«, sagte er schüchtern.

Der Kaufmann belehrte ihn eindringlich, aber er hörte kaum zu, so überwältigend war ihm die Sache gekommen. Und plötzlich fiel ihm die vorige Frage des Prinzipals wieder ein. Mit rotem Kopf unterbrach er zornig dessen Rede und rief: »Und mein Vater hat das nie getan, ganz gewiß nicht.«

Der Herr war unangenehm erstaunt, unterdrückte aber klüglich eine heftige Zurechtweisung und sagte mit Achselzucken: »Das weiß ich besser, du Naseweis. Es gibt keinen vernünftigen Laden, wo man das nicht tut.«

Der Junge war aber schon an der Tür und hörte nicht mehr auf den Mann, sondern ging in hellem Zorn und Schmerz nach Hause, wo er durch sein Erlebnis und seine Klagen die Mutter in nicht geringe Bestürzung brachte.

Sie wußte, mit welcher gewissenhaften Ehrerbietung er seinen Lehrherrn betrachtet hatte und wie sehr es seiner Art widerstrebte, Auffallendes zu tun und Szenen zu machen. Aber sie verstand Walter diesmal sehr gut und freute sich trotz aller augenblicklichen Sorge, daß sein empfindliches Gewissen stärker als Gewohnheit und Rücksicht gewesen war. Sie suchte nun zunächst selbst den Kaufmann auf und sprach beruhigend mit ihm; dann mußte der Vormund zu Rate gezogen werden, dem nun wieder Walters Auflehnung unbegreiflich war und der durchaus nicht verstand, daß ihm die Mutter auch noch recht gebe. Auch er ging zum Prinzipal und sprach mit ihm. Dann schlug er der Mutter vor, den Jungen ein paar Tage in Ruhe zu lassen, was auch geschah. Doch war dieser auch nach drei und nach vier und nach acht Tagen nicht zu bewegen, wieder in jenen Laden zu gehen. Und wenn wirklich jeder Kaufmann es nötig habe, zu betrügen, sagte er, so wolle er auch keiner werden.

Nun hatte der Vormund in einem weiter talaufwärts gelegenen Städtchen einen Bekannten, der ein kleines Ladengeschäft betrieb und für einen Frömmler und Stundenbruder galt, als welchen auch er ihn gering geschätzt hatte. Diesem schrieb er in seiner Ratlosigkeit, und der Mann antwortete in Bälde, er halte zwar sonst keinen Lehrling, sei aber bereit, Walter versuchsweise bei sich aufzunehmen. So wurde Walter nach Deltingen gebracht und jenem Kaufmann übergeben.

Der hieß Leckle und wurde in der Stadt »der Schlotzer« geheißen, weil er in nachdenklichen Augenblicken seine Gedanken und Entschlüsse aus dem linken Daumen zu saugen pflegte. Er war zwar wirklich sehr fromm und Mitglied einer kleinen Sekte, aber darum kein schlechter Kaufmann. Er machte sogar in seinem Lädchen vorzügliche Geschäfte und stand trotz seinem stets schäbigen Äußeren im Ruf eines wohlhabenden Mannes. Er nahm Walter ganz zu sich ins Haus, und dieser fuhr dabei nicht übel; denn war der Schlotzer etwas knapp und krittlig, so war Frau Leckle eine sanfte Seele voll unnötigen Mitleids und suchte, soweit es in der Stille geschehen konnte, den Lehrling durch Trostworte und Tätscheln und gute Bissen nach Kräften zu verwöhnen.

Im Leckleschen Laden ging es zwar genau und sparsam zu, aber nicht auf Kosten der Kunden, denen Zucker und Kaffee gut und vollwichtig zugewogen wurden. Walter Kömpff begann daran zu glauben, daß man auch als Kaufmann ehrlich sein und bleiben könne, und da es ihm an Geschick zu seinem Beruf nicht fehlte, war er selten einem Verweis seines strengen Lehrherrn ausgesetzt. Doch war die Kaufmannschaft nicht das einzige, was er in Deltingen zu lernen bekam. Der Schlotzer nahm ihn fleißig in die »Stunden« mit, die manchmal sogar in seinem Hause stattfanden. Da saßen Bauern, Schneider, Bäcker, Schuster beisammen, bald mit, bald ohne Weiber, und suchten den Hunger ihres Geistes und ihrer Gemüter an Gebet, Laienpredigt und gemeinschaftlicher Bibelauslegung zu stillen. Zu diesem Treiben steckt im dortigen Volk ein starker Zug, und es sind meistens die besseren und höher angelegten Naturen, die sich ihm anschließen.

Im ganzen war Walter, ob ihm auch das Bibelerklären manchmal zu viel wurde, diesem Wesen von Natur nicht abgeneigt und brachte es öfters zu wirklicher Andacht. Aber er war nicht nur sehr jung, sondern auch ein Gerbersauer Kömpff; als ihm daher nach und nach auch einiges Lächerliche an der Sache aufstieß und als er immer öfter Gelegenheit hatte, andre junge Leute sich über sie lustig machen zu hören, da wurde er mißtrauisch und hielt sich möglichst zurück. Wenn es auffällig und gar lächerlich war, zu den Stundenbrüdern zu gehören, so war das nichts für ihn, dem trotz allen widerstrebenden Regungen das Verharren im bürgerlich Hergebrachten ein tiefes Bedürfnis war. Immerhin blieb von dem Stundenwesen und vom Geist des Leckleschen Hauses genug an ihm hängen.

Er hatte sich schließlich sogar so eingewöhnt, daß er nach Abschluß seiner Lehrzeit sich scheute, fortzugehen, und trotz allen Mahnungen des Vormundes noch zwei volle Jahre bei dem Schlotzer blieb. Endlich nach zwei Jahren gelang es dem Vormund, ihn zu überzeugen, daß er notwendig noch ein Stück Welt und Handelschaft kennenlernen müsse, um später einmal sein eigenes Geschäft führen zu können. So ging denn Walter am Ende in die Fremde, ungern und zweifelnd, nachdem er zuvor seine Militärzeit abgedient hatte. Ohne diese rauhe Vorschule hätte er es vermutlich nicht lange im fremden Leben draußen ausgehalten. Auch so fiel es ihm nicht leicht, sich durchzubringen. An sogenannten guten Stellen fehlte es ihm freilich nicht, da er überall mit guten Empfehlungen ankam. Aber innerlich hatte er viel zu schlucken und zu flicken, um sich oben zu halten und nicht davonzulaufen. Zwar mutete ihm niemand mehr zu, beim Wägen zu mogeln, denn er war nun meist in den Kontors großer Geschäfte tätig, aber wenn auch keine beweisbaren Unredlichkeiten geschahen, kam ihm doch der ganze Umtrieb und Wettbewerb ums Geld oft unleidlich roh und grausam und nüchtern vor, besonders da er nun keinen Umgang mehr mit Leuten von des Schlotzers Art hatte und nicht wußte, wo er die unklaren Bedürfnisse seiner Phantasie befriedigen sollte.

Trotzdem biß er sich durch und fand sich allmählich mit müde gewordener Ergebung darein, daß es nun einmal so sein müsse, daß auch sein Vater es nicht besser gehabt habe und daß alles mit Gottes Willen geschehe. Die geheime, sich selber nicht verstehende Sehnsucht nach der Freiheit eines klaren, in sich begründeten und befriedigten Lebens starb allerdings niemals in ihm ab, nur wurde sie stiller und glich ganz jenem feinen Schmerze, mit dem jeder tief veranlagte Mensch am Ende der Jünglingsjahre sich in die Ungenüge des Lebens findet.

Seltsam war es nun, daß es wieder die größte Mühe kostete, ihn nach Gerbersau zurückzubringen. Obwohl er einsah, daß es sein Schade sei, das heimische Geschäft länger als nötig in fremder Pacht zu lassen, wollte er durchaus nicht heimkommen. Es war nämlich, je näher diese Notwendigkeit rückte, eine wachsende Angst in ihn gefahren. Wenn er erst einmal im eigenen Haus und Laden saß, sagte er sich, dann gab es vollends kein Entrinnen mehr. Es graute ihm davor, nun auf eigne Rechnung Geschäfte zu treiben, da er zu wissen glaubte, daß das die Leute schlecht mache. Wohl kannte er manche große und kleine Handelsleute, die durch Rechtlichkeit und edle Gesinnung ihrem Stand Ehre machten und ihm verehrte Vorbilder waren; aber das waren sämtlich kräftige, scharfe Persönlichkeiten, denen Achtung und Erfolg von selbst entgegenzukommen schienen, und soweit kannte sich Kömpff, daß er wußte, diese Kraft und Einheitlichkeit gehe ihm völlig ab.

Fast ein Jahr lang zog er die Sache hin. Dann mußte er wohl oder übel kommen, denn Leipolts schon einmal verlängerte Pachtzeit war nächstens wieder abgelaufen, und dieser Termin konnte ohne erheblichen Verlust nicht versäumt werden.

Er gehörte schon nicht mehr ganz zu den Jungen, als er gegen Winteranfang mit seinem Koffer in der Heimat anlangte und das Haus seiner Väter in Besitz nahm. Äußerlich glich er nun fast ganz seinem Vater, wie derselbe zur Zeit seiner Verheiratung ausgesehen hatte. In Gerbersau nahm man ihn überall mit der ihm zukommenden Achtung als den heimkehrenden Erben und Herrn eines respektablen Hauses und Vermögens auf, und Kömpff fand sich leichter, als er gedacht hatte, in seine Rolle. Die Freunde seines Vaters gönnten ihm wohlwollende Grüße und hielten darauf, daß er sich ihren Söhnen anschließe.

Die ehemaligen Schulkameraden schüttelten ihm die Hand, wünschten ihm Glück und führten ihn an die Stammtische im Hirschen und im Anker. Überall fand er durch das Vorbild und Gedächtnis seines Vaters nicht nur einen Platz offen, sondern auch einen unausweichlichen Weg vorgezeichnet und wunderte sich nur zuweilen, daß ihm ganz dieselbe Wertschätzung wie einst dem Vater zufiel, während er fest überzeugt war, daß jener ein ganz andrer Kerl gewesen sei.

Da Herrn Leipolts Pachtzeit schon beinahe abgelaufen war, hatte Kömpff in dieser ersten Zeit vollauf zu tun, sich mit den Büchern und dem Inventar bekannt zu machen, mit Leipolt abzurechnen und sich bei Lieferanten und Kunden einzuführen. Er saß oft nachts noch über den Büchern und war im stillen froh, gleich so viel Arbeit angetroffen zu haben, denn er vergaß darüber zunächst die tiefersitzenden Sorgen und konnte sich, ohne daß es auffiel, noch eine Zeitlang den Fragen der Mutter entziehen. Er fühlte wohl, daß für ihn wie für sie ein gründliches Aussprechen notwendig sei, und das schob er gern noch hinaus. Im übrigen begegnete er ihr mit einer ehrlichen, etwas verlegenen Zärtlichkeit, denn es war ihm plötzlich wieder klargeworden, daß sie doch der einzige Mensch in der Welt sei, der zu ihm passe und ihn verstehe und in der rechten Weise liebhabe.

Als endlich alles im Gange und der Pächter abgezogen war, als Walter die meisten Abende und auch den Tag über manche halbe Stunde bei der Mutter saß, erzählte und sich erzählen ließ, da kam ganz ungesucht und ungerufen auch die Stunde, in der Frau Kornelie sich das Herz ihres Sohnes erschloß und wieder wie zu seinen Knabenzeiten seine etwas scheue Seele offen vor sich sah. Mit wunderlichen Empfindungen fand sie ihre alte Ahnung bestätigt: ihr Sohn war, allem Anschein zum Trotz, im Herzen kein Kömpff und kein Kaufmann geworden, er stak nur, innerlich ein Kind geblieben, in der aufgenötigten Rolle und ließ sich verwundert treiben, ohne daß er lebendig mit dabei war. Er konnte rechnen, buchführen, einkaufen und verkaufen wie ein andrer, aber es war eine erlernte, unwesentliche Fertigkeit. Und nun hatte er die doppelte Angst, entweder seine Rolle schlecht zu spielen und dem väterlichen Namen Unehre zu machen oder am Ende in ihr zu versinken und schlecht zu werden und seine Seele ans Geld zu verlieren.

Es kam nun eine Reihe von stillen Jahren. Herr Kömpff merkte allmählich, daß die ehrenvolle Aufnahme, die er in der Heimatstadt gefunden hatte, zu einem Teil auch seinem ledigen Stande galt. Daß er trotz vielen Verlokkungen älter und älter wurde, ohne zu heiraten, war – wie er selbst mit schlechtem Gewissen fühlte – ein entschiedener Abfall von den hergebrachten Regeln der Stadt und des Hauses. Doch vermochte er nichts dagegen zu tun. Denn es ergriff ihn mehr und mehr eine peinliche Scheu vor allen wichtigen Entschlüssen. Und wie hätte er eine Frau und gar Kinder behandeln sollen, er, der sich selber oft wie ein Knabe vorkam mit seiner Herzensunruhe und seinem mangelnden Zutrauen zu sich selber? Manchmal, wenn er am Stammtisch in der Honoratiorenstube seine Altersgenossen sah, wie sie auftraten und sich selber und einer den andern ernst nahmen, wollte es ihn wundern, ob diese wirklich alle in ihrem Innern sich so sicher und männlich gefestigt vorkamen, wie es den Anschein hatte. Und wenn das so war, warum nahmen sie ihn dann ernst, und warum merkten sie nicht, daß es mit ihm ganz anders stand?

Doch sah das niemand, kein Kunde im Laden und kein Kollege und Kamerad auf dem Markt oder beim Schoppen, außer der Mutter. Diese mußte ihn freilich genau kennen, denn bei ihr saß das große Kind immer wieder, klagend, Rat haltend und fragend, und sie beruhigte ihn und beherrschte ihn, ohne es zu wollen. Die Holderlies nahm bescheiden daran teil. Die drei merkwürdigen Leute, wenn sie abends beisammen waren, sprachen ungewöhnliche Dinge miteinander. Sein immerfort unruhiges Gewissen trieb den Kaufmann in neue und wieder neue Fragen und Gedanken, über die man zu Rate saß und aus der Erfahrung und aus der Bibel Aufschlüsse suchte und Anmerkungen machte. Der Mittelpunkt aller Fragen war der Übelstand, daß Herr Kömpff nicht glücklich war und es gern gewesen wäre.

Ja, wenn er eben geheiratet hätte, meinte die Lies seufzend. O nein, bewies der Herr, wenn er geheiratet hätte, wäre es eher noch schlimmer; er wußte viele Gründe dafür. Aber wenn er etwa studiert hätte, oder er wäre Schreiber oder Handwerker geworden. Da wäre es so und so gegangen. Und der Herr bewies, daß er dann wahrscheinlich erst recht im Pech wäre. Man probierte es mit dem Schreiner, Schullehrer, Pfarrer, Arzt, aber es kam auch nichts dabei heraus.

»Und wenn es auch vielleicht ganz gut gewesen wäre«, schloß er traurig, »es ist ja doch alles anders, und ich bin Kaufmann wie der Vater.«

Zuweilen erzählte Frau Kornelie vom Vater. Davon hörte er immer gern. Ja, wenn ich ein Mann wäre, wie der einer gewesen ist! dachte er dabei und sagte es auch bisweilen. Darauf lasen sie ein Bibelkapitel oder auch irgendeine Geschichte, die man aus der Bürgervereinsbibliothek dahatte. Und die Mutter zog Schlüsse aus dem Gelesenen und sagte: »Man sieht, die wenigsten Leute treffen es im Leben gerade so, wie es gut für sie wäre. Es muß jeder genug durchmachen und leiden, auch wenn man's ihm nicht ansieht. Der liebe Gott wird es schon wissen, zu was es gut ist, und einstweilen muß man es eben auf sich nehmen und Geduld haben.«

Dazwischen trieb Walter Kömpff seinen Handel, rechnete und schrieb Briefe, machte da und dort einen Besuch und ging in die Kirche, alles pünktlich und ordentlich, wie es das Herkommen erforderte. Im Lauf der Jahre schläferte ihn das auch ein wenig ein, doch niemals ganz; in seinem Gesicht stand immer etwas, was einem verwunderten und bekümmerten Sichbesinnen ähnlich sah.

Seiner Mutter war anfangs dies Wesen ein wenig beängstigend. Sie hatte gedacht, er würde vielleicht noch weniger zufrieden, aber mannhafter und entschiedener werden. Dafür rührte sie wieder die gläubige Zuversicht, mit der er an ihr hing und nicht müde wurde, alles mit ihr zu teilen und gemeinsam zu haben. Und wie die Zeiten dahinliefen und alles beim Gleichen blieb, gewöhnte sie sich daran und fand nicht viel Beunruhigendes mehr an seinem bekümmerten und ziellosen Wesen.

Walter Kömpff war nun nahe an vierzig und hatte nicht geheiratet und sich wenig verändert. In der Stadt ließ man sein etwas zurückgezogenes Leben als eine Junggesellenschrulle hingehen.

Daß in dies resignierte Leben noch eine Änderung kommen könnte, hätte er nie gedacht.

Sie kam aber plötzlich, indem Frau Kornelie, deren langsames Altern man kaum bemerkt hatte, auf einem kurzen Krankenlager vollends ganz weiß wurde, sich wieder aufraffte und wieder erkrankte, um nun schnell und still zu sterben. Am Totenbett, von dem der Stadtpfarrer eben weggegangen war, standen der Sohn und die alte Magd.

»Lies, geh hinaus«, sagte Herr Kömpff.

»Ach, aber lieber Herr –!«

»Geh hinaus, sei so gut!«

Sie ging hinaus und saß ratlos in der Küche. Nach einer Stunde klopfte sie, bekam keine Antwort und ging wieder. Und wieder kam sie nach einer Stunde und klopfte vergebens. Sie klopfte noch einmal.

»Herr Kömpff! O Herr!«

»Sei still, Lies!« rief es von drinnen.

»Und mit dem Nachtessen?«

»Sei still, Lies! Iß du nur!«

»Und Sie nicht?«

»Ich nicht. Laß jetzt gut sein! Gute Nacht!«

»Ja, darf ich denn gar nimmer hinein?«

»Morgen dann, Lies.«

Sie mußte davon abstehen. Aber nach einer schlaflosen Kummernacht stand sie morgens schon um fünf Uhr wieder da.

»Herr Kömpff!«

»Ja, was ist?«

»Soll ich gleich Kaffee machen?«

»Wie du meinst.«

»Und dann, darf ich dann hinein?«

»Ja, Lies.«

Sie kochte ihr Wasser und nahm die zwei Löffel gemahlenen Kaffee und Zichorie, ließ das Wasser durchlaufen, trug Tassen auf und schenkte ein. Dann kam sie wieder.

Er schloß auf und ließ sie hereinkommen. Sie kniete ans Bett und sah die Tote an und rückte ihr die Tücher zurecht. Dann stand sie auf und sah nach dem Herrn und besann sich, wie sie ihn anreden solle. Aber wie sie ihn ansah, kannte sie ihn kaum wieder. Er war blaß und hatte ein schmales Gesicht und machte große merkwürdige Augen, als wolle er einen durch und durch schauen, was sonst gar nicht in seiner Art war.

»Sie sind gewiß nicht wohl, Herr – –«

»Ich bin ganz wohl. Wir können ja jetzt Kaffee trinken.«

Das taten sie, ohne daß ein Wort gesprochen wurde.

Den ganzen Tag saß er allein in der Stube. Es kamen ein paar Trauerbesuche, die er sehr ruhig empfing und sehr bald und kühl wieder verabschiedete, ohne daß er jemand die Tote sehen ließ. Nachts wollte er wieder bei ihr wachen, schlief aber auf dem Stuhle ein und wachte erst gegen Morgen auf. Erst jetzt fiel es ihm ein, daß er sich schwarz anziehen müsse. Er holte selber den Gehrock aus dem Kasten. Abends war die Beerdigung, wobei er nicht weinte und sich sehr ruhig benahm. Desto aufgeregter war die Holderlies, die in ihrem weiten Staatskleid und mit rotgeweintem Gesicht den Zug der Weiber anführte. Über das nasse Sacktuch hinweg äugte sie fortwährend, vor Tränen blinzelnd, nach ihrem Herrlein hinüber, um das sie Angst hatte. Sie fühlte, daß dieses kalte und ruhige Gebaren nicht echt war und daß die trotzige Verschlossenheit und Einsiedlerei ihn verzehren müsse.

Doch gab sie sich vergebens Mühe, ihn seiner Erstarrung zu entreißen. Er saß daheim am Fenster und lief ruhelos durch die Zimmer. An der Ladentür verkündete ein Zettel, daß das Geschäft für drei Tage geschlossen sei. Es blieb aber auch am vierten und fünften Tag zu, bis einige Bekannte ihn dringend mahnten.

Kömpff stand nun wieder hinter dem Ladentisch, wog, rechnete und nahm Geld ein, aber er tat es, ohne dabei zu sein. An den Abenden der Bürgergesellschaft und der Hirschengäste erschien er nicht mehr, und man ließ ihn gewähren, da er ja in Trauer war. In seiner Seele war es leer und still. Wie sollte er nun leben? Eine tödliche Ratlosigkeit hielt ihn wie ein Krampf bestrickt, er konnte nicht stehen noch fallen, sondern fühlte sich ohne Boden im Leeren schweben.

Nach einiger Zeit begann es ihn unruhig zu treiben; er fühlte, daß irgend etwas geschehen müsse, nicht von außen her, sondern aus ihm selbst heraus, um ihn zu befreien. Damals fingen nun auch die Leute an, etwas zu merken, und die Zeit begann, in der Walter Kömpff zum bekanntesten und meistbesprochenen Mann in Gerbersau wurde.

Wie es scheint, hatte der sonderbare Kaufmann in diesen Zeiten, da er sein Schicksal der Reife nahe fühlte, ein starkes Bedürfnis nach Einsamkeit und ein Mißtrauen gegen sich selbst, das ihm gebot, sich von gewohnten Einflüssen zu befreien und sich eine eigene, abschließende Atmosphäre zu schaffen. Wenigstens fing er nun an, allen Verkehr zu meiden, und suchte sogar die treue Holderlies zu entfernen.

»Vielleicht kann ich dann die selige Mutter eher vergessen«, sagte er und bot der Lies ein beträchtliches Geschenk an, daß sie in Frieden abgehe. Die alte Dienerin lachte jedoch nur und erklärte, sie gehöre nun einmal ins Haus und werde auch bleiben. Sie wußte gut, daß ihm nicht daran gelegen war, seine Mutter zu vergessen, daß er vielmehr ihrem Andenken stündlich nachhing und keinen geringsten Gegenstand vermissen mochte, der ihn an sie erinnerte. Und vielleicht verstand die Holderlies ihres Herrn Gemütszustände ahnungsweise schon damals; jedenfalls verließ sie ihn nicht, sondern sorgte mütterlich für sein verwaistes Hauswesen.

Es muß nicht leicht für sie gewesen sein, in jenen Tagen bei dem Sonderling auszuharren. Walter Kömpff begann damals zu fühlen, daß er zu lange das Kind seiner Mutter geblieben war. Die Stürme, die ihn nun bedrängten, waren schon jahrelang in ihm gewesen, und er hatte sie dankbar von der Mutterhand beschwören und besänftigen lassen. Jetzt schien ihm aber, es wäre besser gewesen, beizeiten zu scheitern und neu zu beginnen, statt erst jetzt, da er nicht mehr bei Jugendkräften und durch jahrelange Gewohnheit hundertfach gefesselt und gelähmt war. Seine Seele verlangte so leidenschaftlich wie jemals nach Freiheit und Gleichgewicht, aber sein Kopf war der eines Kaufmanns, und sein ganzes Leben lief eine feste, glatte Bahn abwärts, und er wußte keinen Weg, aus diesem sicheren Gleiten sich auf neue, bergan führende Pfade zu retten.

In seiner Not besuchte er mehrmals die abendlichen Versammlungen der Pietisten. Eine Ahnung des Trostes und der Erbauung wachte dort zwar in ihm auf, doch mißtraute er heimlich der inneren Wahrhaftigkeit dieser Männer, die ganze Abende mit kleinlichen Versuchen einer untheologischen Bibelauslegung verbrachten, viel verbissenen Autodidaktenstolz an den Tag legten und selten recht einig untereinander waren. Es mußte eine Quelle des Vertrauens und der Gottesfreude geben, eine Möglichkeit der Heimkehr zur Kindeseinfalt und in Gottes Arme; aber hier war sie nicht. Diese Leute hatten doch alle, so schien ihm, irgendeinmal einen Kompromiß geschlossen und hielten in ihrem Leben eine irgendeinmal angenommene Grenze zwischen Geistlichem und Weltlichem inne. Ebendas hatte Kömpff selber sein Leben lang getan, und eben das hatte ihn müde und traurig gemacht und ohne Trost gelassen.

Das Leben, das er sich dachte, müßte in allen kleinsten Regungen Gott hingegeben und von herzlichem Vertrauen erleuchtet sein. Er wollte keine noch so geringe Tätigkeit mehr verrichten, ohne dabei mit sich und mit Gott einig zu sein. Und er wußte genau, daß dies süße und heilige Gefühl ihm bei Rechnungsbuch und Ladenkasse niemals zuteil werden könnte. In seinem Sonntagsblättlein las er zuweilen von großen Laienpredigern und gewaltigen Erweckungen in Amerika, in Schweden oder Schottland, von Versammlungen, in denen Dutzende und Hunderte, vom Blitz der Erkenntnis getroffen, sich gelobten, fortan ein neues Leben im Geist und in der Wahrheit zu führen. Bei solchen Berichten, die er mit Sehnsucht verschlang, hatte Kömpff ein Gefühl, als steige Gott selber zuzeiten auf die Erde herab und wandle unter den Menschen, da oder dort, in manchen Ländern, aber niemals hier, aber niemals in seiner Nähe.

Die Holderlies erzählt, er habe damals jämmerlich ausgesehen. Sein gutes, ein wenig kindliches Gesicht wurde mager und scharf, die Falten tiefer und härter. Auch ließ er, der bisher das Gesicht glatt getragen hatte, jetzt den Bart ohne Pflege stehen, einen dünnen, farblos blonden

Bart, wegen dem ihn die Buben auslachten. Nicht weniger vernachlässigte er seine Kleidung, und ohne die zähe Fürsorge der bekümmerten Magd wäre er schnell vollends zum Kindergespött geworden. Den ölfleckigen alten Ladenrock trug er meistens auch bei Tisch und auch abends, wenn er auf seine langen Spaziergänge ausging, von denen er oft erst gegen Mitternacht heimkam.

Nur den Laden ließ er nicht verkommen. Das war das letzte, was ihn mit der früheren Zeit und mit dem Althergebrachten verband, und er führte seine Bücher peinlich weiter, stand selber den ganzen Tag im Geschäft und bediente. Freude hatte er nicht daran, obwohl die Geschäfte erfreulich gingen. Aber er mußte eine Arbeit haben, er mußte sein Gewissen und seine Kraft an eine feste, immerwährende Pflicht binden, und wußte genau, daß mit dem Aufgeben seiner gewohnten Tätigkeit ihm die letzte Stütze entgleiten und er rettungslos den Mächten verfallen würde, die er nicht weniger fürchtete als verehrte.

In kleinen Städtlein gibt es immer irgendeinen Bettler und Tunichtgut, einen alten Säufer oder entlassenen Zuchthäusler, der jedermann zum Spott und Ärgernis dient und als Entgelt für die spärliche Wohltätigkeit der Stadt den Kinderschreck und verachteten Auswürfling abgeben muß. Als solcher diente zu jenen Zeiten ein Alois Beckeler, genannt Göckeler, ein schnurriger, alter Taugenichts und weltkundiger Herumtreiber, der nach langen Landstreicherjahren hier hängengeblieben war. Sobald er etwas zu beißen oder zu trinken hatte, tat er großartig und gab in den Kneipen eine drollige Faulpelzerphilosophie zum besten, nannte sich Fürst von Ohnegeld und Erbprinz von Schlaraffia, bemitleidete jedermann, der von seiner Hände Arbeit lebte, und fand immer ein paar Zuhörer, die ihn protegierten und ihm manchen Schoppen zahlten.

Eines Abends, als Walter Kömpff einen seiner langen,

einsamen und hoffnungslosen Spaziergänge unternahm, stieß er auf diesen Göckeler, welcher der Quere nach in der Straße lag und einen kleinen Nachmittagsrausch soeben ausgeschlafen hatte.

Kömpff erschrak zuerst, als er unvermutet den Daliegenden zu Gesicht bekam, auf den er im Halbdunkel beinahe getreten wäre. Doch erkannte er rasch den Vagabunden und rief ihn vorwurfsvoll an:

»He Beckeler, was macht Ihr da?«

Der Alte richtete sich auf, blinzelte vernügt und meinte: »Ja, und Ihr, Kömpff, was macht denn Ihr da, he?«

Dem so Angeredeten wollte es mißfallen, daß der Lump ihn weder mit Herr noch mit Sie titulierte.

»Könnt Ihr nicht höflicher sein, Beckeler?« fragte er gekränkt.

»Nein, Kömpff«, grinste der Alte, »das kann ich nicht, so leid mir's tut.«

»Und warum denn nicht?«

»Weil mir niemand was dafür gibt, und umsonst ist der Tod. Hat mir vielleicht der hochgeehrte Herr von Kömpff irgendeinmal was geschenkt oder zugewendet? O nein, der reiche Herr von Kömpff hat das noch nie getan, der ist viel zu fein und zu stolz, als daß er ein Aug auf einen armen Teufel könnte haben. Ist's so, oder ist's nicht so?«

»Ihr wißt gut, warum. Was fangt Ihr an mit einem Almosen? Vertrinken, weiter nichts, und zum Vertrinken hab ich kein Geld und geb auch keins.«

»So, so. Na, denn gute Nacht, und angenehme Ruhe, Bruderherz.«

»Wieso Bruderherz?«

»Sind nicht alle Menschen Brüder, Kömpff. He? Ist vielleicht der Heiland bloß für dich gestorben und für mich nicht?«

»Redet nicht so, mit diesen Sachen treibt man keinen Spaß.«

»Hab ich Spaß getrieben?«

Kömpff besann sich. Die Worte des Lumpen trafen mit seinen grüblerischen Gedanken zusammen und regten ihn wunderlich auf.

»Gut denn«, sagte er freundlich, »steht einmal auf. Ich will Euch gern etwas geben.«

»Ei, schau!«

»Ja, aber Ihr müßt mir versprechen, daß Ihr's nicht vertrinkt. Ja?«

Beckeler zuckte die Achseln. Er war heute in seiner freimütigen Laune.

»Versprechen kann ich's schon, aber Halten steht auf einem andern Blatt. Geld, wenn ich's nicht verbrauchen darf, wie ich will, ist so gut wie kein Geld.«

»Es ist zu Eurem Besten, was ich sage, Ihr dürft mir's glauben.«

Der Trinker lachte. »Ich bin jetzt vierundsechzig Jahre alt. Glaubt Ihr wirklich, daß Ihr besser wißt, was mir gut ist, als ich selber? Glaubt Ihr?«

Mit dem schon hervorgezogenen Geldbeutel in der Hand stand Kömpff verlegen da. Er war im Reden und Antwortenkönnen nie stark gewesen und fühlte sich diesem vogelfreien Menschen gegenüber, der ihn Bruderherz nannte und sein Wohlwollen verschmähte, hilflos und unterlegen. Schnell und fast ängstlich nahm er einen Taler heraus und steckte ihn dem Beckeler hin.

»Nehmt also ...«

Erstaunt nahm Alois Beckeler das große Geldstück hin, hielt es vors Auge und schüttelte den struppigen Kopf. Dann begann er, sich demütig, umständlich und beredt zu bedanken. Kömpff war über die Höflichkeit und Selbsterniedrigung, zu der ein Stück Geld den Philosophen vermocht hatte, beschämt und traurig und lief schnell davon.

Dennoch empfand er eine Erleichterung und kam sich vor, als hätte er eine Tat vollbracht. Daß er dem Beckeler einen Taler zum Vertrinken geschenkt hatte, war für ihn eine abenteuerliche Extravaganz, mindestens so kühn und unerhört, als wenn er selber das Geld verludert hätte. Er kehrte an diesem Abend so zeitig und zufrieden heim wie seit Wochen nicht mehr.

Für den Göckeler brach jetzt eine gesegnete Zeit an. Alle paar Tage gab ihm Walter Kömpff ein Stück Geld, bald eine Mark, bald einen Fünfziger, so daß das Wohlleben kein Ende nahm. Einmal, als er am Kömpffschen Laden vorüberkam, rief ihn der Herr herein und schenkte ihm ein Dutzend gute Zigarren. Die Holderlies war zufällig dabei und trat dazwischen.

»Aber Sie werden doch dem Lumpen nicht von den teuren Zigarren geben!«

»Sei ruhig«, sagte der Herr, »warum soll er's nicht auch einmal gut haben?«

Und der alte Taugenichts blieb nicht der einzige Beschenkte. Den einsamen Grübler befiel eine zunehmende Lust am Weggeben und Freudemachen. Armen Weibern gab er im Laden das doppelte Gewicht oder nahm kein Geld von ihnen, den Fuhrleuten gab er am Markttag überreiche Trinkgelder, und Bauernfrauen legte er gern bei ihren Einkäufen ein Extrapäckchen Zichorie oder eine Handvoll Korinthen in den Korb.

Das konnte nicht lange dauern, ohne aufzufallen. Zuerst bemerkte es die Holderlies, und sie machte dem Herrn schwere, unablässige Vorwürfe, die zwar erfolglos blieben, ihn aber nicht wenig beschämten und quälten, so daß er allmählich seine Verschwendungslust vor ihr verstecken lernte. Darüber wurde die treue Seele mißtrauisch und begann sich aufs Spionieren zu legen, und das alles brachte den Hausfrieden ins Wanken.

Nächst der Lies und dem Göckeler waren es die Kinder, denen des Kaufmanns sonderbare Freigebigkeit auffiel. Sie kamen immer öfter mit einem Pfennig daher, verlangten Zucker, Süßholz oder Johannisbrot und bekamen davon, soviel sie wollten. Und wenn die Lies aus Scham und der Beckeler aus Klugheit schwieg, die Kinder taten es nicht, sondern verbreiteten die Kunde von Kömpffs großartiger Laune in der ganzen Stadt.

Merkwürdig war es, daß er selber wider diese Freigebigkeit kämpfte und sich vor ihr fürchtete. Nachdem er tagsüber Pfunde verschenkt und verschwendet hatte, befiel ihn abends beim Geldzählen und beim Buchführen Entsetzen über diese liederliche, unkaufmännische Wirtschaft. Angstvoll rechnete er nach und versuchte seinen Schaden zu berechnen, sparte beim Bestellen und Einkaufen, forschte nach wohlfeilen Quellen, und alles nur, um andern Tages von neuem zu vergeuden und seine Freude am Geben zu haben. Die Kinder jagte er bald scheltend fort, bald belud er sie mit guten Sachen. Nur sich selber gönnte er nichts, er sparte am Haushalt und an der Kleidung, gewöhnte sich den Nachmittagskaffee ab und ließ das Weinfäßchen im Keller, als es leer war, nicht mehr füllen.

Die mißlichen Folgen ließen nicht lange auf sich warten. Kaufleute beschwerten sich mündlich und in groben Briefen bei ihm, daß er ihnen mit seinem sinnlosen Dreingeben und Schenken die Kunden weglocke. Manche solide Bürger und auch schon mehrere seiner Kunden vom Lande, die an seinem veränderten Wesen Anstoß nahmen, mieden seinen Laden und begegneten ihm, wo sie ihm nicht ausweichen konnten, mit unverhohlenem Mißtrauen. Auch stellten ihn die Eltern einiger Kinder, denen er Leckereien und Feuerwerk gegeben hatte, ärgerlich zur Rede. Sein Ansehen unter den Honoratioren, mit dem es schon einige Zeit her nicht glänzend mehr ausgesehen hatte, schwand dahin und ward ihm durch eine zweifelhafte Beliebtheit bei den Geringen und Armen doch nicht ersetzt. Ohne diese Veränderungen im einzelnen allzu schwer zu nehmen, hatte Kömpff doch das Gefühl eines unaufhaltsamen Gleitens ins Ungewisse. Es kam immer häufiger vor, daß er von Bekannten mit spöttischer oder mitleidiger Gebärde begrüßt wurde, daß auf der Straße hinter ihm gesprochen und gelacht ward, daß ernste Leute ihm mit Unbehagen auswichen. Die paar alten Herren, die zur Freundschaft seines Vaters gehört hatten und einigemal mit Vorwürfen, Rat und Zuspruch zu ihm gekommen waren, blieben bald aus und wandten sich ärgerlich von ihm ab. Und immer mehr verbreitete sich in der Stadt die Ansicht, Walter Kömpff sei im Kopf nimmer recht und gehöre bald ins Narrenhaus.

Mit der Kaufmannschaft war es jetzt zu Ende, das sah der gequälte Mann selber am besten ein. Aber ehe er die Bude endgültig zumachte, beging er noch eine Tat unkluger Großmut, die ihm viele Feinde machte.

Eines Montags verkündete er durch eine Anzeige im Wochenblatt, von heute an gebe er jede Ware zu dem Preis, den sie ihn selber koste.

Einen Tag lang war der Laden voll wie noch nie. Die feinen Leute blieben aus, sonst aber kam jedermann, um von dem offenbar übergeschnappten Händler seinen Vorteil zu ziehen. Die Waage kam den ganzen Tag nicht zum Stillstand, und das Ladenglöcklein schellte sich heiser. Körbe und Säcke voll spottbillig erworbener Sachen wurden fortgetragen. Die Holderlies war außer sich. Da ihr Herr nicht auf sie hörte und sie aus dem Laden verwies, stellte sie sich in der Haustür auf und sagte jedem Käufer, der aus dem Laden kam, ihre Meinung. Es gab einen Skandal über den andern, aber die verbitterte Alte hielt aus und suchte jedem, der nicht ganz dickfellig war, seinen wohlfeilen Einkauf ordentlich zu versalzen.

»Willst nicht auch noch zwei Pfennig geschenkt haben?« fragte sie den einen, und zum andern sagte sie: »Das ist nett, daß Ihr wenigstens den Ladentisch habt stehenlassen.«

Aber zwei Stunden vor Feierabend erschien der Bürgermeister in Begleitung des Amtsdieners und befahl, daß der Laden geschlossen werde. Kömpff weigerte sich nicht und machte sogleich die Fensterläden zu. Tags darauf mußte er aufs Rathaus und wurde nur auf seine Erklärung, daß er sein Geschäft aufzugeben entschlossen sei, mit Kopfschütteln wieder laufen gelassen.

Den Laden war er nun los. Er ließ seine Firma aus dem Handelsregister streichen, da er sein Geschäft weder verpachten noch verkaufen wollte. Die noch vorhandenen Vorräte, soweit sie dazu paßten, verschenkte er wahllos an arme Leute. Die Lies wehrte sich um jedes Stück und brachte Kaffeesäcke und Zuckerhüte und alles, wofür sie irgend Raum fand, für den Haushalt beiseite.

Ein entfernter Verwandter stellte den Antrag, Walter Kömpff zu entmündigen, doch sah man nach längeren Verhandlungen davon ab, teils weil nahverwandte, namentlich minderjährige Erbberechtigte nicht vorhanden waren, teils weil Kömpff nach der Aufgabe seines Geschäfts unschädlich und der Bevogtung nicht bedürftig erschien.

Es sah aus, als kümmere sich keine Seele um den entgleisten Mann. Zwar redete man in der ganzen Gegend von ihm, meistens mit Hohn und Mißfallen, manchmal auch mit Bedauern; in sein Haus aber kam niemand, etwa nach ihm zu sehen. Es kamen nur mit großer Schnelligkeit alle Rechnungen, die noch offenstanden, denn man fürchtete, hinter der ganzen Geschichte stecke am Ende ein ungeschickt eingeleiteter Bankrott. Doch brachte Kömpff seine Bücher richtig und notariell zum Abschluß und zahlte alle Schulden bar. Freilich nahm dieses übereilte Abschließen nicht nur seine Börse, sondern noch mehr seine Kräfte unmäßig in Anspruch, und als er fertig war, fühlte er sich elend und dem Zusammenbrechen nahe.

In diesen bösen Tagen, als er nach einer überhitzten Arbeitszeit plötzlich vereinsamt und unbeschäftigt sich selbst überlassen blieb, kam wenigstens einer, um ihm zuzusprechen, das war der Schlotzer, Kömpffs ehemaliger Lehrherr aus Deltingen. Der fromme Handelsmann, den Walter früher noch einigemal besucht, nun aber seit Jahren nicht mehr gesehen hatte, war alt und weiß geworden, und es war eine Heldentat von ihm, daß er noch die Reise nach Gerbersau gemacht hatte.

Er trug einen langschößigen braunen Gehrock und führte ein ungeheueres, blau und gelb gemustertes Schnupftuch bei sich, auf dessen breitem Saum Landschaften, Häuser und Tiere abgebildet waren.

»Darf man einmal reinsehen?« fragte er beim Eintritt in die Wohnstube, wo der Einsame gerade müd und ratlos in der großen Bibel blätterte. Dann nahm er Platz, legte den Hut und das Schnupftuch auf den Tisch, zog die Rockschöße über den Knien zusammen und schaute seinem alten Lehrling prüfend in das blasse, unsichere Gesicht.

»Also Sie sind jetzt Privatier, hört man sagen?«

»Ich habe das Geschäft aufgegeben, ja.«

»So, so. Und darf man fragen, was Sie jetzt vorhaben? Sie sind ja, vergleichsweise gesprochen, noch ein junger Mann.«

»Ich wäre froh, wenn ich's wüßte. Ich weiß nur, daß ich nie ein rechter Kaufmann gewesen bin, drum hab ich aufgehört. Ich will jetzt sehen, was sich noch gutmachen läßt an mir.«

»Wenn ich sagen darf, was ich meine, so scheint mir, das sei zu spät.«

»Kann es zum Guten auch zu spät sein?«

»Wenn man das Gute kennt, nicht. Aber so ins Ungewisse den Beruf aufgeben, den man gelernt hat, ohne daß man weiß, was nun anfangen, das ist unrecht. Ja, wenn Sie das als junger Bursch getan hätten!«

»Es hat eben lang gebraucht, bis ich zum Entschluß gekommen bin.«

»Es scheint so. Aber ich meine, für so lange Entschlüsse ist das Leben zu kurz. Sehen Sie, ich kenne Sie doch ein wenig und weiß, daß Sie es schwer gehabt haben und nicht ganz ins Leben hineinpassen. Es gibt mehr solche Naturen. Sie sind Kaufmann geworden Ihrem Vater zulieb, nicht wahr? Jetzt haben Sie Ihr Leben verpfuscht und haben das, was Ihr Vater wollte, doch nicht getan.«

»Was sollte ich machen?«

»Was? Auf die Zähne beißen und aufrecht bleiben. Ihr Leben schien Ihnen verfehlt und war es vielleicht, aber ist es jetzt im Gleis? Sie haben ein Schicksal, das Sie auf sich genommen hatten, von sich geworfen, und das war feig und unklug. Sie sind unglücklich gewesen, aber Ihr Unglück war anständig und hat Ihnen Ehre gemacht. Auf das haben Sie verzichtet, nicht etwas Besserem zulieb, sondern bloß, weil Sie es müde waren. Ist es nicht so?«

»Vielleicht wohl.«

»Also. Und darum bin ich hergereist und sage Ihnen: Sie sind untreu geworden. Aber bloß zum Schelten hätte ich mit meinen alten Beinen den Weg hierher doch nicht gemacht. Drum sage ich, machen Sie's wieder gut, so bald wie möglich.«

»Wie soll ich das?«

»Hier in Gerbersau können Sie nicht wieder anfangen, das sehe ich ein. Aber anderswo, warum nicht? Übernehmen Sie wieder ein Geschäft, es braucht ja kein großes zu sein, und machen Sie Ihres Vaters Namen wieder Ehre. Von heut auf morgen geht's ja nicht, aber wenn Sie wollen, helfe ich suchen. Soll ich?«

»Danke vielmals, Herr Leckle. Ich will bedenken.«

Der Schlotzer nahm weder Trank noch Essen an und fuhr mit dem nächsten Zug wieder heim.

Kömpff war ihm dankbar, aber er konnte seinen Rat nicht annehmen.

In seiner Muße, an die er nicht gewöhnt war und die er nur schwer ertrug, machte der Exkaufmann zuweilen melancholische Gänge durch die Stadt. Dabei war es ihm jedesmal wunderlich und bedrückend, zu sehen, wie Handwerker und Kaufleute, Arbeiter und Dienstboten ihren Geschäften nachgingen, wie jeder seinen Platz und seine Geltung und jeder sein Ziel hatte, während er allein ziellos und unberechtigt umherging.

Der Arzt, den er wegen Schlafmangels um Rat fragte, fand seine Untätigkeit verhängnisvoll. Er riet ihm, sich ein Stückchen Land vor der Stadt draußen zu kaufen und dort Gartenarbeit zu tun. Der Vorschlag gefiel ihm, und er erwarb an der Leimengrube ein kleines Gut, schaffte sich Geräte an und begann eifrig zu graben und zu hakken. Treulich stach er seinen Spaten in die Erde und fühlte, während er sich in Schweiß und Ermüdung arbeitete, seinen verwirrten Kopf leichter werden. Aber bei schlechtem Wetter und an den langen Abenden saß er wieder grübelnd daheim, las in der Bibel und gab sich erfolglosen Gedanken über die unbegreiflich eingerichtete Welt und über sein elendes Leben hin. Daß er mit der Aufgabe seiner Geschäfte Gott nicht nähergekommen sei, spürte er wohl, und in verzweifelten Stunden kam es ihm vor, als sei Gott unerreichbar fern und sehe auf sein törichtes Gebaren mit Strenge und Spott herab.

Bei seiner Gartenarbeit fand er meistens einen zuschauenden Gesellschafter. Das war Alois Beckeler. Der alte Taugenichts hatte seine Freude daran, wie ein so reicher Mann sich plagte und abschaffte, während er, der Bettler, zuschaute und nichts tat. Zwischenein, wenn Kömpff ausruhte, hatten sie Diskurs über alle möglichen Dinge miteinander. Dabei spielte Beckeler je nach Umständen bald den Großartigen, bald war er kriechend höflich.

»Wollt Ihr nicht mithelfen?« fragte Kömpff etwa.

»Nein, Herr, lieber nicht. Sehen Sie, ich vertrage das nicht gut. Es macht einen dummen Kopf«

»Mir nicht, Beckeler.«

»Freilich, Ihnen nicht. Und warum? Weil Sie zu Ihrem Vergnügen arbeiten. Das ist Herrengeschäft und tut nicht weh. Außerdem sind Sie noch in guten Jahren, und ich bin ein Siebziger. Da hat man seine Ruhe wohl verdient.«

»Aber, neulich habt Ihr gesagt, Ihr wäret vierundsechzig, nicht siebzig«

»Hab ich vierundsechzig gesagt? Ja, das war im Dusel gesprochen. Wenn ich ordentlich getrunken habe, komm ich mir immer viel jünger vor.«

»Also seid Ihr wirklich siebzig?«

»Wenn ich's nicht bin, so kann wenig daran fehlen. Nachgezählt hab ich nicht.«

»Daß Ihr auch das Trinken nicht lassen könnt! Liegt's Euch denn nicht auf dem Gewissen?«

»Nein. Was das Gewissen anlangt, das ist bei mir gesund und mag was aushalten. Wenn nur sonst nichts fehlt, möcht ich leicht nochmal so alt werden.«

Es gab auch Tage, an denen Kömpff finster und ungesprächig war. Der Göckeler hatte dafür eine feine Witterung und merkte schon beim Herankommen, wie es mit dem närrischen Lustgärtner stehe. Dann blieb er, ohne hereinzutreten, am Zaun stehen und wartete etwa eine halbe Stunde, eine Art schweigende Anstandsvisite. Er lehnte stillvergnügt am Gartenzaun, sprach keinen Ton und betrachtete sich seinen sonderbaren Gönner, der seufzend hackte, grub, Wasser schleppte oder junge Bäume pflanzte. Und schweigend ging er wieder, spuckte aus, steckte die Hände in die Hosensäcke und grinste und zwinkerte lustig vor sich hin.

Schwere Zeiten hatte jetzt die Holderlies. Sie war allein in dem unbehaglich gewordenen Hause geblieben, besorgte die Stuben, wusch und kochte. Anfangs hatte sie dem neuen Wesen ihres Herrn böse Gesichter und grobe Worte entgegengesetzt. Dann war sie davon abgekommen und hatte beschlossen, den übel Beratenen eine Weile machen und laufen zu lassen, bis er müde wäre und wieder auf sie hören würde. So war es ein paar Wochen gegangen.

Am meisten ärgerte sie sein kameradschaftlicher Umgang mit dem Göckeler, dem sie die feinen Zigarren von damals nicht vergessen hatte. Aber gegen den Herbst hin, als wochenlang Regenwetter war und Kömpff nicht in den Garten konnte, kam ihre Stunde. Ihr Herr war trübsinniger als je.

Da kam sie eines Abends in die Stube, hatte ihren Flickkorb mit und setzte sich unten an den Tisch, an dem der Hausherr beim Lampenlicht seine Monatsrechnung studierte.

»Was willst, Lies?« fragte er erstaunt.

»Dasitzen will ich und flicken, jetzt wo man wieder die Lampe braucht.«

»Du darfst schon.«

»So, ich darf? Früher, wie die Frau selig noch da war, hab ich immer meinen Platz hier gehabt, ungefragt.«

»Ja, ja.«

»Freilich, es ist ja seither manches anders worden. Mit den Fingern zeigen die Leute auf einen.«

»Wieso, Lies?«

»Soll ich Ihnen was erzählen?«

»Ja, also.«

»Gut. Der Göckeler, wissen Sie, was der tut? Am Abend sitzt er in den Wirtshäusern herum und verschwätzt Sie.«

»Mich? Wie denn?«

»Er macht Sie nach, wie Sie im Garten schaffen, und macht sich lustig darüber und erzählt, was Sie allemal mit ihm für Gespräche führen.«

»Ist das auch wahr, Lies?«

»Ob's wahr ist! Mit Lügen geb ich mich nicht ab, ich nicht. So macht's der Göckeler also, und dann gibt es Leute, die dabeisitzen und lachen und stacheln ihn an und zahlen ihm Bier dafür, daß er so von Ihnen redet.«

Kömpff hatte aufmerksam und traurig zugehört. Dann hatte er die Lampe von sich weggeschoben, so weit sein Arm reichte, und als die Lies nun aufschaute und auf eine Antwort wartete, sah sie mit wunderlichem Schrecken, daß er die Augen voll Tränen hatte.

Sie wußte, daß ihr Herr krank war, aber diese widerstandslose Schwäche hätte sie ihm nicht zugetraut. Sie sah nun auch plötzlich, wie gealtert und elend er aussah. Schweigend machte sie an ihrer Flickarbeit weiter und wagte nicht mehr aufzublicken, und er saß da, und die Tränen liefen ihm über die Wangen und durch den dünnen Bart. Die Magd mußte selber schlucken, um Herr über ihre Bewegung zu bleiben. Bisher hatte sie den Herrn für überarbeitet, für launisch und kurios gehalten. Jetzt sah sie, daß er hilflos, seelenkrank und im Herzen wund war.

Die beiden sprachen an diesem Abend nicht weiter. Kömpff nahm nach einer Weile seine Rechnung wieder vor, die Holderlies strickte und stopfte, schraubte ein paarmal am Lampendocht und ging zeitig mit leisem Gruß hinaus.

Seit sie wußte, daß er so elend und hilflos war, verschwand der eifersüchtige Groll aus ihrem Herzen. Sie war froh, ihn pflegen und sanft anfassen zu dürfen, sie sah ihn auf einmal wieder wie ein Kind an, sorgte für ihn und nahm ihm nichts mehr übel.

Als Walter bei schönem Wetter wieder einmal in seinem Garten herumbosselte, erschien mit freudigem Gruß Alois Beckeler. Er kam durch die Einfahrt herein, grüßte nochmals und stellte sich am Rand der Beete auf

»Grüß Gott«, sagte Kömpff, »was wollt Ihr?«

»Nichts, nur einen Besuch machen. Man hat Sie lang nimmer draußen gesehen.«

»Wollt Ihr sonst etwas von mir?«

»Nein. Ja, wie meinen Sie das? Ich bin doch sonst auch schon dagewesen.«

»Es ist aber nicht nötig, daß Ihr wiederkommt.«

»Ja, Herr Kömpff, warum denn aber?«

»Es ist besser, wir reden darüber nicht. Geht nur, Bekkeler, und laßt mir meine Ruhe.«

Der Göckeler nahm eine beleidigte Miene an.

»So, dann kann ich ja gehen, wenn ich nimmer gut genug bin. Das wird wohl auch in der Bibel stehen, daß man so mit alten Freunden umgehen soll.«

Kömpff war betrübt.

»Nicht so, Beckeler!« sagte er freundlich.

»Wir wollen im Guten voneinander, 's ist immer besser. Nehmt das noch mit, gelt.«

Er gab ihm einen Taler, den jener verwundert nahm und einsteckte.

»Also meinen Dank, und nichts für ungut! Ich bedank mich schön. Adieu, denn, Herr Kömpff, adieu denn!«

Damit ging er fort, vergnügter als je. Als er jedoch nach wenigen Tagen wiederkam und diesmal entschieden verabschiedet wurde, ohne ein Geschenk zu bekommen, ging er zornig weg und schimpfte draußen über den Zaun herein: »Sie großer Herr, Sie, wissen Sie, wo Sie hingehören? Nach Tübingen gehören Sie, dort steht das Narrenhaus, damit Sie's wissen.«

Der Göckeler hatte nicht unrecht. Kömpff war in den Monaten seiner Vereinsamung immer weiter in die Sackgasse seiner selbstquälerischen Spekulationen hineingeraten und hatte sich in seiner Verlassenheit in fruchtlosem Nachdenken aufgerieben. Als nun mit dem Einbrechen des Winters seine einzige gesunde Arbeit und Ablenkung, das Gartengeschäft, ein Ende hatte, kam er vollends nicht mehr aus dem engen, trostlosen Kreislauf seiner kränkelnden Gedanken heraus. Von jetzt an ging es schnell mit ihm bergab, wenn auch seine Krankheit noch Sprünge machte und mit ihm spielte.

Zunächst brachte das Müßigsein und Alleinleben ihn

darauf, daß er immer wieder sein vergangenes Leben durchstöberte. Er verzehrte sich in Reue über vermeintliche Sünden früherer Jahre. Dann wieder klagte er sich verzweifelnd an, seinem Vater nicht Wort gehalten zu haben. Oft stieß er in der Bibel auf Stellen, von denen er sich wie ein Verbrecher getroffen fühlte.

In dieser qualvollen Zeit war er gegen die Holderlies weich und fügsam wie ein schuldbewußtes Kind. Er gewöhnte sich an, sie wegen Kleinigkeiten flehentlich um Verzeihung zu bitten, und brachte sie damit nicht wenig in Angst. Sie fühlte, daß sein Verstand am Erlöschen sei, und doch wagte sie es nicht, jemand davon zu sagen.

Eine Weile hielt sich Kömpff ganz zu Hause. Gegen Weihnachten hin wurde er unruhig, erzählte viel aus alten Zeiten und von seiner Mutter, und da die Ruhelosigkeit ihn wieder oft aus dem Hause trieb, fingen jetzt manche Unzuträglichkeiten an. Denn inzwischen hatte er seine Unbefangenheit den Menschen gegenüber verloren. Er merkte, daß er auffiel, daß man von ihm sprach und auf ihn zeigte, daß Kinder ihm nachliefen und ernste Leute ihm auswichen.

Nun fing er an, sich unsicher zu fühlen. Manchmal zog er vor Leuten, denen er begegnete, den Hut übertrieben tief. Auf andre trat er zu, bot ihnen die Hand und bat herzlich um Entschuldigung, ohne zu sagen wofür. Und einem Knaben, der ihn durch Nachahmung seines Ganges verhöhnte, schenkte er seinen Spazierstock mit elfenbeinernem Griff.

Einem seiner früheren Bekannten und Kunden, der damals auf seine ersten kaufmännischen Torheiten hin sich von ihm entfernt hatte, machte er einen Besuch und sagte, es tue ihm leid, bitter leid, er möge ihm doch vergeben und ihn wieder freundlich ansehen.

Eines Abends, kurz vor Neujahr, ging er – seit mehr als einem Jahr zum erstenmal – in den Hirschen und setzte sich an den Honoratiorentisch. Er war früh gekommen und der erste Abendgast. Allmählich trafen die andern ein, und jeder sah ihn mit Erstaunen an und nickte verlegen, und einer um den andern kam, und mehrere Tische wurden besetzt. Nur der Tisch, an dem Kömpff saß, blieb leer, obwohl es der Stammtisch war. Da bezahlte er den Wein, den er nicht getrunken hatte, grüßte traurig und ging heim.

Ein tiefes Schuldbewußtsein machte ihn gegen jedermann unterwürfig. Er nahm jetzt sogar vor Alois Beckeler den Hut ab, und wenn Kinder ihn aus Mutwillen anstießen, sagte er Pardon. Viele hatten Mitleid mit ihm, aber er war der Narr und das Kindergespött der Stadt.

Man hatte Kömpff vom Arzt untersuchen lassen. Der hatte seinen Zustand als primäre Verrücktheit bezeichnet, ihn übrigens für harmlos erklärt und befürwortet, daß man den Kranken daheim und bei seinem gewohnten Leben lasse.

Seit dieser Untersuchung war der arme Kerl mißtrauisch geworden. Auch hatte er sich gegen die Entmündigung, die nun doch über ihn verfügt werden mußte, verzweifelt gesträubt. Von da an nahm seine Krankheit eine andere Form an.

»Lies«, sagte er eines Tages zur Haushälterin, »Lies, ich bin doch ein Esel gewesen. Aber jetzt weiß ich, wo ich dran bin.«

»Ja, und wie denn auf einmal?« fragte sie ängstlich, denn sein Ton gefiel ihr nicht.

»Paß auf, Lies, du kannst was lernen. Also nicht wahr, ein Esel hab ich gesagt. Da bin ich mein Leben lang gelaufen und hab mich abgehetzt und mein Glück versäumt um etwas, was es gar nicht gibt!«

»Das versteh ich nun wieder nicht.«

»Stell dir vor, einer hat von einer schönen, prächtigen Stadt in der Ferne gehört. Er hat ein großes Verlangen, dorthin zu kommen, wenn es auch noch so weit ist.

Schließlich läßt er alles liegen, gibt weg, was er hat, sagt allen guten Freunden adieu und geht fort, immer fort und fort, tagelang und monatelang, durch dick und dünn, so lange er noch Kräfte hat. Und dann, wie er so weit ist, daß er nimmer zurück kann, fängt er an zu merken, daß das von der prächtigen Stadt in der Ferne ein Lug und Märchen war. Die Stadt ist gar nicht da und ist niemals dagewesen.«

»Das ist traurig. Aber das tut ja niemand, so was.«

»Ich, Lies, ich doch! Ich bin so einer gewesen, das kannst du sagen, wem du willst. Mein Leben lang, Lies.«

»Ist nicht möglich, Herr! Was ist denn das für eine Stadt?«

»Keine Stadt, das war nur so ein Vergleich, weißt du. Ich bin ja immer hier geblieben. Aber ich habe auch ein Verlangen gehabt und darüber alles versäumt und verloren. Ich habe ein Verlangen nach Gott gehabt – nach dem Herrgott, Lies. Den hab ich finden wollen, dem bin ich nachgelaufen, und jetzt bin ich so weit, daß ich nimmer zurück kann – verstehst du? Nimmer zurück. Und alles ist ein Lug gewesen.«

»Was denn? Was ist ein Lug gewesen?«

»Der liebe Gott, du. Er ist nirgends, es gibt keinen.«

»Herr, Herr, sagen Sie keine solche Sachen! Das darf man nicht, wissen Sie. Das ist Todsünde.«

»Laß mich reden. – Nein, still. Oder bist du dein Leben lang ihm nachgelaufen? Hast du hundert und hundert Nächte in der Bibel gelesen? Hast du Gott tausendmal auf den Knien gebeten, daß er dich höre, daß er dein Opfer annehme und dir ein klein wenig Licht und Frieden dafür gebe? Hast du das? Und hast du deine Freunde verloren – um Gott näher zu kommen, und deinen Beruf und deine Ehre hingeworfen, um Gott zu sehen? – Ich habe das getan, alles das und viel mehr, und wenn Gott lebendig wäre und hätte auch nur so viel Herz und Gerechtigkeit wie der alte Beckeler, so hätte er mich angeblickt.«

»Er hat Sie prüfen wollen.«

»Das hat er getan, das hat er. Und dann hätte er sehen müssen, daß ich nichts wollte als ihn. Aber er hat nichts gesehen. Nicht er hat mich geprüft, sondern ich ihn, und ich habe gefunden, daß er ein Märlein ist.«

Von diesem Thema kam Walter Kömpff nicht mehr los. Er fand beinahe einen Trost darin, daß er nun eine Erklärung für sein verunglücktes Leben hatte. Und doch war er seiner neuen Erkenntnis keineswegs sicher. Sooft er Gott leugnete, empfand er ebensoviel Hoffnung wie Furcht bei dem Gedanken, der Geleugnete könnte gerade jetzt ins Zimmer treten und seine Allgegenwart beweisen. Und manchmal lästerte er sogar, nur um vielleicht Gott antworten zu hören, wie ein Kind vor dem Hoftor Wauwau ruft, um zu erfahren, ob drinnen ein Hund ist oder nicht.

Das war die letzte Entwicklung in seinem Leben. Sein Gott war ihm zum Götzen geworden, den er reizte und dem er fluchte, um ihn zum Reden zu zwingen. Damit war der Sinn seines Daseins verloren, und in seiner kranken Seele trieben zwar noch schillernde Blasen und Traumgebilde, aber keine lebendigen Keime mehr. Sein Licht war ausgebrannt, und es erlosch schnell und traurig.

Eines Nachts hörte ihn die Holderlies noch spät reden und hin und wider gehen, ehe es in seiner Schlafstube ruhig wurde. Am Morgen gab er auf kein Klopfen Antwort. Und als die Magd endlich leise die Tür aufmachte und auf den Zehen in sein Zimmer schlich, schrie sie plötzlich auf und rannte verstört davon, denn sie hatte ihren Herrn an einem Kofferriemen erhängt aufgefunden.

Eine Zeitlang machte sein Ende die Leute noch viel reden. Aber wenige empfanden etwas von dem, was sein Schicksal gewesen war. Und wenige dachten daran, wie nahe wir alle bei dem Dunkel wohnen, in dessen Schatten Walter Kömpff sich verirrt hatte. *(1906)*

Casanovas Bekehrung

I

In Stuttgart, wohin der Weltruf der luxuriösen Hofhaltung Karl Eugens ihn gezogen hatte, war es dem Glücksritter Jakob Casanova nicht gut ergangen. Zwar hatte er, wie in jeder Stadt der Welt, sogleich eine ganze Reihe von alten Bekannten wiedergetroffen, darunter die Venetianerin Gardella, die damalige Favoritin des Herzogs, und ein paar Tage waren ihm in der Gesellschaft befreundeter Tänzer, Tänzerinnen, Musiker und Theaterdamen heiter und leicht vergangen. Beim österreichischen Gesandten, bei Hofe, sogar beim Herzog selber schien ihm gute Aufnahme gesichert. Aber kaum warm geworden, ging der Leichtfuß eines Abends mit einigen Offizieren zu Weibern, es wurde gespielt und Ungarwein getrunken, und das Ende des Vergnügens war, daß Casanova viertausend Louisdor in Marken verspielt hatte, seine kostbaren Uhren und Ringe vermißte und in jämmerlicher Verfassung sich im Wagen nach Hause bringen lassen mußte. Daran hatte sich ein unglücklicher Prozeß geknüpft, es war so weit gekommen, daß der Waghals sich in Gefahr sah, unter Verlust seiner gesamten Habe als Zwangssoldat in des Herzogs Regimenter gesteckt zu werden. Da hatte er es an der Zeit gefunden, sich dünn zu machen. Er, den seine Flucht aus den venetianischen Bleikammern zu einer Berühmtheit gemacht hatte, war auch seiner Stuttgarter Haft schlau entronnen, hatte sogar seine Koffer gerettet und sich über Tübingen nach Fürstenberg in Sicherheit gebracht.

Dort rastete er nun im Gasthaus. Seine Gemütsruhe hatte er schon unterwegs wiedergefunden; immerhin hatte ihn aber dies Mißgeschick stark ernüchtert. Er sah sich an Geld und Reputation geschädigt, in seinem blinden Vertrauen zur Glücksgöttin enttäuscht und ohne Reiseplan und Vorbereitungen über Nacht auf die Straße gesetzt.

Dennoch machte der bewegliche Mann durchaus nicht den Eindruck eines vom Schicksal Geschlagenen. Im Gasthof ward er seinem Anzug und Auftreten entsprechend als ein Reisender erster Klasse bewirtet. Er trug eine mit Steinen geschmückte goldene Uhr, schnupfte bald aus einer goldenen Dose, bald aus einer silbernen, stak in überaus feiner Wäsche, zartseidenen Strümpfen, holländischen Spitzen, und der Wert seiner Kleider, Steine, Spitzen und Schmucksachen war erst kürzlich von einem Sachverständigen in Stuttgart auf hunderttausend Franken geschätzt worden. Deutsch sprach er nicht, dafür ein tadelfreies Pariser Französisch, und sein Benehmen war das eines reichen, verwöhnten, doch wohlwollenden Vergnügungsreisenden. Er machte Ansprüche, sparte aber auch weder an der Zeche noch an Trinkgeldern.

Nach einer überhetzten Reise war er abends angekommen. Während er sich wusch und puderte, wurde ihm auf seine Bestellung ein vorzügliches Abendessen bereitet, das ihm nebst einer Flasche Rheinwein den Rest des Tages angenehm und rasch verbringen half. Darauf ging er zeitig zur Ruhe und schlief ausgezeichnet bis zum Morgen. Erst jetzt ging er daran, Ordnung in seine Angelegenheiten zu bringen.

Nach dem Frühstück, das er während des Ankleidens zu sich nahm, klingelte er, um Tinte, Schreibzeug und Papier zu bestellen. In Bälde erschien ein hübsches Mädchen mit guten Manieren und stellte die verlangten Sachen auf den Tisch. Casanova bedankte sich artig, zuerst in italienischer Sprache, dann auf französisch, und es zeigte sich, daß die hübsche Blonde diese zweite Sprache verstand.

»Sie können kein Zimmermädchen sein«, sagte er

ernst, doch freundlich. »Gewiß sind Sie die Tochter des Hoteliers.«

»Sie haben es erraten, mein Herr.«

»Nicht wahr? Ich beneide Ihren Vater, schönes Fräulein. Er ist ein glücklicher Mann.«

»Warum denn, meinen Sie?«

»Ohne Zweifel. Er kann jeden Morgen und Abend der schönsten, liebenswürdigsten Tochter einen Kuß geben.«

»Ach, geehrter Herr! Das tut er ja gar nicht.«

»Dann tut er Unrecht und ist zu bedauern. Ich an seiner Stelle wüßte ein solches Glück zu schätzen.«

»Sie wollen mich in Verlegenheit bringen.«

»Aber Kind! Seh' ich aus wie ein Don Juan? Ich könnte Ihr Vater sein, den Jahren nach.«

Dabei ergriff er ihre Hand und fuhr fort: »Auf eine solche Stirne den Kuß eines Vaters zu drücken, muß ein Glück voll Rührung sein.«

Er küßte sie sanft auf die Stirn.

»Gestatten Sie das einem Manne, der selbst Vater ist. Übrigens muß ich Ihre Hand bewundern.«

»Meine Hand?«

»Ich habe Hände von Prinzessinnen geküßt, die sich neben den Ihren nicht sehen lassen dürften. Bei meiner Ehre!«

Damit küßte er ihre Rechte. Er küßte sie zuerst leise und achtungsvoll auf den Handrücken, dann drehte er sie um und küßte die Stelle des Pulses, darauf küßte er jeden Finger einzeln.

Das rot gewordene Mädchen lachte auf, zog sich mit einem halb spöttischen Knicks zurück und verließ das Zimmer.

Casanova lächelte und setzte sich an den Tisch. Er nahm einen Briefbogen und setzte mit leichter, eleganter Hand das Datum darauf: »Fürstenberg, 6. April 1760.« Dann begann er nachzudenken. Er schob das Blatt beiseite, zog ein kleines silbernes Toilettenmesserchen aus der Tasche des samtnen Gilets und feilte eine Weile an seinen Fingernägeln.

Alsdann schrieb er rasch und mit wenigen Pausen einen seiner flotten Briefe. Er galt jenen Stuttgarter Offizieren, die ihn so schwer in Not gebracht hatten. Darin beschuldigte er sie, sie hätten ihm im Tokayer einen betäubenden Trank beigebracht, um ihn dann im Spiel zu betrügen und von den Dirnen seiner Wertsachen berauben zu lassen. Und er schloß mit einer schneidigen Herausforderung. Sie möchten sich binnen drei Tagen in Fürstenberg einfinden, er erwarte sie in der angenehmen Hoffnung, sie alle drei im Duell zu erschießen und dadurch seinen Ruhm in Europa zu verdoppeln.

Diesen Brief kopierte er in drei Exemplaren und adressierte sie einzeln nach Stuttgart. Während er dabei war, klopfte es an der Tür. Es war wieder die hübsche Wirtstochter. Sie bat sehr um Entschuldigung, wenn sie störe, aber sie habe vorher das Sandfaß mitzubringen vergessen. Ja, und da sei es nun, und er möge entschuldigen.

»Wie gut sich das trifft!« rief der Kavalier, der sich vom Sessel erhoben hatte. »Auch ich habe vorher etwas vergessen, was ich nun gutmachen möchte.«

»Wirklich? Und das wäre?«

»Es ist eine Beleidigung Ihrer Schönheit, daß ich es unterließ, Sie auch noch auf den Mund zu küssen. Ich bin glücklich, es nun nachholen zu können.«

Ehe sie zurückweichen konnte, hatte er sie um das Mieder gefaßt und zog sie an sich. Sie kreischte und leistete Widerstand, aber sie tat es mit so wenig Geräusch, daß der erfahrene Liebhaber seinen Sieg sicher sah. Mit einem feinen Lächeln küßte er ihren Mund, und sie küßte ihn wieder. Er setzte sich in den Sessel zurück, nahm sie auf den Schoß und sagte ihr die tausend zärtlich neckischen Worte, die er in drei Sprachen jederzeit zur Verfügung hatte. Noch ein paar Küsse, ein Liebesscherz und ein leises Gelächter, dann fand die Blonde es an der Zeit, sich zurückzuziehen.

»Verraten Sie mich nicht, Lieber. Auf Wiedersehn!«

Sie ging hinaus. Casanova pfiff eine venetianische Melodie vor sich hin, rückte den Tisch zurecht und arbeitete weiter. Er versiegelte die drei Briefe und brachte sie dem Wirt, daß sie per Eilpost wegkämen. Zugleich tat er einen Blick in die Küche, wo zahlreiche Töpfe überm Feuer hingen. Der Gastwirt begleitete ihn.

»Was gibt's heute Gutes?«

»Junge Forellen, gnädiger Herr.«

»Gebacken?«

»Gewiß, gebacken.«

»Was für Öl nehmen Sie dazu?«

»Kein Öl, Herr Baron. Wir backen mit Butter.«

»Ei so. Wo ist denn die Butter?«

Sie wurde ihm gezeigt, er roch daran und billigte sie.

»Sorgen Sie täglich für ganz frische Butter, so lange ich da bin. Auf meine Rechnung natürlich.«

»Verlassen Sie sich darauf.«

»Sie haben eine Perle von Tochter, Herr Wirt. Gesund, hübsch und sittsam. Ich bin selbst Vater, das schärft den Blick.«

»Es sind zwei, Herr Baron.«

»Wie, zwei Töchter? Und beide erwachsen?«

»Gewiß. Die Sie bedient hat, war die Ältere. Sie werden die andere bei Tisch sehen.«

»Ich zweifle nicht, daß sie Ihrer Erziehung nicht weniger Ehre machen wird als die Ältere. Ich schätze an jungen Mädchen nichts höher als Bescheidenheit und Unschuld. Nur wer selbst Familie hat, kann wissen, wie viel das sagen will und wie sorgsam die Jugend behütet werden muß.«

Die Zeit vor der Mittagstafel widmete der Reisende seiner Toilette. Er rasierte sich selbst, da sein Diener ihn auf der Flucht aus Stuttgart nicht hatte begleiten können.

Er legte Puder auf, wechselte den Rock und vertauschte die Pantoffeln mit leichten, feinen Schuhen, deren goldene Schnallen die Form einer Lilie hatten und aus Paris stammten. Da es noch nicht ganz Essenszeit war, holte er aus einer Mappe ein Heft beschriebenes Papier, an dem er mit dem Bleistift in der Hand sogleich zu studieren begann.

Es waren Zahlentabellen und Wahrscheinlichkeitsrechnungen. Casanova hatte in Paris den arg zerrütteten Finanzen des Königs durch Inszenierung von Lottobüros aufgeholfen und dabei ein Vermögen verdient. Sein System zu vervollkommnen und in geldbedürftigen Residenzen, etwa in Berlin oder Petersburg einzuführen, war eine von seinen hundert Zukunftsplänen. Rasch und sicher überflog sein Blick die Zahlenreihen, vom deutenden Finger unterstützt, und vor seinem inneren Auge balancierten Summen von Millionen und Millionen.

Bei Tische leiteten die beiden Töchter die Bedienung. Man aß vorzüglich, auch der Wein war gut, und unter den Mitgästen fand Casanova wenigstens einen, mit dem ein Gespräch sich lohnte. Es war ein mäßig gekleideter, noch junger Schöngeist und Halbgelehrter, der ziemlich gut italienisch sprach. Er behauptete, auf einer Studienreise durch Europa begriffen zu sein und zur Zeit an einer Widerlegung des letzten Buches von Voltaire zu arbeiten.

»Sie werden mir Ihre Schrift senden, wenn sie gedruckt ist, nicht wahr? Ich werde die Ehre haben, mich mit einem Werk meiner Mußestunden zu revanchieren.«

»Es ist mir eine Ehre. Darf ich den Titel erfahren?«

»Bitte. Es handelt sich um eine italienische Übersetzung der Odyssee, an der ich schon längere Zeit arbeite.«

Und er plauderte fließend und leichthin viel Geistreiches über Eigentümlichkeit, Metrik und Poetik seiner Muttersprache, über Reim und Rhythmus, über Homer und Ariosto, den göttlichen Ariosto, von dem er etwa zehn Verse deklamierte.

Doch fand er daneben auch noch Gelegenheit, den beiden hübschen Schwestern etwas Freundliches zu sagen. Und als man sich vom Tisch erhob, näherte er sich der Jüngeren, sagte ein paar respektvolle Artigkeiten und fragte sie, ob sie wohl die Kunst des Frisierens verstehe. Als sie bejahte, bat er sie, ihm künftig morgens diesen Dienst zu erweisen.

»O, ich kann es ebensogut«, rief die Ältere.

»Wirklich? Dann wechseln wir ab.« Und zur Jüngeren: »Also morgen nach dem Frühstück, nicht wahr?«

Nachmittags schrieb er noch mehrere Briefe, namentlich an die Tänzerin Binetti in Stuttgart, die seiner Flucht assistiert hatte und die er nun bat, sich um seinen zurückgebliebenen Diener zu bekümmern. Dieser Diener hieß Leduc, galt für einen Spanier und war ein Taugenichts, aber von großer Treue, und Casanova hing mehr an ihm, als man bei seiner Leichtfertigkeit für möglich gehalten hätte.

Einen weiteren Brief schrieb er an seinen holländischen Bankier und einen an eine ehemalige Geliebte in London. Dann fing er an zu überlegen, was weiter zu unternehmen sei. Zunächst mußte er die drei Offiziere erwarten, sowie Nachrichten von seinem Diener. Beim Gedanken an die bevorstehenden Pistolenduelle wurde er ernst und beschloß, morgen sein Testament nochmals zu revidieren. Wenn alles gut abliefe, gedachte er auf Umwegen nach Wien zu gehen, wohin er manche Empfehlungen hatte.

Nach einem Spaziergang nahm er seine Abendmahlzeit ein, dann blieb er lesend in seinem Zimmer wach, da er um elf Uhr den Besuch der älteren Wirtstochter erwartete.

Ein warmer Föhn blies um das Haus und führte kurze Regenschauer mit. Casanova brachte die beiden folgenden Tage ähnlich zu wie den vergangenen, nur daß jetzt auch das zweite Mädchen ihm öfters Gesellschaft leistete.

So hatte er neben Lektüre und Korrespondenz genug damit zu tun, der Liebe froh zu werden und beständig drohende Überraschungs- und Eifersuchtsszenen zwischen den beiden Blonden umsichtig zu verhüten. Er verfügte weise abwägend über die Stunden des Tages und der Nacht, vergaß auch sein Testament nicht und hielt seine schönen Pistolen mit allem Zubehör bereit.

Allein die drei geforderten Offiziere kamen nicht. Sie kamen nicht und schrieben nicht, am dritten Wartetag so wenig wie am zweiten. Der Abenteurer, bei dem der erste Zorn längst abgekühlt war, hatte im Grunde nicht viel dagegen. Weniger ruhig war er über das Ausbleiben Leducs, seines Dieners. Er beschloß, noch einen Tag zu warten. Mittlerweile entschädigten ihn die verliebten Mädchen für seinen Unterricht in der *ars amandi* dadurch, daß sie ihm, dem endlos Gelehrigen, ein wenig Deutsch beibrachten.

Am vierten Tage drohte Casanovas Geduld ein Ende zu nehmen. Da kam, noch ziemlich früh am Vormittag, Leduc auf keuchendem Pferde dahergesprengt, von den kotigen Vorfrühlingswegen über und über bespritzt. Froh und gerührt hieß ihn sein Herr willkommen und Leduc begann, noch ehe er über Brot, Schinken und Wein herfiel, eilig zu berichten.

»Vor allem, Herr Ritter«, begann er, »bestellen Sie Pferde und lassen Sie uns noch heute die Schweizer Grenze erreichen. Zwar werden keine Offiziere kommen, um sich mit Ihnen zu schlagen, aber ich weiß für sicher, daß Sie hier in Bälde von Spionen, Häschern und bezahlten Mördern würden belästigt werden, wenn Sie dableiben. Der Herzog selber soll empört über Sie sein und Ihnen seinen Schutz versagen. Also eilen Sie!«

Casanova überlegte nicht lange. In Aufregung geriet er nicht, das Unheil war ihm zu anderen Zeiten schon weit näher auf den Fersen gewesen. Doch gab er seinem Spanier recht und bestellte Pferde für Schaffhausen.

Zum Abschiednehmen blieb ihm wenig Zeit. Er bezahlte seine Zeche, gab der älteren Schwester einen Schildpattkamm zum Andenken und der jüngeren das heilige Versprechen, in möglichster Bälde wiederzukommen, packte seine Reisekoffer und saß, kaum drei Stunden nach dem Eintritt seines Leduc, schon mit diesem im Postwagen. Tücher wurden geschwenkt und Abschiedsworte gerufen, dann bog der wohlbespannte Eilwagen aus dem Hof auf die Straße und rollte schnell auf der nassen Landstraße davon.

II

Angenehm war es nicht, so Hals über Kopf ohne Vorbereitungen in ein wildfremdes Land entfliehen zu müssen. Auch mußte Leduc dem Betrübten mitteilen, daß sein schöner, vor wenigen Monaten gekaufter Reisewagen in den Händen der Stuttgarter geblieben sei. Dennoch kam er gegen Schaffhausen hin wieder in gute Laune, und da die Landesgrenze überschritten und der Rhein erreicht war, nahm er ohne Ungeduld die Nachricht entgegen, daß zur Zeit in der Schweiz die Einrichtung der Extraposten noch nicht bestehe.

Es wurden also Mietpferde zur Weiterreise nach Zürich bestellt, und bis diese bereit waren, konnte man in aller Ruhe eine gute Mahlzeit einnehmen.

Dabei versäumte der weltgewandte Reisende nicht, sich in aller Eile einigermaßen über Lebensart und Verhältnisse des fremden Landes zu unterrichten. Es gefiel ihm wohl, daß der Gastwirt hausväterlich an der Wirtstafel präsidierte und daß dessen Sohn, obwohl er den Rang eines Hauptmanns bei den Reichstruppen besaß, sich nicht schämte, aufwartend hinter seinem Stuhl zu stehen und ihm die Teller zu wechseln. Dem raschlebigen Weltbummler, der viel auf erste Eindrücke gab, wollte es scheinen, er sei in ein gutes Land gekommen, wo unverdorbene Menschen sich eines schlichten, doch behaglichen Lebens erfreuten. Auch fühlte er sich hier vor dem Zorn des Stuttgarter Tyrannen geborgen und witterte, nachdem er lange Zeit an Höfen verkehrt und in Fürstendiensten gestanden hatte, lüstern die Luft der Freiheit.

Rechtzeitig fuhr der bestellte Wagen vor, die beiden stiegen ein und weiter ging es, einem leuchtend gelben Abendglanz entgegen, nach Zürich.

Leduc sah seinen Herrn in der nachdenksamen Stimmung der Verdauungsstunde im Polster lehnen, wartete längere Zeit, ob er etwa ein Gespräch beliebe, und schlief dann ein. Casanova achtete nicht auf ihn.

Er war, teils durch den Abschied von den Fürstenbergerinnen, teils durch das gute Essen und die neuen Eindrücke in Schaffhausen, wohlig gerührt und im Ausruhen von den vielen Erregungen dieser letzten Wochen fühlte er mit leiser Ermattung, daß er doch nicht mehr jung sei. Zwar hatte er noch nicht das Gefühl, daß der Stern seines glänzenden Zigeunerlebens sich zu neigen beginne. Doch gab er sich Betrachtungen hin, die den Heimatlosen stets früher befallen als andere Menschen, Betrachtungen über das unaufhaltsame Näherrücken des Alters und des Todes. Er hatte sein Leben ohne Vorbehalt der unbeständigen Glücksgöttin anvertraut, und sie hatte ihn bevorzugt und verwöhnt, sie hatte ihm mehr gegönnt als tausend Nebenbuhlern. Aber er wußte genau, daß Fortuna nur die Jugend liebt, und die Jugend war flüchtig und unwiederbringlich, er fühlte sich ihrer nicht mehr sicher und wußte nicht, ob sie ihn nicht vielleicht schon verlassen habe.

Freilich, er war nicht mehr als fünfunddreißig Jahre alt. Aber er hatte vierfältig und zehnfältig gelebt. Er hatte nicht nur hundert Frauen geliebt, er war auch in Kerkern gelegen, hatte qualvolle Nächte durchwacht, Tage und Wochen im Reisewagen verlebt, die Angst des Gefährdeten und Verfolgten gekostet, dann wieder aufregende Geschäfte betrieben, erschöpfende Nächte mit heißen Augen an den Spieltischen aller Städte verbracht, Vermögen gewonnen und verloren und zurückgewonnen. Er hatte Freunde und Feinde, die gleich ihm als kühne Heimatlose und Glücksjäger über die Erde irrten, in Not und Krankheit, Kerker und Schande geraten sehen. Wohl hatte er in fünfzig Städten dreier Länder Freunde und Frauen, die an ihm hingen, aber würden sie sich seiner erinnern wollen, wenn er je einmal krank, alt und bettelnd zu ihnen käme?«

»Schläfst du, Leduc?«

Der Diener fuhr auf.

»Was beliebt?«

»In einer Stunde sind wir in Zürich.«

»Kann schon sein.«

»Kennst du Zürich?«

»Nicht besser als meinen Vater, und den hab' ich nie gesehen. Es wird eine Stadt sein wie andere, jedoch vorwiegend blond, wie ich sagen hörte.«

»Ich habe genug von den Blonden.«

»Ei so. Seit Fürstenberg wohl? Die zwei haben Ihnen doch nicht weh getan?«

»Sie haben mich frisiert, Leduc.«

»Frisiert?«

»Frisiert. Und mir Deutsch beigebracht, sonst nichts.«

»War das zu wenig?«

»Keine Witze jetzt! – Ich werde alt, du.«

»Heute noch?«

»Sei vernünftig. Es wäre auch für dich allmählich Zeit, nicht?«

»Zum Altwerden, nein. Zum Vernünftigwerden, ja, wenn es mit Ehren sein kann.«

»Du bist ein Schwein, Leduc.«

»Mit Verlaub, das stimmt nicht. Verwandte fressen einander nicht auf, und mir geht nichts über frischen

Schinken. Der in Fürstenberg war übrigens zu stark gesalzen.«

Diese Art von Unterhaltung war nicht, was der Herr gewollt hatte. Doch schalt er nicht, dazu war er zu müde und in zu milder Stimmung. Er schwieg nur und winkte lächelnd ab. Er fühlte sich schläfrig und konnte seine Gedanken nimmer beisammen halten. Und während er in einen ganz leichten, halben Schlummer sank, glitt seine Erinnerung in die Zeiten der ersten Jugend zurück. Er träumte in lichten, verklärten Farben und Gefühlen von einer Griechin, die er einst als blutjunger Fant im Schiffe vor Ancona getroffen hatte, und von seinen ersten, phantastischen Erlebnissen in Konstantinopel und auf Korfu.

Darüber eilte der Wagen weiter und rollte, als der Schläfer emporfuhr, über Steinpflaster und gleich darauf über eine Brücke, unter welcher ein schwarzer Strom rauschte und rötliche Lichter spiegelte. Man war in Zürich vor dem Gasthaus zum Schwert angekommen.

Casanova war im Augenblicke munter. Er reckte sich und stieg aus, von einem höflichen Wirt empfangen.

»Also Zürich«, sagte er vor sich hin. Und obwohl er gestern noch die Absicht gehabt hatte, nach Wien zu reisen und nicht im mindesten wußte, was ungefähr er in Zürich treiben solle, blickte er fröhlich um sich, folgte dem Gastwirt ins Haus und suchte sich ein bequemes Zimmer mit Vorraum im ersten Stockwerk aus.

Nach dem Abendessen kehrte er bald zu seinen früheren Betrachtungen zurück. Je geborgener und wohler er sich fühlte, desto bedenklicher kamen ihm nachträglich die Bedrängnisse vor, denen er soeben entronnen war. Sollte er sich freiwillig wieder in solche Gefahren begeben? Sollte er, nachdem das stürmische Meer ihn ohne sein Verdienst an einen friedlichen Strand geworfen hatte, sich ohne Not noch einmal den Wellen überlassen?

Wenn er genau nachrechnete, betrug der Wert seines Besitzes an Geld, Kreditbriefen und fahrender Habe ungefähr hunderttausend Taler. Das genügte für einen Mann ohne Familie, sich für immer ein stilles und bequemes Leben zu sichern.

Mit diesen Gedanken legte er sich zu Bett und erlebte in einem langen ungestörten Schlafe eine Reihe friedvoll glücklicher Träume. Er sah sich als Besitzer eines schönen Landsitzes, frei und heiter lebend, fern von Höfen, Gesellschaft und Intrigen, in immer neuen Bildern voll ländlicher Anmut und Frische.

Diese Träume waren so schön und so gesättigt von reinem Glücksgefühl, daß Casanova das Erwachen am Morgen fast schmerzlich ernüchternd empfand. Doch beschloß er sofort, diesem letzten Wink seiner guten Glücksgöttin zu folgen und seine Träume wahr zu machen. Sei es nun, daß er sich in der hiesigen Gegend ankaufe, sei es, daß er nach Italien, Frankreich oder Holland zurückkehren würde, jedenfalls wollte er von heute an auf Abenteuer, Glücksjagd und äußeren Lebensglanz verzichten und sich so bald wie möglich ein ruhiges, sorglos unabhängiges Leben schaffen.

Gleich nach dem Frühstück befahl er Leduc die Obhut über seine Zimmer und verließ allein und zu Fuß das Hotel. Ein lang nicht mehr gefühltes Bedürfnis zog den Vielgereisten seitab auf das Land zu Wiesen und Wald. Bald hatte er die Stadt hinter sich und wanderte ohne Eile den See entlang. Milde, zärtliche Frühlingsluft wogte lau und schwellend über graugrünen Matten, auf denen erste gelbe Blümlein strahlend lachten und an deren Rande die Hecken voll rötlich warmer, strotzender Blattknospen standen. Am feuchtblauen Himmel schwammen weich geballte, lichte Wolken hin, und in der Ferne stand über den mattgrauen und tannenblauen Vorbergen weiß und feierlich der zackige Halbkreis der Alpen.

Einzelne Ruderboote und Frachtkähne mit großem Dreiecksegel waren auf der nur schwach bewegten Seefläche unterwegs, und am Ufer führte ein guter, reinlicher

Weg durch helle, meist aus Holz gebaute Dörfer. Fuhrleute und Bauern begegneten dem Spaziergänger, und manche grüßten ihn freundlich. Das alles ging ihm lieblich ein und bestärkte seine tugendhaften und klugen Vorsätze. Am Ende einer stillen Dorfstraße schenkte er einem weinenden Kinde eine kleine Silbermünze, und in einem Wirtshaus, wo er nach beinahe dreistündigem Gehen Rast hielt und einen Imbiß nahm, ließ er den Wirt leutselig aus seiner Dose schnupfen.

Casanova hatte keine Ahnung, in welcher Gegend er sich nun befinde, und mit dem Namen eines wildfremden Dorfes wäre ihm auch nicht gedient gewesen. Er fühlte sich wohl in der leise durchsonnten Luft. Von den Strapazen der letzten Zeit hatte er sich genügend ausgeruht, auch war sein ewig verliebtes Herz zur Zeit still und hatte Feiertag, so wußte er im Augenblick nichts Schöneres, als dieses sorglose Lustwandeln durch ein fremdes, schönes Land. Da er immer wieder Gruppen von Landleuten begegnete, hatte es mit dem Verirren keine Gefahr.

Im Sicherheitsgefühl seiner neuesten Entschlüsse genoß er nun den Rückblick auf sein bewegtes Vagantenleben wie ein Schauspiel, das ihn rührte oder belustigte, ohne ihn doch in seiner jetzigen Gemütsruhe zu stören. Sein Leben war gewagt und oft liederlich gewesen, das gab er sich selber zu, aber nun er es so im Ganzen überblickte, war es doch ohne Zweifel ein hübsch buntes, flottes und lohnendes Spiel gewesen, an dem man Freude haben konnte.

Indessen führte ihn, da er anfing ein wenig zu ermüden, der Weg in ein breites Tal zwischen hohen Bergen. Eine große, prächtige Kirche stand da, an die sich weitläufige Gebäude anschlossen. Erstaunt bemerkte er, daß das ein Kloster sein müsse, und freute sich, unvermutet in eine katholische Gegend gekommen zu sein.

Er trat entblößten Hauptes in die Kirche und nahm mit zunehmender Verwunderung Marmor, Gold und kostbare Stickereien wahr. Es wurde eben die letzte Messe gelesen, die er mit Andacht anhörte. Darauf begab er sich neugierig in die Sakristei, wo er eine Anzahl Benediktinermönche sah. Der Abt, erkenntlich durch das Kreuz vor der Brust, war dabei und erwiderte den Gruß des Fremden durch die höfliche Frage, ob er die Sehenswürdigkeiten der Kirche betrachten wolle.

Gern nahm Casanova an und wurde vom Abte selbst in Begleitung zweier Brüder umhergeführt und sah alle Kostbarkeiten und Heiligtümer mit der diskreten Neugier des gebildeten Reisenden an, ließ sich die Geschichte und Legenden der Kirche erzählen und war nur dadurch ein wenig in Verlegenheit gebracht, daß er nicht wußte, wo er eigentlich sei und wie Ort und Kloster heiße.

»Wo sind Sie denn abgestiegen?« fragte schließlich der Abt.

»Nirgends, Hochwürden. Zu Fuß von Zürich her angekommen, trat ich sogleich in die Kirche.«

Der Abt, über den frommen Eifer des Wallfahrers entzückt, lud ihn zu Tisch, was jener dankbar annahm. Nun, da der Abt ihn für einen bußfahrenden Sünder hielt, der weite Wege gemacht, um hier Trost zu finden, konnte Casanova vollends nicht mehr fragen, wo er sich denn befinde. Übrigens sprach er mit dem geistlichen Herrn, da es mit dem Deutschen nicht so recht gehen wollte, lateinisch.

»Unsere Brüder haben Fastenzeit«, fuhr der Abt fort, »da habe ich ein Privileg vom heiligen Vater Benedikt dem Vierzehnten, das mir gestattet, täglich mit drei Gästen auch Fleischspeisen zu essen. Wollen Sie gleich mir von dem Privilegium Gebrauch machen, oder ziehen Sie es vor zu fasten?«

»Es liegt mir fern, hochwürdiger Herr, von der Erlaubnis des Papstes wie auch von Ihrer gütigen Einladung keinen Gebrauch zu machen. Es möchte arrogant aussehen.«

»Also speisen wir!«

Im Speisezimmer des Abtes hing wirklich jenes päpstliche Breve unter Glas gerahmt an der Wand. Es waren zwei Couverts aufgelegt, zu denen ein Bedienter in Livree sogleich ein drittes fügte.

»Wir speisen zu dreien, Sie, ich und mein Kanzler. Da kommt er ja eben.«

»Sie haben einen Kanzler?«

»Ja. Als Abt von Maria-Einsiedeln bin ich Fürst des römischen Reiches und habe die Verpflichtungen eines solchen.«

Endlich wußte also der Gast, wo er hingeraten sei, und freute sich, das weltberühmte Kloster unter so besonderen Umständen und ganz unverhofft kennengelernt zu haben. Indessen nahm man Platz und begann zu tafeln.

»Sie sind Ausländer?« fragte der Abt.

»Venetianer, doch schon seit längerer Zeit auf Reisen.«

Daß er verbannt sei, brauchte er ja einstweilen nicht zu erzählen.

»Und reisen Sie weiter durch die Schweiz? Dann bin ich gerne bereit, Ihnen einige Empfehlungen mitzugeben.«

»Ich nehme das dankbar an. Ehe ich jedoch weiterreise, wäre es mein Wunsch, eine vertraute Unterredung mit Ihnen haben zu dürfen. Ich möchte Ihnen beichten und Ihren Rat über manches, was mein Gewissen beschwert, erbitten.«

»Ich werde nachher zu Ihrer Verfügung stehen. Es hat Gott gefallen, Ihr Herz zu erwecken, so wird er auch Frieden für das Herz haben. Der Menschen Wege sind vielerlei, doch sind nur wenige so weit verirrt, daß ihnen nicht mehr zu helfen wäre. Wahre Reue ist das erste Erfordernis der Umkehr, wenn auch die echte, gottgefällige Zerknirschung noch nicht im Zustand der Sünde, sondern erst in dem der Gnade eintreten kann.«

So redete er eine Weile weiter, während Casanova sich

mit Speise und Wein bediente. Als er schwieg, nahm jener wieder das Wort.

»Verzeihen Sie meine Neugierde, Hochwürdiger, aber wie machen Sie es möglich, um diese Jahreszeit so vortreffliches Wild zu haben?«

»Nicht wahr? Ich habe dafür ein Rezept. Wild und Geflügel, die Sie hier sehen, sind sämtlich sechs Monate alt.«

»Ist es möglich?«

»Ich habe eine Einrichtung, mittels der ich die Sachen so lange vollkommen luftdicht abschließe.«

»Darum beneide ich Sie.«

»Bitte. Aber wollen Sie gar nichts vom Lachs nehmen?«

»Wenn Sie ihn mir eigens anbieten, gewiß.«

»Ist er doch eine Fastenspeise!«

Der Gast lachte und nahm vom Lachs.

III

Nach Tisch empfahl sich der Kanzler, ein stiller Mann, und der Abt zeigte seinem Gast das Kloster. Alles gefiel dem Venetianer sehr wohl. Er begriff, daß ruhebedürftige Menschen das Klosterleben erwählen und sich darin wohlfühlen konnten. Und schon begann er zu überlegen, ob dies nicht auch für ihn am Ende der beste Weg zum Frieden des Leibes und der Seele sei.

Einzig die Bibliothek befriedigte ihn wenig.

»Ich sehe da«, bemerkte er, »zwar Massen von Folianten, aber die neuesten davon scheinen mir mindestens hundert Jahre alt zu sein, und lauter Bibeln, Psalter, theologische Exegese, Dogmatik und Legendenbücher. Das alles sind ja ohne Zweifel vortreffliche Werke –«

»Ich vermute es«, lächelte der Prälat.

»Aber Ihre Mönche werden doch auch andere Bücher

haben, über Geschichte, Physik, schöne Künste, Reisen und dergleichen.«

»Wozu? Unsere Brüder sind fromme, einfache Leute. Sie tun ihre tägliche Pflicht und sind zufrieden.«

»Das ist ein großes Wort. – Aber dort hängt ja, sehe ich eben, ein Bildnis des Kurfürsten von Köln.«

»Der da im Bischofsornat, jawohl.«

»Sein Gesicht ist nicht ganz gut getroffen. Ich habe ein besseres Bild von ihm. Sehen Sie!«

Er zog aus einer inneren Tasche eine schöne Dose, in deren Deckel ein Miniaturporträt eingefügt war. Es stellte den Kurfürsten als Großmeister des deutschen Ordens vor.

»Das ist hübsch. Woher haben Sie das?«

»Vom Kurfürsten selbst.«

»Wahrhaftig?«

»Ich habe die Ehre, sein Freund zu sein.«

Mit Wohlgefallen nahm er wahr, wie er zusehends in der Achtung des Abtes stieg, und steckte die Dose wieder ein.

»Ihre Mönche sind fromm und zufrieden, sagten Sie. Das möchte einem beinahe Lust nach diesem Leben erwecken.«

»Es ist eben ein Leben im Dienst des Herrn.«

»Gewiß, und fern von den Stürmen der Welt.«

»So ist es.«

Nachdenklich folgte er seinem Führer und bat ihn nach einer Weile, nun seine Beichte anzuhören, damit er Absolution erhalten und morgen die Kommunion nehmen könne.

Der Herr führte ihn zu einem kleinen Pavillon, wo sie eintraten. Der Abt setzte sich und Casanova wollte niederknien, doch gab jener das nicht zu.

»Nehmen Sie einen Stuhl«, sagte er freundlich, »und erzählen Sie mir von Ihren Sünden.«

»Es wird lange dauern.«

»Bitte, beginnen Sie nur. Ich werde aufmerksam sein.«

Damit hatte der gute Mann nicht zuviel versprochen. Die Beichte des Chevaliers nahm, obwohl er möglichst gedrängt und rasch erzählte, volle drei Stunden in Anspruch. Der hohe Geistliche schüttelte anfangs ein paar Mal den Kopf oder seufzte, denn eine solche Kette von Sünden war ihm doch noch niemals vorgekommen, und er hatte eine unglaubliche Mühe, die einzelnen Frevel so in der Geschwindigkeit einzuschätzen, zu addieren und im Gedächtnis zu behalten. Bald genug gab er das völlig auf und horchte nur mit Erstaunen dem fließenden Vortrag des Italieners, der in zwangloser, flotter, fast künstlerischer Weise sein ganzes Leben erzählte. Manchmal lächelte der Abt und manchmal lächelte auch der Beichtende, ohne jedoch innezuhalten. Seine Erzählung führte in fremde Länder und Städte, durch Krieg und Seereisen, durch Fürstenhöfe, Klöster, Spielhöllen, Gefängnis, durch Reichtum und Not, sie sprang vom Rührenden zum Tollen, vom Harmlosen zum Skandalösen, vorgetragen aber wurde sie nicht wie ein Roman und nicht wie eine Beichte, sondern unbefangen, ja manchmal heitergeistreich und stets mit der selbstverständlichen Sicherheit dessen, der Erlebtes erzählt und weder zu sparen noch dick aufzutragen braucht.

Nie war der Abt und Reichsfürst besser unterhalten worden. Besondere Reue konnte er im Ton des Beichtenden nicht wahrnehmen, doch hatte er selbst bald vergessen, daß er als Beichtvater und nicht als Zuschauer eines aufregenden Theaterstücks hier sitze.

»Ich habe Sie nun lang genug belästigt«, schloß Casanova endlich. »Manches mag ich vergessen haben, doch kommt es ja wohl auf ein wenig mehr oder minder nicht an. Sind Sie ermüdet, Hochwürden?«

»Durchaus nicht. Ich habe kein Wort verloren.«

»Und darf ich die Absolution erwarten?«

Noch ganz benommen sprach der Abt die heiligen

Worte aus, durch welche Casanovas Sünden vergeben waren und die ihn des Sakramentes würdig erklärten.

Jetzt wurde ihm ein Zimmer angewiesen, damit er die Zeit bis morgen in frommer Betrachtung ungestört verbringen könnte. Den Rest des Tages verwendete er dazu, sich den Gedanken ans Mönchwerden zu überlegen. So sehr er Stimmungsmensch und rasch im Ja- oder Neinsagen war, hatte er doch zuviel Selbsterkenntnis und viel zu viel rechnende Klugheit, um sich nicht voreilig die Hände zu binden und des Verfügungsrechts über sein Leben zu begeben.

Er malte sich also sein zukünftiges Mönchsdasein bis in alle Einzelheiten aus und entwarf einen Plan, um sich für jeden möglichen Fall einer Reue oder Enttäuschung offene Tür zu halten. Den Plan wandte und drehte er um und um, bis er ihm vollkommen erschien, und dann brachte er ihn sorgfältig zu Papier.

In diesem Schriftstück erklärte er sich bereit, als Novize in das Kloster Maria-Einsiedeln zu treten. Um jedoch Zeit zur Selbstprüfung und zum etwaigen Rücktritt zu behalten, erbat er ein zehnjähriges Noviziat. Damit man ihm diese ungewöhnlich lange Frist gewähre, hinterlegte er ein Kapital von zehntausend Franken, das nach seinem Tode oder Wiederaustritt aus dem Orden dem Kloster zufallen sollte. Ferner erbat er sich die Erlaubnis, Bücher jeder Art auf eigene Kosten zu erwerben und in seiner Zelle zu haben; auch diese Bücher sollten nach seinem Tode Eigentum des Klosters werden.

Nach einem Dankgebet für seine Bekehrung legte er sich nieder und schlief gut und fest als einer, dessen Gewissen rein wie Schnee und leicht wie eine Feder ist. Und am Morgen nahm er in der Kirche die Kommunion.

Der Abt hatte ihn zur Schokolade eingeladen. Bei dieser Gelegenheit übergab Casanova ihm sein Schriftstück mit der Bitte um eine günstige Antwort.

Jener las das Gesuch sogleich, beglückwünschte den

Gast zu seinem Entschluß und versprach, ihm nach Tisch Antwort zu geben.

»Finden Sie meine Bedingungen zu selbstsüchtig?«

»O nein, Herr Chevalier, ich denke, wir werden wohl einig werden. Mich persönlich würde das aufrichtig freuen. Doch muß ich Ihr Gesuch zuvor dem Konvent vorlegen.«

»Das ist nicht mehr als billig. Darf ich Sie bitten, meine Eingabe freundlich zu befürworten?«

»Mit Vergnügen. Also auf Wiedersehn bei Tische!«

Der Weltflüchtige machte nochmals einen Gang durchs Kloster, sah sich die Brüder an, inspizierte einige Zellen und fand alles nach seinem Herzen. Freudig lustwandelte er durch Einsiedeln, sah Wallfahrer mit einer Fahne einziehen und Fremde in Züricher Mietwagen abreisen, hörte nochmals eine Messe und steckte einen Taler in die Almosenbüchse.

Während der Mittagstafel, die ihm diesmal ganz besonders durch vorzügliche Rheinweine Eindruck machte, fragte er, wie es mit seinen Angelegenheiten stehe.

»Seien Sie ohne Sorge«, meinte der Abt, »obwohl ich Ihnen im Augenblick noch keine entscheidende Antwort habe. Der Konvent will noch Bedenkzeit.«

»Glauben Sie, daß ich aufgenommen werde?«

»Ohne Zweifel.«

»Und was soll ich inzwischen tun?«

»Was Sie wollen. Gehen Sie nach Zürich zurück und erwarten Sie dort unsere Antwort, die ich Ihnen übrigens persönlich bringen werde. Heut über vierzehn Tage muß ich ohnehin in die Stadt, dann suche ich Sie auf, und wahrscheinlich werden Sie dann sogleich mit mir hierher zurückkehren können. Paßt Ihnen das?«

»Vortrefflich. Also heut über vierzehn Tage. Ich wohne im Schwert. Man ißt dort recht gut; wollen Sie dann zu Mittag mein Gast sein?«

»Sehr gerne.«

»Aber wie komme ich heute nach Zürich zurück? Sind irgendwo Wagen zu haben?«

»Sie fahren nach Tisch in meiner Reisekutsche.«

»Das ist allzuviel Güte. –«

»Lassen Sie doch! Es ist schon Auftrag gegeben. Sehen Sie lieber zu, sich noch ordentlich zu stärken. Vielleicht noch ein Stückchen Kalbsbraten?«

Kaum war die Mahlzeit beendet, so fuhr des Abtes Wagen vor. Ehe der Gast einstieg, gab ihm jener noch zwei versiegelte Briefe an einflußreiche Züricher Herren mit. Herzlich nahm Casanova von dem gastfreien Herrn Abschied, und mit dankbaren Gefühlen fuhr er in dem sehr bequemen Wagen durch das lachende Land und am See entlang nach Zürich zurück.

Als er vor seinem Gasthaus vorfuhr, empfing ihn der Diener Leduc mit unverhohlenem Grinsen.

»Was lachst du?«

»Na, es freut mich nur, daß Sie in dieser fremden Stadt schon Gelegenheit gefunden haben, sich volle zwei Tage außer dem Haus zu amüsieren.«

»Dummes Zeug. Geh jetzt und sag dem Wirt, daß ich vierzehn Tage hier bleibe und für diese Zeit einen Wagen und einen guten Lohndiener haben will.«

Der Wirt kam selber und empfahl einen Diener, für dessen Redlichkeit er sich verbürgte. Auch besorgte er einen offenen Mietwagen, da andere nicht zu haben waren.

Am folgenden Tage gab Casanova seine Briefe an die Herren Orelli und Pestalozzi persönlich ab. Sie waren nicht zu Hause, machten ihm aber beide nach Mittag einen Besuch im Hotel und luden ihn für morgen und übermorgen zu Tisch und für heute abend ins Konzert ein. Er sagte zu und fand sich rechtzeitig ein.

Das Konzert, das einen Taler Eintrittsgeld kostete, gefiel ihm gar nicht. Namentlich mißfiel ihm die langweilige Einrichtung, daß Männer und Frauen abgesondert je in einem Teil des Saales saßen. Sein scharfes Auge entdeckte unter den Damen mehrere Schönheiten, und er begriff nicht, warum die Sitte ihm verbiete, ihnen den Hof zu machen. Nach dem Konzert wurde er den Frauen und Töchtern der Herren vorgestellt und fand besonders in Fräulein Pestalozzi eine überaus hübsche und liebenswürdige Dame. Doch enthielt er sich jeder leichtfertigen Galanterie.

Obwohl ihm dies Benehmen nicht ganz leicht fiel, schmeichelte es doch seiner Eitelkeit. Er war seinen neuen Freunden in den Briefen des Abtes als ein bekehrter Mann und angehender Büßer vorgestellt worden und er merkte, daß man ihn mit fast ehrerbietiger Achtung behandelte, obwohl er meist mit Protestanten verkehrte. Diese Achtung tat ihm wohl und ersetzte ihm teilweise das Vergnügen, das er seinem ernsten Auftreten opfern mußte.

Und dieses Auftreten gelang ihm so gut, daß er bald sogar auf der Straße mit einer gewissen Ehrerbietung gegrüßt wurde. Ein Geruch von Askese und Heiligkeit umwehte den merkwürdigen Mann, dessen Leumund so wechselnd war wie sein Leben.

Immerhin konnte er es sich nicht versagen, vor seinem Rücktritt aus dem Weltleben dem Herzog von Württemberg noch einen unverschämt gesalzenen Brief zu schreiben. Das wußte ja niemand. Und es wußte auch niemand, daß er manchmal im Schutz der Dunkelheit abends ein Haus aufsuchte, in dem weder Mönche wohnten noch Psalmen gesungen wurden.

IV

Die Vormittage widmete der fromme Herr Chevalier dem Studium der deutschen Sprache. Er hatte einen armen Teufel von der Straße aufgelesen, einen Genuesen namens Giustiniani. Der saß nun täglich in den Morgenstunden bei Casanova und brachte ihm Deutsch bei, wofür er jedesmal sechs Franken Honorar bekam.

Dieser entgleiste Mann, dem sein reicher Schüler übrigens die Adresse jenes Hauses verdankte, unterhielt seinen Gönner hauptsächlich dadurch, daß er über Mönchtum und Klosterleben in allen Tonarten schimpfte und lästerte. Er wußte nicht, daß sein Schüler im Begriffe stand, Benediktinerbruder zu werden, sonst wäre er zweifellos vorsichtiger gewesen. Casanova nahm ihm jedoch nichts übel. Der Genuese war vor Zeiten Kapuzinermönch gewesen und der Kutte wieder entschlüpft. Nun fand der merkwürdige Bekehrte ein Vergnügen darin, den armen Kerl seine klosterfeindlichen Ergüsse vortragen zu lassen.

»Es gibt aber doch auch gute Leute unter den Mönchen«, wandte er etwa einmal ein.

»Sagen Sie das nicht! Keinen gibt es, keinen einzigen! Sie sind ohne Ausnahme Tagdiebe und faule Bäuche.«

Sein Schüler hörte lachend zu und freute sich auf den Augenblick, in dem er das Lästermaul durch die Nachricht von seiner bevorstehenden Einkleidung verblüffen würde.

Immerhin begann ihm bei dieser stillen Lebensweise die Zeit etwas lang zu werden, und er zählte die Tage bis zum vermutlichen Eintreffen des Abtes mit Ungeduld. Nachher, wenn er dann im Klosterfrieden säße und in Ruhe seinem Studium obläge, würden Langeweile und Unrast ihn schon verlassen. Er plante eine Homerübersetzung, ein Lustspiel und eine Geschichte Venedigs und hatte, um einstweilen doch etwas in diesen Sachen zu tun, bereits einen starken Posten gutes Schreibpapier gekauft.

So verging ihm die Zeit zwar langsam und unlustig, aber sie verging doch, und am Morgen des 23. April stellte er aufatmend fest, daß dies sein letzter Wartetag sein sollte, denn andern Tages stand die Ankunft des Abtes bevor.

Er schloß sich ein und prüfte noch einmal seine weltlichen wie geistlichen Angelegenheiten, bereitete auch das Einpacken seiner Sachen vor und freute sich, endlich dicht vor dem Beginn eines neuen, friedlichen Lebens zu stehen. An seiner Aufnahme in Maria-Einsiedeln zweifelte er nicht, denn nötigenfalls war er entschlossen, das versprochene Kapital zu verdoppeln. Was lag in diesem Falle an zehntausend Franken?

Gegen sechs Uhr abends, da es im Zimmer leis zu dämmern begann, trat er ans Fenster und schaute hinaus. Er konnte von dort den Vorplatz des Hotels und die Limmatbrücke übersehen.

Eben fuhr ein Reisewagen an und hielt vor dem Gasthaus. Casanova schaute neugierig zu. Der Kellner sprang herzu und öffnete den Schlag. Heraus stieg eine in Mäntel gehüllte ältere Frau, dann noch eine, hierauf eine dritte, lauter matronenhaft ernste, ein wenig säuerliche Damen.

»Die hätten auch anderswo absteigen dürfen«, dachte der am Fenster.

Aber diesmal kam das schlanke Ende nach. Es stieg eine vierte Dame aus, eine hohe schöne Figur in einem Kostüm, das damals viel getragen und Amazonenkleid genannt wurde. Auf dem schwarzen Haar trug sie eine kokette, blauseidene Mütze mit einer silbernen Quaste.

Casanova stellte sich auf die Zehen und schaute vorgebeugt hinab. Es gelang ihm, ihr Gesicht zu sehen, ein junges, schönes, brünettes Gesicht mit schwarzen Augen unter stolzen, dichten Brauen. Zufällig blickte sie am Hause hinauf, und da sie den im Fenster Stehenden gewahr wurde und seinen Blick auf sich gerichtet fühlte, seinen Casanovablick, betrachtete sie ihn einen kleinen Augenblick mit Aufmerksamkeit – einen kleinen Augenblick.

Dann ging sie mit den andern ins Haus. Der Chevalier eilte in sein Vorzimmer, durch dessen Glastür er auf den

Korridor schauen konnte. Richtig kamen die Viere, und als letzte die Schöne in Begleitung des Wirtes die Treppe herauf und an seiner Türe vorbei. Die Schwarze, als sie sich unversehens von demselben Manne fixiert sah, der sie soeben vom Fenster aus angestaunt hatte, stieß einen leisen Schrei aus, faßte sich aber sofort und eilte kichernd den anderen nach.

Casanova glühte. Seit Jahren glaubte er nichts Ähnliches gesehen zu haben.

»Amazone, meine Amazone!« sang er vor sich hin und warf seinen Kleiderkoffer ganz durcheinander, um in aller Eile große Toilette zu machen. Denn heute mußte er unten an der Tafel speisen, mit den Neuangekommenen! Bisher hatte er sich im Zimmer servieren lassen, um sein weltfeindliches Auftreten zu wahren. Nun zog er hastig eine Sammethose, neue weißseidene Strümpfe, eine goldgestickte Weste, den Gala-Leibrock und seine Spitzenmanschetten an. Dann klingelte er dem Kellner.

»Sie befehlen?«

»Ich speise heute an der Tafel, unten.«

»Ich werde es bestellen.«

»Sie haben neue Gäste?«

»Vier Damen.«

»Woher?«

»Aus Solothurn.«

»Spricht man in Solothurn französisch?«

»Nicht durchwegs. Aber diese Damen sprechen es.«

»Gut. – Halt, noch was. Die Damen speisen doch unten?«

»Bedaure. Sie haben das Souper auf ihr Zimmer bestellt.«

»Da sollen doch dreihundert junge Teufel! Wann servieren Sie dort?«

»In einer halben Stunde.«

»Danke. Gehen Sie!«

»Aber werden Sie nun an der Tafel essen oder –?«

»Gottesdonner, nein! Gar nicht werde ich essen. Gehen Sie.«

Wütend stürmte er im Zimmer auf und ab. Es mußte heut abend etwas geschehen. Wer weiß, ob die Schwarze nicht morgen schon weiterfuhr. Und außerdem kam ja morgen der Abt. Er wollte ja Mönch werden. Zu dumm! Zu dumm!

Aber es wäre seltsam gewesen, wenn der Lebenskünstler nicht doch eine Hoffnung, einen Ausweg, ein Mittel, ein Mittelchen gefunden hätte. Seine Wut dauerte nur Minuten. Dann sann er nach. Und nach einer Weile schellte er den Kellner wieder herauf.

»Was beliebt?«

»Ich möchte dir einen Louisdor zu verdienen geben.«

»Ich stehe zu Diensten, Herr Baron.«

»Gut. So geben Sie mir Ihre grüne Schürze.«

»Mit Vergnügen.«

»Und lassen Sie mich die Damen bedienen.«

»Gerne. Reden Sie bitte mit Leduc, da ich unten servieren muß, habe ich ihn schon gebeten, mir das Aufwarten da oben abzunehmen.«

»Schicken Sie ihn sofort her. – Werden die Damen länger hierbleiben?«

»Sie fahren morgen früh nach Einsiedeln, sie sind katholisch. Übrigens hat die Jüngste mich gefragt, wer Sie seien.«

»Gefragt hat sie? Wer ich sei? Und was haben Sie ihr gesagt?«

»Sie seien Italiener, mehr nicht.«

»Gut. Seien Sie verschwiegen!«

Der Kellner ging und gleich darauf kam Leduc herein, aus vollem Halse lachend.

»Was lachst du, Schaf.«

»Über Sie als Kellner.«

»Also weißt du schon. Und nun hat das Lachen ein Ende oder du siehst nie mehr einen Sou von mir. Hilf mir jetzt die Schürze umbinden. Nachher trägst du die Platten herauf und ich nehme sie dir unter der Tür der Damen ab. Vorwärts!«

Er brauchte nicht lange zu warten. Die Kellnerschürze über der Goldweste umgebunden, betrat er das Zimmer der Fremden.

»Ist's gefällig, meine Damen?«

Die Amazone hatte ihn erkannt und schien vor Verwunderung starr. Er servierte tadellos und hatte Gelegenheit, sie genau zu betrachten und immer schöner zu finden. Als er einen Kapaun künstlerisch tranchierte, sagte sie lächelnd: »Sie servieren gut. Dienen Sie schon lange hier?«

»Sie sind gütig, darnach zu fragen. Erst drei Wochen.«

Als er ihr nun vorlegte, bemerkte sie seine zurückgeschlagenen, aber noch sichtbaren Manschetten. Sie stellte fest, daß es echte Spitzen seien, berührte seine Hand und befühlte die feinen Spitzen. Er war selig.

»Laß das doch!« rief eine der älteren Frauen tadelnd, und sie errötete. Sie errötete! Kaum konnte Casanova sich halten.

Nach der Mahlzeit blieb er, so lange er irgendeinen Vorwand dazu fand, im Zimmer. Die drei Alten zogen sich ins Schlafkabinett zurück, die Schöne aber blieb da, setzte sich wieder und fing zu schreiben an.

Er war endlich mit dem Aufräumen fertig und mußte schlechterdings gehen. Doch zögerte er in der Türe.

»Auf was warten Sie noch?« fragte die Amazone.

»Gnädige Frau, Sie haben die Stiefel noch an und werden schwerlich mit ihnen zu Bett gehen wollen.«

»Ach so, Sie wollen sie ausziehen? Machen Sie sich nicht so viel Mühe mit mir!«

»Das ist mein Beruf, gnädige Frau.«

Er kniete vor ihr auf den Boden und zog ihr, während sie scheinbar weiterschrieb, die Schnürsenkel auf, langsam und sorglich.

»Es ist gut. Genug, genug! Danke.«

»Ich danke vielmehr Ihnen.«

»Morgen abend sehen wir uns ja wieder, Herr Kellner.«

»Sie speisen wieder hier?«

»Gewiß. Wir werden vor Abend von Einsiedeln zurück sein.«

»Danke, gnädige Frau.«

»Also gute Nacht, Kellner.«

»Gute Nacht, Madame. Soll ich die Stubentür schließen oder auflassen?«

»Ich schließe selbst.«

Das tat sie denn auch, als er draußen war, wo ihn Leduc mit ungeheurem Grinsen erwartete.

»Nun?« sagte sein Herr.

»Sie haben Ihre Rolle großartig gespielt. Die Dame wird Ihnen morgen einen Dukaten Trinkgeld geben. Wenn Sie mir aber den nicht überlassen, verrate ich die ganze Geschichte.«

»Du kriegst ihn schon heute, Scheusal.«

Am folgenden Morgen fand er sich rechtzeitig mit den geputzten Stiefeln wieder ein. Doch erreichte er nicht mehr, als daß die Amazone sich diese wieder von ihm anziehen ließ.

Er schwankte, ob er ihr nicht nach Einsiedeln nachfahren sollte. Doch kam gleich darauf ein Lohndiener mit der Nachricht, der Herr Abt sei in Zürich und werde sich die Ehre geben, um zwölf Uhr mit dem Herrn Chevalier allein auf seinem Zimmer zu speisen.

Herrgott, der Abt! An den hatte der gute Casanova nicht mehr gedacht. Nun, mochte er kommen. Er bestellte ein höchst luxuriöses Mahl, zu dem er selber in der Küche einige Anweisungen gab. Dann legte er sich, da er vom Frühaufstehen müde war, noch zwei Stunden aufs Bett und schlief.

Am Mittag kam der Abt. Es wurden Höflichkeiten gewechselt und Grüße ausgerichtet, dann setzten sich beide zu Tisch. Der Prälat war über die prächtige Tafel entzückt und vergaß über den guten Platten für eine halbe Stunde ganz seine Aufträge. Endlich fielen sie ihm wieder ein.

»Verzeihen Sie«, sagte er plötzlich, »daß ich Sie so ungebührlich lange in der Spannung ließ! Ich weiß gar nicht, wie ich das so lang vergessen konnte.«

»O bitte.«

»Nach allem, was ich in Zürich über Sie hörte – ich habe mich begreiflicherweise ein wenig erkundigt –, sind Sie wirklich durchaus würdig, unser Bruder zu werden. Ich heiße Sie willkommen, lieber Herr, herzlichst willkommen. Sie können nun über Ihre Tür schreiben: *Inveni portum. Spes et fortuna valete!*«

»Zu deutsch: Lebe wohl, Glücksgöttin; ich bin im Hafen! Der Vers stammt aus Euripides und ist wirklich sehr schön, wenn auch in meinem Falle nicht ganz passend.«

»Nicht passend? Sie sind zu spitzfindig.«

»Der Vers, Hochwürden, paßt nicht auf mich, weil ich nicht mit Ihnen nach Einsiedeln kommen werde. Ich habe gestern meinen Vorsatz geändert.«

»Ist es möglich?«

»Es scheint so. Ich bitte Sie, mir das nicht übel zu nehmen und in aller Freundschaft noch dies Glas Champagner mit mir zu leeren.«

»Auf Ihr Wohl denn! Möge Ihr Entschluß Sie niemals reuen! Das Weltleben hat auch seine Vorzüge.«

»Die hat es, ja.«

Der freundliche Abt empfahl sich nach einer Weile und fuhr in seiner Equipage davon. Casanova aber schrieb Briefe nach Paris und Anweisungen an seinen Bankier, verlangte auf den Abend die Hotelrechnung und bestellte für morgen einen Wagen nach Solothurn. *(1906)*

Maler Brahm

Unter den Verehrern der schönen Sängerin Lisa war Reinhard Brahm, der bekannte Maler, jedenfalls der merkwürdigste.

Als er Lisa kennen lernte, war er vierundvierzig Jahre alt und hatte seit mehr als zehn Jahren das Leben eines weltfremden Einsiedlers geführt. Nach einigen Jahren zielloser Bummelei und unruhiger Genußsucht war er in eine asketische Einsamkeit untergetaucht, und im Kampf um seine Kunst schien ihm jedes Verhältnis zum täglichen Leben verlorengegangen zu sein. Fieberhaft arbeitend, vergaß er Geselligkeit und Gespräch, versäumte Mahlzeiten, ließ sein Äußeres verwahrlosen und war bald genug vergessen. Indessen malte er verzweifelt. Er malte fast nichts andres als die Stunde der Dämmerung, das Untergehen der Formen, den Kampf der Umrisse mit der vernichtenden Finsternis.

Er malte eine kaum mehr sichtbare Flußbrücke, auf der eben die erste Laterne aufflammte. Er malte eine Pappel, die im Abenddämmern verschwand und nur noch mit dem äußersten Wipfel in den matten Späthimmel stand. Und schließlich malte er eine Vorstadtstraße bei Einbruch der Herbstnacht, ein ungemein schlichtes Bild von dunkler Gewalt. Damit wurde er bekannt, und von da an galt er für einen Meister, doch schien er sich wenig daraus zu machen.

Immerhin kamen nun öfters Menschen zu ihm, und da er kein Talent zum Grobsein hatte, geriet er langsam und mit Widerstreben allmählich wieder in eine kleine, doch recht auserlesene Geselligkeit, an welcher er meist schweigend teilnahm. Sein Atelier blieb für jedermann verschlossen. Nun war ihm vor einigen Wochen Lisa begegnet, und der schon ein wenig alternde Einsiedler hatte sich in die merkwürdige Schönheit mit später Leidenschaft verliebt. Sie war etwa fünfundzwanzigjährig, schlank und von ausgesprochen keltischer Schönheit.

So kühl und hochmütig die verwöhnte Sängerin war, das Außerordentliche dieser Liebe begriff sie doch und wußte es zu schätzen. Ein Mann mit berühmtem Namen, der für unnahbar und fast apathisch galt, war in sie verliebt.

Sie fragte ihn, ob sie sein Atelier sehen dürfe. Und er lud sie ein. Er empfing sie in dem Raum, den in zehn Jahren außer ihm und dem Diener niemand betreten hatte. Studien und Bilder, die er niemand gezeigt hatte, besah sie mit ihrem klugen, aparten, hochmütigen Gesicht.

»Gefällt Ihnen etwas davon?« fragte Brahm.

»O, alles.«

»Sie verstehen es? Ich meine, Sie begreifen, um was mir zu tun war? Es sind ja schließlich nur Bilder, aber ich habe mich viel damit geplagt ...«

»Die Bilder sind wundervoll.«

»Nun, die paar Bilder! Dafür, daß ein halbes Leben an sie verbraucht worden ist, sind sie recht wenig. Ein halbes Leben! Aber einerlei –«

»Sie können stolz sein, Herr Brahm.«

»Stolz? Das ist viel gesagt. Befriedigt sein wäre schon viel. Aber man ist nie zufrieden. Die Kunst befriedigt nie. Doch, wie gesagt, gefällt Ihnen etwas davon? Ich möchte es Ihnen nämlich gern schenken.«

»Was denken Sie? Ich könnte ja nicht –«

»Fräulein Lisa, alle diese Sachen hab' ich doch nur für mich selber gemalt. Es war niemand da, dem ich damit eine Freude hätte machen wollen. Und nun sind Sie da, und gerade Ihnen würde ich gern eine kleine Freude machen, ein kleiner Gruß – verstehen Sie – ein Künstler dem andern. Darf ich das wirklich nicht? Es wäre doch schade.« Verwundert gab sie nach, und noch am gleichen Tage schickte er ihr das Bild mit der Pappel, seinen Liebling.

Von da an verkehrte er bei ihr. Er besuchte sie je und je, und zuweilen bat er sie, ihm etwas zu singen. Dann war er einmal gekommen und in der Hilflosigkeit seiner Leidenschaft zudringlich geworden. Sie hatte die Entrüstete gespielt, er war darauf demütig und traurig geworden und hatte um Verzeihung gebeten, fast unter Tränen, und seither beherrschte und quälte sie ihn mit allen Launen einer Schönheit, die hundert Verehrer hat. Und seither wußte er, daß die, die er liebte, ihm nicht ähnlich war, nicht eine einfache und gute Natur wie er, nicht eine ehrliche und unverbogene Künstlerseele wie er, sondern ein Weib voll launischer Eitelkeit, eine Komödiantin. Aber er liebte sie, und mit jedem Flecken, den er an ihr wahrnehmen mußte, wuchs sein Schmerz, wuchs aber auch seine Liebe. Er mied sie zuweilen, aber nur um sie zu schonen, und behandelte sie im übrigen mit einer ungewandten, aber rührenden Rücksicht und Zartheit. Und sie ließ ihn warten. Während sie ihn im persönlichen Umgang sich fern hielt und quälte, behandelte sie ihn vor andern doch wie einen begünstigten Verehrer, und er wußte nicht, geschah das aus Eitelkeit oder aus uneingestandener Neigung. Es kam vor, daß sie in irgendeiner Gesellschaft unvermutet »lieber Brahm« zu ihm sagte, seinen Arm nahm und vertraulich mit ihm tat. In ihm stritt dann Dankbarkeit mit Mißtrauen. Ein paarmal tat sie ihm auch schön und sang ihm zu Hause vor. Dann hatte er, wenn er ihr die Hand küßte und Dank sagte, Tränen in den Augen. Das ging ein paar Wochen. Dann wurde es Brahm zuviel. Die unwürdige Rolle eines dekorativen Verehrers wurde ihm zum Ekel. Mißmut machte ihm die Arbeit unmöglich, und leidenschaftliche Erregung raubte ihm den Schlaf. Eines Herbstabends packte er Malgerät und Wäsche in einen Koffer und reiste am folgenden Morgen fort. In einem oberrheinischen Dorfe stieg er im Wirtshaus ab. Tagsüber wanderte er am Rhein entlang und auf den Hügeln umher, abends saß er am Wirtstisch vor einem Glas Landwein und rauchte eine Zigarre um die andre.

Nach acht und nach zehn Tagen hatte er noch immer nicht begonnen zu arbeiten. Dann zwang er sich und spannte eine Leinwand auf. Aber zwei, drei angefangene Studien warf er wieder weg. Es ging nicht. Die einseitige, asketische Hingabe an die Arbeit, das gespannte, einsame Lauern auf verschwimmende Linien, brechende Lichter, aufgelöste Formen, die ganze einsiedlerische Künstlerschaft vieler Jahre war erschüttert, unterbrochen, vielleicht verloren. Es gab nun andres, was ihn beschäftigte, andres, wovon er träumte, andres, wonach er begehrte. Es mochte Menschen geben, die sich teilen konnten, deren Fähigkeiten und Leben vielfältig war; er aber hatte nur eine Seele, nur eine Liebe, nur eine Kraft.

Die Sängerin war zufällig allein zu Hause, als Reinhart Brahm sich melden ließ. Sie erschrak, als er hereinkam und ihr die Hand entgegenstreckte. Er sah alt und vernachlässigt aus, und als sie seinem leidend glühenden Blick begegnete, sah sie ein, daß es gefährlich gewesen war, mit diesem Menschen zu spielen.

»Sie sind zurück, Herr Brahm?«

»Ja, ich bin gekommen, um mit Ihnen zu reden, Fräulein Lisa. Verzeihen Sie, ich hätte es gern vermieden, aber es geht nun doch nicht anders. Ich muß Sie bitten, mich anzuhören.«

»Nun denn, wenn Sie darauf bestehen. Obschon –«

»Danke. Meine Sache ist bald erzählt. Sie wissen, daß ich Sie liebe. Ich habe Ihnen früher einmal gesagt, daß ich nicht mehr ohne Sie leben könnte. Jetzt weiß ich, daß das wahr ist. Ich habe inzwischen den Versuch gemacht, ohne Sie zu leben. Ich kehrte zu meiner Arbeit zurück. Zehn Jahre lang, ehe ich Sie kannte, habe ich gemalt, nichts getan als gemalt. Das wollte ich nun wieder tun, still sein und malen, nichts denken und nichts begehren, als Bilder zu malen. Und es ist nicht gegangen.«

»Nicht gegangen?«

»Nein. Es fehlte am Gleichgewicht, verstehen Sie. Früher war das Malen mein Einziges, meine Sorge und meine Liebe, meine Sehnsucht und meine Befriedigung. Es schien mir, mein Leben wäre schön und reich genug, wenn es mir gelänge, noch eine Anzahl Bilder von der Art zu malen, die kein andrer machen könnte. Darum war meine Arbeit gut. Und jetzt geht mein Verlangen nach anderem. Jetzt weiß ich nichts zu wünschen als Sie, und es gibt nichts, was ich nicht für Sie gern hingäbe. Darum bin ich nochmals gekommen, Lisa. Wenn Sie mir gehören wollten, wäre mir das bißchen Malerei einerlei. – Geben Sie mir also eine Antwort! So wie es war, kann es nicht bleiben. Ich biete mich Ihnen an, wie Sie mich wollen. Wenn Sie nicht heiraten mögen, dann ohne Heirat. Das liegt bei Ihnen.«

»Also ein Heiratsantrag!«

»Wenn Sie wollen, ja. Ich bin nicht mehr jung, aber ich habe nie in meinem Leben geliebt. Was ich von Wärme und Sorge und Treue zu geben habe, gehört Ihnen allein. – Ich bin reich. –«

»O –«

»Verzeihen Sie. Ich meine nur, ich brauche nicht vom Malen zu leben. Lisa, verstehen Sie mich wirklich nicht? Sehen Sie nicht, daß ich mein Leben in Ihre Hand lege? Sagen Sie mir ein Wort!«

Es entstand ein peinliches Schweigen. Sie wagte nicht, ihn anzusehen, sie hielt ihn für halb krank. Endlich redete sie, schonend und freundlich. Aber er verstand beim ersten Wort. Sie stellte ihm vor, wie sehr er sie überrascht habe, wie wichtig seine Frage auch für ihr ganzes Leben sei, sie redete ihm zu wie einem ungestümen Knaben, dem man einen Herzenswunsch nicht mit einem Wort abschlagen will. Er lächelte.

»Sie sind so gütig«, sagte er. »Nicht wahr, Sie haben Angst für mich, und auch ein wenig Angst vor mir?«

Betroffen sah sie ihn an. Er fuhr fort.

»Ich danke Ihnen, Fräulein Lisa. Sie wollten nicht so geradezu Nein sagen. Aber ich habe schon verstanden. Also danke schön, und leben Sie wohl!«

Sie wollte ihn zurückhalten.

»Nein«, sagte er, »lassen Sie nur! Ich gehe nicht, um Gift zu nehmen. Wirklich nicht. Leben Sie wohl!«

Sie gab ihm die Hand. Er hielt sie fest, führte sie an die Lippen, ohne sich zu bücken, besann sich einen Augenblick, gab sie dann plötzlich frei und ging hinaus. Im Gang gab er sogar dem Mädchen ein Trinkgeld.

Brahm hatte nun eine schwere Zeit. Er wußte genau, daß nur Arbeit ihn ins Leben zurückführen konnte, aber lange Zeit verzweifelte er daran, je wieder die selbstlose Vergessenheit seiner guten Jahre zu gewinnen. In jenem Dorf am Oberrhein hatte er sich eingemietet und strich in der Gegend umher, sah immer wieder in den vom Herbstnebel bis zur Unwirklichkeit verwischten Uferstrichen und Baumgruppen künftige Bilder und konnte doch keine paar Stunden stillsitzen und das vergessen, was er durchaus vergessen wollte. Gesellschaft hatte er nicht, er hätte bei seinen sonderlinghaften Einsiedlergewohnheiten auch nichts mit ihr anzufangen gewußt.

Eines Abends, nachdem er in trostlosem Hinbrüten seine gewohnte Flasche Wein getrunken hatte, fürchtete er das frühe Zubettgehen und ließ sich, ohne viel dabei zu denken, eine zweite Flasche geben. Mit schweren Gliedern legte er sich dann ziemlich berauscht nieder, schlief wie ein Stein und erwachte spät am andern Tage mit einem sonderbar ungewohnten Gefühl müder Willenlosigkeit, das ihn den halben Tag verträumen ließ.

Zwei Tage später, als das alte Leidwesen wieder mächtig werden wollte, probierte er dasselbe Mittel, und dann mehrmals wieder. Eines Tages spannte er, trotz der nassen Kühle, draußen eine neue Leinwand auf. Eine Reihe Studien entstand. Große Pakete aus Karlsruhe und München kamen an, Sendungen von Kartons, Holztafeln, Farben. Innerhalb sechs Wochen wurde nahe beim Stromufer ein primitives Atelier gebaut. Und bald nach Weihnachten war ein großes Bild fertig, »Erlen im Nebel«, und gilt jetzt für eines der besten Werke des Malers.

Auf diese erregte, köstlich fieberische Arbeitszeit folgte ein Rückschlag. Tagelang trieb sich Brahm draußen herum, bei Schnee und Sturm, um schließlich irgendwo in einer Dorfschenke nach einer stillen Zecherei betrunken ins Bett geschafft zu werden. Tagelang lag er auch im Atelier auf ein paar Decken, mit wüstem Kopf und voll Jammer und Ekel.

Aber im Frühjahr malte er wieder.

So trieb er es nun Jahr um Jahr. Öfters gelang es ihm, wochenlang müßig zu sein und doch zu arbeiten. Dann kam wieder ein Umfall. Und schließlich brachte er einmal, nach einem zornig vertrunkenen Tage, eine kalte Märznacht auf dem freien Feld zu, erkältete sich schwer und starb einsam und schlecht verpflegt. Er war schon begraben, als auf die Notiz einer Zeitung hin ein Verwandter hergereist kam, um nach ihm zu sehen. Unter den Bildern, die er hinterließ, war ein merkwürdiges Selbstporträt aus seiner letzten Zeit. Ein gründlich und rücksichtslos studierter Kopf, häßlich verwahrloste Züge eines alternden Trinkers, leicht grinsend, und ein unentschlossen trauriger Blick. Aus irgendeinem Grunde hatte Brahm jedoch über das fertig ausgeführte, gewiß nicht ohne peinliche Selbstironie gemalte Bild kreuzweis zwei dicke rote Pinselstriche gezogen. *(1906)*

Eine Fußreise im Herbst

Seeüberfahrt

Ein sehr kühler Abend, feucht, ungastlich und früh dunkelnd. Auf einem steilen Sträßlein, zum Teil lehmiger Hohlweg, war ich vom Berge herabgestiegen und stand am Seeufer allein und fröstelnd. Nebel rauchte jenseits von den Hügeln, der Regen hatte sich erschöpft, und es fielen nur noch einzelne Tropfen, kraftlos und vom Winde vertrieben.

Am Strande lag ein flaches Boot halb auf den Kies gezogen. Es war gut imstande, sauber gemalt, kein Wasser am Boden, und die Ruder schienen ganz neu zu sein. Daneben stand eine Wartehütte aus Tannenbrettern, unverschlossen und leer. Am Türpfosten hing ein altes messingenes Horn, mit einer dünnen Kette befestigt. Ich blies hinein. Ein zäher, unwilliger Ton kam heraus und flog träge dahin. Ich blies noch einmal, länger und stärker. Dann setzte ich mich ins Boot und wartete, ob jemand käme.

Der See war nur leicht bewegt. Ganz kleine Wellen schlugen mit schwächlichem Klatschen an die dünnen Bootswände. Mich fror ein wenig, und ich wickelte mich fest in meinen weiten, regenfeuchten Mantel, steckte die Hände unter die Achseln und betrachtete die Seefläche.

Eine kleine Insel, dem Anschein nach nur ein stattlicher Felsen, ragte in der Seemitte schwärzlich aus dem bleifarbenen Wasser. Ich würde, wenn sie mein wäre, einen Turm darauf bauen lassen, mit wenigen Zimmern und quadratischem Grundriß. Ein Schlafzimmer, ein Wohnzimmer, ein Eßzimmer und eine Bibliothek.

Dann würde ich einen Wärter hineinsetzen, der müßte alles in Ordnung halten und jede Nacht im obersten Zimmer Licht brennen. Ich aber würde weiterreisen und wüßte nun zu jeder Zeit eine Zuflucht und Ruhestätte auf mich warten. In fernen Städten würde ich jungen Frauen von meinem Turm im See erzählen.

»Ist auch ein Garten dabei?« würde vielleicht eine fragen. Und ich: »Ich weiß nicht mehr, ich war so lange nimmer dort. Wollen Sie, daß wir hinreisen?«

Sie würde lachen, und der Blick ihrer hellbraunen Augen würde sich plötzlich verändern. Möglich auch, daß ihre Augen blau sind oder schwarz, und ihr Gesicht und Nacken bräunlich, und ihr Kleid dunkelrot mit Pelzbesätzen.

Wenn es nur nicht so kühl gewesen wäre! Eine Verdrießlichkeit wuchs in mir herauf.

Was geht mich die schwarze Felseninsel an? Sie ist lächerlich klein, wenig besser als ein Vogeldreck, und man könnte auf ihr überhaupt nicht bauen. Wozu auch, bitte? Und was liegt daran, ob eine junge Frau, die ich mir erdenke und der ich möglicherweise, falls sie wirklich existierte, mein Turmschloß zeigen würde, falls ich eines hätte – ob diese junge Frau blond ist oder braun und ob ihr Kleid einen Pelzbesatz hat oder Spitzen oder gewöhnliche Litzen? Wären mir Litzen etwa nicht gut genug?

Gott bewahre, ich gab den Pelzbesatz, den Turm und die Insel preis, rein um des Friedens willen. Meine Verdrießlichkeit kassierte die Bilder mürrisch, schwieg und nahm zu statt ab.

»Bitte«, fragte sie nach einer Weile wieder, »wozu sitzt du eigentlich hier, an einem weltfremden Ort, in der Nässe am Strand und frierst?«

Da knirschte der Kies, und eine tiefe Stimme rief mich an. Es war der Fährmann.

»Lang gewartet?« fragte er, während ich ihm das Boot ins Wasser schieben half.

»Gerade lang genug, scheint mir. Jetzt also los!«

Wir hängten zwei Paar Ruder ein, stießen ab, drehten und probierten den Takt aus, dann arbeiteten wir schweigend mit starken Schlägen. Mit dem Erwärmen der Glieder und mit der flotten, taktfesten Bewegung kam ein anderer Geist in mir auf und machte dem fröstelnd trägen Unmut ein rasches Ende.

Der Schiffsmann war graubärtig, groß und mager. Ich kannte ihn, er hatte mich vor Jahren mehrmals gerudert; doch erkannte er mich nicht wieder.

Wir hatten eine halbe Stunde zu rudern, und während wir unterwegs waren, ward es vollends Nacht. Mein linkes Ruder rieb in seiner Öse bei jedem Zuge mit rostig knarrendem Ton, unter dem Vorderteil des Bootes schlug das schwache Gewoge unregelmäßig mit hohlem Geräusch an den Schiffsboden. Ich hatte zuerst den Mantel, dann auch noch die Jacke ausgezogen und neben mich gelegt, und als wir uns dem jenseitigen Ufer näherten, war ich leicht in Schweiß geraten.

Jetzt spielten vom Strande her Lichter auf dem dunkeln Wasser, zuckten springend in gebrochenen Linien und blendeten mehr, als sie leuchteten. Wir stießen ans Land, der Fährmann warf seine Bootskette um einen dicken Pfahl. Aus dem schwarzen Torbogen trat der Zöllner mit einer Laterne. Ich gab dem Schiffsmann seinen kleinen Lohn, ließ den Zöllner an meinem Mantel schnuppern und zog mir die Hemdärmel unter der Jacke zurecht.

Im Augenblick, da ich wegging, fiel mir der vergessene Name des Schiffers wieder ein. »Gut Nacht, Hans Leutwin«, rief ich ihm zu und ging davon, während er, die Hand vorm Auge, mir erstaunt und brummend nachglotzte.

Im Goldenen Löwen

In dem alten Städtlein, das ich nun vom Seegestade her durch einen hohen Torbogen betrat, begann erst eigentlich meine Lustreise. In diesen Gegenden hatte ich vorzeiten eine Weile gelebt und mancherlei Sanftes und Herbes erfahren, wovon ich jetzt da oder dort noch einen Nachklang anzutreffen hoffte.

Ein Gang durch nächtige Straßen, von erleuchteten Fenstern her spärlich bestrahlt, an alten Giebelformen und Vortreppen und Erkern vorüber. In der schmalen, krummen Maiengasse hielt mich vor einem altmodischen Herrenhause ein Oleanderbaum mit ungestümer Mahnung fest. Ein Feierabendbänklein vor einem andern Hause, ein Wirtsschild, ein Laternenpfahl taten dasselbe, und ich war erstaunt, wieviel längst Vergessenes in mir doch nicht vergessen war. Zehn Jahre hatte ich das Nest nimmer gesehen, und nun wußte ich plötzlich alle Geschichten jener merkwürdigen Jünglingszeit wieder.

Da kam ich auch am Schloß vorbei, das stand mit schwarzen Türmen und wenigen roten Fenstervierecken kühn und verschlossen in der regnerischen Herbstnacht. Damals als junger Kerl ging ich abends selten dran vorüber, ohne daß ich mir im obersten Turmzimmer eine Grafentochter einsam weinend dachte und schlich mich mit Mantel und Strickleiter über halsbrechenden Mauern, bis an ihr Fenster empor.

»Mein Retter«, stammelte sie freudig erschrocken.

»Vielmehr Ihr Diener«, antwortete ich mit einer Verbeugung. Dann trug ich sie sorgsam die ängstlich schaukelnde Leiter hinab – ein Schrei, der Strick war gerissen – ich lag mit gebrochenem Bein im Graben, und neben mir rang die Schöne ihre schlanken Hände.

»O Gott, was nun? Wie soll ich Ihnen helfen?«

»Retten Sie sich, Gnädigste, ein treuer Knecht wartet Ihrer bei der hintern Pforte.«

»Aber Sie?«

»Eine Kleinigkeit, seien Sie unbesorgt! Ich bedaure nur, Sie für heute nicht weiter begleiten zu können.«

Es hatte seither, wie ich aus der Zeitung wußte, im Schloß gebrannt; doch sah man, wenigstens jetzt bei

Nacht, keine Spuren davon, es war alles wie früher. Ich betrachtete mir den Umriß des alten Gebäudes eine kleine Weile, dann bog ich in die nächste Gasse ein. Und da hing auch noch derselbe groteske Blechlöwe im Schild des ehrwürdigen Wirtshauses. Hier beschloß ich einzukehren und um Nachtlager zu fragen.

Ein gewaltiger Lärm schlug mir aus dem weiten Portal entgegen, Musik, Geschrei, Hin und Wider der Dienerschaft, Gelächter und Pokulieren, und im Hof standen abgeschirrte Wagen, an denen Kränze und Girlanden aus Tannenreis und Papierblumen hingen. Beim Eintreten fand ich den Saal, die Wirtsstube und sogar noch das Nebenzimmer von einer fröhlichen Hochzeitsgesellschaft besetzt. An ein ruhiges Abendessen, eine beschaulich erinnerungsselige Dämmerstunde beim einsamen Schoppen und ein frühes, friedliches Schlafengehen war da nicht zu denken.

Indem ich die Saaltüre öffnete, drang ein ausgesperrter kleiner Hund zwischen meinen Beinen durch in den Raum, ein schwarzer Spitzerhund, und stürzte mit wütendem Freudengebell unter den Tischen hindurch seinem Herrn entgegen, den er sogleich erblickt hatte, denn er stand gerade aufrecht an der Tafel und hielt eine Rede.

»– und also, meine verehrten Herrschaften«, rief er mit rotem Gesicht und überlaut, da fuhr wie ein Sturm der Hund an ihm hinauf, kläffte freudig und unterbrach die Rede. Gelächter und Scheltworte erklangen durcheinander, der Redner mußte seinen Hund hinausbringen, die verehrten Herrschaften grinsten schadenfroh und tranken einander zu. Ich drückte mich beiseite, und als der Herr des Spitzerhundes wieder an seinem Platz und wieder in seiner Rede war, hatte ich das Nebenzimmer erreicht, legte Hut und Mantel weg und setzte mich ans Ende eines Tisches.

An vortrefflichen Speisen fehlte es heute nicht. Und schon während ich am Hammelbraten arbeitete, erfuhr ich von meinem Tischnachbarn das Nötigste über die Hochzeit. Das Paar war mir nicht bekannt, wohl aber eine große Zahl der Gäste – Gesichter, die mir vor Jahren vertraut gewesen waren und die mich nun, viele schon im halben Rausch, beim Schein der Lampen umgaben, mehr oder minder verändert und gealtert. Einen feinen Bubenkopf mit ernsten Augen, mager und zart geschnitten, sah ich wieder – erwachsen, lachend, schnurrbärtig, eine Zigarre im Mund, und ehemalige junge Burschen, denen das Leben um einen Kuß und die Welt um einen Narrenstreich feil gewesen war, staken nun in Backenbärten, hatten die Hausfrau bei sich und regten sich in Philistergesprächen über Bodenpreise und Änderungen des Eisenbahnfahrplans auf.

Alles war verändert und doch noch lächerlich kenntlich, und am wenigsten verändert war erfreulicherweise die Wirtsstube und der gute weiße Landwein. Der floß noch wie je so herb und freudig, blinkte gelblich im fußlosen Glase und weckte in mir das schlummernde Gedächtnis zahlreicher Kneipnächte und Kneipenstreiche. Mich aber kannte niemand wieder, und ich saß im Getümmel und nahm am Gespräch teil als ein zufällig hereinverschlagener Fremder.

Gegen Mitternacht, nachdem auch ich einen Becher oder zwei über den Durst genossen hatte, gab es einen Streit. Um eine Bagatelle, die ich schon am andern Tag vergessen hatte, ging es los, hitzige Worte klangen, und drei, vier halbberauschte Männer schrien zornig auf mich ein. Da hatte ich genug und stand auf.

»Danke, meine Herren, an Händeln liegt mir nichts. Übrigens sollte der Herr da sich nicht so unnötig erhitzen, er hat ja ein Leberleiden.«

»Woher wissen Sie das?« rief er noch barsch, aber verblüfft.

»Ich sehe es Ihnen an, ich bin Arzt. Sie sind fünfundvierzig Jahre alt, nicht wahr?«

»Stimmt.«

»Und haben vor etwa zehn Jahren eine schwere Lungenentzündung durchgemacht?«

»Herrgott, ja. An was sehen Sie denn das?«

»Ja, das sieht man eben, wenn man geübt ist. Also gute Nacht, Ihr Herren!«

Sie grüßten alle ganz höflich, der Leberleidende machte sogar eine Verbeugung. Ich hätte ihm auch noch seinen Vor- und Zunamen und den seiner Frau sagen können, ich kannte ihn gut und hatte früher manches Feierabendgespräch mit ihm gehabt.

In meiner Schlafkammer wusch ich mir das heiße Gesicht, schaute vom Fenster über die Dächer weg auf den blassen See hinüber und ging dann zu Bett. Eine Zeitlang hörte ich noch dem langsam abnehmenden Festlärmen zu, dann überkam mich die Müdigkeit, und ich schlief bis zum Morgen.

Sturm

Am verstürmten Himmel trieben zerfaserte Wolkenbänder, grau und lila, und ein heftiger Wind empfing mich, als ich am nächsten Vormittag nicht zu früh meine Weiterreise antrat. Bald war ich oben auf dem Hügelkamm und sah das Städtchen, das Schloß, die Kirche und den kleinen Bootshafen eng und spielzeughaft am Gestade unter mir liegen. Schnurrige Geschichten aus der Zeit meines früheren Hierseins fielen mir ein und machten mich lachen. Das konnte ich brauchen, denn je näher ich dem Ziel meiner Wanderung rückte, desto befangener und schwüler wurde mir, ohne daß ich es mir gestehen mochte, das Herz.

Das Gehen in der kühlen sausenden Luft tat mir wohl. Ich hörte dem ungestümen Wind zu und sah im Vorwärtsschreiten auf dem Gratsteig mit aufregender

Wonne die Landschaft weiter und gewaltiger werden. Von Nordost her hellte der Himmel auf, dorthinüber war die Aussicht frei und zeigte lange, bläuliche Gebirgszüge in großartiger Ordnung aufgebaut.

Der Wind nahm zu, je höher ich kam. Er sang herbstlich toll, mit Stöhnen und mit Lachen, fabelhafte Leidenschaften andeutend, neben denen unsere nur Kindereien wären. Er schrie mir niegehörte, urweltliche Worte ins Ohr, wie Namen alter Götter. Er strich über den ganzen Himmel hinweg die irrenden Wolkentrümmer zu parallelen Streifen aus, in deren Linie etwas widerwillig Gebändigtes lag und unter welchen die Berge sich zu bücken schienen.

Dem Brausen der Lüfte und dem Anblick der weiten Bergländer wich die leise Befangenheit und Bänglichkeit meiner Seele. Daß ich einem Wiedersehen mit meiner Jugendzeit und einem Kreise noch ungewisser Erregungen entgegenging, war nicht mehr so wichtig und beherrschend, seit Weg und Wetter mir lebendig geworden waren.

Bald nach Mittag stand ich ausruhend auf dem höchsten Punkte des Höhenweges, und mein Blick flog suchend und bestürzt über das ungeheuer ausgebreitete Land hinweg. Grüne Berge standen da und weiter entfernt blaue Waldberge und gelbe Felsberge, tausendfach gefaltete Hügelgelände, dahinter das Hochgebirg mit jähen Steinzacken und bleichen Schneepyramiden. Zu Füßen in seiner ganzen Fläche der große See, meerblau mit weißen Wellenschäumen, zwei vereinzelte flüchtige Segel darauf, geduckt hingleitend, an den grün und braunen Ufern lodernd gelbe Weinberge, farbige Wälder, blanke Landstraßen, Bauerndörfer in Obstbäumen, kahlere Fischerdörfer, hell und dunkel getürmte Städte. Über alles weg bräunliche Wolken fegend, dazwischen Stücke eines tief klaren, grünblau und opalfarben durchleuchteten Himmels, Sonnenstrahlen fächerförmig aufs Gewölk gemalt. Alles bewegt, auch die Bergreihen wie hinflutend und die ungleich beleuchteten Alpengipfel jäh, unstet und springend.

Mit dem Sturm- und Wolkentreiben flog auch mein Fühlen und Begehren ungestüm und fiebernd über die Weite, ferne Schneezacken umarmend und flüchtig in hellgrünen Seebuchten rastend. Alte, betörende Wandergefühle liefen wechselnd und farbig wie Wolkenschatten über meine Seele, Empfindung der Trauer über Versäumtes, Kürze des Lebens und Fülle der Welt, Heimatlosigkeit und Heimatsuchen, wechselnd mit einem hinströmenden Gefühl der völligen Loslösung von Raum und Zeit.

Langsam verrannen die Wogen, sangen und schäumten nicht mehr, und mein Herz wurde still und ruhte unbewegt, wie ein Vogel in großen Höhen.

Da sah ich mit Lächeln und wiederkehrender Wärme Straßenkrümmen, Waldkuppen und Kirchtürme der vertrauten Nähe; das Land meiner schönen Jünglingsjahre blickte mich unverändert mit den alten Augen an. Wie ein Soldat auf seiner Landkarte den Feldzug von damals aufsucht und überliest, von Rührung so sehr wie vom Gefühl der Geborgenheit erwärmt, las ich in der herbstfarbenen Landschaft die Geschichte vieler wundervoller Torheiten und die schon fast zur Sage verklärte Geschichte einer gewesenen Liebe.

Erinnerungen

In einem ruhigen Winkel, wo mir ein breiter Felsen den Sturm abhielt, aß ich zu Mittag, Schwarzbrot, Wurst und Käse. – Nach ein paar Stunden Bergaufmarsch bei starkem Winde der erste Biß in ein belegtes Brot – das ist eine Lust, fast die einzige, die noch das ganze durchdringend Köstliche, bis zur Sättigung Beglückende der echten Knabenfreuden hat.

Morgen werde ich vielleicht an der Stelle im Buchenwald vorüberkommen, an der ich den ersten Kuß von Julie bekam. Auf einem Ausflug des Bürgervereins Konkordia, in den ich Julies wegen eingetreten war. Am Tag nach jenem Ausflug trat ich wieder aus.

Und übermorgen vielleicht, wenn es glückt, werde ich sie selber wiedersehen. Sie hat einen wohlhabenden Kaufmann namens Herschel geheiratet, und sie soll drei Kinder haben, von denen eins ihr auffallend gleicht und auch Julie heißt. Mehr weiß ich nicht, es ist auch mehr als genug.

Aber ich weiß noch genau, wie ich ihr ein Jahr nach meiner Abreise aus der Fremde schrieb, daß ich keine Aussicht auf Stellung und Geldverdienst habe und daß sie nicht auf mich warten möge. Sie schrieb zurück, ich solle mir und ihr das Herz nicht unnötig schwer machen; sie werde da sein, wenn ich wiederkäme, sei es bald oder spät. Und ein halbes Jahr später schrieb sie doch wieder und bat sich frei, für jenen Herschel, und im Leid und Zorn der ersten Stunde schrieb ich keinen Brief, sondern telegraphierte ihr mit meinem letzten Geld, vier oder fünf geschäftsmäßige Worte. Die gingen übers Meer und waren nicht zu widerrufen.

Es geht so närrisch im Leben zu! War es Zufall oder Schicksalshohn, oder kam es vom Mut der Verzweiflung – kaum lag das Liebesglück in Scherben, da kam Erfolg und Gewinn und Geld wie hergezaubert, da war das nimmer Erhoffte im Spiel erreicht und war doch wertlos. Das Schicksal hat Mucken, dachte ich, und vertrank mit Kameraden in zwei Tagen und Nächten eine Brusttasche voll Banknoten.

Doch an diese Geschichten dachte ich nicht lange, als ich nach der Mahlzeit mein leeres Wurstpapier dem Winde hinwarf und, in den Mantel gewickelt, Mittagsrast hielt. Ich dachte lieber an meine damalige Liebe und an Julies Gestalt und Gesicht, das schmale Gesicht mit den noblen Brauen und großen dunkeln Augen. Und dachte lieber an den Tag im Buchenwald, wie sie langsam und widerstrebend mir nachgab und dann bei meinen Küssen zitterte und dann endlich wiederküßte und ganz leise, wie aus einem Traum hervor, lächelte, während noch Tränen an ihren Wimpern glänzten.

Vergangene Dinge! Das Beste daran war aber nicht das Küssen und nicht das abendliche Zusammenpromenieren und Heimlichtun. Das Beste war die Kraft, die mir aus jener Liebe floß, die fröhliche Kraft, für sie zu leben, zu streiten, durch Feuer und Wasser zu gehen. Sich wegwerfen können für einen Augenblick, Jahre opfern können für das Lächeln einer Frau, das ist Glück. Und das ist mir unverloren.

Pfeifend stand ich auf und ging weiter.

Als die Straße jenseits vom Hügelkamm abwärts sank und ich genötigt war, vom Anblick der Seeweite Abschied zu nehmen, lag eben die Sonne, schon dem Untergehen nah, im Kampf mit trägen, gelben Wolkenmassen, die sie langsam umschleierten und verschlangen. Ich hielt inne und schaute rastend den fabelhaften Vorgängen am Himmel zu:

Hellgelbe Lichtbündel strahlten vom Rande einer schweren Wolkenbank in die Höhe und gegen Osten. Rasch entzündete sich der ganze Himmel gelbrot, glühend purpurne Streifen durchschnitten den Raum, zur gleichen Zeit wurden alle Berge dunkelblau, an den Seeufern brannte das rötlich welke Ried wie Heidefeuer. Dann verschwand alles Gelb, und das rote Licht wurde warm und milde, spielte paradiesisch um traumzarte, hingehauchte Schleierwölkchen und lief in tausend feinen Adern rosenrot durch mattgraue Nebelwände, deren Grau sich langsam mit dem Rot zu einem unsäglich schönen Lilaton vermischte. Der See wurde tiefblau und nahezu schwarz, die Untiefen in der Nähe der Ufer traten hellgrün mit scharfen Rändern hervor.

Als der fast schmerzlich schöne Farbenkampf erlosch, dessen Feuer und rapide Flüchtigkeit an großen Horizonten immer etwas hinreißend Kühnes hat, wandte ich mich landeinwärts und blickte erstaunt in eine schon völlig abendklare, gekühlte Tälerlandschaft. Unter einem großen Nußbaum trat ich auf eine bei der Lese vergessene Frucht, hob sie auf und schälte mir die frische, lichtbraune, feuchte Nuß heraus. Und als ich sie zerbiß und den scharfen Geruch und Geschmack verspürte, überraschte mich unversehens eine Erinnerung. Wie von einem Stück Spiegelglas ein Lichtstrahl reflektiert und in einen dunkeln Raum geworfen wird, so blitzt oft mitten im Gegenwärtigen, durch eine Nichtigkeit entzündet, ein vergessenes, längst gewesenes Stückchen Leben auf, erschreckend und unheimlich.

Das Erlebnis, an das ich in jenem Augenblick nach vielleicht zwölf oder mehr Jahren zum erstenmal wieder dachte, war mir ebenso peinlich wie teuer. Als ich mit etwa fünfzehn Jahren auswärts in einem Gymnasium war, besuchte mich eines Tages im Herbst meine Mutter. Ich hielt mich sehr kühl und stolz, wie es mein Gymnasiastenhochmut forderte, und tat ihr mit hundert Kleinigkeiten weh. Andern Tages reiste sie wieder ab, kam aber vorher noch ans Schulhaus und wartete unsere Morgenpause ab. Als wir lärmend aus den Klassenzimmern hervorbrachen, stand sie bescheiden und lächelnd draußen, und ihre schönen gütigen Augen lachten mir schon von weitem entgegen. Mich aber genierte die Gegenwart meiner Herren Mitschüler, darum ging ich ihr nur langsam entgegen, nickte ihr leichthin zu und trat so auf, daß sie ihre Absicht, mir einen Abschiedskuß und Segen zu geben, aufgeben mußte. Betrübt, aber tapfer lächelte sie mich an, und plötzlich lief sie schnell über die Straße zur Bude eines Fruchthändlers, kaufte ein Pfund Nüsse und gab mir die Tüte in die Hand. Dann ging sie fort, zur Eisenbahn, und ich sah sie mit ihrer kleinen altmodischen

Ledertasche um die Straßenecke verschwinden. Kaum war sie mir aus den Augen, so tat mir alles bitter leid, und ich hätte ihr meine törichte Bubenroheit unter Tränen abbitten mögen. Da kam einer meiner Kameraden vorbei, mein Hauptrivale in Angelegenheiten des *savoir vivre.* »Bonbons von Mamachen?« fragte er boshaft lächelnd. Ich, sofort wieder stolz, bot ihm die Tüte an, und da er nicht annahm, verteilte ich alle Nüsse, ohne eine für mich zu behalten, an die Kleinen von der vierten Klasse.

Zornig biß ich auf meine Nuß, warf die Schalen ins schwärzliche Laub, das den Boden bedeckte, und wanderte auf der bequemen Straße unter einem grünblau und golden verhauchenden Spätimmel hin zu Tal und bald darauf an herbstgelben Birken und fröhlichen Vogelbeerbüschen vorbei in die bläuliche Dämmerung junger Tannenstände und dann in die tiefen Schatten eines hohen Buchenwaldes hinein.

Das stille Dorf

Zwei Stunden später am Abend hatte ich mich, nach langem, sorglosem Schlendern, in einem Gewimmel schmaler, finsterer Waldwege verlaufen und suchte, je dunkler und kühler es wurde, desto ungeduldiger nach einem Ausgang. Mich geradeaus durch den Laubwald zu schlagen, ging nicht an, der Wald war dicht und der Boden stellenweise sumpfig, auch wurde es allmählich stockfinster.

Stolpernd und müde tastete ich in der wunderlichen Aufregung des nächtlichen Verirrtseins weiter. Häufig blieb ich stehen, um zu rufen und dann lang zu lauschen. Es blieb alles still, und die kühle Feierlichkeit und dichte Schwärze des lautlosen Waldinnern umgab mich von allen Seiten, wie Vorhänge von dickem Sammet. So töricht und eitel es war, machte mir doch der Gedanke Freude, daß ich um ein Wiedersehen mit einer fast vergessenen

Geliebten in dem fremdgewordenen Land mich durch Wald und Nacht und Kälte schlage. Ich fing leise meine alten Liebeslieder zu singen an:

Mein Blick erstaunt und muß sich senken,
mein Herz schließt alle Tore zu,
dem Wunder heimlich nachzudenken –
so schön bist du!

Dazu war ich durch Länder gewandert und hatte mir in langen Kämpfen den Leib und die Seele voll Narben geholt, um nun die alten dummen Verse zu singen und den Schatten lang verblaßter Knabentorheiten nachzulaufen! Aber es machte mir nicht wenig Freude, und während ich mühsam den gewundenen Pfad verfolgte, sang ich weiter, dichtete und phantasierte, bis ich müde ward und still weiterlief. Suchend tastete ich an dicke Buchenstämme, die von Efeuästen umklammert waren und deren Zweige und Wipfel unsichtbar im Finstern schwammen. So ging es noch eine halbe Stunde, und ich begann endlich kleinlaut zu werden. Da erlebte ich etwas unvergeßlich Köstliches.

Urplötzlich war der Wald zu Ende, und ich stand zwischen den letzten Stämmen hoch an einer steilen Bergwand, und unter mir schlief ein weites Waldtal in der Nachtbläue, und mitten darin zu meinen Füßen lag still und heimlich mit sechs, sieben kleinen rotleuchtenden Fenstern ein Dörflein. Die niederen Häuser, von denen ich fast nur die breiten, leise schimmernden Schindeldächer sah, lehnten sich eng aneinander, in einer leichten Biegung, und zwischen ihnen lief schmal und dunkel die schattige Gasse, und an ihrem Ende stand ein großer Dorfbrunnen. Weiter oben, am halben Berge gegenüber, lag allein zwischen vielen dämmernden Kirchhofskreuzen die Kapelle. In ihrer Nähe lief auf einem steilen Hügelweg bergan ein Mann mit einer Laterne.

Und drunten im Dörflein, in irgendeinem Hause, sangen ein paar Mädchen mit kräftigen, hellen Stimmen ein Lied.

Ich wußte nicht, wo ich war und wie das Dorf heiße, und ich nahm mir vor, auch nicht danach zu fragen.

Mein bisheriger Weg verlor sich am Waldrand bergaufwärts, so stieg ich behutsam ohne Pfad durch steile Weiden hinab, dem Dorf entgegen. Ich geriet in Gärten und auf schmale Steinstaffeln, fiel über eine Stützmauer und mußte schließlich einen Zaun überklettern und durch den seichten Bach springen, dann aber war ich im Dorf und trat am ersten Gehöft vorbei in die krumme, schlafende Gasse. Bald fand ich das Wirtshaus, das hieß »zum Ochsen« und war noch nicht geschlossen.

Das Erdgeschoß war still und dunkel, aus dem gepflasterten Flur führte eine alte verschwenderisch gebaute Treppe mit bauchigen Geländersäulen, von einer am Strick aufgehängten Laterne erleuchtet, empor in einen Fliesengang und zur Gästestube. Diese war reichlich groß, und der von einer Hängelampe beschienene Tisch beim Ofen, an dem drei Bauern vor ihren Weingläsern saßen, lag wie eine Lichtinsel in dem halbdunkeln, großen Raum.

Der Ofen war geheizt, ein würfelförmiges Gebäude mit dunkelgrünen Kacheln; in den Kacheln spiegelte warm das matte Lampenlicht, unterm Ofen lag ein schwarzer Hund und schlief. Die Wirtin sagte »Grüß Gott«, als ich hereinkam, und einer von den Bauern schaute prüfend her.

»Was ist das für einer?« fragte er zweifelnd.

»Weiß nicht«, sagte die Wirtin.

Ich setzte mich an den Tisch, grüßte und ließ Wein kommen. Es gab nur Heurigen, einen hellroten jungen Most, der schon stark im Reißen war und mir prächtig warm machte. Dann fragte ich nach einem Nachtlager.

»Das ist so eine Sache«, meinte die Frau und zuckte die

Achseln. »Wir haben schon ein Zimmer, freilich, aber da ist gerade heut ein Herr drin. Es wäre auch ein zweites Bett in der Stube, aber der Herr schläft schon. Wenn Sie hinaufgehen und mit ihm reden wollen –?«

»Nicht gern. Und sonst gibt's keinen Platz?«

»Platz schon, aber kein Bett mehr.«

»Und wenn ich mich da zum Ofen lege?«

»Ja, wenn Sie das wollen, freilich. Ich geb Ihnen dann eine Decke, und wir legen ein paar Scheiter nach, so müssen Sie nicht frieren.«

Nun ließ ich mir Eier kochen und eine Wurst geben, und während des Essens fragte ich, wie weit ich noch von meinem Reiseziel sei.

»Sagen Sie, wie lang geht man von hier nach Ilgenberg?«

»Fünf Stunden. Der Herr droben, der die Stube hat, will morgen auch wieder hinüber. Er ist dort daheim.«

»So so. Und was treibt er denn hier?«

»Holz kaufen. Er kommt jedes Jahr.«

Die drei Bauern mischten sich nicht in unser Gespräch. Es waren, dachte ich mir, die Waldbesitzer und Fuhrleute, mit denen der Ilgenberger Händler den Holzkauf abgeschlossen hatte. Mich hielten sie offenbar für einen Geschäftemacher oder Beamten und trauten mir nicht. So ließ ich sie auch in Ruhe.

Kaum hatte ich gegessen und lehnte mich im Sessel zurecht, da fing der Mädchengesang von vorher plötzlich wieder an, ganz laut und nahe. Sie sangen das Lied von der schönen Gärtnersfrau, und beim dritten Vers stand ich auf und ging an die Küchentür und klinkte leise auf. Da saßen zwei junge Dirnen und eine ältere Magd am weißen tannenen Tisch bei einem Kerzenstumpf, hatten einen Berg Bohnen zum Ausschoten vor sich und sangen. Wie die ältere aussah, weiß ich nicht mehr. Aber von den jungen war die eine rötlichblond, breit und blühend, und die zweite war eine schöne Braune mit ernstem Gesicht.

Sie hatte die Zöpfe in einem sogenannten »Nest« rund um den Kopf gewunden und sang selbstvergessen mit einer hellen Kinderstimme vor sich hin, während das sich spiegelnde Kerzenflämmlein in ihren Augen blitzte.

Als sie mich in der Tür stehen sahen, lachte die Alte, die Rötliche schnitt eine Fratze, und die Braune sah mir eine Weile ins Gesicht, dann senkte sie den Kopf, wurde ein wenig rot und sang lauter. Sie fingen gerade einen neuen Vers an, und ich fiel mit ein, so gut ich es vermochte. Dann holte ich meinen Wein herüber, nahm einen dreibeinigen Schemel her und setzte mich singend mit an den Küchentisch. Die Rotblonde schob mir eine Handvoll Bohnen zu, und ich half denn mit aushülsen.

Als alle die vielen Strophen ausgesungen waren, sahen wir einander an und mußten lachen, was der Braunen überaus prächtig zu Gesichte stand. Ich bot ihr mein Glas hin, doch nahm sie es nicht an.

»Sie sind aber eine Stolze«, sagte ich betrübt. »Sind Sie denn etwa von Stuttgart?«

»Nein. Warum von Stuttgart?«

»Weil es heißt:

Stuegert isch e schöne Stadt,
Stuegert lit im Tale,
wo's so schöne Mädle hat,
aber so brutale.«

»Er ist ein Schwab«, sagte die Alte zur Blonden.

»Ja, er ist einer«, bestätigte ich. »Und Sie sind vom Oberland, wo die Schlehen wachsen.«

»Kann sein«, meinte sie und kicherte.

Ich sah aber immer die Braune an, und ich setzte aus Bohnen den Buchstaben M zusammen und fragte sie, ob sie so heiße. Sie schüttelte den Kopf, und ich machte nun ein A. Da nickte sie, und ich begann nun zu raten.

»Agnes?«

»Nein.«

»Anna?«

»Nichts.«

»Adelheid?«

»Auch nicht.«

Und soviel ich riet, es war alles falsch; sie aber wurde ganz fröhlich darüber und rief schließlich: »O, Sie Unvernunft!« Als ich sie dann sehr bat, sie möchte mir jetzt ihren Namen sagen, schämte sie sich eine kleine Zeit, dann sagte sie schnell und leise: »Agathe« und wurde rot dabei, wie wenn sie ein Geheimnis preisgegeben hätte.

»Sind Sie auch ein Holzhändler?« fragte die Blonde.

»Nein, das nicht. Seh ich denn so aus?«

»Oder ein Geometer, nicht?«

»Auch nicht. Warum soll ich Geometer sein?«

»Warum? Darum.«

»Ihr Schatz wird einer sein, gelt?«

»Mir wär's schon recht.«

»Singen wir noch eins, zum Schluß?« fragte die Schöne, und während die letzten Schoten uns durch die Finger gingen, sangen wir das Lied »Steh ich in finstrer Mitternacht«. Als das zu Ende war, standen die Mädchen auf und ich auch.

»Gut Nacht«, sagte ich zu jeder und gab jeder die Hand, und zu der Braunen sagte ich: »Gut Nacht, Agathe.«

In der Wirtsstube brachen jetzt auch die drei Rauhbeine auf. Sie nahmen keinerlei Notiz von mir, tranken langsam ihre Reste aus und zahlten nichts, waren also jedenfalls für diesen Abend die Gäste des Ilgenbergers gewesen.

»Gute Nacht auch«, sagte ich, als sie gingen, bekam aber keine Antwort und schlug hinter den Dickköpfen die Türe zu. Gleich darauf kam die Wirtin mit Pferdedecken und einem Bettkissen. Wir bauten aus der Ofenbank und drei Stühlen ein leidliches Nachtlager, und zum Trost teilte die Frau mir beim Weggehen mit, das Übernachten solle mich nichts kosten. Das war mir auch recht.

Halb ausgekleidet und mit meinem Mantel zugedeckt, lag ich am Ofen, der noch wohlig wärmte, und dachte an die braune Agathe. Ein Vers aus einem alten frommen Liede, das ich in Kinderzeiten oft mit meiner Mutter gesungen hatte, fiel mir ein:

Schön sind die Blumen,
schöner sind die Menschen
in der schönen Jugendzeit – – –

So eine war Agathe, schöner als Blumen und doch mit ihnen verwandt. Es gibt überall, in allen Ländern, einzelne solche Schönheiten, doch sind sie nicht allzu häufig, und so oft ich eine sah, hat es mir wohlgetan. Sie sind wie große Kinder, so scheu wie zutraulich, und haben in ihren ungetrübten Augen den Blick eines schönen Tieres oder einer Waldquelle. Man sieht sie an und hat sie lieb, ohne ihrer zu begehren, und während man sie ansieht, will es einem weh tun, daß diese feinen Bilder der Jugend und Menschenblüte auch einmal altern und vergehen müssen.

Bald schlief ich ein, und es mag von der Ofenwärme gekommen sein, daß mir träumte, ich liege am Felsgestade einer südlichen Insel, spüre die heiße Sonne auf meinem Rücken brennen und sähe einem braunen Mädchen zu, das allein in einer Barke seewärts ruderte und langsam ferner und kleiner wurde.

Morgengang

Erst als der Ofen erkaltet war und mir die Füße starr wurden, wachte ich frierend auf, und da war es auch schon Morgen, und nebenzu in der Küche hörte ich jemand den Herd anheizen. Draußen lag, zum erstenmal in diesem Herbst, ein dünner Reif auf den Wiesen. Ich war vom harten Liegen steif und mitgenommen, aber gut ausgeschlafen. In der Küche, wo die alte Magd mich begrüßte, wusch ich mich am Wasserstein und bürstete meine Kleider aus, die gestern bei dem windigen Wetter sehr staubig geworden waren.

Kaum saß ich in der Stube beim heißen Kaffee, da kam der Gast aus der Stadt herein, grüßte höflich und setzte sich zu mir an den Tisch, wo schon für ihn gedeckt war. Er tat aus einer flachen Reiseflasche ein wenig alten Kirschgeist in seine Tasse und bot auch mir davon an.

»Danke«, sagte ich, »ich trinke keinen Schnaps.«

»Wirklich? Sehen Sie, ich muß es tun, weil ich die Milch sonst nicht vertragen kann, leider. Jeder hat ja so seine Bresten.«

»Na, wenn Ihnen sonst nichts fehlt, dürfen Sie nicht klagen.«

»Gewiß, ja. Ich klage auch nicht. Es liegt mir fern –«

Er gehörte zu den Leuten, denen es ein Bedürfnis ist, sich ohne Ursache zu entschuldigen. Im übrigen machte er einen anständigen Eindruck, etwas zu höflich, aber intelligent und offen. Gekleidet war er kleinstädtisch, sehr solid und sauber, aber schwerfällig.

Auch er musterte mich, und da er mich in Kniehosen sah, fragte er, ob ich auf dem Veloziped gekommen sei.

»Nein, zu Fuß.«

»So, so. Eine Fußtour, ich verstehe. Ja, der Sport ist eine schöne Sache, wenn man Zeit hat.«

»Sie haben Holz gekauft?«

»O, eine Kleinigkeit, nur für den eigenen Bedarf.«

»Ich dachte, Sie wären Holzhändler.«

»Nein, doch nicht. Ich habe ein Tuchgeschäft. Das heißt einen Tuchladen, wissen Sie.«

Wir aßen Butterbrot zum Kaffee, und während er sich

Butter nahm, fielen mir seine wohlgebildeten langen und schmalen Hände auf.

Den Weg nach Ilgenberg schätzte er auf sechs Stunden. Er hatte seinen Wagen da und lud mich freundlich zum Mitfahren ein, doch nahm ich nicht an. Ich fragte nach Fußwegen und bekam leidliche Auskunft. Dann rief ich die Wirtin und zahlte meine kleine Zeche, steckte Brot in die Tasche, sagte dem Kaufmann Adieu und ging die Treppe hinab und durch den gepflasterten Flur in den kalten Morgen hinaus.

Vor dem Hause stand des Tuchhändlers Gefährt, eine leichte zweisitzige Kutsche, und eben zog ein Knecht den Gaul aus dem Stall, ein kleines fettes Rößlein, das weiß und rötlich wie eine Kuh gefleckt war.

Der Weg führte talaufwärts, eine Strecke den Bach entlang, dann ansteigend gegen die Waldhöhen. Indem ich allein dahinmarschierte, fiel mir ein, daß ich im Grunde alle meine Wege so einsam gemacht habe, und nicht nur die Spaziergänge, sondern alle Schritte meines Lebens. Freunde und Verwandte, gute Bekannte und Liebschaften waren ja immer dabei, aber sie umfaßten mich nie, erfüllten mich nie, rissen mich nie in andere Bahnen, als die ich selber einschlug. Vielleicht ist jedem Menschen, er sei wie er wolle, wie einem geschleuderten Ball seine Wurfbahn vorgezeichnet, und er folgt einer längst bestimmten Linie, während er das Schicksal zu zwingen oder zu hänseln meint. Jedenfalls aber ruht das »Schicksal« in uns und nicht außer uns, und damit bekommt die Oberfläche des Lebens, das sichtbare Geschehen, eine gewisse Unwichtigkeit. Was man gewöhnlich schwer nimmt und gar tragisch nennt, wird dann oft zur Bagatelle. Und dieselben Leute, die vor dem Anschein des Tragischen in die Knie sinken, leiden und gehen unter an Dingen, die sie nie beachtet haben.

Ich dachte: was treibt mich jetzt, mich freien Mann, nach dem Städtlein Ilgenberg, wo Häuser und Menschen mich nichts mehr angehen und wo ich kaum anderes als Enttäuschung und vielleicht Leid zu finden hoffen kann? Und ich sah mir selber verwundert zu, wie ich ging und ging und zwischen Humor und Bangigkeit hin und wider schwankte.

Es war ein schöner Morgen, die herbstliche Erde und Luft vom ersten Winterduft gestreift, dessen herbe Klarheit mit dem Steigen des Tages abnahm. Große Starenzüge strichen in keilförmiger Ordnung mit lautem Schwirren über die Felder. Im Tale zog langsam die Herde eines Wanderschäfers hin, und mit ihrem leichten Staub vermischte sich der dünne blaue Rauch aus des Schäfers Pfeife. Das alles, samt den Bergzügen, farbigen Waldrükken und weidenbestandenen Bachläufen stand in der glasklaren Luft frisch wie ein gemaltes Bild, und die Schönheit der Erde redete ihre leise, sehnsüchtige Sprache, unbekümmert wer sie höre.

Das ist mir immer wieder sonderbar, unbegreiflich und hinreißender als alle Fragen und Taten des Tages und Menschengeistes: wie ein Berg sich in den Himmel reckt und wie die Lüfte lautlos in einem Tale ruhen, wie gelbe Birkenblätter vom Zweige gleiten und Vogelzüge durch die Bläue fahren. Da greift einem das ewig Rätselhafte so beschämend und so süß ans Herz, daß man allen Hochmut ablegt, mit dem man sonst über das Unerklärliche redet, und daß man doch nicht erliegt, sondern alles dankbar annimmt und sich bescheiden und stolz als Gast des Weltalls fühlt.

Am Saum des Waldes flog mit lautklatschendem Flügelschlag ein Wildhuhn vor mir aus dem Unterholz. Braune Brombeerblätter an langen Ranken hingen über den Weg herein, und auf jedem Blatt lag seidig der durchsichtig dünne Reif, silbrig flimmernd wie die feinen Härchen auf einem Stück Sammet.

Als ich nach längerem Steigen im Wald eine Höhe und eine aussichtsreiche freie Halde erreichte, kannte ich mich bald wieder in der Landschaft aus. Den Namen des Dörfleins, in dem ich genächtigt hatte, wußte ich aber nicht und habe auch nicht nach ihm gefragt.

Mein Weg führte am Rand des Waldes weiter, der hier die Wetterseite hatte, und ich fand meine Kurzweil an den kühnen, bedeutungsvoll grotesken Formen der Stämme, Äste und Wurzeln. Nichts kann die Phantasie stärker und inniger beschäftigen. Zuerst herrschen meistens komische Eindrücke vor: Fratzen, Spottgestalten, und Karikaturen bekannter Gesichter werden in Wurzelverschlingungen, Erdspalten, Astgebilden, Laubmassen erkennbar. Dann ist das Auge geschärft und sieht, ohne zu suchen, ganze Heere von wunderlichen Formen. Das Komische verschwindet, denn alle diese Gebilde stehen so entschlossen, keck und unverrückbar da, daß ihre schweigende Schar bald Gesetzmäßigkeit und ernste Notwendigkeit verkündet. Und endlich werden sie unheimlich und anklagend. Es ist nicht anders, der wandelbare und maskentragende Mensch erschrickt, sobald er ernsthaft zusieht, vor den Zügen jedes natürlich Gewachsenen.

Ilgenberg

Das Dorf, das ich nach zwei Stunden auf Fußwegen erreichte, hieß Schluchtersingen und war mir von einem früheren Besuch her bekannt. Als ich durch die Dorfgasse schritt, sah ich vor einem neugebauten Gasthof einen Wagen stehen und erkannte sofort das Gefährt des Kaufmanns aus Ilgenberg und sein kleines, sonderbar geflecktes Pferd.

Er selber trat gerade aus der Türe, um wieder einzusteigen, als er mich daherkommen sah. Sogleich grüßte er lebhaft und winkte mir zu.

»Ich habe hier noch Geschäfte gehabt, fahre jetzt aber

direkt nach Ilgenberg. Wollen Sie nicht mitkommen? Das heißt, wenn Sie nicht lieber zu Fuß gehen.«

Er sah so gutmütig aus, und mein Verlangen nach dem Ziel meiner Reise war allmählich so gespannt, daß ich annahm und einstieg. Er gab dem Hausknecht ein Trinkgeld, nahm die Zügel und fuhr los. Der Wagen lief leicht und bequem auf der guten Straße, und mir tat nach tagelangem Fußgängertum das herrschaftliche Gefühl des Fahrens wohl.

Wohl tat mir auch, daß der Kaufmann keine Versuche machte, mich auszufragen. Ich wäre sonst sogleich wieder ausgestiegen. Er fragte nur, ob ich auf einer Erholungsreise sei und ob ich die Gegend schon kenne.

»Wo steigt man denn jetzt in Ilgenberg am besten ab?« fragte ich. »Früher war der Hirschen gut; der Besitzer hieß Böliger.«

»Der lebt nimmer. Die Wirtschaft hat jetzt ein Fremder, ein Bayer, und sie soll zurückgegangen sein. Doch will ich das nicht beschwören, ich hab's vom Hörensagen.«

»Und wie ist's mit dem Schwäbischen Hof? Da war seinerzeit einer namens Schuster drauf.«

»Der ist noch da, und das Haus gilt für gut.«

»Dann will ich dort einkehren.«

Mehrmals machte mein Begleiter Miene, sich mir vorzustellen, doch ließ ich es nicht dazu kommen. So fuhren wir durch den lichten, farbigen Tag.

»Es geht so doch ringer als zu Fuß«, meinte der Ilgenberger. »Aber zu Fuß ist es gesünder.«

»Wenn man gute Stiefel hat. Übrigens ist Ihr Gaul ein lustiger Patron, mit seinen Flecken.«

Er seufzte ein wenig und lachte dann.

»Fällt's Ihnen auch auf? Freilich, die Flecken sind gespäßig. In der Stadt haben sie ihn mir ›die Kuh‹ getauft, und man soll die Leute spotten lassen, aber es ärgert mich doch.«

»Gehalten ist das Tier gut.«

»Nicht wahr? Es geht ihm nichts ab. Sehen Sie, ich hab das Rößlein gern. Jetzt spitzt es schon die Ohren, weil wir von ihm reden. Es ist sieben Jahr alt.«

In der letzten Stunde redeten wir wenig mehr. Mein Begleiter schien ermüdet, und mir nahm der Anblick der mit jedem Schritt vertrauter werdenden Gegend alle Gedanken gefangen. Ein bang-köstliches Gefühl, Orte der Jugendzeit wiederzusehen! Erinnerungen blitzen in verwirrender Menge auf, man lebt ganze Entwicklungen in traumhafter Sekundeneile wieder durch, unwiederbringlich Verlorenes blickt uns heimatlich und schmerzlich an.

Eine schwache Erhöhung, über die unser Wagen im Trabe lief, öffnete den Blick auf die Stadt. Zwei Kirchen, ein Mauerturm, der hohe Rathausgiebel lachten aus dem Gewirr der Häuser, Gassen und Gärten herüber. Daß ich den humoristischen Zwiebelturm einmal mit Rührung und klopfendem Herzen begrüßen würde, hätte ich damals nicht gedacht. Er schielte mich mit seinem heimlichen Kupferglanz behaglich an, als kenne er mich noch und als habe er schon ganz andere Ausreißer und Weltstürmer als bescheidene und stille Leute heimkommen sehen.

Noch sah ich die unvermeidlichen Veränderungen, Neubauten und Vorstadtstraßen nicht, alles sah aus wie vorzeiten, und mich überfiel beim Anblick die Erinnerung wie ein heißer Südsturm. Unter diesen Türmen und Dächern hatte ich die märchenhafte Jugendzeit gelebt, sehnsuchtsvolle Tage und Nächte, wunderbare schwermütige Frühlinge und lange, in der schlecht geheizten Mansarde verträumte Winter. In diesen Gartensträßchen war ich nachts in Liebeszeiten brennend und verzweifelnd umhergewandert, den heißen Kopf voll von abenteuerlichen Plänen. Und hier war ich glücklich gewesen über den Gruß eines Mädchens und über die ersten schüchternen Gespräche und Küsse unserer Liebe.

»Ja, es zieht sich noch«, sagte der Kaufmann, »aber in zehn Minuten sind wir daheim.«

Daheim! dachte ich. Du hast gut reden.

Garten um Garten, Bild um Bild glitt an mir vorüber, Dinge, an die ich nie mehr gedacht hatte und die mich nun empfingen, als sei ich nur für Stunden fortgewesen. Ich hielt es nimmer im Wagen aus.

»Bitte, halten Sie einen Augenblick, ich gehe von hier vollends zu Fuß hinein.«

Etwas erstaunt zog er die Zügel an und ließ mich absteigen. Ich hatte ihm schon gedankt und die Hand gedrückt und wollte gehen, da hustete er und sagte: »Vielleicht sehen wir uns noch, wenn Sie im Schwäbischen Hof wohnen wollen. Darf ich um Ihren Namen bitten?«

Zugleich stellte er sich vor. Er hieß Herschel und war, ich konnte nicht zweifeln, Julies Mann.

Ich hätte ihn am liebsten erschlagen, doch nannte ich meinen Namen, zog den Hut und ließ ihn weiterfahren. Also das war Herr Herschel. Ein angenehmer Mann, und wohlhabend. Wenn ich an Julie dachte, was für ein stolzes und prächtiges Mädchen sie gewesen war und wie sie meine damaligen phantastisch kühnen Ansichten und Lebenspläne verstanden und geteilt hatte, dann würgte es mich im Hals. Mein Zorn war augenblicks verflogen. Gedankenlos in tiefer Traurigkeit ging ich durch die alte, kahle Kastanienallee in das Städtchen hinein.

Im Gasthaus war gegen früher alles ein wenig feiner und modern geworden, es gab sogar ein Billard und vernickelte Serviettenbehälter, die wie Globusse aussahen. Der Wirt war noch derselbe, Küche und Keller waren einfach und gut geblieben. Im alten Hof stand noch der schlanke Ahornbaum und lief noch der zweiröhrige Trogbrunnen, in deren kühler Nachbarschaft ich manche warme Sommerabende bei einem Bier vertrödelt hatte.

Nach dem Essen machte ich mich auf und schlenderte langsam durch die wenig veränderten Straßen, las die alten wohlbekannten Namen auf den Ladenschildern, ließ mich rasieren, kaufte einen Bleistift, sah an den Häusern hinauf und strich an den Zäunen hin durch die ruhigen Gartenwege der Vorstadt. Eine Ahnung beschlich mich, daß meine Ilgenberger Reise eine große Torheit gewesen sei, und doch schmeichelten mir Luft und Boden heimatlich und wiegten mich in schöne Erinnerungen. Ich ließ keine einzige Gasse unbesucht, stieg auf den Kirchturm, las die ins Gebälk des Glockenstuhls geschnitzten Lateinschülernamen, stieg wieder hinunter und las die öffentlichen Anschläge am Rathaus, bis es anfing zu dunkeln.

Dann stand ich auf dem unverhältnismäßig großen, öden Marktplatz, schritt die lange Reihe der alten Giebelhäuser ab, stolperte über Vortreppen und Pflasterlükken und hielt am Ende vor dem Herschelschen Hause an. Am kleinen Laden wurden gerade die Rolläden heruntergelassen, im ersten Stockwerk hatten vier Fenster Licht. Ich stand unschlüssig da und schaute am Haus hinauf, müde und beklommen. Ein kleiner Junge marschierte den Platz herauf und pfiff den Jungfernkranz; als er mich dastehen sah, hörte er zu pfeifen auf und sah mich beobachtend an. Ich schenkte ihm zehn Pfennig und hieß ihn weitergehen. Dann kam ein Lohndiener und bot sich mir an.

»Danke«, sagte ich, und plötzlich hatte ich den Glokkenzug in der Hand und schellte kräftig.

Julie

Die schwere Haustür ging zögernd auf, im Spalt erschien das Gesicht einer jungen Dienstmagd. Ich fragte nach dem Hausherrn und wurde eine dunkle Treppe hinaufgeführt. Im Gang oben brannte ein Öllicht, und während ich meine angelaufene Brille abnahm, kam Herschel heraus und begrüßte mich.

»Ich wußte, daß Sie kommen würden«, sagte er halblaut.

»Wie konnten Sie das wissen?«

»Durch meine Frau. Ich weiß, wer Sie sind. Aber legen Sie, bitte, ab. Hier, wenn ich bitten darf. – Es ist mir ein Vergnügen. O, bitte. So, ja.«

Es war ihm offenbar nicht sonderlich wohl, und mir auch nicht. Wir traten in ein kleines Zimmer, wo auf dem weißgedeckten Tisch eine Lampe brannte und zum Abendessen serviert war.

»Hier also. Meine Bekanntschaft von heute morgen, Julie. Darf ich vorstellen, Herr – –«

»Ich kenne Sie«, sagte Julie und erwiderte meine Verbeugung durch ein Nicken, ohne mir die Hand zu geben.

»Nehmen Sie Platz.«

Ich saß auf einem Rohrsessel, sie auf dem Diwan. Ich sah sie an. Sie war kräftiger, schien aber kleiner als früher. Ihre Hände waren noch jung und fein, das Gesicht frisch, aber voller und härter, noch immer stolz, aber gröber und glanzlos. Ein Schimmer von der ehemaligen Schönheit war noch vorhanden, an den Schläfen und in den Bewegungen der Arme, ein leiser Schimmer – –

»Wie kommen Sie denn nach Ilgenberg?«

»Zu Fuß, gnädige Frau.«

»Haben Sie Geschäfte hier?«

»Nein, ich wollte nur die Stadt wieder einmal sehen.«

»Wann waren Sie denn zuletzt hier?«

»Vor zehn Jahren. Sie wissen ja. Übrigens fand ich die Stadt nicht allzusehr verändert.«

»Wirklich? Sie hätte ich kaum wiedererkannt.«

»Ich Sie sofort, gnädige Frau.«

Herr Herschel hustete.

»Wollen Sie nicht zum Abendessen bei uns vorliebnehmen?«

»Wenn es Sie nicht stört –«

»Bitte sehr, nur ein Butterbrot.«

Es gab jedoch kalten Braten mit Gallerte, Bohnensalat, Reis und gekochte Birnen. Getrunken wurde Tee und Milch. Der Hausherr bediente mich und machte ein wenig Konversation. Julie sprach kaum ein Wort, sah mich aber zuweilen hochmütig und mißtrauisch an, als möchte sie herausbringen, warum ich eigentlich gekommen sei. Wenn ich es nur selber gewußt hätte!

»Haben Sie Kinder?« fragte ich, und nun wurde sie ein wenig gesprächiger. Schulsorgen, Krankheiten, Erziehungssorgen, alles im besseren Philisterstil.

»Ein Segen ist ja die Schule trotz alledem doch«, sagte Herschel dazwischen.

»Wirklich? Ich dachte immer, ein Kind sollte möglichst lange ausschließlich von den Eltern erzogen werden.«

»Man sieht, Sie selber haben keine Kinder.«

»Ich bin nicht so glücklich.«

»Aber Sie sind verheiratet?«

»Nein; Herr Herschel, ich lebe allein.«

Die Bohnen würgten mich, sie waren schlecht entfädet.

Als das Essen abgetragen war, schlug der Mann eine Flasche Wein vor, was ich nicht ablehnte. Wie ich gehofft hatte, ging er selber in den Keller, und ich blieb eine Weile mit der Frau allein.

»Julie«, sagte ich.

»Was beliebt?«

»Sie haben mir noch nicht einmal die Hand gegeben.«

»Ich hielt es für richtiger –«

»Wie Sie wollen. – Es freut mich zu sehen, daß es Ihnen gut geht. Es geht Ihnen doch gut?«

»O ja, wir können zufrieden sein.«

»Und damals – sagen Sie mir, Julie, denken Sie nie mehr an damals?«

»Was wollen Sie von mir? Lassen wir doch die alten Geschichten ruhen! Es ist gekommen, wie es kommen mußte und wie es für uns alle gut war, meine ich. Sie haben schon damals nicht recht nach Ilgenberg hereingepaßt, mit allen Ihren Ideen, und es wäre nicht das Richtige gewesen –«

»Gewiß, Julie. Ich will nichts Geschehenes ungeschehen wünschen. Sie sollen nicht an mich denken, gewiß nicht, aber an alles andere, was dazumal schön und lieb war. Es ist doch unsere Jugendzeit gewesen, und die wollte ich noch einmal aufsuchen und ihr ins Auge sehen.«

»Bitte, reden Sie von anderem. Für Sie mag es anders sein, aber für mich liegt zuviel dazwischen.«

Ich sah sie an. Alle Schönheit von damals hatte sie verlassen, sie war nur noch Frau Herschel.

»Allerdings«, sagte ich grob und hatte nichts dagegen, als nun der Mann mit zwei Flaschen Wein zurückkam.

Es war schwerer Burgunder, und Herschel, der sichtlich kein Weintrinker war, begann schon beim zweiten Glase anders zu werden. Er fing an, seine Frau mit mir zu necken. Als sie nicht darauf einging, lachte er und stieß sein Glas an meines.

»Zuerst wollte sie Sie gar nicht ins Haus haben«, vertraute er mir an.

Julie stand auf.

»Entschuldigen Sie, ich muß nach den Kindern sehen. Das Mädel ist nicht ganz wohl.«

Damit ging sie hinaus, und ich wußte, sie würde nicht zurückkommen. Ihr Mann machte zwinkernd die zweite Flasche auf.

»Sie hätten das vorher nicht sagen dürfen«, warf ich ihm vor.

Er lachte nur.

»Lieber Gott, so grätig ist sie schließlich nicht, daß sie das übelnimmt. Trinken Sie doch! Oder schmeckt Ihnen der Wein nicht?«

»Der Wein ist gut.«

»Nicht wahr? Ja, sagen Sie, wie war denn das nun damals mit Ihnen und meiner Frau? Kindereien, was?«

»Kindereien. Doch tun Sie besser, nicht davon zu reden.«

»Gewiß – freilich – ich will ja nicht indiskret sein. Zehn Jahre ist es her, nicht?«

»Verzeihen Sie, ich muß es vorziehen, jetzt zu gehen.«

»Warum denn schon?«

»Es ist besser. Vielleicht sehen wir uns ja morgen noch.«

»Na, wenn Sie durchaus gehen wollen –. Warten Sie, ich leuchte Ihnen. Und wann kommen Sie morgen?«

»Nach Mittag, denke ich.«

»Also gut, zum schwarzen Kaffee. Ich begleite Sie ins Hotel. Nein, ich bestehe darauf. Wir können ja dort noch etwas zusammen nehmen.«

»Danke, ich will zu Bett, ich bin müde. Empfehlen Sie mich Ihrer Frau, bis morgen.«

Vor der Haustür schob ich ihn ab und ging allein davon, über den großen Marktplatz und durch die stillen dunkeln Straßen. Ich lief noch lange in der kleinen Stadt herum, und wenn von irgendeinem alten Dach ein Ziegel gefallen wäre und hätte mich erschlagen, so wäre es mir auch recht gewesen. Ich Narr! Ich Narr!

Nebel

Am Morgen wachte ich zeitig auf und beschloß, sogleich weiterzuwandern. Es war kalt, und ein Nebel lag so dicht, daß man kaum über die Straße sah. Frierend trank ich Kaffee, bezahlte Zeche und Nachtlager und ging mit langen Schritten in die dämmernde Morgenstille hinein.

Rasch erwarmend, ließ ich Stadt und Gärten hinter mir und drang in die schwimmende Nebelwelt. Das ist immer wunderlich ergreifend zu sehen, wie der Nebel alles Benachbarte und scheinbar Zusammengehörige trennt, wie er jede Gestalt umhüllt und abschließt und unentrinnbar einsam macht. Es geht auf der Landstraße ein Mann an dir vorbei, er treibt eine Kuh oder Ziege oder schiebt einen Karren oder trägt ein Bündel, und hinter ihm her trabt wedelnd sein Hund. Du siehst ihn herkommen und sagst grüß Gott, und er dankt; aber kaum ist er an dir vorbei und du wendest dich und schaust ihm nach, so siehst du ihn alsbald undeutlich werden und spurlos ins Graue hinein verschwinden. Nicht anders ist es mit den Häusern, Gartenzäunen, Bäumen und Weinberghecken. Du glaubtest die ganze Umgebung auswendig zu kennen und bist nun eigentümlich erstaunt, wie weit jene Mauer von der Straße entfernt steht, wie hoch dieser Baum und wie niedrig jenes Häuschen ist. Hütten, die du eng benachbart glaubtest, liegen einander nun so fern, daß von der Türschwelle der einen die andere dem Blick nicht mehr erreichbar ist. Und du hörst in nächster Nähe Menschen und Tiere, die du nicht sehen kannst, gehen und arbeiten und Rufe ausstoßen. Alles das hat etwas Märchenhaftes, Fremdes, Entrücktes, und für Augenblicke empfindest du das Symbolische darin erschreckend deutlich. Wie ein Ding dem andern und ein Mensch dem andern, er sei wer er wolle, im Grunde unerbittlich fremd ist, und wie unsere Wege immer nur für wenige Schritte und Augenblicke sich kreuzen und den flüchtigen Anschein der Zusammengehörigkeit, Nachbarlichkeit und Freundschaft gewinnen.

Verse fielen mir ein, und ich sagte im Gehen leise vor mich hin:

Seltsam, im Nebel zu wandern!
Einsam ist jeder Busch und Stein,
Kein Baum sieht den andern,
Jeder ist allein.

Voll von Freunden war mir die Welt,
Als noch mein Leben licht war;

Nun, da der Nebel fällt,
Ist keiner mehr sichtbar.

Wahrlich, keiner ist weise,
Der nicht das Dunkel kennt,
Das unentrinnbar und leise
Von allen ihn trennt.

Seltsam, im Nebel zu wandern!
Leben ist Einsamsein.
Kein Mensch kennt den andern,
Jeder ist allein.

(1905/06)

Esser werden nicht alt. So wohl der Notar Trefz mit seinen sechzig Jahren aussah und so sehr er am Leben hing, eines Mittags im Mai traf ihn der Schlag, und am nächsten Morgen trug schon der Leichenbitter mit seinem Gehilfen die Nachricht von seinem Tode durch die erstaunte Stadt. »Ja lieber Gott, der Trefz«, hieß es überall. »Man darf doch keinem mehr trauen. Überhaupt, die alten guten Bürgersleute sterben halt allmählich weg, erst voriges Jahr noch der Schiffwirt, und jetzt der Notar Trefz!«

An diesem Vormittag hatte es die Witwe nicht ruhig. Zwei alte Freundinnen, die ihr beizustehen gekommen waren, brachten die verzagte Frau durch die Aufzählung aller Verpflichtungen und alles dessen, was durchaus nicht vergessen werden durfte, in Verwirrung und taten selber wenig als reden und trösten. Und eben dieses wäre entbehrlich gewesen, denn die Frau Notarin hatte keinen Grund, untröstlich zu sein, und war es auch nicht. Aber sie war vom schnellen Erleben betäubt, von den plötzlich entstandenen Witwenpflichten und Trauersorgen beängstigt und bewegte sich in der ungewohnten Freiheit nur schüchtern und traumbefangen, während nebenan im Schlafzimmer ihr Tyrann und Quälgeist stillelag, dessen Tod und Ungefährlichkeit sie immer wieder für Augenblicke vergaß und dessen ärgerlich befehlende Stimme wieder zu hören sie immerzu gewärtig war. Erschrocken und beklommen ging sie hin und wider, und so lebhaft es im Hause war, schien es ihr doch seltsam still zu sein. Der Notar war nicht leicht gestorben. Als ein kräftiger und stolzgesinnter Mensch, der sein Leben lang befohlen hatte und an gute Tage gewöhnt war, hatte er sich dem Tod nicht ohne Groll und Fluchen ergeben und war schließlich in wahrer Verzweiflung gestorben, da er nicht einsah, warum er nun, wo die wahrhaft guten Zeiten der

Altersruhe bevorstanden, mitten aus seinem Leben und Besitz hinweg solle. Obwohl seine laute Stimme schon gebrochen und sein Blick schon getrübt war, hatte er bis zum letzten Augenblick gezürnt und gescholten und sein Weib für alles verantwortlich gemacht.

Im Erdgeschoß des zweistöckigen schönen Hauses war es feierlich still. Dort lag die Amtsstube des Verstorbenen, die nun geschlossen war, und der Gehilfe und der Lehrling gingen in Sonntagskleidern, verlegen-froh über den unerwartet eingetroffenen Feiertag, in der Stadt spazieren.

Die ganze Stadt wußte nun von dem Todesfall, und wer über den oberen Markt ging, unterließ es nicht, aufmerksam und neugierig nach dem Trauerhause zu schauen, das seit Jahrzehnten dastand und das alle tausendmal gesehen hatten und an dem heute doch jeder einen Schein von Ungewohntem, von Feierlichkeit und großem Ereignis wahrnehmen konnte. Im übrigen war an dem Haus nichts Auffallendes zu bemerken als die geschlossenen Läden des Erdgeschosses, die ihm etwas halbschlafend Sonntägliches gaben. Die helle, beinahe sommerliche Sonne schien klar und weiß auf den Marktplatz und auf die Häuser, auf die Brunnen und Bänke, und malte treulich neben jeden Fensterladen, neben jede Vortreppe, jedes Scharreisen einen kleinen Schatten. Der große Neufundländerhund von der oberen Apotheke hatte seinen vornehmen Platz neben dem alten, vorgeneigten Prellstein an der Marktecke inne, an den Läden des Buchhändlers und des Hutmachers waren die neumodischen Markisen herabgelassen, hoch vom Bühel herab aus den Schulhäusern klang Knabengesang dünn und leicht durch die fröhliche Luft.

Gegen Mittag, noch ehe die Schulen sich auftaten und den sonnigen, stillen Platz überfluteten, kam um die Ecke vom Flusse her ein Mann oder Herr in gutem Anzug mit einer hellbraunen Ledertasche in der Hand in ruhigem Schritte gegangen, schaute blinzelnd den lichten Platz hinauf, rückte spielend am steifen Hut und schritt sicher über den ganzen Markt dem Trefzischen Hause zu, in dessen Tor er verschwand. Im kühlen Flur rüttelte er an beiden Türen und schien ärgerlich darüber, daß keiner der Angestellten da war. Dann stieg er rasch die Treppe empor, läutete an der Glastüre und trat, als ihm aufgemacht war, sogleich ins Wohnzimmer, das eben erst von den beiden Trösterinnen verlassen war. Er nahm den Hut vom blonden Kopfe, blickte um sich und rief: »Mama, wo bist du denn?«

»Gleich, gleich!« rief sie von hinten her. »Ach grüß Gott, Hermann!«

»Grüß Gott.«

Er nahm die Hand, die sie ihm entgegengestreckt hatte, und nach einem verlegenen Husten fragte er mit veränderter, leiser Stimme: »Lebt er noch?«

Die Frau, die seit dem frühen Morgen im Zeuge und noch zu keinem Seufzer gekommen war, sank plötzlich auf einen Sessel, brach in Tränen aus und schüttelte den kleinen Kopf. Verwirrt und etwas unmutig tat der Sohn ein paar Schritte. Die Frau war schnell wieder aufrecht.

»Willst du zu ihm?« fragte sie.

»Nachher. Wann ist er denn – –?«

»Heut nacht, oder eigentlich, es war schon Morgen.« Und da sie ihn ärgerlich werden sah, fügte sie schnell hinzu: »Ich habe dir gleich nochmals telegraphiert.«

»So, so«, sagte er. »Ja, ich will einmal hinübergehen. Ist er im Schlafzimmer?«

Sie ging mit ihm, und als sie das verdunkelte Schlafzimmer betraten, nahm sie seine Hand. Leise führte sie ihn zu des Vaters Bett, wo er schweigend stehenblieb, und stieß alsdann einen Fensterladen auf. Da kam ein Streifen von goldenem Tageslicht in die Düsternis und schien bis zum Lager des Toten hinüber. Dieser lag steif mit geradegerichteten Gliedern und festem Gesicht, und der Sohn beugte sich über ihn. Er fühlte, daß ihm nun eine Traurigkeit wohl anstünde, und er hätte gern eine Träne gezeigt. Doch als er eine kleine Zeit in das väterliche Gesicht geblickt hatte, fand er es seinem eigenen so ähnlich, daß ihm war, er sehe sich selber alt und tot, und darüber faßte ihn ein Grauen, so daß er einige Zeit bewegungslos verharrte und den Blick nicht von dem Toten trennen konnte. Darauf ging er behutsam, zog den Laden wieder zu und winkte der Mutter, hinauszukommen.

Das heutige Mittagessen im Hause Trefz war nicht bedeutend, und der Sohn, der seines Vaters Natur hatte, mußte an sich halten, um nicht ein Wort des Tadels zu sagen. Und die Witwe spürte es und merkte wohl, daß sie statt des alten Tyrannen, der drüben lag, nun einen jungen habe. Freilich, sie konnte wegziehen, konnte sich losmachen, niemand konnte sie zwingen, die Magd im Hause zu bleiben. Allein sie wußte wohl, sie würde doch bleiben und das alte Leben würde weitergehen, nicht besser und nicht schlimmer. Wer einmal nachgegeben und ein halbes Leben lang einen fremden Willen über sich gehabt hatte, der muß stärker im Rückgrat sein als die Frau Trefz, wenn er nochmals ein eigenes und freies Leben beginnen will.

Nach Tisch kam Besuch. Zuerst der Aktuar Kleinschmied, dann der Oberamtmann. Gegen den Aktuar benahm sich der Herr Dr. Trefz freundlich, doch würdevoll, für den Oberamtmann aber hüllte er sich in Verbindlichkeit und feine Lebensart. Er war gesonnen, seine Zugehörigkeit zum obersten Rang der städtischen Gesellschaft von allem Anfang an zu betonen.

Am späteren Nachmittag erschienen, noch immer mit schwarzen Röcken angetan, der Gehilfe und der Schreiberknabe, die der Doktor hatte holen lassen. Sie mußten im Hinterstüblein die soeben vom Drucker gekommenen Todesanzeigen falzen, in schwarzrandige Umschläge stecken und adressieren. Sie taten ihre Feiertagsröcke ab, arbeiteten in Hemdärmeln und taten widerwillig und beschämt ihre Pflicht, wie Hündlein, die einen unerlaubten Ausgang taten und nun zurückgepfiffen, sich ihrer Abhängigkeit erinnern. Unwillig durchlas der Gehilfe den ersten Trauerbogen, der ihm in die Finger kam: »Nach Gottes unerforschlichem Ratschluß entschlief heute früh gegen sechs Uhr unser heißgeliebter Gatte und Vater, Schwager und Oheim Anton Friedrich Trefz, Notar« usw.

Wenn der feierlich traurige Ton dieser Trauerbotschaft nicht völlig echt war, so waren es dafür auch die Kundgebungen der Besucher und Tröster nicht alle. Man wußte wohl, daß die kleine verblühte Frau Notar es unter dem harten Regiment des seligen Trefz nicht herrlich gehabt habe, und man wußte ebensowohl, wie günstig der unerwartet frühe Hingang des Vaters für die Pläne und Aussichten des Jungen war. Der war dreißig Jahre alt und hätte eigentlich der Mitarbeiter und Teilhaber seines Alten werden sollen. Aber der junge Trefz hatte an der Universität studiert und fühlte sich seinem altmodischen und weniger gebildeten Vater so sehr überlegen, daß die beiden nicht miteinander hatten auskommen können. So war der Sohn, künftiger Zeiten harrend, einstweilen fern von der Heimat im Büro eines Advokaten untergeschlüpft und hatte darauf gewartet, daß sein Vater alt werde und ihn doch noch brauchen und holen müsse. Stattdessen konnte er nun, weit über die blühendsten Hoffnungen hinaus, sich geradezu ins warme Nest setzen.

Überaus prächtig war das Begräbnis des Notars am dritten Tag nach seinem Tode. Es gab wohl keinen, der den Verstorbenen geliebt hatte. Aber die Teilnahme und Neugier der Menschen drängen sich gerne zu so raschen, unerwarteten Todesfällen. Der gesunde, wenig nachdenkende Bürger, wenn er vernimmt, es sei der und der ganz plötzlich weggestorben, zuckt zusammen und fühlt, es könnte wohl auch ihm einmal so gehen. Er tritt zum Nachbar, sagt: »Weißt du schon?« und knüpft an den Todesfall ernsthaft einige gangbare Betrachtungen über die Hinfälligkeit des menschlichen Lebens.

Die meisten aber waren zum Begräbnis gekommen, weil sie heimlich fühlten, daß der Notar Trefz eine von den guten, weithin sichtbaren, unentbehrlichen Figuren ihrer Vaterstadt gewesen war. Es gibt in jeder Stadt ein Dutzend solche, ohne die man sich die Gasse und das Rathaus und die Kegelbahn gar nicht denken möchte, Männer von auffallender großer Statur mit großen Bärten, oder glattrasierte vornehme Gesichter, oder spitze, hagere Alte mit Schnupfdosen und Stöcken. Es sind nicht immer die tüchtigsten und für das gemeine Wohl besorgtesten Männer, aber es sind Charakterfiguren, deren Erscheinung zum Bilde der Stadt gehört, deren Anblick befriedigt und deren Gruß man schätzt. Ein solcher war Trefz gewesen, zudem ein demokratischer Parteimann und Besitzer eines stattlichen Vermögens. So kam es, daß seine Allernächsten wenig um ihn zu trauern fanden, während er der ganzen Stadt zu fehlen schien und niemand bei der Beerdigung eines so bedeutenden Mannes fehlen wollte.

Die bescheidene Mutter hatte kein Auge dafür, sie wünschte bang und ermüdet sich aus dem Lärm und Geschäft und Redenmüssen dieser Trauertage heraus. Desto stolzer blickte der junge Dr. Trefz auf die gewaltige Zahl der Leidtragenden und nahm den seinem Vater und seinem Haus dargebrachten Ehrenzoll wie ein Feldherr entgegen, zuerst heimlich vom Fenster aus, dann öffentlich und kühn, als er neben der Mutter feierlich hinter dem Sarge her aus dem Hause trat. Der Leichenwagen war glänzend geschmückt und der Sarg mit Kränzen ganz bedeckt. Angesichts der Menge und des langsam anziehenden und hinwegfahrenden Sargwagens fing die Witwe still zu weinen an, der Dekan trat an ihre Seite, und der Zug begann sich feierlich zu entfalten, während noch der halbe Markt voll Wartender stand.

Der nächste Weg zum Kirchhof wäre der durch die Kronengasse gewesen, aber diese war gar steil, und es sah auch weit besser aus, daß der Zug, eine Schneckenlinie um den Ort seines Entstehens beschreibend, sich über den ganzen langen Marktplatz hin entwickelte, dessen mäßige Schräge das Übersehen erleichterte. Als der reichlich geschmückte Leichenwagen unten gegen die Gerbergasse hin um die Marktecke schwenkte, blickte der hinterherschreitende junge Notar einen Augenblick zurück und weidete sein ernstes Auge am Anblick des großen Platzes, der rings vom wogenden Trauerzuge umschritten und von schwarzer Feierlichkeit erfüllt war. Im Zuge schritten die Männer voran, fast alle mit Zylinderhüten bekleidet, deren manche sich im Sonnenschein ihrer Blankheit erfreuten, während andre, ältere von vergessenen Formen, in ihrer wohlmeinenden Rauheit dem spiegelnden Licht trotzten und nur die vordrängenden Büschel ihrer Hasenhaare leise silbern erschimmern ließen.

Beim Durchwandeln des Kirchhofeinganges an der grasigen Mauer vorbei fing die Witwe abermals zu weinen an. Es erging ihr wie den meisten, daß hier beim Eintritt in die kühle Feierabendluft der Gräberstatt und beim Rauschen des vermoosten Friedhofbrunnens manche frühere Gänge zum selben traurigen Ziele ihr einfielen, vom Gang hinter dem Sarg der Großmutter her bis zu dem mit dem eigenen Kinde.

Hoch über dieser ganzen Feierlichkeit aber, auf halber Höhe des Berges im Grase, lag derjenige, dem wir die meisten unserer Gerbersauer Kenntnisse verdanken, der junge Hermann Lautenschlager, und sah der ganzen Sache nachdenklich zu. Er nahm, trotz seiner Aufmerksamkeit für alle heimischen Ereignisse, selten an ihnen selber teil, da er sich unter vielen Leuten nicht wohlfühlte, auch mangelten ihm die für solche Gelegenheiten vom Brauche geforderten Kleider, die er sich als ein einsam lebender Mensch ohne Familie lediglich der Begräbnisse wegen nicht kaufen mochte. Desto genauer beobachtete er, was zu seinen Füßen vorging, und war vielleicht der einzige, der die ganze Bedeutung dieser Vorgänge kannte. Denn er liebte seine kleine Stadt und wußte wohl, was jeder alte Weißbart und jeder grünschillernde alte Gehrock in einem solchen Gemeinwesen bedeuteten. So nahm er an dem Begräbnis des alten Trefz in seiner Weise herzlich teil und hätte, wäre es darauf angekommen, wohl mehr als jeder andre Mitbürger dafür gegeben, den prächtigen Herrn wieder lebendig in den Straßen wandeln zu sehen. Es tat ihm leid um diese vortreffliche Figur, und da er sie dem Leben verloren wußte, tat er das Seine, sie dem Andenken zu retten, und zeichnete den Notar Trefz aus dem Gedächtnis in sein Taschenbuch, worin schon viele solche Figuren standen und wandelten. Er nahm bei dieser Gelegenheit, da er den Alten fertig hatte, auch gleich den Jungen vor, der ihm in seiner Würde und ansehnlichen Trauer kaum minder gefiel. Er zeichnete mit leichten Strichen, die ihm keine Arbeit waren, die breite Gestalt vom glänzenden Zylinder bis zu dem Faltenwurf der schwarzen Hose, vergaß auch den leichten Fettwulst am saftigen Nacken nicht und nicht das dicke, etwas schweinerne Augenlid; ja er tat diesen auszeichnenden Besonderheiten so viel Ehre an, daß sie bald die Hauptsache an dem Manne zu sein schienen. Und da nun die ganze Figur trotz der ernsttraurigen Haltung etwas durchaus Frohes, ja Feistglückliches erhalten hatte, gab er dem so gezeichneten Manne statt des Gesangbuches eine ungeheure Pfingstrose in die Hand. Es wird später Zeit sein, dem Zeichner diese Neigung zu gelegentlichen Roheiten näher anzumerken.

Inzwischen verlief unten im schattigen Gottesacker die schöne Feier mit allem Glanze. Es sprachen, nach der Rede des Dekans, der Stadtschultheiß und der Vorstand des demokratischen Gesangvereins, es sprach der Senior des Gemeinderates, und wer irgend sich zu den Berechtigten zählen durfte, versäumte die feierliche Handlung nicht, an das offene Grab zu treten, hinabzublicken und eine kleine Handvoll Tannenzweige hinunter zu werfen, worauf er mit erschütterten Mienen zurücktrat, um sich die grünen Nadeln vom Gehrock zu wischen. Manche zeigten in diesem Tun eine bedeutende Übung und Beherrschung der Formen, manche hatten auch Unglück und stolperten oder trugen die aufgerafften Zweige wieder mit sich hinweg. Der alte Seelsorger sah dem allem in seiner Güte ernsthaft zu, legte der Witwe tröstlich die Hand auf den Arm und er sah bald den Augenblick, zum Schlußverse zu ermahnen, der aus so vielen alten und jungen Kehlen schön und mächtig emporstieg und sich in der lauen Mailuft leise berganwärts verlor.

Für den in seiner grünen Höhe verweilenden Hermann Lautenschlager war es nun ein schöner Anblick, die dunkle Menge in Haufen und zögernden Gruppen den Friedhof verlassen und über den Brühel und die Brücke hin sich stadteinwärts verlieren zu sehen. Gar manche von den Trauergängern nahmen den Anlaß wahr, die Gräber der eigenen Angehörigen zu besuchen und noch ein wenig in dem vertrauten Raume zwischen den schiefen, grünen Mauern zu verweilen. Alte Frauen bückten sich über frische oder verwahrloste Kreuze, Kinder tasteten auf Grabsteinen den alten Inschriften nach, junge Frauen bogen an lieben Gräbern eine Rosenranke und einen verwilderten Efeuzweig zurecht und kamen darüber ins Gespräch mit dem Friedhofsgärtner, der sich während der Feier verloren hatte, nun aber wieder in der grünen Schürze mit dem Grasrechen seiner Tätigkeit oblag.

Schön war es auch zu sehen, wie nach dem Verlaufen der letzten Zögerer der alte Kirchhof wieder in seine schattige Ruhe versank, wie über dem frischen, gelben Grabhügel der Gärtner die vielen Kränze ordnete, wie die Meisen und Amseln zurückkehrten und der grüne Winkel sein altes, verzaubert schlafendes Aussehen wiedergewann. Auch der Brühel, die Brühelstraße und die untere Brücke lagen jetzt wieder in ihrer Stille; die Kastanien, schon zum Blühen gerüstet, hatten ihr Vogelleben in den Ästen und ihre schweren Schatten um sich her.

Lautenschlager war mit seiner heutigen Arbeit zufrieden und sonnte sich an seinem Grashang, sah über die spitzgieblige, steilgebaute Stadt und das enge Wiesental hinweg und blätterte zwischenein in seinem Taschenbuch, worin er das Leben dieser Stadt aufzuzeichnen pflegte. Der junge Mensch war sonderbarerweise einer von den ganz wenigen Gerbersauern, die von ihren Mitbürgern mit Mißtrauen und fast mit Gehässigkeit betrachtet wurden und nicht richtig mit ihnen zu leben und zu reden verstanden, obwohl er seine Heimatstadt besser kannte und mehr liebte als irgendeiner. Schon daß er ein Künstler geworden war, paßte der Stadt nicht; doch verzieh man es ihm, da er neuerdings als Zeichner in großen Zeitschriften einen gewissen Namen gewonnen hatte. Warum er aber, da er nun doch mit seiner Kunst Glück zu haben schien, immer hier daheim saß, statt in Neapel oder Spanien viel schönere Gegenden zu malen oder in Kunststädten mit seinesgleichen zu leben, das verstand man nicht und deutete daran mit Mißtrauen. Ferner schuf er sich Verächter und bittere Feinde dadurch, daß er seit mehreren Jahren keine großen, schönen Bilder mit Burgen und Rittern mehr malte, wie er früher mehrere hier ausgestellt hatte, sondern statt dessen nichts anderes trieb als die Winkel seiner Vaterstadt und die Figuren ihrer Bürger auf kleine Blätter zu zeichnen. Das Schlimmste freilich war aber, daß er diese Figuren mit einer leisen, grausamen Übertreibung ins Komische zog und schon ganze Reihen von grotesken Philisterkarikaturen, deren jede man in Gerbersau wohl kannte, in Blättern veröffentlicht hatte. Jeder Betroffene zwar hatte sich getröstet und dadurch gerettet gefühlt, daß bald nach ihm selber sein Nachbar daran gekommen war; aber man fand diese ganz unwürdige Tätigkeit weder für den Maler noch für die Stadt ehrenvoll und konnte diese seltsame Art von Anhänglichkeit und Heimatliebe nicht begreifen. Es war auch schwer mit ihm umzugehen. Oft sprach er wochenlang kaum mit einem Menschen und trieb sich in der Gegend umher, dann erschien er plötzlich wieder bei einem Abendschoppen, tat freundschaftlich und schien gar nicht zu wissen, wie wenig man ihn liebte.

In Wirklichkeit wußte er das wohl. Er wußte genau, daß Behagen und Gleichberechtigung für ihn hier in der Bürgerschaft niemals zu finden waren, daß seine Freuden und Gedanken niemand verstand und daß man seine Karikaturen für die Missetaten des Vogels ansah, der sein eigenes Nest beschmutzt. Dennoch kehrte er, so oft er es eine Zeitlang mit dem Leben anderwärts versucht hatte, immer wieder nach Gerbersau zurück. Er liebte die Stadt, er liebte die Landschaft, er liebte diese enggiebligen, alten Häuser und klobig gepflasterten Gassen, er liebte diese Bürger und ihre Frauen und Kinder, die Alten und Jungen, die Reichen und Armen. Hier in der Vaterstadt gab es keinen Stein und kein Gesicht, keinen Gruß und keine Gebärde, die er nicht im Innersten verstand. Hier hatte er seit frühen Knabenjahren gelernt, Menschen zu beobachten und die vielfältigen, lieben Wunderlichkeiten des Lebens mit Aufmerksamkeit zu betrachten, hier wußte er von jedem Hause und jeder Person hundert Geschichten, hier war alles kleinste Leben bis in die letzte Falte hinein ihm vertraut und durchsichtig. Er hatte auch an anderen Orten gelebt und Menschen und Städte angeschaut, er war in Rom und München und Paris gewesen, hatte sich an den Umgang mit gereisten und verwöhnten Menschen gewöhnt, deren hier keine zu finden waren. Er hatte auch in Rom und in Paris gezeichnet, und manches gute Blatt, aber nirgends ging sein Bleistift jeder launigen Geringfügigkeit so treu und aufmerksam und so beglückt nach, nirgends gewannen die Blätter einen so reinen, gesättigten Ausdruck, sprachen nirgends so rein und innig die besondere Mundart des Ortes. Er wußte nicht genau, wieviel Gerbersauer Philistertum in ihm selber stecke, doch wußte er wohl, daß seine unerbittliche und liebevolle Kenntnis des hiesigen Lebens gerade das war, was ihn von den Mitbürgern schied und ihnen fremd machte. Um es kurz zu sagen: sein ganzes Tun hier war Selbstbeobachtung und Selbstironie, und wenn er den alten Herrn Tapezierer Linkenheil oder den jungen Friseur Wackenhut karikierte, so schnitt er mit jedem Striche weit mehr ins eigene Fleisch als in das des Gezeichneten. Und so war dieser Sonderling von Künstler, der den Ruf eines erdkräftigen Autochthonen und naiven Heimatkünstlers besaß, in aller Heimlichkeit ein ganz verdorbener Mensch, da er sich über einen schönen und zufriedenen Lebenszustand lustig machte, den er im Herzen liebte und beneidete. Er hatte die feindselige Abneigung gegen alles intellektuelle Treiben, das nur die Gewohnheitssünder desselben Lasters haben.

Dieser junge Mann, der träg auf seiner Matte lag und das schöne, heitere Flußtal betrachtete, war dieses Genusses gar nicht wert, und doch war er leider der einzige Gerbersauer, der dieses selben Genusses wirklich fähig war. Und indem er die Karikatur des jungen Trefz nochmals begutachtete, blieb ihm nicht verborgen, daß dieser Mann ein ebenso echter und gesunder Gerbersauer war wie er selbst ein entarteter, und daß es der Zweck und der Wille der Natur sei, an diesem Orte Wesen zu erzeugen und zu hegen, die dem jungen Notarssohne glichen und nicht dem zeichnenden Ironiker. Und wenn er jeden Prellstein der Stadt aufs treulichste abzeichnete, er konnte sich mit alledem niemals das urtümliche Heimatrecht erwerben, das er heimlich entbehrte und das der Notar zu jeder Stunde seines Lebens besaß und unbedenklich ausübte.

Dem jungen Lautenschlager konnte, als heimlichem Beobachter und Chronisten des Lebens seiner Stadt, nicht verborgen bleiben, was ohnehin von der Bürgerschaft beachtet und viel besprochen wurde, daß nämlich der junge Dr. Trefz, noch über die Erbschaft des väterlichen Ansehens hinaus, mit Eifer darauf bedacht war, in der Vaterstadt Ehre zu gewinnen. Er übernahm seines Vaters Notariatsgeschäft. Das alte messingene Schildlein mit dem väterlichen Namen ließ er wegmachen und hängte dafür ein großes Emailschild mit seinem eigenen Namen auf, wobei er auf den Zusatz des Doktortitels verzichtete. Einige Kollegen und Mißgönner schlossen daraus, dieser Titel stehe dem Sohne Trefz überhaupt nicht zu; doch fand sich niemand, der das untersucht hätte, und die seit Jahren daran gewöhnte Bürgerschaft redete nach wie vor den studierten Notar mit dem schönen Ehrentitel an.

Mochte er nun Doktor sein oder nicht, jedenfalls nahm er seine Sache in die Hand wie ein Mann, der Pläne hat und nicht gesonnen ist, auf den kleinsten davon zu verzichten. Vor allem gab er sich Mühe, seine bedeutende gesellschaftliche Stellung von allem Anfang an zu betonen und zu sichern. Das war nun keineswegs leicht und forderte manches Opfer, denn es gehörte zur Erbschaft seines Alten nicht nur das schöne Haus, Gut und Amt, sondern auch der alte Ruf eines heimlichen Königs in der demokratischen Partei, den jedermann bereit war, auch dem Sohn zu gönnen. Der aber neigte im Herzen weit mehr zur Beamtenschaft hinüber, er wäre sehr gern Reserveoffizier geworden und hätte die Laufbahn eines Richters eingeschlagen, wäre er davon nicht kurzerhand durch seinen Vater abgehalten worden. Nun stand er am

Scheideweg, heimlich voll Sehnsucht nach der Welt der Titel und Orden, von der Umgebung jedoch wie von der eigenen Vergangenheit auf eine bürgerliche Rolle hingewiesen. Diese wählte er denn auch und tat nichts dagegen, daß jedermann die achtundvierziger Taten seines Großvaters und die vielen Wahlreden seines seligen Vaters als ein selbstverständliches Guthaben auf seine Person übertrug. Dagegen gab er in seinem Auftreten eine unwandelbare Achtung vor Macht und Ehre kund, entfaltete eine mäßige, doch strenge Eleganz in der Kleidung und drückte nicht jede Hand, die sein Vater gedrückt hatte. Er wohnte bei der Mutter und genoß so den Vorteil, von Anfang an als Herr einer standesgemäßen Haushaltung dazustehen, wie er denn auch Besuche meist mit der Mutter gemeinsam machte und empfing. Ohne das Geschäft irgend zu vernachlässigen, tat er allen Anforderungen der Trauerzeit Genüge und brachte jedes Opfer, das die Sitte verlangte.

So lenkte Hermann Trefz die Augen seiner Mitbürger auf sich und umgab sich mit der schützenden Mauer eines tadellosen Rufes, während seine große und breite Gestalt gleich der seines Vaters Achtung gebot und baldige Unentbehrlichkeit ahnen ließ.

Mancher Altersgenosse sah mit Neid zu, wie er von Tag zu Tag gedieh und Glück hatte. Man sah: dies war ein Mann, dessen Weg zu städtischen und gesellschaftlichen Ehren führte, zur Mitgliedschaft vieler Vereinsvorstände und Ausschüsse, zum Hauptmann der Feuerwehr, zum Gemeinderat und vielleicht noch weiter hinauf. Neidlose Zuschauer hatten ihre Wonne an diesem Aufstieg eines künftigen Großen und genossen in seinem Anblick den Glanz der Heimat, sie empfanden diesen Sieger als ihresgleichen, als einen glänzenden Vertreter ihrer Rasse und Art, und bei dem großen Kreis dieser Gutgesinnten ward er mit den Jahren, wie es einst sein Vater gewesen war, zum Symbol und schönen Ausdruck echten Gerbersauertums.

Bedauerlicherweise ergab sich zwischen ihm und dem Künstler Lautenschlager, der ihn schätzte und beinahe bewunderte, kein freundschaftliches Verhältnis. Die beiden waren nahezu Altersgenossen, sie kannten sich von den Schuljahren her und hatten sich bei den seltenen Anlässen, da sie einander etwa wieder begegnet waren, geduzt und als Schulkameraden begrüßt. Nun aber, da Trefz diesen Menschen zum Mitbürger haben und ihm täglich auf der Gasse begegnen sollte, trat eine tiefe Abneigung gegen ihn zutage, wie er sie kaum gegen einen andern Landsmann empfand. Er hatte eine Begrüßung mit ihm vermieden und ihn, so oft sie sich unterwegs begegneten, mit gemessenem Gruß abgetan, und Lautenschlager war darauf eingegangen, er hatte genau in derselben Weise zurückgegrüßt, sogar mit einer Note von Hochachtung, aber er hatte dabei seinen kühlen, untersuchenden Malerblick nicht abstellen können, und eben dieser Blick war dem Notar im Herzen zuwider. Er fand ihn spöttisch oder doch zu prüfend und heimlich überlegen, obwohl er nicht so gemeint war, und er stellte sich öffentlich ohne Rückhalt zu denen, die den Künstler als einen meinetwegen begabten, aber verbummelten und nicht ernstzunehmenden Menschen bezeichneten.

Nun geschah es an einem Wintertag kurz vor Weihnachten, daß Dr. Trefz zur gewohnten Stunde den kleinen Salon des Barbiers Ölschläger betrat, sich in seinen Sessel niederließ und, da es Sonnabend war, den an diesem Tage stets aus der Hauptstadt eintreffenden »Hans Sachs« verlangte, ein beliebtes Witzblatt, das zu halten in den guten Familien nicht wohl anging, das die jüngeren Herren aber im Wirtshaus oder beim Friseur zu finden und zu betrachten gewohnt waren. Der Barbier, der dem vornehmen Kunden zuliebe einen Reisenden, dessen Bedienung er eben begonnen, dem Gehilfen überlassen hatte, riß lächelnd den grauen Papierumschlag von einer daliegenden Postsendung, schälte das Witzblatt heraus und übergab es dem Doktor. »Sie sind der erste, der es liest, Herr Doktor, es ist erst vor zehn Minuten angekommen.«

Trefz, dem diese Viertelstunde beim Friseur immer eine erwünschte Ruhepause war, legte seine Zigarette auf den Rand des marmornen Tisches und entfaltete, während Ölschläger ihm die Serviette umband, mit Behagen den neuen ›Hans Sachs‹. Der Barbier arbeitete behende mit Seifenpinsel und Schale, stets bedacht, den Gast nicht zu stören, und dieser beschaute mit Vergnügen das Titelblatt, das einen bekannten Politiker als Wöchnerin karikiert darstellte. Weiter kam eine Gerichtsszene, die einen wider das Witzblatt schwebenden Prozeß darstellte und worin die Figur des Hans Sachs als Verurteilter zu sehen war, jämmerlich nach gefallenem Spruch sich zum Henker wendend, der ihn grinsend erwartete. Und wieder kam ein politisches Blatt, und dann kam eine Seite, darunter stand ›Eleganz in Krähwinkel‹ und kaum hatte Trefz das Blatt übersehen, so faltete er es zusammen und steckte es in seine Tasche. Der Barbier, über die heftige Bewegung erschrocken, wich mit dem Rasiermesser vorsichtig zurück und erlaubte sich einen fragenden Blick.

Herr Trefz aber erklärte sich nicht. Nur beim Weggehen bat er um die Erlaubnis, das Blatt mitzunehmen, die der Meister wohl oder übel gewähren mußte. Die Zeichnung aber, die von diesem Augenblick an den Notar, den Barbier und die Stadt interessierte, stellte den Dr. Trefz dar, im Gehrock dekorativ allein in weißer Fläche stehend, in der linken Hand eine große Pfingstrose, in der rechten den Zylinderhut haltend. Als Witz war diese Zeichnung weiter nicht bedeutend, sie zeigte nur leise angedeutet in einigen komischen Falten einen stillen Widerstreit der sehr tadellosen Kleidung mit dem Körperbau und den Bewegungen ihres Trägers, dieser selbst aber war als Typus feister Bürgerlichkeit schön und lustig, mit mehr Liebe als Bosheit dargestellt, und das Blatt war von Hermann Lautenschlager gezeichnet.

Die Stadt hatte nun wieder eine Gelegenheit, sich über den frivolen Künstler zu erzürnen und dabei verschwiegen sich über den Streich zu freuen, der diesmal einen Angesehenen und Allbekannten traf, und die Nummer des ›Hans Sachs‹ ging überall von Hand zu Hand, wo der Betroffene nicht in der Nähe war. Dieser selbst bekam nichts davon zu hören und konnte mit aller Bemühung nicht feststellen, welches die Meinung der Mitbürger über die Ungeheuerlichkeit sei. Denn wagte er es, im Gespräch darauf leise anzuspielen, so wollte man entweder gar nichts wissen, oder man lächelte leicht und tat so, als sei diese Sache doch nicht wert, daß davon gesprochen werde.

Dennoch reiste Trefz eines Tages nach der Hauptstadt, unter Mitnahme der schlimmen Zeichnung, und sprach bei einem angesehenen Rechtsanwalt vor, der ihn kollegial empfing und dem er seinen Wunsch mitteilte, den Zeichner dieses ehrenrührigen Bildes wegen gerichtlich zu belangen. Der Rechtsanwalt lächelte ganz leicht, als er das Blatt betrachtete, und sagte: »Ja, das habe ich auch gesehen. Übrigens ein prachtvoller Zeichner. Und Sie meinen also, er habe Sie persönlich in beleidigender Absicht karikiert? Ein gewisser Anklang von Ähnlichkeit ist ja vorhanden, gewiß. Aber das kann für Sie ebensogut eine Ehre sein. Der Reichskanzler ist schon zwanzigmal im ›Hans Sachs‹ karikiert worden und hat noch nie geklagt.«

Der Anwalt schloß damit, daß er von der Klage ernstlich abriet, und Trefz als kluger Mann sah wohl, daß er durch öffentliches Verhandeln die Sache nicht besser machen könne. So ließ er davon ab, behielt aber im Herzen einen bitteren Haß gegen den schändlichen Maler, dessen höflichen Gruß er von nun an nicht mehr erwiderte. Mehrmals noch nahm der Künstler beim Begegnen seinen Hut vor dem Doktor ab, bald ehrfurchtsvoll, bald ironisch, dann gab auch er es auf, mit dem Manne in ein Verhältnis zu kommen, und ließ ihn laufen.

Es war Hochsommer geworden, und die in dem engen, tiefen Flußtal unbeweglich hängende Schwüle machte den empfindlichen Maler so krank, daß er tagelang zu Hause liegenblieb und kaum zu den Mahlzeiten ausging. Er litt häufig an solchen Depressionen, die ihn manchmal zum Wein in die Gasthäuser und zu einem recht unfeinen Zecherleben, manchmal auch auf ziellose Ausflüge ins Gebirge trieben, von welchen er verwahrlost und abgerissen wiederzukehren pflegte, und diese Unregelmäßigkeiten hatten viel zu seinem schlechten Ruf beigetragen.

Nach einigen schlaflosen Nächten und mutlos kranken Tagen raffte Lautenschlager sich eines Abends auf und verließ seine Wohnung in der hochgelegenen Vorstadt. Er trug seinen gewöhnlichen leichten Sommeranzug und hatte einen alten Lodenkragen auf dem Arm, dazu eine große blecherne Botanisierbüchse auf dem Rücken, und in der Hand einen altmodischen, seltsamen Spazierstock, den er von seinem Vater geerbt hatte und der, von oben bis unten aus einem gelben starken Holz geschnitzt, einen auf einem Bein stehenden schlanken Storch darstellte, welcher den Kopf nach unten bog und den spitzen Schnabel nachdenklich auf die Brust gedrückt hielt.

Mit dieser Ausrüstung hatte der Sonderling seit seinen einsamen und unbehüteten Jugendjahren viele seiner schönsten und auch übelsten Zeiten hingebracht. Stock und Blechbüchse, Mantel und Wanderhut waren ihm Freund und voll von Erinnerungen. Langsam und schwerfällig stieg er an den letzten Häusern der Stadt vorüber bergan und ins Freie, wo er bald im abendlichen Walde verschwand.

Er ging nicht den Wegen nach, sondern quer durch Wald und Schluchten, die er von Kind auf kannte, und im Bergansteigen fühlte er mit dem Tannengeruch und Abendwind tröstlich die Erinnerungen an hundert solche Waldnächte heraufsteigen. Aufatmend sah er von der letzten Höhe auf die Stadt zurück, wie sie klein und gedrückt in ihrem engen Kessel lag, und er wußte wie jedesmal: ob seine Flucht ihn bis in ferne Länder oder nur bis zum nächsten Hügelzug führen werde, ob sie Tage oder Wochen dauerte, er würde doch wieder heimkehren, in Gerbersau leben und alle Kraft seines armen und unzufriedenen Lebens daran setzen, diese wunderliche Stadt und ihre Bürger abzuzeichnen. Auf die Wanderung aber hatte er keinerlei Malzeug und nicht einmal ein Skizzenbuch mitgenommen.

Während der zwei Wochen, die er ausblieb, ging in Gerbersau mancherlei vor, das ihn zu anderen Zeiten interessiert hätte. Unter anderem beging die Witwe Kimmerlen in der Diakonengasse ihre längst bekannte Quartalsfeier. Diese Frau lebte seit dem Tode ihres Mannes als Besitzerin eines kleinen Hauses in auskömmlichen, ja reichlichen Verhältnissen, die sie jedoch aus Vorsicht und anerzogener Sklaventugend nicht genoß. Vielmehr vermietete sie das Haus bis auf drei Zimmer und lebte wie eine arme Frau oder Dienstmagd, mit Waschen und anderen niederen Arbeiten beschäftigt und in alten, geringen Kleidern gehend. Sie war jedoch eine Art von Quartalssäuferin und bekam einigemal im Jahre ihren Anfall, wobei sie sich in plötzlich ausbrechendem Leichtsinn ihrer vergnüglichen Umstände erinnerte, die schönen Kleider ihrer besten Tage hervorsuchte und sich in eine Art von Dame verwandelte. Sie blieb alsdann am Morgen herrschaftlich lange liegen, legte dann die feinen Kleider an und frisierte sich mit Hoffart, darauf bereitete sie ein gutes Mittagsmahl und legte sich nach diesem auf dem Kanapee eine Stunde oder zwei zur Ruhe. Gestärkt trat sie sodann den Weg nach dem Keller an, trug zwei oder drei Flaschen Wein herauf und setzte in der sonntäglichen Suppenschüssel eine Bowle an, die sie reichlich zuckerte und stundenlang mit öfterem Kosten betreute, bis der höchste Wohlgeschmack erreicht war. Mit dieser Bowle setzte sie sich nun auf einen guten Platz am Fenster in den

Lehnstuhl, trank langsam den Vorrat aus und schaute dazu hochmütig auf die Straße hinab, wo häufig die Kinder sich ansammelten, um sie bei ihrem einsamen Tun zu beobachten, wie sie dasaß, zuweilen ein Glas leerte und mit dem einbrechenden Abend allmählich rot und starr im Gesicht wurde. War die Schüssel leer, so war das Tagwerk beendet und die Witwe suchte ohne Licht ihr Lager auf, um den folgenden Tag genau auf dieselbe Weise zu beginnen und hinzubringen, bis sie genug hatte und mit Seufzen zum gewohnten ärmlichen Leben zurückkehrte. Lautenschlager hatte sie einmal gezeichnet, wie sie starr und gespenstisch an ihrem Fenster saß, schön gekleidet und hoch frisiert, einsam mit der großen Bowle beschäftigt. Er hatte eine Vorliebe für die sonderbare Frau, deren geheime Leiden und Fehler er wohl zu verstehen glaubte, und hatte sich schon oft vorgenommen, einmal bei ihr Wohnung zu nehmen und sie besser kennenzulernen. Es war aber nie dazu gekommen, denn der Künstler hatte zwar schon seit Jahren im Sinn, seine bisherige Wohnung zu verlassen, und hatte auch mehrmals gekündigt, war aber am Ende doch immer sitzengeblieben, wo er schon seit Jahren saß. Der Dr. Trefz wurde während Lautenschlagers Abwesenheit in den Gemeinderat gewählt. Es hatte ihm wenig Mühe gemacht, das zu erreichen, eine andere Sache aber beschäftigte ihn zur Zeit sehr stark.

Es lebten in Gerbersau, neben anderen Nachklängen versunkener Zeiten, auch einige Reste des uralten Zunftwesens fort. Die Mehrzahl der alten Zünfte freilich war eingeschlafen oder in gewöhnliche Vereine verwandelt worden. Zwei wirkliche Zünfte aber waren noch vorhanden, direkte Erben solcher mittelalterlicher Institutionen. Davon war es die eine, die »Zunft zu den Färbern«, die dem Notar so viel zu denken und zu wünschen gab. Diese Zunft war vor Jahrhunderten eine patrizische und sehr vornehme gewesen, im Lauf der Zeiten aber nahezu ausgestorben, so daß sie zur Zeit nur noch aus drei ziemlich bejahrten Herren bestand, die zufällig alle drei Hagestolze waren. Diese drei hielten nach altem Brauch mehrmals im Jahr Zusammenkünfte, gaben jährlich ein Zunftessen und einen Fastnachtsball und hatten in ihrem eigenen Hause, das im übrigen vermietet war, eine besondere Zunftstube bewahrt, wo am alten Getäfel die Bildnisse, Wappen und Andenken verschollener Geschlechter hingen und wo die drei Spätlinge bei ihren seltenen Zusammenkünften an einem gewaltigen, eichenen Tische saßen, der Raum für dreißig Gedecke bot. Das Aussterben der Färberzunft war eine vielbesprochene Sache in Gerbersau, denn diese Gemeinschaft besaß außer ihrem Haus ein stattliches Vermögen, dessen jährliche Zinsen teils an die Erhaltung des Hauses und der Zunftstube, teils an den Ball und das berühmte üppige Jahresmahl, teils an Armenspenden und Unterstützungsgelder verwendet wurden; beim einstmaligen Aufhören der Zunft aber sollte das gesamte Kapital samt dem Haus der Stadt zufallen.

Dies unnütz lagernde Vermögen nun, dessen Zinsen auf eine so wenig zeitgemäße Art vergeudet wurden und dessen Verwaltung zu einem Teil in seinen Händen lag, hatte dem Notar Trefz längst in die Augen gestochen. Seit langem hatte er die Gesetze der Färberzunft studiert und eine Liste der wenigen Familien angelegt, deren Angehörige dort aufnahmefähig waren. Hielt man sich genau an den Wortlaut der Urkunden, so gab es zur Zeit außer den drei Mitgliedern in der ganzen Stadt nur einen einzigen Mann, dem das Recht des Beitrittes zugestanden wäre. Das war der reiche Fabrikant Werner, der aus Stolz sowohl, um nicht des Interesses an den Zunftgeldern verdächtigt zu werden, wie auch aus Abneigung gegen die derzeitigen Mitglieder auf sein Recht verzichtet hatte.

Dem Notar wollte es nun seltsam und ungeheuerlich scheinen, daß das uralte, schöne Zunftvermögen so lächerlich brachliege und die Zinsen von drei launigen

Junggesellen alljährlich leichtfertig vergeudet wurden. Er hegte längst den Plan, sich den Zutritt zur Zunft zu ermöglichen und alsdann Ordnung in deren Angelegenheiten zu bringen. Als Beirat in der Vermögensverwaltung kannte er die drei Zünftler wohl und hatte Gelegenheit gehabt zu beobachten, daß ihr Anführer der jüngste von ihnen, der ledige Rentier Julius Dreiß war. Der hatte, entgegen der soliden Art seiner alten Familie, nicht nur nicht geheiratet und sehr früh sich als berufloser Privatmann zur Ruhe gesetzt, sondern leider auch seit seiner Knabenzeit eine Neigung zu Wohlleben und Bequemlichkeit an den Tag gelegt, welche in Gerbersau niemand gewillt war als ein Talent zu betrachten, und die man ihm nur darum halb und halb verzieh, weil er ein spaßiger Herr war und das besaß, was die Gerbersauer einen goldenen Humor nannten.

Diesem Julius Dreiß suchte sich der Dr. Trefz nun bei jeder Gelegenheit zu nähern und zu befreunden. Dreiß hatte nichts dagegen und ließ sich die Freundlichkeiten des geachteten Mannes gerne gefallen, doch meinte er schon nach kurzer Zeit, diese Aufmerksamkeiten nicht mehr der Anziehungskraft seiner Person zuschreiben zu dürfen, sondern sah als Ziel der Trefzischen Bemühungen die Aufnahme in die Färberzunft und die Teilnahme an deren schönem Besitztum sich verbergen. Von dem Augenblick dieser Entdeckung an machte sich Dreiß ein Vergnügen daraus, den durchschauten Notar mehr und mehr mit einer gönnerhaften Leutseligkeit zu behandeln, die den Doktor zwar zuweilen aufs äußerste reizte, die er aber in Geduld ertrug. Häufig sah man die beiden Herren im Nebenzimmer des Adlers bei einer Flasche Pfälzer oder bei einem Kaffee und Kartenspiel zusammensitzen, den Doktor aufmerksam und schmeichlerisch um Dreißens Gunst bemüht, den frohen Junggesellen in wohlgespielter Ahnungslosigkeit.

Das Schauspiel dieser eigentümlichen Freundschaft

zwischen dem korrekten, stolzen Notar und dem als Witzbold bekannten Zünftler dauerte lange genug, daß auch Hermann Lautenschlager sich dessen noch erfreuen konnte.

Der Maler kehrte eines Tages, da der Hochsommer sich abgekühlt hatte, mit sonnverbranntem Gesicht und staubigen Kleidern aus seiner Verwilderung heim. Wohlgemut zog er durch die Salzgasse und über den Marktplatz in der Heimat ein, suchte seine ebenfalls verstaubte und verwahrloste Wohnung auf und packte vor allem die große blecherne Botanisierbüchse aus. Der Hohlraum dieser Büchse war in zwei Hälften geteilt. In der einen waren Nachthemd, Schwamm, Seife und Zahnbürste des Wanderers untergebracht, die andre war erfüllt von einem geheimnisvollen Überfluß und Reichtum an Glasfläschchen, Korken, Papierschachteln, Wattepäckchen und anderen wunderlichen Geräten, zwischen denen einige auf Schnüre gezogene Kränze von getrockneten Apfelschnitzen auffielen. Alle diese Dinge legte der Maler sorglos beiseite, dann zog er aus den Brusttaschen seines Mantels und Rockes mehrere Schachteln, die er mit einer zärtlichen, juwelierhaften Sorglichkeit in die Finger nahm und der Reihe nach öffnete.

Da zeigte sich dann in den Schachteln, auf feine Nadeln gespießt, die gesamte Beute des sommerlichen Wanderzuges, ein paar Dutzend neu gefangener Schmetterlinge und Käfer, und einen um den andern hob Lautenschlager an seiner Nadel bedächtig heraus, drehte ihn begutachtend vor seinen Augen und legte ihn zur weiteren Behandlung beiseite. Dabei ging in seinem scharfen Malerblick eine knabenhafte Freude und beglückte Kindlichkeit auf, die niemand dem einsamen und oft boshaften Menschen zugetraut hätte, und über sein mageres, ironisches Gesicht lief wie Morgenlicht ein leiser Glanz von Güte und Dankbarkeit.

Wie es ein jeder rechte Künstler nötig hat, er sei sonst

von welcher Art er möge, so hatte auch Lautenschlager durch alles Gestrüpp seines unbefriedigten und flackernden Lebens sich einen Weg bewahrt, auf dem er jederzeit für Augenblicke in das Land seiner Kinderjahre zurückkehren konnte, wo für ihn wie für jeden Menschen Morgenglanz und Quelle aller Kräfte verborgen lag, und das er niemals ohne Andacht betrat. Für ihn war es der zauberhafte Farbenschmelz frischer Schmetterlingsflügel und golden gleißender Käferschilder, der ihm mit Schlüsseln der Erinnerung das Paradiestor öffnete und dessen Anblick seinen Augen für Stunden die Frische und dankbare Empfänglichkeit der Knabenzeiten wiedergab.

Vorsichtig trug er seinen Schatz in das kleine Nebenzimmer, wo in zwei großen Wandschränken seine ganze Insektensammlung aufbewahrt ruhte und dessen Arbeitstisch mit Spannbrettern, Nadelkartons, Steckkissen, Papierstreifen, Pinzetten, Scheren, Benzingläschen, kleinsten Zangen und anderen Werkzeugen eines wohlausgerüsteten Insektensammlers bedeckt war. Er ging sogleich daran, die gespießten Käfer in die Kästen der Sammlung einzureihen, die Schmetterlinge aber mit geduldiger Sorgfalt auf Spannbrettern auszuspannen. Da blickten ihn entfaltet die wunderbaren Flügel an, braune und graue, wollige mit matt gepuderten Farben, silbern weiße mit kristallenen Adern und frohfarbige mit metallen leuchtendem Email. Für seine Augen waren diese Schmetterlingsflügel das Schönste von allem, was ein Auge sehen kann, wie andre empfängliche Menschen etwa Blumen oder Moose oder die Farben der Meeresoberfläche allem anderen Augengenuß vorziehen, und bei ihrem Anblick gewann er das, was ihm seit Jahren fehlte, für Augenblicke wieder, nämlich das kindlich zufriedene Wohlgefallen an den Gegenständen der Natur, das Gefühl von Zugehörigkeit und Schöpfungsnähe, das man nur im Lieben und genauen Verstehen natürlicher Dinge zu finden vermag.

Als indessen der Abend kam, versorgte er seine Beute in einigen Blechkästen zwischen befeuchteten Papierblättern, um sie geschmeidig zu erhalten, dann holte er sich eine Flasche Wein aus dem Keller, Brot und Käse nebenan im Laden, aß auf dem Fensterbrett sitzend mit dem Blick auf die abendliche Gasse und zündete sodann die kleine Studierlampe an. Über ein volles Skizzenbuch gebeugt, ging er künftigen Arbeitsplänen nach, wie ja solche gute Stunden nach der Heimkehr von einer befreienden Wanderung oft die besten Gedankenbringer sind.

In seinem Skizzenbuch fand sich die Gestalt des Dr. Trefz vier- oder fünfmal wieder, sie war ihm unvermeidlich geworden, und er fühlte mit Befriedigung, daß er in ihr den reinen Typ des Gerbersauer Philisters gefunden habe. Indem nun seine Gedanken, an keinem vereinzelten Bilde haftend und durch die friedliche Abendbeschäftigung gegen das Tal der Jugenderinnerungen gerichtet, die heimatlichen Figuren liebevoll umspielten, stand plötzlich mit überraschender Deutlichkeit das Bild des jungen Trefz vor ihm auf, wie er als Schulknabe gewesen war, ja er vermochte sich seiner noch aus der Zeit zu erinnern, da der jetzige Notar die ersten Hosen getragen hatte.

Oft schon hatte der Maler bis zur Verzweiflung darunter gelitten, daß eine zähe Anhänglichkeit ihn immer wieder und wieder nötigte, die kleinbürgerliche Welt seiner Vaterstadt in einzelnen Figuren festzuhalten, ohne daß es ihm je gelungen war, in einer irgendwie abschließenden Arbeit diese Welt für immer zu bezwingen und sich vom Hals zu schaffen, und mehrmals im Laufe der Jahre hatten ihn Pläne beschäftigt, die darauf zielten, ihn in einer gesteigerten Leistung von diesem Zwang zu befreien. Nun stand ein solcher Plan ungesucht vor seiner Vorstellung, aus hundert Quellen der Beobachtung und Erinnerung bis in Kinderjahre zurück genährt und bestimmt, verlockend und schwierig, und er griff alsbald mit ganzer Seele danach.

Der Baumeister, der nach mühsamen Versuchen im guten Augenblick den klaren Grundriß des Hauses, das er bauen will, gefunden hat, und der Musiker, dem aus zwanzig wirren Skizzenblättern plötzlich das Gefüge einer Symphonie schön und organisch entgegenblickt, fühlt augenblicks alle Kräfte seines Wesens nach dieser Aufgabe hin drängen, sie sei groß oder klein, und sieht sich von einem süß quälenden Fieber ergriffen, das nicht zu stillen ist als durch die Vollendung des im Innern geschauten Werkes, und diese Ergriffenheit und quälende Begierde ist von derselben Art und aus derselben Quelle wie die Liebe eines jungen Mannes zu einer Frau. Gesteigert und überklar stehen Entschlüsse da wie Träume, in welchen unerfüllte heimliche Wünsche in der Tiefe des Unbewußten ihre Erlösung finden. So war der Zustand des Malers, als er beim Schein der Lampe ungesucht seinen Plan vor sich stehen sah. Er wollte in einer Reihe von Zeichnungen das Epos des Gerbersauer Bürgers erzählen, und dieser Bürger mußte der Notar Trefz sein.

Man sollte ihn sehen, wie er als Neugeborner seinem Papa dargereicht, vom Stadtpfarrer getauft, als Dreijähriger mit der ersten Hose geschmückt, als Sechsjähriger zur Schule gebracht wurde. Er sollte vom ersten Apfeldiebstahl bis zur ersten Liebschaft, von der Taufe bis zur Konfirmation und Hochzeit, er sollte als Schüler, als halbreifer Gymnasiast, als Student, als Kandidat, als Bräutigam, als Gemeinderat und Beamter, als Redner und als Jubilar, als Vereinsvorstand und schließlich als Bürgermeister dargestellt werden, stets derselbe Trefz, der Typus des strebsamen Bürgers, der mit großer Energie und großem Stolze kleinen Zielen nachgeht und sie alle erreicht, der beständig zu tun hat und niemals fertig und niemals begnügt ist und doch von der ersten Hose bis zum Begräbnis derselbe bleibt, dessen Unersetzlichkeit jeder tief empfindet und der doch als tröstlichen Ersatz einen Nachwuchs hinterläßt, in welchem von der Nasenwurzel bis zum Fuß, von der Mundart bis zur Denkart der aus Urzeiten heraufgezüchtete Typ des Vaters wohlerhalten und bedeutsam fortgebildet erscheint.

Als Hermann Lautenschlager, von der großen Idee bewegt und nach keinem Schlaf verlangend, ziemlich spät in guter Laune noch den Adler aufsuchte und sich zu einem Schoppen Traminer setzte, sah er dort den Dr. Trefz bei seinem neuen Freunde Julius Dreiß sitzen und hatte seine Freude an ihm, als sei er sein Eigentum und laufe lediglich zu seiner Belustigung auf der Welt umher. Trefz hatte sich bei seinem Eintreten verstimmt abgewandt. Desto vergnügter begrüßte ihn der Herr Dreiß, ja er bat, als merke er nichts von Trefzens Abneigung, den Ankömmling aufs freundschaftlichste, an seinem Tisch Platz zu nehmen.

Der Maler fühlte einen Augenblick Lust, die Einladung anzunehmen und den gekränkten Jugendfreund in Verlegenheit zu bringen. Doch war er in allzu versöhnlicher Stimmung, als daß er es getan hätte.

»Die Herren haben miteinander zu reden«, sagte er dankend, »und ich bleibe ohnehin nicht lang. Prosit, Herr Dreiß!«

»Prosit, Herr Lautenschlager«, rief Dreiß herüber. »Ihre letzten Zeichnungen haben uns allen einen Heidenspaß gemacht – nicht wahr, Herr Doktor?«

Trefz gab keine Antwort. Er sog mißvergnügt an seinem Wein und spürte zum erstenmal eine Ahnung davon, daß dieser unsympathische Julius Dreiß ein Bundesgenosse des widerlichen Malers sei und daß beide, ohne es gerade zu wissen und zu wollen, seine Feinde seien. Und in der Tat kam Dreiß mit dem Maler zur Zeit recht häufig zusammen, und was der Notar heut abend mit Dreiß geplaudert hatte, kam morgen schon zu Lautenschlagers Ohren.

Als der Sommer zu Ende ging, begann Dr. Trefz auf die Früchte seines freundschaftlichen Umganges mit Herrn

Dreiß ungeduldig zu werden. Er lud den Freund zu einem Sonntagsausflug ein und eröffnete ihm in der Goldenen Krone zu Krüglingen bei einer Flasche Affenthaler seine geheimen Wünsche.

»Sehen Sie«, sagte er eindringlich, »es wäre doch unverantwortlich, eine so altehrwürdige Vereinigung wie Ihre Färberzunft einfach aussterben zu lassen, nur weil von den eigentlich zunftfähigen Familien keine Nachkommenschaft mehr da ist. Sie sollten den einen und andern tüchtigen Mann zulassen, der Leben und Regsamkeit in die Zunft brächte, sich der Geschäfte annähme und die Geselligkeit anregte. So bin ich zum Beispiel, wie Sie wissen, mit einem Teil der Verwaltung Ihres Zunftvermögens betraut und habe einen Einblick in Ihre Geschäfte. Als Mitglied der Zunft nun würde ich nicht nur auf die Gebühren verzichten, die ich für die kleine Arbeit der Verwaltung anzusprechen habe; ich würde auch den etwas altmodischen Gang Ihrer Geschäfte zu verbessern wissen und die Rentabilität Ihrer Kapitalien bedeutend erhöhen können. Überhaupt, da ich in der letzten Zeit das Vergnügen hatte, Sie näher kennenzulernen und in einen so freundschaftlichen Umgang mit Ihnen zu kommen, wäre es mir eine Freude, auch Ihrer Zunft mit anzugehören, und ich darf doch wohl hoffen, daß mein Aufnahmegesuch Ihre Befürwortung fände?«

»Gewiß«, antwortete Dreiß nachdenklich, »aber Sie werden ja wohl wissen, welches die Vorbedingungen einer Aufnahme sind. Meines Wissens sind Sie mit keiner von den zunftberechtigten Familien nahe genug verwandt.«

»Das weiß ich«, gab Trefz ohne weiteres zu. »Aber immerhin ist meine Mutter eine Rothfuß und mit den Dreißen Ihres Stammes vervettert. Und außerdem weiß ich, daß im Laufe der Jahrhunderte zweimal die Zunftmitgliedschaft an Nichtberechtigte verliehen worden ist. Einmal sogar an einen Auswärtigen, der sich das Bürgerrecht nur erkauft hatte. Sie können doch nicht im Ernst eines Zufalls wegen Ihre ganze Zunft eingehen lassen.«

»Das haben wir auch nicht im Sinn. Zunächst sind wir noch drei lebende Mitglieder, mit deren Absterben es ja nicht so sehr pressiert. Und schließlich wäre das Aufhören der Zunft gar kein so großes Unglück. Einen rechten Sinn hat sie doch schon lange nicht mehr, und bei ihrer Auflösung ginge ihr Vermögen an die Stadt über, die es schon brauchen könnte. Wir zahlen Steuern genug, da würde eine kleine Aufbesserung nichts schaden.«

Das konnte Trefz als Mitglied des Gemeinderats nicht leugnen. Er wiederholte nur, wie schade es wäre, wenn man eine so alte und schöne Institution müßte erlöschen sehen, und bat, den andern seinen Antrag um Aufnahme zu überbringen.

Darauf nun hatte Dreiß schon lange gewartet. Er versprach eine schnelle Antwort und freute sich, diesen Philister in seinen Händen zu wissen und ihm einen Denkzettel zu geben. Denn als Philister erschien ihm der Notar, obwohl Dreiß selber kein kleinerer war. Er hatte als bequemer Junggeselle eine Abneigung gegen alle Streber und Umtriebler, es war jedoch nur seine Trägheit und seine Lust am Witzemachen, die ihn seine tüchtigeren Mitbürger als Philister verachten ließ. In den Jahren seiner Zugehörigkeit zur Zunft hatte er dort das große Wort geführt und sich namentlich als Veranstalter des jährlichen Fastnachtsfestes hervorgetan, und da ihn sonst keine Arbeit oder Sorge beschäftigte, war ihm das Spaßmachen allmählich zum Beruf geworden.

Nun war in der Zunft eine lange Weile nichts richtig Lustiges mehr passiert, und Dreiß begrüßte diesen Anlaß zu einem Narrenstreich mit Freuden. Gleich allen Müßiggängern und unernsten Menschen war ihm nichts willkommener, als gelegentlich einen andern von sich abhängig zu sehen und seine zufällige Macht zu mißbrauchen. So berief er alsbald eine Zunftsitzung ein, die er im

Einverständnis mit den gleichgültigen Mitgliedern zu einem schönen, festlichen Abendessen gestaltete. Von einem Kellner sorgfältig bedient, unter demütiger Leitung des Hirschwirtes, saßen die drei nichtsnutzigen Junggesellen an dem zehnmal zu großen Zunfttische beisammen, aßen, was ihnen gut schien, und tranken Rotwein dazu, hatten die alten silbernen Becher der Väter vor sich stehen und kamen sich drollig und wichtig vor. In einer lustigen Rede erzählte Dreiß von dem Anliegen des Dr. Trefz, worüber wenig Verwunderung entstand, da ähnliche Gesuche nicht eben selten an sie gelangten. Statt jedoch den Antragsteller einfach und sachlich abzuweisen, beschloß Dreiß ihn erst ein wenig zum besten zu halten, und der Maler Lautenschlager gab ihm vortreffliche Ratschläge dazu. Und so erhielt denn nach einigen Tagen der Notar ein feierliches Schreiben von der Färberzunft, worin er bedeutet wurde, sein Anliegen schriftlich mit ausführlicher Begründung und unter Beifügung eines übersichtlichen Stammbaumes zu wiederholen. Die Aufforderung war übrigens so höflich abgefaßt, daß der Notar trotz einer leisen Witterung des Gegenteils sie ernstnahm und mit der Herstellung einer schönen Kopie seines Stammbaumes viele fleißige Abendstunden hinbrachte.

Diesen Stammbaum samt einem langen Schreiben ließ er dem ehrenwerten Vorstande der Zunft übergeben und wartete sodann eine gute Weile vergebens auf Antwort, indessen die Zunftherren den Anlaß zu mehreren Sitzungen, Frühstücken und kleinen Gelagen wahrnahmen.

Endlich aber bekam Trefz einen zierlichen, prachtvoll kalligraphierten Brief mit dem schweren Zunftsiegel. Begierig schloß er sich in seiner Schreibstube ein, entfaltete und las, und war selbst jetzt noch einen Augenblick im Ungewissen, ob es sich um Ernst oder Spaß handle. Dann aber wurde ihm klar, daß er zum Narren gehabt worden sei, und es gab fortan in Gerbersau keinen heftigeren Gegner der Zunft als ihn. Das Schreiben hatte gelautet:

»Hochgeehrter Herr Doktor!

Ihr Antrag ist der wohledlen Zunft von Färbern zu Händen gekommen und fühlen wir die Ehre wohl, die uns damit angetan wird. Mit großem Vergnügen wären wir bereit, Ihrem werten Ansuchen zu entsprechen, wenn nicht früher gefaßte Entschließungen uns dies leider erschweren würden.

Unsre wohledle Zunft von Färbern besteht, wie Ihnen wohl bekannt, zur Zeit aus nur drei Mitgliedern, welche alle drei sich des Ehestandes enthalten haben, so daß nach ihrem einstigen Ableben die Zunft erlischt und ihre Habe der Stadt Gerbersau zufällt. Dies ist unser aller Meinung und Wille, und was nun Ihre werte Anfrage betrifft, so sind wir mit Freuden bereit, Sie, hochgeehrter Herr, in unsre Zunft aufzunehmen, wenn wir die Gewißheit haben, daß hierdurch unsere früheren Absichten nicht geschädigt werden.

Wir haben daher die Ehre Ihnen mitzuteilen, daß Ihrer Aufnahme nichts entgegensteht, sofern Sie bei erfolgendem Eintritt sich schriftlich und eidlich verpflichten, niemals in den Ehestand zu treten. Sollte diese einzige Bedingung Ihren Beifall nicht haben, so müßten wir allerdings zu unserem Bedauern auf die Ehre verzichten, die Ihr Beitritt uns andernfalls bedeuten würde.«

Seit im ›Hans Sachs‹ seine von Lautenschlager gezeichnete Karikatur erschienen war, hatte Trefz einen solchen Ärger nicht mehr erlebt. Den Gruß des Herrn Dreiß, der ihm andern Tags begegnete und mit dem freundlichsten Lächeln den Hut zog, hätte er am liebsten mit einem Faustschlag beantwortet.

Hier endet das Manuskript
(1906/07)

Hans Dierlamms Lehrzeit

I

Der Lederhändler Ewald Dierlamm, den man seit längerer Zeit nicht mehr als Gerber anreden durfte, hatte einen Sohn namens Hans, an den er viel rückte und der die höhere Realschule in Stuttgart besuchte. Dort nahm der kräftige und muntere junge Mensch zwar an Jahren, aber nicht an Weisheit und Ehren zu. Indem er jede Klasse zweimal absitzen mußte, sonst aber ein zufriedenes Leben mit Theaterbesuchen und Bierabenden führte, erreichte er schließlich das achtzehnte Jahr und war schon zu einem ganz stattlichen jungen Herrn gediehen, während seine derzeitigen Mitschüler noch bartlose und unreife Jünglinglein waren. Da er nun aber auch mit diesem Jahrgang nicht lange Schritt hielt, sondern den Schauplatz seines Vergnügens und Ehrgeizes durchaus in einem unwissenschaftlichen Welt- und Herrenleben suchte, ward seinem Vater nahegelegt, er möge den leichtsinnigen Jungen von der Schule nehmen, wo er sich und andre verderbe. So kam Hans eines Tages im schönsten Frühjahr mit seinem betrübten Vater heim nach Gerbersau gefahren, und es war nun die Frage, was mit dem Ungeratenen anzufangen sei. Denn um ihn ins Militär zu stekken, wie der Familienrat gewünscht hatte, dazu war es für diesen Frühling schon zu spät.

Da trat der junge Hans selber zu der Eltern Erstaunen mit dem Wunsch hervor, man solle ihn als Praktikanten in eine Maschinenwerkstätte gehen lassen, da er Lust und Begabung zu einem Ingenieur in sich verspüre. In der Hauptsache war es ihm damit voller Ernst, daneben hegte er aber noch die verschwiegene Hoffnung, man werde ihn in eine Großstadt tun, wo die besten Fabriken wären und wo er außer dem Beruf auch noch manche angenehme

Gelegenheiten zum Zeitvertreib und Vergnügen zu finden dachte. Damit hatte er sich jedoch verrechnet. Denn nach den nötigen Beratungen teilte der Vater ihm mit, er sei zwar gesonnen, ihm seinen Wunsch zu erfüllen, halte es aber für rätlich, ihn einstweilen hier am Orte zu behalten, wo es vielleicht nicht die allerbesten Werkstätten und Lehrplätze, dafür aber auch keine Versuchungen und Abwege gebe. Das letztere war nun freilich auch nicht vollkommen richtig, wie sich später zeigen sollte, aber es war wohlgemeint, und so mußte Hans Dierlamm sich entschließen, den neuen Lebensweg unter väterlicher Beaufsichtigung im Heimatstädtchen anzutreten. Der Mechaniker Haager fand sich bereit, ihn aufzunehmen, und etwas befangen ging jetzt der flotte Jüngling täglich seinen Arbeitsweg von der Münzgasse bis zur unteren Insel, angetan mit einem blauen Leinenanzug, wie alle Schlosser einen tragen. Diese Gänge machten ihm anfangs einige Beschwerde, da er vor seinen Mitbürgern bisher in ziemlich feinen Kleidern zu erscheinen gewohnt gewesen war. Doch wußte er sich bald dareinzufinden und tat, als trage er sein Leinenkleid gewissermaßen zum Spaß wie einen Maskenanzug. Die Arbeit selbst aber tat ihm, der so lange Zeit unnütz in Schulen herumgesessen war, sehr gut, ja sie gefiel ihm sogar und regte erst die Neugierde, dann den Ehrgeiz, schließlich eine ehrliche Freude in ihm auf.

Die Haagersche Werkstatt lag dicht am Flusse, zu Füßen einer größeren Fabrik, deren Maschinen mit Instandhalten und Reparaturen dem jungen Meister Haager hauptsächlich zu arbeiten und zu verdienen gaben. Die Werkstätte war klein und alt, bis vor wenigen Jahren hatte der Vater Haager dort geherrscht und gutes Geld verdient, ein beharrlicher Handwerksmann ohne jede Schulbildung. Der Sohn, der jetzt das Geschäft besaß und führte, plante wohl Erweiterungen und Neuerungen, fing jedoch als vorsichtiger Sohn eines altmodisch strengen

Handwerkers bescheiden beim Kleinen an und redete zwar gerne von Dampfbetrieb, Motoren und Maschinenhallen, werkelte aber fleißig im alten Stil weiter und hatte außer einer englischen Eisendrehbank noch keine nennenswerten neuen Einrichtungen angeschafft. Er arbeitete mit zwei Gesellen und einem Lehrbuben und hatte für den neuen Volontär gerade noch einen Platz an der Werkbank und einen Schraubstock frei. Mit den fünf Leuten war der enge Raum reichlich angefüllt, und durchwandernde landfahrende Kollegen brauchten beim Zuspruch um Arbeit nicht zu fürchten, daß man sie beim Wort nehme.

Der Lehrling, um von unten auf anzufangen, war ein ängstliches und gutwilliges Bürschlein von vierzehn Jahren, das der neueintretende Volontär kaum zu beachten nötig fand. Von den Gehilfen hieß einer Johann Schömbeck, ein schwarzhaariger magerer Mensch und sparsamer Streber. Der andre Gehilfe war ein schöner, gewaltiger Mensch von achtundzwanzig Jahren, er hieß Niklas Trefz und war ein Schulkamerad des Meisters, zu dem er daher ›du‹ sagte. Niklas führte in aller Freundschaftlichkeit, als könne es nicht anders sein, das Regiment im Hause mit dem Meister gemeinsam; denn er war nicht bloß stark und ansehnlich von Gestalt und Auftreten, sondern auch ein gescheiter und fleißiger Mechaniker, der wohl das Zeug zum Meister hatte. Haager selber, der Besitzer, trug ein sorgenvoll-geschäftiges Wesen zur Schau, wenn er unter Leute kam, fühlte sich aber ganz zufrieden und machte auch an Hans sein gutes Geschäft, denn der alte Dierlamm mußte ein recht anständiges Lehrgeld für seinen Sohn erlegen.

So sahen die Leute aus, deren Arbeitsgenosse Hans Dierlamm geworden war, oder so erschienen sie ihm wenigstens. Zunächst nahm ihn die neue Arbeit mehr in Anspruch als die neuen Menschen. Er lernte ein Sägblatt hauen, mit Schleifstein und Schraubstock umgehen, die

Metalle unterscheiden, er lernte die Esse feuern, den Vorhammer schwingen, die erste grobe Feile führen. Er zerbrach Bohrer und Meißel, würgte mit der Feile an schlechtem Eisen herum, beschmutzte sich mit Ruß, Feilspänen und Maschinenöl, hieb sich mit dem Hammer den Finger wund oder verklemmte sich an der Drehbank, alles unter dem spöttischen Schweigen seiner Umgebung, die den schon erwachsenen Sohn eines reichen Mannes mit Vergnügen zu solcher Anfängerschaft verurteilt sah. Aber Hans blieb ruhig, schaute den Gesellen aufmerksam zu, stellte in den Vesperpausen Fragen an den Meister, probierte und regte sich, und bald konnte er einfache Arbeiten sauber und brauchbar abliefern, zum Vorteil und Erstaunen des Herrn Haager, der wenig Vertrauen zu den Fähigkeiten des Praktikanten gehabt hatte.

»Ich meinte allweil, Sie wollten bloß eine Weile Schlosser spielen«, sagte er einst anerkennend. »Aber wenn Sie so weitermachen, können Sie wirklich einer werden.«

Hans, dem in seinen Schulzeiten Lob und Tadel der Lehrer ein leeres Geräusch gewesen waren, kostete diese erste Anerkennung wie ein Hungriger einen guten Bissen. Und da auch die Gesellen ihn allmählich gelten ließen und nicht mehr wie einen Hanswurst anschauten, wurde ihm frei und wohl, und er fing an, seine Umgebung mit menschlicher Teilnahme und Neugierde zu betrachten.

Am besten gefiel ihm Niklas Trefz, der Obergesell, ein ruhiger dunkelblonder Riese mit gescheiten grauen Augen. Es dauerte aber noch einige Zeit, bis dieser den Neuen an sich herankommen ließ. Einstweilen war er still und ein wenig mißtrauisch gegen den Herrensohn. Desto zugänglicher zeigte sich der zweite Gesell Johann Schömbeck. Er nahm von Hans je und je eine Zigarre und ein Glas Bier an, wies ihm zuweilen kleine Vorteile bei der Arbeit und gab sich Mühe, den jungen Mann für sich einzunehmen, ohne doch seiner Gesellenwürde etwas zu vergeben.

Als Hans ihn einmal einlud, den Abend mit ihm zu verbringen, nahm Schömbeck herablassend an und bestellte ihn auf acht Uhr in eine kleine Beckenwirtschaft an der mittleren Brücke. Dort saßen sie dann; durch die offenen Fenster hörte man das Flußwehr brausen, und beim zweiten Liter Unterländer wurde der Gesell gesprächig. Er rauchte zu dem hellen, milden Rotwein eine gute Zigarre und weihte Hans mit gedämpfter Stimme in die Geschäfts- und Familiengeheimnisse der Haagerschen Werkstatt ein. Der Meister tue ihm leid, sagte er, daß er so vor dem Trefz unterducke, vor dem Niklas. Das sei ein Gewalttätiger, und früher habe er einmal bei einem Streit den Haager, der damals noch unter seinem Vater arbeitete, windelweich gehauen. Ein guter Arbeiter sei er schon, wenigstens wenn es ihm gerade darum zu tun sei, aber er tyrannisiere die ganze Werkstatt und sei stolzer als ein Meister, obwohl er keinen Pfennig besitze.

»Aber er wird wohl einen hohen Lohn kriegen«, meinte Hans.

Schömbeck lachte und schlug sich aufs Knie. »Nein«, sagte er blinzelnd, »er hat nur eine Mark mehr als ich, der Niklas. Und das hat seinen guten Grund. Kennen Sie die Maria Testolini?«

»Von den Italienern im Inselviertel?«

»Ja, von der Bagage. Die Maria hat schon lang ein Verhältnis mit dem Trefz, wissen Sie. Sie schafft in der Weberei uns gegenüber. Ich glaube nicht einmal, daß sie ihm gar so anhänglich ist. Er ist ja ein fester großer Kerl, das haben die Mädel alle gern, aber extra heilig hat sie's nicht mit der Verliebtheit.«

»Aber was hat das mit dem Lohn zu tun?«

»Mit dem Lohn? Ja so. Nun, der Niklas hat also ein Verhältnis mit ihr und könnte schon längst eine viel bessere Stellung haben, wenn er nicht ihretwegen hier bliebe. Und das ist des Meisters Vorteil. Mehr Lohn zahlt er nicht, und der Niklas kündigt nicht, weil er nicht von der Testolini fort will. In Gerbersau ist für einen Mechaniker nicht viel zu holen, länger als dies Jahr bleib ich auch nimmer da, aber der Niklas hockt und geht nicht weg.«

Im weiteren erfuhr Hans Dinge, die ihn weniger interessierten. Schömbeck wußte gar viel über die Familie der jungen Frau Haager, über ihre Mitgift, deren Rest der Alte nicht herausgeben wolle, und über die daraus entstandene Ehezwietracht. Das alles hörte Hans Dierlamm geduldig an, bis es ihm an der Zeit schien, aufzubrechen und heimzugehen. Er ließ Schömbeck beim Rest des Weines sitzen und ging fort.

Auf dem Heimweg durch den lauen Maiabend dachte er an das, was er soeben von Niklas Trefz erfahren hatte, und es fiel ihm nicht ein, diesen für einen Narren zu halten, weil er einer Liebschaft wegen angeblich sein Fortkommen versäume. Vielmehr schien ihm das sehr einleuchtend. Er glaubte nicht alles, was der schwarzhaarige Gesell ihm erzählt hatte, aber er glaubte an diese Mädchengeschichte, weil sie ihm gefiel und zu seinen Gedanken paßte. Denn seit er nicht mehr so ausschließlich mit den Mühen und Erwartungen seines neuen Berufes beschäftigt war wie in den ersten Wochen, plagte ihn an den stillen Frühlingsabenden der heimliche Wunsch, eine Liebschaft zu haben, nicht wenig. Als Schüler hatte er auf diesem Gebiete einige erste Weltmannserfahrungen gesammelt, die freilich noch recht unschuldig waren. Nun aber, da er einen blauen Schlosserkittel trug und zu den Tiefen des Volkstums hinabgestiegen war, schien es ihm gut und verlockend, auch von den einfachen und kräftigen Lebenssitten des Volkes seinen Teil zu haben. Aber damit wollte es nicht vorwärtsgehen. Die Bürgermädchen, mit denen er durch seine Schwester Bekanntschaft hatte, waren nur in Tanzstuben und etwa auf einem Vereinsball zu sprechen und auch da unter der Aufsicht ihrer strengen Mütter. Und in dem Kreis der Handwerker und

Fabrikleute hatte Hans es bis jetzt noch nicht dahin gebracht, daß sie ihn als ihresgleichen annahmen.

Er suchte sich auf jene Maria Testolini zu besinnen, konnte sich ihrer aber nicht erinnern. Die Testolinis waren eine komplizierte Familiengemeinschaft in einer traurigen Armutgegend und bewohnten mit mehreren Familien welschen Namens zusammen in einer unzählbaren Schar ein altes, elendes Häuschen an der Insel. Hans erinnerte sich aus seinen Knabenjahren, daß es dort von kleinen Kindern gewimmelt hatte, die an Neujahr und manchmal auch zu andern Zeiten bettelnd in seines Vaters Haus gekommen waren. Eines von jenen verwahrlosten Kindern war nun wohl die Maria, und er malte sich eine dunkle, großäugige und schlanke Italienerin aus, ein wenig zerzaust und nicht sehr sauber gekleidet. Aber unter den jungen Fabrikmädchen, die er täglich an der Werkstatt vorübergehen sah und von denen manche ihm recht hübsch erschienen waren, konnte er sich diese Maria Testolini nicht denken.

Sie sah auch ganz anders aus, und es vergingen kaum zwei Wochen, so machte er unerwartet ihre Bekanntschaft.

Zu den ziemlich baufälligen Nebenräumen der Werkstatt gehörte ein halbdunkler Verschlag an der Flußseite, wo allerlei Vorräte lagerten. An einem warmen Nachmittag im Juni hatte Hans dort zu tun, er mußte einige hundert Stangen nachzählen und hatte nichts dagegen, eine halbe oder ganze Stunde hier abseits von der warmen Werkstatt im Kühlen zu verbringen. Er hatte die Eisenstangen nach ihrer Stärke geordnet und fing nun das Zählen an, wobei er von Zeit zu Zeit die Summe mit Kreide an die dunkle Holzwand schrieb. Halblaut zählte er vor sich hin: dreiundneunzig, vierundneunzig ––. Da rief eine leise, tiefe Frauenstimme mit halbem Lachen: »Fünfundneunzig – hundert – tausend –«

Erschrocken und unwillig fuhr er herum. Da stand am

niederen, scheibenlosen Fenster ein stattliches blondes Mädchen, nickte ihm zu und lachte.

»Was gibt's?« fragte er blöde.

»Schön Wetter«, rief sie. »Gelt, du bist der neue Volontär da drüben?«

»Ja. Und wer sind denn Sie?«

»Jetzt sagt er ›Sie‹ zu mir! Muß es immer so nobel sein?«

»O, wenn ich darf, kann ich schon auch ›du‹ sagen.«

Sie trat zu ihm hinein, schaute sich in dem Loche um, netzte ihren Zeigefinger und löschte ihm seine Kreidezahlen aus.

»Halt!« rief er. »Was machst du?«

»Kannst du nicht so viel im Kopf behalten?«

»Wozu, wenn es Kreide gibt? Jetzt muß ich alles noch einmal durchzählen.«

»O je! Soll ich helfen?«

»Ja, gern.«

»Das glaub ich dir, aber ich hab andres zu tun.«

»Was denn? Man merkt wenig davon.«

»So? Jetzt wird er auf einmal grob. Kannst du nicht auch ein bißchen nett sein?«

»Ja, wenn du mir zeigst, wie man's macht.«

Sie lächelte, trat dicht zu ihm, fuhr ihm mit ihrer vollen, warmen Hand übers Haar, streichelte seine Wange und sah ihm nahe und immer lächelnd in die Augen. Ihm war so etwas noch nie geschehen und es wurde ihm beklommen und schwindlig.

»Bist ein netter Kerl, ein lieber«, sagte sie.

Er wollte sagen: »Und du auch.« Aber er brachte vor Herzklopfen kein Wort heraus. Er hielt ihre Hand und drückte sie.

»Au, nicht so fest!« rief sie leise. »Die Finger tun einem ja weh.«

Da sagte er: »Verzeih.« Sie aber legte für einen kurzen Augenblick ihren Kopf mit dem blonden, dichten Haar auf seine Schulter und schaute zärtlich schmeichelnd zu ihm auf. Dann lachte sie wieder mit ihrer warmen, tiefen Stimme, nickte ihm freundlich und unbefangen zu und lief davon. Als er vor die Tür trat, ihr nachzusehen, war sie schon verschwunden.

Hans blieb noch lange zwischen seinen Eisenstangen. Anfangs war er so verwirrt und heiß und befangen, daß er nichts denken konnte und schwer atmend vor sich hin stierte. Bald aber war er über das hinweg, und nun kam eine erstaunte, unbändige Freude über ihn. Ein Abenteuer! Ein schönes großes Mädchen war zu ihm gekommen, hatte ihm schöngetan, hatte ihn liebgehabt! Und er hatte sich nicht zu helfen gewußt, er hatte nichts gesagt, wußte nicht einmal ihren Namen, hatte ihr nicht einmal einen Kuß gegeben! Das plagte und erzürnte ihn noch den ganzen Tag. Aber er beschloß grimmig und selig, das alles wiedergutzumachen und das nächste Mal nicht mehr so dumm und blöde zu sein.

Er dachte jetzt an keine Italienerinnen mehr. Er dachte beständig an »das nächste Mal«. Und am folgenden Tage benutzte er jede Gelegenheit, auf ein paar Minuten vor die Werkstatt zu treten und sich überall umzusehen. Die Blonde zeigte sich aber nirgends. Statt dessen kam sie gegen Abend mit einer Kameradin zusammen ganz unbefangen und gleichgültig in die Werkstatt, brachte eine kleine Stahlschiene, das Stück einer Webmaschine, und ließ sie abschleifen. Den Hans schien sie weder zu kennen noch zu sehen, scherzte dagegen ein wenig mit dem Meister und trat dann zu Niklas Trefz, der das Schleifen besorgte und mit dem sie sich leise unterhielt. Erst als sie wieder ging und schon Adieu gesagt hatte, schaute sie unter der Türe nochmals zurück und warf Hans einen kurzen warmen Blick zu. Dann runzelte sie die Stirn ein wenig und zuckte mit den Lidern, wie um zu sagen, sie habe ihr Geheimnis mit ihm nicht vergessen und er solle es gut verwahren. Und fort war sie.

Johann Schömbeck ging gleich darauf an Hansens Schraubstock vorüber, grinste still und flüsterte.

»Das war die Testolini.«

»Die Kleine?« fragte Hans.

»Nein, die große Blonde.«

Der Volontär beugte sich über seine Arbeit und feilte heftig drauflos. Er feilte, daß es pfiff und daß die Werkbank zitterte. Das war also sein Abenteuer! Wer war jetzt betrogen, der Obergesell oder er? Und was jetzt tun? Er hätte nicht gedacht, daß eine Liebesgeschichte gleich so verwickelt anfangen könne. Den Abend und die halbe Nacht konnte er an nichts andres denken. Eigentlich war seine Meinung von Anfang an, er müsse nun verzichten. Aber nun hatte er sich vierundzwanzig Stunden mit lauter verliebten Gedanken an das hübsche Mädchen beschäftigt, und das Verlangen, sie zu küssen und sich von ihr liebhaben zu lassen, war mächtig groß in ihm geworden. Ferner war es das erste Mal, daß eine Frauenhand ihn so gestreichelt und ein Frauenmund ihm so schön getan hatte. Verstand und Pflichtgefühl erlagen der jungen Verliebtheit, die durch den Beigeschmack eines schlechten Gewissens nicht schöner, aber auch nicht schwächer ward. Mochte es nun gehen, wie es wollte, die Maria hatte ihn gern und er wollte sie wieder gernhaben.

Wohl war ihm allerdings nicht dabei. Als er das nächste Mal mit Maria zusammentraf im Treppenhaus der Fabrik, sagte er sogleich: »Du, wie ist das mit dem Niklas und dir? Ist er wirklich dein Schatz?«

»Ja«, meinte sie lachend. »Fällt dir sonst nichts ein, was du mich fragen kannst?«

»Doch, gerade. Wenn du ihn gernhast, kannst du doch nicht auch noch mich gernhaben.«

»Warum nicht? Der Niklas ist mein Verhältnis, verstehst du, das ist schon lang so und soll so bleiben. Aber dich hab ich gern, weil du so ein netter kleiner Bub bist. Der Niklas ist gar streng und herb, weißt du, und dich will ich zum Küssen und Liebsein haben, kleiner Bub. Hast du was dagegen?«

Nein, er hatte nichts dagegen. Er legte still und andächtig seine Lippen auf ihren blühenden Mund, und da sie seine Unerfahrenheit im Küssen bemerkte, lachte sie zwar, schonte ihn aber und gewann ihn noch lieber.

II

Bis jetzt war Niklas Trefz, als Obergesell und Duzfreund des jungen Meisters, aufs beste mit diesem ausgekommen, ja er hatte eigentlich in Haus und Werkstatt meistens das erste Wort gehabt. Neuerdings schien dies gute Einvernehmen etwas gestört zu sein, und gegen den Sommer hin wurde Haager in seinem Benehmen gegen den Gesellen immer spitziger. Er kehrte zuweilen den Meister gegen ihn heraus, fragte ihn nicht mehr um Rat und ließ bei jeder Gelegenheit merken, daß er das frühere Verhältnis nicht fortzusetzen wünsche.

Trefz war gegen ihn, dem er sich überlegen fühlte, nicht empfindlich. Anfangs wunderte ihn diese kühle Behandlung als eine ungewohnte Schrulle des Meisters. Er lächelte und nahm es ruhig hin. Als aber Haager ungeduldiger und launischer wurde, legte Trefz sich aufs Beobachten und glaubte bald hinter die Ursache der Verstimmung gekommen zu sein.

Er sah nämlich, daß zwischen dem Meister und seiner Frau nicht alles in Ordnung war. Es gab keine lauten Händel, dafür war die Frau zu klug. Aber die Eheleute wichen einander aus, die Frau ließ sich nie in der Werkstatt blicken, und der Mann war abends selten zu Hause. Ob die Uneinigkeit, wie Johann Schömbeck wissen wollte, daher rührte, daß der Schwiegervater sich nicht bereden ließ, mehr Geld herauszurücken, oder ob persönliche Zwistigkeiten dahinterstaken, jedenfalls war eine schwüle Luft im Hause, die Frau sah oft verweint und verärgert aus, und auch der Mann schien vom Baum einer schlimmen Erkenntnis gekostet zu haben.

Niklas war überzeugt, daß dieser häusliche Unfrieden an allem schuld sei, und ließ den Meister seine Reizbarkeit und Grobheit nicht entgelten. Was ihn heimlich plagte und zornig machte, war die leise schlaue Art, mit der Schömbeck sich die Verstimmung zunutze machte. Dieser war nämlich, seit er den Obergesellen in Ungnade gefallen sah, mit einer unterwürfig-süßen Beflissenheit bemüht, sich dem Meister zu empfehlen, und daß Haager darauf einging und den Schleicher sichtlich begünstigte, war für Trefz ein empfindlicher Stich.

In dieser unbehaglichen Zeit nahm Hans Dierlamm entschieden für Trefz Partei. Einmal imponierte ihm Niklas durch seine gewaltige Kraft und Männlichkeit, alsdann war ihm der schmeichlerische Schömbeck allmählich verdächtig und zuwider geworden, und schließlich hatte er das Gefühl, durch sein Verhalten eine uneingestandene Schuld gegen Niklas gutzumachen. Denn wenn auch sein Verkehr mit der Testolini sich auf kurze hastige Zusammenkünfte beschränkte, wobei es über einiges Küssen und Streicheln nicht hinausging, wußte er sich doch auf verbotenem Wege und hatte kein sauberes Gewissen. Desto entschiedener wies er dafür Schömbecks Klatschereien zurück und trat mit ebensoviel Bewunderung wie Mitleid für Niklas ein. Es dauerte denn auch nicht lange, bis dieser das fühlte. Er hatte sich bisher kaum um den Volontär gekümmert und in ihm einfach ein unnützes Herrensöhnchen gesehen. Jetzt schaute er ihn freundlicher an, richtete zuweilen das Wort an ihn und duldete, daß Hans in den Vesperpausen sich zu ihm setzte.

Schließlich lud er ihn sogar eines Abends zum Mitkommen ein. »Heut ist mein Geburtstag«, sagte er, »da muß ich doch mit jemand eine Flasche Wein trinken. Der Meister ist verhext, den Schömbeck kann ich nicht brauchen, den Lump. Wenn Sie wollen, Dierlamm, so kommen Sie heut mit mir. Wir könnten uns nach dem Nachtessen an der Allee treffen. Wollen Sie?«

Hans war hocherfreut und versprach, pünktlich zu kommen.

Es war ein warmer Abend, Anfang Juli. Hans aß daheim sein Abendbrot mit Hast, wusch sich ein wenig und eilte zur Allee, wo Trefz schon wartete.

Dieser hatte seinen Sonntagsanzug angelegt, und als er Hans im blauen Arbeitskleid kommen sah, fragte er mit gutmütigem Vorwurf: »So, Sie sind noch in der Uniform?«

Hans entschuldigte sich, er habe es so eilig gehabt, und Niklas lachte: »Nun, keine Redensarten! Sie sind halt Volontär und haben Spaß an dem dreckigen Kittel, weil Sie ihn doch nicht lang tragen. Unsereiner legt ihn gern ab, wenn er am Feierabend ausgeht.«

Sie schritten nebeneinander die dunkle Kastanienallee hinunter vor die Stadt hinaus. Hinter den letzten Bäumen trat plötzlich eine hohe Mädchengestalt hervor und hängte sich an des Gesellen Arm. Es war Maria. Trefz sagte kein Wort des Grußes zu ihr und nahm sie ruhig mit, und Hans wußte nicht, war sie von ihm herbestellt oder unaufgefordert gekommen. Das Herz schlug ihm ängstlich.

»Da ist auch der junge Herr Dierlamm«, sagte Niklas.

»Ach ja«, rief Maria lachend, »der Volontär. Kommen Sie auch mit?«

»Ja, der Niklas hat mich eingeladen.«

»Das ist lieb von ihm. Und auch von Ihnen, daß Sie kommen. So ein feiner junger Herr!«

»Dummes Zeug!« rief Niklas. »Der Dierlamm ist mein Kollege. Und jetzt wollen wir Geburtstag feiern.«

Sie hatten das Wirtshaus zu den drei Raben erreicht, das dicht am Flusse in einem kleinen Garten lag. Drinnen hörte man Fuhrleute sich unterhalten und Karten spielen, draußen war kein Mensch. Trefz rief dem Wirt durchs Fenster hinein, er solle Licht bringen. Dann setzte er sich an einen der vielen ungehobelten Brettertische. Maria nahm neben ihm und Hans gegenüber Platz. Der Wirt kam mit einer schlecht brennenden Flurlampe heraus, die er überm Tisch an einem Draht aufhängte. Trefz bestellte einen Liter vom besten Wein, Brot, Käse und Zigarren.

»Hier ist's aber öd«, sagte das Mädchen enttäuscht. »Wollen wir nicht hineingehen? Es sind ja gar keine Leute da.«

»Wir sind Leute genug«, meinte Niklas ungeduldig.

Er schenkte Wein in die dicken Kübelgläser, schob Maria Brot und Käse zu, bot Hans Zigarren an und zündete sich selber eine an. Sie stießen miteinander an. Darauf spann Trefz, als wäre das Mädchen gar nicht da, ein weitläufiges Gespräch über technische Dinge mit Hans an. Er saß vorgebeugt, den einen Ellbogen auf dem Tische, Maria aber lehnte sich neben ihm ganz in die Bank zurück, verschränkte die Arme vor der Brust und schaute aus der Dämmerung unverwandt, mit ruhigen, zufriedenen Augen in Hansens Gesicht. Dem wurde dadurch nicht behaglicher, und er umgab sich aus Verlegenheit mit dicken Rauchwolken. Daß sie drei einmal an einem Tisch beieinandersitzen würden, hätte er nicht gedacht. Er war froh, daß die beiden vor seinen Augen keine Zärtlichkeiten wechselten, und er vertiefte sich geflissentlich in die Unterhaltung mit dem Gesellen.

Über den Garten schwammen blasse Nachtwolken durch den gestirnten Himmel, im Wirtshause klang zuweilen Gespräch und Gelächter, nebenzu lief mit leisem Rauschen der dunkle Fluß talab. Maria saß regungslos im Halbdunkel, hörte die Reden der beiden dahinrinnen und hielt den Blick auf Hans geheftet. Er empfand ihn, auch wenn er nicht hinübersah, und bald schien er ihm verlokkend zu winken, bald spöttisch zu lachen, bald kühl zu beobachten.

So verging wohl eine Stunde, und die Unterhaltung ward allmählich langsamer und träger, endlich schlief sie ein, und eine kurze Weile redete niemand ein Wort. Da richtete die Testolini sich auf. Trefz wollte ihr einschenken, sie zog aber ihr Glas weg und sagte kühl: »Ist nicht nötig, Niklas.«

»Was gibt's denn?«

»Einen Geburtstag gibt's. Und dein Schatz sitzt dabei und kann einschlafen. Kein Wort, keinen Kuß, nichts als ein Glas Wein und ein Stück Brot! Wenn mein Schatz der steinerne Mann wär, könnt es nicht schöner sein.«

»Ach, geh weg!« lachte Niklas unzufrieden.

»Ja, geh weg! Ich geh auch noch weg. Am Ende gibt's andre, die mich noch ansehen mögen.«

Niklas fuhr auf. »Was sagst?«

»Ich sag, was wahr ist.«

»So? Wenn's wahr ist, dann sag lieber gleich alles. Ich will jetzt wissen, wer das ist, der nach dir schaut.«

»O, das tun manche.«

»Ich will den Namen wissen. Du gehörst mir, und wenn einer dir nachläuft, ist er ein Lump und hats mit mir zu tun.«

»Meinetwegen. Wenn ich dir gehör, mußt du aber auch mir gehören und nicht so ruppig sein. Wir sind nicht verheiratet.«

»Nein, Maria, leider nicht, und ich kann nichts dafür, das weißt du wohl.«

»Gut denn, so sei auch wieder freundlicher und nicht gleich so wild. Weiß Gott, was du seit einer Zeit hast!«

»Ärger hab ich, nichts als Ärger. Aber wir wollen jetzt noch ein Glas austrinken und vergnügt sein, sonst meint der Dierlamm, wir seien immer so ungattig. He, Rabenwirt! Heda! Noch eine Flasche!«

Hans war ganz ängstlich geworden. Nun sah er erstaunt den plötzlich aufgeflammten Streit ebenso schnell wieder beruhigt und hatte nichts dagegen, noch ein letztes Glas in fröhlichem Frieden mitzutrinken.

»Also prosit!« rief Niklas, stieß mit beiden an und leerte in einem langen Zug sein Glas. Dann lachte er kurz und sagte mit verändertem Ton: »Nun ja, nun ja. Aber ich kann euch sagen, an dem Tag, wo mein Schatz sich mit einem andern einläßt, gibt's ein Unglück.«

»Dummerle«, rief Maria leise, »was fällt dir auch ein?«

»Es ist nur so geredet«, meinte Niklas ruhig. Er lehnte sich wohlig zurück, knöpfte die Weste auf und fing zu singen an:

»A Schlosser hot an G'sella g'het ...«

Hans fiel eifrig ein. Im stillen aber hatte er beschlossen, er wolle mit Maria nichts mehr zu tun haben. Er hatte Furcht bekommen.

Auf dem Heimweg blieb das Mädchen an der unteren Brücke stehen.

»Ich geh heim«, sagte sie. »Kommst du mit?«

»Also denn«, nickte der Geselle und gab Hans die Hand.

Dieser sagte Gutenacht und ging aufatmend allein weiter. Ein peinliches Grauen war diesen Abend in ihn gefahren. Er mußte sich immer wieder ausmalen, wie es gegangen wäre, wenn ihn der Obergeselle einmal mit Maria überrascht hätte. Nachdem diese gräßliche Vorstellung seine Entschlüsse bestimmt hatte, wurde es ihm leicht, sie sich selber in einem verklärenden moralischen Lichte darzustellen. Er bildete sich schon nach einer Woche ein, er habe auf die Spielerei mit Maria nur aus Edelmut und aus Freundschaft für Niklas verzichtet. Die Hauptsache war, daß er nun das Mädchen wirklich mied. Erst nach mehreren Tagen traf er sie unvermutet allein, und da beeilte er sich, ihr zu sagen, er könne nicht mehr zu ihr kommen. Sie schien darüber betrübt zu sein, und ihm wurde das Herz schwer, als sie sich an ihn hängte und ihn mit Küssen zu bekehren suchte. Doch gab er ihr keinen zurück, sondern machte sich mit erzwungener Ruhe los. Sie aber ließ ihn nicht eher los, bis er in seiner Herzensangst drohte, dem Niklas alles zu sagen. Da schrie sie auf und sagte:

»Du, das tust du nicht. Das wär mein Tod.«

»Hast du ihn also doch lieb?« fragte Hans bitter.

»Ach was!« seufzte sie. »Dummer Bub, du weißt wohl, daß ich dich viel lieber hab. Nein, aber der Niklas würde mich umbringen. So ist er. Gib mir die Hand darauf, daß du ihm nichts sagst!«

»Gut, aber du mußt mir auch versprechen, daß du mich in Ruhe lassen willst.«

»Hast mich schon so satt?«

»Ach, laß! Aber ich kann die Heimlichkeit vor ihm nimmer haben, ich kann nicht, begreif doch. Also versprich's mir, gelt.«

Da gab sie ihm die Hand, aber er sah ihr dabei nicht in die Augen. Er ging still davon, und sie sah ihm mit Kopfschütteln und innigem Ärger nach. »So ein Hanswurst!« dachte sie.

Für den kamen jetzt wieder schlimme Tage. Sein durch Maria heftig erregtes und immer nur für den Augenblick beschwichtigtes Liebesbedürfnis ging nun wieder heiße, unbefriedigte Wege aufwühlender Sehnsucht, und nur die strenge Arbeit half ihm von Tag zu Tag durch. Sie machte ihn jetzt bei der zunehmenden Sommerhitze doppelt müde. In der Werkstatt war es heiß und schwül, anstrengende Arbeiten wurden halbnackt ausgeführt, und den dumpfen ewigen Ölgeruch durchdrang der scharfe Dunst des Schweißes. Am Abend nahm Hans, zuweilen mit Niklas zusammen, ein Bad oberhalb der Stadt im kühlen Fluß, nachher fiel er todmüde ins Bett, und morgens hatte man Mühe, ihn zur Zeit wachzubringen.

Auch für die andern, Schömbeck vielleicht ausgenommen, war es jetzt in der Werkstatt ein böses Leben. Der Lehrling bekam Scheltworte und Ohrfeigen, der Meister war fortwährend barsch und erregt, und Trefz hatte Mühe, sein launisch-hastiges Wesen zu ertragen. Er fing allmählich auch an, brummig zu werden. Eine kurze Weile noch ließ er es gehen, wie es mochte, dann war seine Geduld erschöpft, und er stellte eines Mittags nach dem Essen den Meister im Hof.

»Was willst?« fragte Haager unfreundlich.

»Mit dir reden will ich einmal. Du weißt schon warum. Ich tue meine Arbeit, so gut du's verlangen kannst, oder nicht?«

»Ja, schon.«

»Also. Und du behandelst mich fast wie einen Lehrbuben. Es muß doch etwas dahinterstecken, daß ich dir auf einmal nichts mehr gelte. Sonst sind wir doch immer gut ausgekommen.«

»Lieber Gott, was soll ich sagen? Ich bin halt, wie ich bin, und kann mich nicht anders machen. Du hast auch deine Schrullen.«

»Jawohl, Haager, aber bei der Arbeit nicht, das ist der Unterschied. Ich kann dir nur sagen, du verdirbst dir selber dein Geschäft.«

»Das sind meine Sachen, nicht deine.«

»Na, dann tust du mir leid. Da will ich nicht weiterreden. Vielleicht wird's einmal von selber wieder anders.«

Er ging fort. An der Haustür traf er auf Schömbeck, der zugehört zu haben schien und leise lachte. Er hatte Lust, den Kerl zu verprügeln, aber er nahm sich zusammen und ging ruhig an ihm vorbei.

Er verstand jetzt, daß zwischen Haager und ihm etwas andres stehen müsse als nur eine Verstimmung, und er nahm sich vor, dem auf die Spur zu kommen. Freilich, am liebsten hätte er noch heute gekündigt, statt unter solchen Verhältnissen weiterzuarbeiten. Aber er konnte und mochte Gerbersau nicht verlassen, Marias wegen. Dagegen sah es aus, als läge dem Meister wenig daran, ihn zu behalten, obgleich sein Weggang ihm schaden mußte. Ärgerlich und traurig ging er, als es ein Uhr schlug, in die Werkstatt hinüber.

Am Nachmittag war in der Webfabrik drüben eine kleine Reparatur zu machen. Das kam häufig vor, da der Fabrikant mit einigen umgebauten alten Maschinen Versuche anstellte, an denen Haager beteiligt war. Früher waren diese Reparaturen und Änderungen meistens von Niklas Trefz ausgeführt worden. Neuerdings aber ging der Meister immer selbst hinüber, und wenn ein Gehilfe nötig war, nahm er Schömbeck oder den Volontär mit. Niklas hatte nichts dawider gesagt, doch kränkte es ihn wie ein Zeichen von Mißtrauen. Er hatte drüben bei diesen Gelegenheiten immer die Testolini getroffen, die in jenem Saal arbeitete, und nun mochte er sich nicht zur Arbeit drängen, damit es nicht aussehe, als tue er es ihretwegen.

Auch heute ging der Meister mit Schömbeck hin und überließ dem Niklas die Beaufsichtigung der Werkstatt. Eine Stunde verging, dann kam Schömbeck mit einigen Werkzeugen zurück.

»An welcher Maschine seid ihr?« fragte Hans, den die Versuche dort interessierten.

»An der dritten, beim Eckfenster«, sagte Schömbeck und sah zu Niklas hinüber. »Ich hab alles allein machen müssen, weil sich der Meister so gut unterhalten hat.«

Niklas wurde aufmerksam, denn an jener Maschine hatte die Testolini Dienst. Er wollte an sich halten und sich mit dem Gesellen nicht einlassen, doch fuhr ihm wider seinen Willen die Frage heraus: »Mit wem denn? Mit der Maria?«

»Richtig geraten«, lachte Schömbeck. »Er macht ihr nach Noten den Hof. Es ist ja auch kein Wunder, so nett wie sie ist.«

Trefz gab ihm keine Antwort mehr. Er mochte Marias Namen aus diesem Munde und in diesem Ton nicht hören. Wuchtig setzte er die Feile wieder ein und maß, als er absetzen mußte, mit dem Kaliber so peinlich nach, als sei er mit allen Gedanken bei seiner Arbeit. Es lag ihm jedoch andres im Sinn. Ein böser Verdacht plagte ihn, und je mehr er daran herumsann, desto besser schien ihm alles Vergangene zu dem Verdacht zu passen. Der Meister stellte Maria nach, darum ging er seit einiger Zeit immer selber in die Fabrik hinüber und duldete ihn nimmer dort. Darum hatte er ihn so sonderbar grob und gereizt behandelt. Er war eifersüchtig, und er wollte es dahin treiben, daß er kündige und fortginge.

Aber er wollte nicht gehen, jetzt gerade nicht.

Am Abend suchte er Marias Wohnung auf. Sie war nicht da, und er wartete vor dem Hause bis zehn Uhr auf der Bank unter den Weibern und Burschen, die sich da den Abend vertrieben. Als sie kam, ging er mit ihr hinauf.

»Hast du gewartet?« fragte sie unterwegs auf der Treppe.

Er gab aber keine Antwort. Stillschweigend ging er hinter ihr her bis in ihre Kammer und machte die Türe hinter ihr zu.

Sie drehte sich um und fragte: »Na, bist wieder letz? Wo fehlt's denn?«

Er sah sie an. »Wo kommst du her?«

»Von draußen. Ich bin mit der Lina und der Christiane gewesen.«

»So.«

»Und du?«

»Ich hab drunten gewartet. Ich muß was mit dir reden.«

»Auch schon wieder! Also red.«

»Wegen meinem Meister, du. Ich glaub, er lauft dir nach.«

»Der? Der Haager? Liebe Zeit, so laß ihn laufen.«

»Das laß ich ihn nicht, nein. Ich will wissen, was damit ist. Er geht jetzt immer selber, wenn's bei euch zu tun gibt, und heut war er wieder den halben Nachmittag bei dir an der Maschine. Jetzt sag, was hat er mit dir?«

»Nichts hat er. Er schwätzt mit mir, und das kannst du ihm nicht verbieten. Wenn's auf dich ankäme, müßt ich immer in einem Glaskasten sitzen!«

»Ich mache keinen Spaß, du. Gerade was er schwätzt, wenn er bei dir ist, möcht ich wissen.«

Sie seufzte gelangweilt und setzte sich aufs Bett.

»Laß doch den Haager!« rief sie ungeduldig. »Was wird's mit ihm sein? Verliebt ist er ein bißchen und macht mir den Hof.«

»Hast du ihm keine Maulschelle gegeben?«

»Herrgott, warum soll ich ihn nicht lieber gleich zum Fenster rausgeworfen haben! Ich laß ihn halt reden und lach ihn aus. Heut hat er gesagt, er wolle mir eine Brosche schenken –«

»Was? Hat er? Und du, was hast du ihm gesagt?«

»Daß ich keine Broschen brauche, und er solle zu seiner Frau heimgehen. – Jetzt aber Punktum! Ist das eine Eifersucht! Du glaubst doch selber nicht im Ernst an das Zeug.«

»Ja, ja. Also denn gut Nacht, ich muß heim.«

Er ging, ohne sich mehr aufhalten zu lassen. Aber er war nicht beruhigt, obwohl er dem Mädchen eigentlich nicht mißtraute. Allein er wußte nicht, fühlte es aber dunkel, daß ihre Treue zur Hälfte Furcht vor ihm sei. Solange er da war, konnte er vielleicht sicher sein. Aber wenn er wandern mußte, nicht. Maria war eitel und hörte gern schöne Worte, sie hatte auch gar jung schon mit der Liebe angefangen. Und Haager war Meister und hatte Geld. Er konnte ihr Broschen anbieten, so sparsam er sonst war.

Niklas lief wohl eine Stunde lang in den Gassen herum, wo ein Fenster ums andre dunkel ward und schließlich nur noch die Wirtshäuser Licht hatten. Er suchte daran zu denken, daß ja noch gar nichts Schlimmes geschehen war. Aber es war ihm angst vor der Zukunft, vor morgen und vor jedem Tag, an dem er neben dem Meister stehen und mit ihm arbeiten und reden mußte, während er wußte, daß der Mensch Maria nachstellte. Wie sollte das werden?

Müde und verstört trat er in eine Wirtschaft, bestellte eine Flasche Bier und trank Kühlung und Linderung mit jedem rasch geleerten Glase. Er trank selten, meistens nur im Zorn oder wenn er ungewöhnlich heiter war, und er hatte wohl ein Jahr lang keinen Rausch mehr gehabt. Jetzt überließ er sich halb unbewußt einem rechenschaftslosen Kneipen und war stark betrunken, als er das Wirtshaus wieder verließ. Doch hatte er noch so viel Besinnung, daß er es vermied, in diesem Zustand ins Haagersche Haus zu gehen. Er wußte unterhalb der Allee eine Wiese, die gestern geschnitten worden war. Dorthin ging er mit ungleichen Schritten und warf sich in das zur Nacht in Haufen getürmte Heu, wo er sogleich einschlief.

III

Als Niklas am folgenden Morgen müde und bleich, doch pünktlich zur rechten Zeit in die Werkstatt kam, war der Meister mit Schömbeck zufällig schon da. Trefz ging still an seinen Platz und griff nach der Arbeit. Da rief der Meister ihm zu:

»So, kommst auch endlich?«

»Ich bin auf die Minute dagewesen wie immer«, sagte Niklas mit mühsam gespielter Gleichgültigkeit. »Da droben hängt die Uhr.«

»Und wo bist die ganze Nacht gesteckt?«

»Geht's dich was an?«

»Ich will's meinen. Du wohnst bei mir im Haus, und da will ich Ordnung haben.«

Niklas lachte laut. Jetzt war es ihm einerlei, was kommen würde. Er hatte Haager und sein dummes Rechthabenwollen und alles satt.

»Was lachst du?« rief der Meister zornig.

»Ich muß eben lachen, Haager. Das kommt mir so, wenn ich was Lustiges höre.«

»Hier gibt's nichts Lustiges. Nimm dich in acht.«

»Vielleicht doch. Weißt du, Herr Meister, das mit der Ordnung hast du gut gesagt. ›Ich will Ordnung im Hause haben!‹ Schneidig hast du's gesagt. Aber es macht mich halt lachen, wenn einer von Ordnung redet und hat selber keine.«

»Was? Was hab ich?«

»Keine Ordnung im Haus. Mit uns zankst du und tust wüst um jedes Nichtslein. Aber wie ist's denn mit deiner Frau zum Beispiel?«

»Halt! Hund du! Hund, sag ich.«

Haager war herbeigesprungen und stand drohend vor dem Gesellen. Trefz aber, der dreimal stärker war, blinzelte ihn beinahe freundlich an.

»Ruhig!« sagte er langsam. »Beim Reden muß man höflich sein. Du hast mich vorher nicht ausreden lassen. Deine Frau geht mich freilich nichts an, wenn sie mir auch leid tut –«

»Dein Maul hältst du, oder –«

»Später dann, wenn ich fertig bin. Also deine Frau, sag ich, geht mich nichts an, und es geht mich auch nichts an, wenn du den Fabrikmädchen nachläufst, du geiler Aff. Aber die Maria geht mich was an, das weißt du so gut wie ich. Und wenn du mir die mit einem Finger anrührst, geht's dir elend schlecht, darauf kannst du dich verlassen. – So, jetzt hab ich meine Sache gesagt.«

Der Meister war blaß vor Erregung, aber er wagte es nicht, Hand an Niklas zu legen.

Auch waren mittlerweile Hans Dierlamm und der Lehrling gekommen und standen am Eingang, erstaunt über das Geschrei und die bösen Worte, die hier schon in den ersten nüchternen Morgenstunden tobten. Er hielt es für besser, keinen Skandal aufkommen zu lassen. Darum kämpfte und schluckte er eine kleine Weile, um seiner zitternden Stimme Herr zu werden.

Dann sagte er laut und ruhig: »Also genug jetzt. Du kannst nächste Woche gehen, ich habe schon einen neuen Gesellen in Aussicht. – Ans Geschäft, Leute, vorwärts!«

Niklas nickte nur und gab keine Antwort. Sorgfältig spannte er eine blanke Stahlwelle in die Drehbank, probierte den Drehstahl, schraubte ihn wieder ab und ging zum Schleifstein. Auch die andern gingen mit großer Beflissenheit ihren Geschäften nach, und den ganzen Vormittag wurden in der Werkstatt keine zehn Worte gewechselt. Nur in der Pause suchte Hans den Obergesellen auf und fragte ihn leise, ob er wirklich gehen werde.

»Versteht sich«, sagte Niklas kurz und wandte sich ab.

Die Mittagsstunde verschlief er, ohne zu Tisch zu gehen, auf einem Hobelspansack in der Lagerkammer. Die Kunde von seiner Entlassung kam aber durch Schömbeck über Mittag unter die Arbeiter aus der Weberei, und die Testolini erfuhr sie gleich am Nachmittag von einer Freundin.

»Du, der Niklas geht weg. Es ist ihm gekündigt worden.«

»Der Trefz? Nein!«

»Jawohl, der Schömbeck hat's brühwarm herumerzählt. 'S ist schad um ihn, nicht?«

»Ja, wenn's wahr ist. Aber der Haager ist doch ein Hitziger, der! Er hat ja schon lang mit mir anbändeln wollen.«

»Geh, dem würd ich auf die Hand spucken. Mit einem Verheirateten soll eine überhaupt nicht gehen, das gibt bloß dumme Geschichten und nachher nimmt dich keiner mehr.«

»Das wär das wenigste. Heiraten hätt ich schon

zehnmal können, sogar einen Aufseher. Wenn ich nur möchte!«

Mit dem Meister wollte sie es drauf ankommen lassen, der war ihr einstweilen sicher. Aber den jungen Dierlamm wollte sie haben, wenn der Trefz fort war. Der Dierlamm war so nett und frisch und hatte so gute Manieren. Daß er auch noch eines reichen Mannes Sohn war, daran dachte sie nicht. Geld konnte sie dann schon von Haager oder sonstwo bekommen. Aber den Volontär hatte sie gern, der war hübsch und stark und doch noch fast ein Bub. Niklas tat ihr leid, und sie fürchtete sich vor den nächsten Tagen, bis er fort wäre. Sie hatte ihn liebgehabt und fand ihn noch immer wundervoll stattlich und schön, aber er hatte gar viele Launen und unnötige Sorgen, träumte immerfort vom Heiraten und war neuerdings so eifersüchtig, daß sie eigentlich wenig an ihm verlor.

Am Abend wartete sie auf ihn in der Nähe des Haagerschen Hauses. Gleich nach dem Abendessen kam er gegangen, sie grüßte und hängte bei ihm ein, und sie spazierten langsam vor die Stadt hinaus.

»Ist's wahr, daß er dir gekündigt hat?« fragte sie, da er nicht davon anfing.

»So, du weißt es auch schon?«

»Ja. Und was hast du im Sinn?«

»Ich fahre nach Eßlingen, dort ist mir schon lange eine Stelle angeboten. Und wenn's dort nichts ist, auf die Wanderschaft.«

»Und denkst nicht auch an mich?«

»Mehr als gut ist. Ich weiß nicht, wie ich's aushalten soll. Ich meine immer, du solltest halt mitkommen.«

»Ja, das wäre schon recht, wenn's ginge.«

»Warum geht's denn nicht?«

»Ach, sei doch gescheit! Du kannst doch nicht mit einem Frauenzimmer wandern gehen wie die Vagabunden.«

»Das nicht, aber wenn ich die Stelle habe –.«

»Ja, wenn du sie hast. Das ist's gerade. Wann willst du denn verreisen?«

»Am Sonntag.«

»Also dann schreibst du vorher noch und meldest dich an. Und wenn du dort unterkommst und es geht dir gut, dann schreibst du mir einen Brief und wir schauen dann weiter.«

»Du mußt dann nachkommen, gleich.«

»Nein, zuerst mußt du dort schauen, ob die Stelle gut ist und ob du bleiben kannst. Und dann geht es vielleicht, daß du mir auch eine Stelle dort besorgst, gelt? Und dann kann ich ja kommen und dich wieder trösten. Wir müssen halt jetzt eine Weile Geduld haben.«

»Ja, wie's in dem Lied heißt: ›Was steht den jungen Burschen wohl an? Geduld, Geduld, Geduld!‹ – Der Teufel hol's! Aber du hast recht, das ist wahr.«

Es gelang ihr, ihn zuversichtlicher zu machen, sie sparte die guten Worte nicht. Zwar dachte sie nicht daran, ihm jemals nachzureisen, aber einstweilen mußte sie ihm recht Hoffnung machen, sonst wurden diese nächsten Tage unerträglich. Und während sie ihn eigentlich schon fahren gelassen hatte und während sie überzeugt war, er werde in Eßlingen oder anderswo sie bald vergessen und eine andere finden, ward sie dennoch im Vorgefühl des Abschiednehmens in ihrem beweglichen Herzen zärtlicher und wärmer, als sie seit langer Zeit gegen ihn gewesen war. Er wurde schließlich beinahe vergnügt.

Das dauerte jedoch nur so lange, als Maria bei ihm war. Kaum saß er daheim auf dem Rand seiner Bettstatt, so war alle Zuversicht verflogen. Wieder quälte er sich mit angstvoll mißtrauischen Gedanken. Es fiel ihm plötzlich auf, daß sie eigentlich über die Nachricht von der Kündigung gar nicht betrübt gewesen war. Sie hatte es ganz leichtgenommen und nicht einmal gefragt, ob er nicht doch noch dableiben könne. Zwar konnte er das nicht, aber sie hätte doch fragen sollen. Und ihre Zukunftspläne schienen ihm jetzt auch nicht mehr so einleuchtend.

Er hatte den Brief nach Eßlingen heute noch schreiben wollen. Aber sein Kopf war jetzt leer und elend und die Müdigkeit überkam ihn so plötzlich, daß er beinahe in den Kleidern eingeschlafen wäre. Er stand willenlos auf, zog sich aus und legte sich ins Bett. Doch hatte er keine ruhige Nacht. Die Schwüle, die schon seit mehreren Tagen in dem engen Flußtal zögerte, wuchs von Stunde zu Stunde, ferne Donnerwetter zankten jenseits der Berge, und der Himmel zuckte in beständigem Wetterleuchten, ohne daß doch ein Gewitter oder Platzregen Luft und Kühle bringen wollte.

Am Morgen war Niklas müde, nüchtern und mißvergnügt. Auch sein gestriger Trotz war zum größeren Teil vergangen. Ein jämmerliches Vorgefühl von Heimweh fing an, ihn zu beklemmen. Überall sah er Meister, Gesellen, Lehrlinge, Fabrikler und Fabrikweiber gleichmütig in ihre Geschäfte und abends wieder heraus laufen, ja ein jeder Hund schien sich seines Rechtes auf Heimat und Haus zu freuen. Er aber sollte wider seinen Willen und wider alle Vernunft seine Arbeit, die ihm lieb war, und sein Städtchen verlassen und anderwärts um das bitten und sich bemühen, was er hier so lange Zeit unangefochten besessen hatte.

Der starke Mensch wurde weichmütig. Still und gewissenhaft ging er seiner Arbeit nach, sagte dem Meister und sogar Schömbeck freundlich guten Morgen, und wenn Haager an ihm vorüberging, sah er ihn beinahe flehentlich an und meinte jeden Augenblick, es tue dem Haager leid und er werde die Kündigung zurücknehmen, da er sich so willfährig zeige. Allein Haager wich seinen Blicken aus und tat, als sei er schon nimmer da und zu Haus und zu Werkstatt gehörig. Nur Hans Dierlamm hielt sich zu ihm und gab durch ein revolutionäres Gebärdenspiel zu verstehen, daß er auf den Meister und auf Schömbeck pfeife und mit den Zuständen durchaus nicht einverstanden sei. Aber damit war dem Niklas nicht geholfen.

Auch die Testolini, zu der Trefz am Abend traurig und mißmutig ging, gab ihm keinen Trost. Zwar hätschelte sie ihn mit Liebkosungen und guten Worten, aber auch sie redete von seinem Fortgehen recht gleichmütig als von einer beschlossenen und unabänderlichen Sache; und als er auf die Trostgründe und auf die Vorschläge und Pläne zu sprechen kam, die sie gestern selber vorgebracht hatte, ging sie zwar darauf ein, schien aber doch alles nicht so ernst genommen zu haben und hatte sogar einige ihrer eignen Vorschläge offenbar schon wieder vergessen. Er hatte die Nacht bei ihr bleiben wollen, änderte aber seinen Sinn und ging zeitig weg.

In seiner Betrübnis wanderte er ziellos in der Stadt umher. Beim Anblick des kleinen Vorstadthauses, in dem er als Waisenkind bei fremden Leuten aufgewachsen war und wo jetzt eine andre Familie wohnte, fiel ihm flüchtig die Schulzeit und die Lehrlingszeit und manches Schöne von damals ein, aber es schien unendlich weit zurück zu liegen und berührte ihn nur mit leisem Anklang an Verlorenes und Fremdgewordenes. Schließlich ward die ungewohnte Hingabe an solche Gefühlsregungen ihm selber zuwider. Er zündete sich eine Zigarre an, machte ein unbekümmertes Gesicht und trat in eine Gartenwirtschaft, wo er sogleich von einigen Arbeitern aus der Weberei erkannt und angerufen wurde.

»Was ist«, rief ihm einer entgegen, der schon angeheitert war, »du wirst doch auch einen Abschied feiern und was zahlen, nicht?«

Niklas lachte und setzte sich unter die kleine Gesellschaft. Er versprach, für jeden zwei Schoppen Bier zu spenden, und bekam dafür von allen Seiten zu hören, wie schade es um ihn sei, daß er fort wolle, so ein netter und beliebter Kerl, und ob er nicht doch noch am Ende dableibe. Er tat nun auch, als sei die Kündigung von ihm ausgegangen, und prahlte mit guten Stellungen, die er in Aussicht habe. Ein Lied wurde gesungen, man stieß mit den Gläsern an, lärmte und lachte, und Niklas geriet in eine künstliche laute Fröhlichkeit hinein, die ihm übel anstand und deren er sich eigentlich schämte. Doch wollte er nun einmal den munteren Bruder spielen, und um ein übriges zu tun, ging er ins Haus und kaufte drinnen ein Dutzend Zigarren für seine Kameraden.

Wie er wieder in den Wirtsgarten trat, hörte er an jenem Tisch seinen Namen nennen. Die meisten dort waren leicht betrunken, sie schlugen beim Reden auf den Tisch und lachten unbändig. Niklas merkte, daß von ihm die Rede war, er blieb hinter einem Baum verborgen stehen und hörte zu. Als er das wüste Gelächter, das ihm zu gelten schien, gehört hatte, war seine Ausgelassenheit unversehens verdampft. Aufmerksam und bitter stand er im Dunkeln und horchte, wie über ihn geredet wurde.

»Ein Narr ist er schon«, meinte einer von den Stilleren, »aber vielleicht ist der Haager doch der Dümmere. Der Trefz ist vielleicht froh, daß er bei der Gelegenheit die Welsche los wird.«

»Da kennst du den schlecht«, meinte ein andrer. »Der hängt an der Person wie eine Klette. Und so vernagelt wie er ist, weiß er vielleicht nicht einmal, wohin der Hase läuft. Nachher wollen wir's mal probieren und ihn ein bißchen kitzeln.«

»Paß aber auf! Der Niklas kann ungemütlich werden.«

»Ach, der! Der merkt ja nichts. Gestern abend ist er mit ihr spazierengelaufen, und kaum ist er heim in's Bett, so kommt der Haager und geht mit ihr. Die nimmt ja einen jeden. Ich möcht nur wissen, wen sie heut bei sich hat.«

»Ja, mit dem Dierlamm hat sie auch angebändelt, mit dem Volontärbuben. Es muß scheint's doch allemal ein Schlosser sein.«

»Oder er muß Geld haben! Aber von dem kleinen Dierlamm hab ich's nicht gewußt. Hast du's selber gesehen?«

»Und ob. In der Sackkammer und einmal auf der Stiege. Sie haben einander verküßt, daß mir's ganz gegraust hat. Der Bube fängt beizeiten an, gerade wie sie auch.«

Niklas hatte genug. Wohl spürte er Lust, mit einem Donnerwetter zwischen die Kerle zu fahren. Doch tat er es nicht, sondern ging still davon.

Auch Hans Dierlamm hatte in den letzten Nächten nicht gut geschlafen. Die Liebesgedanken, der Ärger in der Werkstatt und die schwüle Hitze plagten ihn, und morgens kam er öfters eine Weile zu spät ins Geschäft.

Am folgenden Tage, nachdem er hastig Kaffee getrunken hatte und die Treppe hinabgeeilt war, kam ihm zu seinem Erstaunen Niklas Trefz entgegen.

»Grüß Gott«, rief Hans, »was gibt's Neues?«

»Arbeit in der Sägemühle draußen, du sollst mitkommen.«

Hans war verwundert, teils über den ungewohnten Auftrag, teils darüber, daß Trefz ihn auf einmal duzte. Er sah, daß dieser einen Hammer und einen kleinen Werkzeugkasten trug. Er nahm ihm den Kasten ab, und sie gingen miteinander flußaufwärts, zur Stadt hinaus, zuerst an Gärten, dann an Wiesen hin. Der Morgen war dunstig und heiß, in der Höhe schien ein Westwind zu gehen, unten im Tal aber herrschte völlige Windstille.

Der Geselle war finster und sah mitgenommen aus, wie nach einer argen Kneipnacht. Hans fing nach einer Weile zu plaudern an, bekam aber keine Antwort. Niklas tat ihm leid, doch wagte er nichts mehr zu sagen.

Auf halbem Wege zur Sägmühle, wo der gewundene Flußlauf eine kleine, mit jungen Erlen bestandene Halbinsel umschloß, machte Niklas plötzlich halt. Er ging zu den Erlen hinab, legte sich ins Gras und winkte Hans, er solle auch kommen. Der folgte gern, und sie lagen nun eine längere Zeit nebeneinander ausgestreckt, ohne ein Wort zu reden.

Am Ende schlief Dierlamm ein. Niklas beobachtete ihn, und als er eingeschlafen war, beugte er sich über ihn und schaute ihm mit großer Aufmerksamkeit ins Gesicht, eine gute Weile. Er seufzte dazu und sprach murmelnd mit sich selber.

Schließlich sprang er zornig auf und gab dem Schläfer einen Fußtritt. Erschreckt und verwirrt taumelte Hans auf.

»Was ist?« fragte er unsicher. »Hab ich so lang geschlafen?«

Niklas sah ihn an, wie er ihn vorher angesehen hatte, mit merkwürdig verwandelten Augen. Er fragte: »Bist du wach?« Hans nickte ängstlich.

»Also, paß auf! Da neben mir liegt ein Hammer. Siehst du ihn?«

»Ja.«

»Weißt du, für was ich ihn mitgenommen hab?«

Hans sah ihm in die Augen und erschrak unsäglich. Furchtbare Ahnungen drängten in ihm auf. Er wollte fortlaufen, aber Trefz hielt ihn mit einem mächtigen Griff fest.

»Nicht fortlaufen! Du mußt mir zuhören. Also den Hammer, den hab ich mitgenommen, weil ich – –. Oder so ... den Hammer ...«

Hans begriff alles und schrie in Todesangst auf. Niklas schüttelte den Kopf.

»Mußt nicht schreien. Willst du mir jetzt zuhören?«

»Ja –.«

»Du weißt ja schon, von was ich rede. Also ja, den Hammer hab ich dir auf den Kopf hauen wollen. – Sei ruhig! Hör mich! – Aber es ist nicht gegangen. Ich kann's nicht. Und es ist auch nicht recht ehrlich, vollends im Schlaf! Aber jetzt bist du wach, und den Hammer hab ich dahin gelegt. Und jetzt sag ich dir: Wir wollen miteinander ringen, du bist ja auch stark. Wir ringen, und wer den andern drunten hat, der kann den Hammer nehmen und zuschlagen. Du oder ich, einer muß dran glauben.«

Aber Hans schüttelte den Kopf. Die Todesangst war von ihm gewichen, er fühlte nur eine schneidend herbe Trauer und ein beinahe unerträgliches Mitleid.

»Warten Sie noch«, sagte er leise. »Ich will vorher reden. Wir können ja noch einmal hinsitzen, nicht?«

Und Niklas folgte. Er fühlte, daß Hans etwas zu sagen habe und daß nicht alles so sei, wie er es gehört und sich ausgedacht hatte.

»Es ist wegen der Maria?« fing Hans an, und Trefz nickte. Nun erzählte Hans alles. Er verschwieg nichts und suchte nichts von sich abzuwälzen, er schonte aber auch das Mädchen nicht, denn er fühlte wohl, daß alles darauf ankam, ihn von ihr abzubringen. Er sprach von jenem Abend, da Niklas Geburtstag gefeiert hatte, und von seiner letzten Zusammenkunft mit Maria.

Als er schwieg, gab Niklas ihm die Hand und sagte: »Ich weiß, daß Sie nicht gelogen haben. Sollen wir jetzt in die Werkstatt zurück?«

»Nein«, meinte Hans, »ich schon, aber Sie nicht. Sie sollten gleich jetzt verreisen, das wär am besten.«

»Ja, schon. Aber ich brauche mein Arbeitsbuch und ein Zeugnis vom Meister.«

»Das besorge ich. Kommen Sie am Abend zu mir, da bring ich Ihnen alles. Sie können einstweilen Ihre Sachen einpacken, nicht?«

Niklas besann sich. »Nein«, sagte er dann, »es ist doch nicht das Richtige. Ich gehe mit in die Werkstatt und bitte den Haager, daß er mich schon heute gehen läßt. Ich danke schön, daß Sie das alles für mich haben ausfressen wollen, aber es ist besser, ich geh selber.«

Sie kehrten miteinander um. Als sie zurückkamen, war mehr als der halbe Vormittag verstrichen, und Haager empfing sie mit heftigen Vorwürfen. Niklas bat ihn aber, zum Abschied noch einmal in Güte und Ruhe mit ihm zu reden, und nahm ihn mit vor die Türe. Als sie wiederkamen, gingen sie beide ruhig an ihre Plätze und nahmen eine Arbeit vor. Aber am Nachmittag war Niklas nimmer da, und in der nächsten Woche stellte der Meister einen neuen Gesellen ein. *(1907)*

Schön ist die Jugend

Eine Sommeridylle

Sogar mein Onkel Matthäus hatte auf seine Art eine Freude daran, mich wiederzusehen. Wenn ein junger Mann ein paar Jahre lang in der Fremde gewesen ist und kommt dann eines Tages wieder und ist etwas Anständiges geworden, dann lächeln auch die vorsichtigsten Verwandten und schütteln ihm erfreut die Hand.

Der kleine braune Koffer, in dem ich meine Habe trug, war noch ganz neu, mit gutem Schloß und glänzenden Riemen. Er enthielt zwei saubere Anzüge, Wäsche genug, ein neues Paar Stiefel, einige Bücher und Photographien, zwei schöne Tabakspfeifen und eine Taschenpistole. Außerdem brachte ich meinen Geigenkasten und einen Rucksack voll Kleinigkeiten mit, zwei Hüte, einen Stock und einen Schirm, einen leichten Mantel und ein Paar Gummischuhe, alles neu und solid, und überdies trug ich in der Brusttasche vernäht über zweihundert Mark Erspartes und einen Brief, in dem mir auf den Herbst eine gute Stelle im Ausland zugesagt war. An alledem hatte ich stattlich zu tragen und kehrte nun mit dieser Ausrüstung nach längerer Wanderzeit als ein Herr in meine Heimat zurück, die ich als schüchternes Sorgenkind verlassen hatte.

Vorsichtig langsam fuhr der Zug in großen Windungen den Hügel abwärts, und mit jeder Windung wurden Häuser, Gassen, Fluß und Gärten der unten liegenden Stadt näher und deutlicher. Bald konnte ich die Dächer unterscheiden und die bekannten darunter aussuchen, bald auch schon die Fenster zählen und die Storchennester erkennen, und während aus dem Tale mir Kindheit und Knabenzeit und tausendfache köstliche Heimaterinnerung entgegenwehten, schmolz mein übermütiges Heimkehrgefühl und meine Lust, den Leuten da drunten recht zu imponieren, langsam dahin und wich einem dankbaren Erstaunen. Das Heimweh, das mich im Lauf der Jahre verlassen hatte, kam nun in der letzten Viertelstunde mächtig in mir herauf, jeder Ginsterbusch am Bahnsteig und jeder wohlbekannte Gartenzaun ward mir wunderlich teuer, und ich bat ihn um Verzeihung dafür, daß ich ihn so lang hatte vergessen und entbehren können.

Als der Zug über unserm Garten hinwegfuhr, stand im obersten Fenster des alten Hauses jemand und winkte mit einem großen Handtuch; das mußte mein Vater sein. Und auf der Veranda standen meine Mutter und die Magd mit Tüchern, und aus dem obersten Schornstein floß ein leichter blauer Rauch vom Kaffeefeuer in die warme Luft und über das Städtchen hinweg. Das gehörte nun alles wieder mir, hatte auf mich gewartet und hieß mich willkommen.

Am Bahnhof lief der alte bärtige Portier mit derselben Aufregung wie früher auf und ab und drängte die Leute vom Geleise weg, und unter den Leuten sah ich meine Schwester und meinen jüngeren Bruder stehen und erwartungsvoll nach mir ausblicken. Mein Bruder hatte für mein Gepäck den kleinen Handwagen mitgebracht, der die ganzen Bubenjahre hindurch unser Stolz gewesen war. Auf den luden wir meinen Koffer und Rucksack, Fritz zog an, und ich ging mit der Schwester hinterdrein. Sie tadelte es, daß ich mir jetzt die Haare so kurz scheren lasse, fand meinen Schnurrbart hingegen hübsch und meinen neuen Koffer sehr fein. Wir lachten und sahen uns in die Augen, gaben einander von Zeit zu Zeit wieder die Hände und nickten dem Fritz zu, der mit dem Wägelchen vorausfuhr und sich öfters umdrehte. Er war so groß wie ich und stattlich breit geworden. Während er vor uns herging, fiel mir plötzlich ein, daß ich ihn als Knabe mehrmals bei Streitereien geschlagen hatte, ich sah sein Kindergesicht wieder und seine beleidigten oder traurigen

Augen und fühlte etwas von derselben peinlichen Reue, die ich auch damals immer gespürt hatte, sobald der Zorn vertobt war. Nun schritt Fritz groß und erwachsen einher und hatte schon blonden Flaum ums Kinn.

Wir kamen durch die Allee von Kirschen- und Vogelbeerbäumen, am oberen Steg vorbei, an einem neuen Kaufladen und vielen alten unveränderten Häusern vorüber. Dann kam die Brückenecke, und da stand wie immer meines Vaters Haus mit offenen Fenstern, durch die ich unsern Papagei pfeifen hörte, daß mir vor Erinnerung und Freude das Herz heftig schlug. Durch die kühle, dunkle Toreinfahrt und den großen steinernen Hausgang trat ich ein und eilte die Treppe hinauf, auf der mir der Vater entgegenkam. Er küßte mich, lächelte und klopfte mir auf die Schulter, dann führte er mich still an der Hand bis zur oberen Flurtüre, wo meine Mutter stand und mich in die Arme nahm.

Darauf kam die Magd Christine gelaufen und gab mir die Hand, und in der Wohnstube, wo der Kaffee bereitstand, begrüßte ich den Papagei Polly. Er kannte mich sogleich wieder, stieg vom Rand seines Käfigdaches auf meinen Finger herüber und senkte den schönen grauen Kopf, um sich streicheln zu lassen. Die Stube war frisch tapeziert, sonst war alles gleich geblieben, von den Bildern der Großeltern und dem Glasschrank bis zu der mit altmodischen Lilablumen bemalten Standuhr. Die Tassen standen auf dem gedeckten Tisch, und in der meinen stand ein kleiner Resedenstrauß, den ich herausnahm und ins Knopfloch steckte.

Mir gegenüber saß die Mutter und sah mich an und legte mir Milchwecken hin; sie ermahnte mich, über dem Reden das Essen nicht zu versäumen, und stellte doch selber eine Frage um die andere, die ich beantworten mußte. Der Vater hörte schweigend zu, strich seinen grau gewordenen Bart und sah mich durch die Brillengläser freundlich prüfend an. Und während ich ohne übertriebene Bescheidenheit von meinen Erlebnissen, Taten und Erfolgen berichtete, fühlte ich wohl, daß ich das Beste von allem diesen beiden zu danken habe.

An diesem ersten Tag wollte ich gar nichts sehen als das alte Vaterhaus, für alles andere war morgen und später noch Zeit genug. So gingen wir nach dem Kaffee durch alle Stuben, durch Küche, Gänge und Kammern, und fast alles war noch wie einstmals, und einiges Neue, das ich entdeckte, kam den andern auch schon alt und selbstverständlich vor, und sie stritten, ob es nicht schon zu meinen Zeiten so gewesen sei.

In dem kleinen Garten, der zwischen Efeumauern am Bergabhange liegt, schien die Nachmittagssonne auf saubere Wege und Tropfsteineinfassungen, auf das halbvolle Wasserfaß und auf die prächtig farbigen Beete, daß alles lachte. Wir setzten uns auf der Veranda in bequeme Stühle; dort floß das durch die großen transparenten Blätter des Pfeifenstrauches eindringende Sonnenlicht gedämpft und warm und lichtgrün, ein paar Bienen summsten schwer und trunken dahin und hatten ihren Weg verloren. Der Vater sprach zum Dank für meine Heimkehr mit entblößtem Haupt das Vaterunser, wir standen still und hatten die Hände gefaltet, und obwohl die ungewohnte Feierlichkeit mich ein wenig bedrückte, hörte ich doch die alten heiligen Worte mit Freude und sprach das Amen dankbar mit.

Dann ging Vater in seine Studierstube, und die Geschwister liefen weg, es ward ganz still, und ich saß allein mit meiner Mutter an dem Tisch. Das war ein Augenblick, auf den ich mich schon gar lang gefreut und auch gefürchtet hatte. Denn wenn auch meine Rückkehr erfreulich und willkommen war, so war doch mein Leben in den letzten Jahren nicht durchaus sauber und durchsichtig gewesen.

Nun schaute mich die Mutter mit ihren schönen, warmen Augen an und las auf meinem Gesicht und überlegte sich vielleicht, was sie sagen und wonach sie fragen sollte. Ich hielt befangen still und spielte mit meinen Fingern, auf ein Examen gefaßt, das im ganzen zwar nicht allzu unrühmlich, im einzelnen jedoch recht beschämend ausfallen würde.

Sie sah mir eine Weile ruhig in die Augen, dann nahm sie meine Hand in ihre feinen, kleinen Hände.

»Betest du auch noch manchmal?« fragte sie leise.

»In der letzten Zeit nicht mehr«, mußte ich sagen, und sie blickte mich ein wenig bekümmert an.

»Du lernst es schon wieder«, meinte sie dann. Und ich sagte: »Vielleicht.«

Dann schwieg sie eine Weile und fragte schließlich: »Aber gelt, ein rechter Mann willst du werden?«

Da konnte ich ja sagen. Sie aber, statt nun mit peinlichen Fragen zu kommen, streichelte meine Hand und nickte mir auf eine Weise zu, die bedeutete, sie habe Vertrauen zu mir, auch ohne eine Beichte. Und dann fragte sie nach meinen Kleidern und meiner Wäsche, denn in den letzten zwei Jahren hatte ich mich selber versorgt und nichts mehr zum Waschen und Flicken heimgeschickt.

»Wir wollen morgen alles miteinander durchsehen«, sagte sie, nachdem ich Bericht erstattet hatte, und damit war das ganze Examen zu Ende.

Bald darauf holte die Schwester mich ins Haus. Im »schönen Zimmer« setzte sie sich ans Klavier und holte die Noten von damals heraus, die ich lang nimmer gehört und gesungen und doch nicht vergessen hatte. Wir sangen Lieder von Schubert und Schumann und nahmen dann den Silcher vor, die deutschen und ausländischen Volkslieder, bis es Zeit zum Nachtessen war. Da deckte meine Schwester den Tisch, während ich mich mit dem Papagei unterhielt, der trotz seines Namens für ein Männchen galt und der »Polly« hieß. Er sprach mancherlei, ahmte unsere Stimmen und unser Lachen nach und verkehrte mit jedem von uns auf einer besonderen, genau eingehaltenen Stufe von Freundschaftlichkeit. Am engsten war er mit meinem Vater befreundet, den er alles mit sich anfangen ließ, dann kam der Bruder, dann Mama, dann ich und zuletzt die Schwester, gegen die er ein Mißtrauen hegte.

Polly war das einzige Tier in unserm Hause und gehörte seit zwanzig Jahren wie ein Kind zu uns. Er liebte Gespräch, Gelächter und Musik, aber nicht in nächster Nähe. Wenn er allein war und im Nebenzimmer lebhaft sprechen hörte, lauschte er scharf, redete mit und lachte auf seine gutmütig ironische Art. Und manchmal, wenn er ganz unbeachtet und einsam auf seinem Klettergestäbe saß und Stille herrschte und die Sonne warm ins Zimmer schien, dann fing er in tiefen, wohligen Tönen an, das Leben zu preisen und Gott zu loben, in flötenähnlichen Lauten, und es klang feierlich, warm und innig, wie das selbstvergessene Singen eines einsam spielenden Kindes.

Nach dem Abendessen brachte ich eine halbe Stunde damit zu, den Garten zu gießen, und als ich naß und schmutzig wieder hereinkam, hörte ich vom Gang aus eine halb bekannte Mädchenstimme drinnen sprechen. Schnell wischte ich die Hände am Sacktuch ab und trat ein, da saß in einem lila Kleide und breitem Strohhut ein großes schönes Mädchen, und als sie aufstand und mich ansah und mir die Hand hinstreckte, erkannte ich Helene Kurz, eine Freundin meiner Schwester, in die ich früher einmal verliebt gewesen war.

»Haben Sie mich denn noch gekannt?« fragte ich vergnügt.

»Lotte hat mir schon gesagt, Sie seien heimgekommen«, sagte sie freundlich. Aber mich hätte es mehr gefreut, wenn sie einfach ja gesagt hätte. Sie war hoch gewachsen und gar schön geworden, ich wußte nichts weiter zu sagen und ging ans Fenster zu den Blumen, während sie sich mit der Mutter und Lotte unterhielt.

Meine Augen gingen auf die Straße, und meine Finger spielten mit den Blättern der Geranienstöcke, meine Gedanken aber waren nicht dabei. Ich sah einen blaukalten Winterabend und lief auf dem Flusse zwischen den hohen Erlenstauden Schlittschuh und verfolgte von ferne in scheuen Halbkreisen eine Mädchengestalt, die noch nicht richtig Schlittschuh laufen konnte und sich von einer Freundin führen ließ.

Nun klang ihre Stimme, viel voller und tiefer geworden als früher, mir nahe und mir doch fast fremd; sie war eine junge Dame geworden, und ich kam mir nicht mehr gleichstehend und gleichaltrig vor, sondern wie wenn ich immer noch fünfzehnjährig wäre. Als sie ging, gab ich ihr wieder die Hand, verbeugte mich aber unnötig und ironisch tief und sagte: »Gute Nacht, Fräulein Kurz.«

»Ist die denn wieder daheim?« fragte ich nachher.

»Wo soll sie denn sonst sein?« meinte Lotte, und ich mochte nicht weiter davon reden.

Pünktlich um zehn Uhr wurde das Haus geschlossen, und die Eltern gingen ins Bett. Beim Gutenachtkuß legte der Vater mir den Arm um die Schulter und sagte leise: »Das ist recht, daß wir dich wieder einmal zu Hause haben. Freut's dich auch?«

Alles ging zu Bett, auch die Magd hatte schon vor einer Weile gute Nacht gesagt, und nachdem noch ein paar Türen einigemal auf und zu gegangen waren, lag das ganze Haus in tiefer Nachtstille.

Ich aber hatte mir zuvor ein Krüglein Bier geholt und kaltgestellt, das setzte ich in meinem Zimmer auf den Tisch, und da in den Wohnstuben bei uns nicht geraucht werden durfte, stopfte ich mir jetzt eine Pfeife und zündete sie an. Meine beiden Fenster gingen auf den dunklen, stillen Hof, von dem eine Steintreppe bergauf in den Garten führte. Dort droben sah ich die Tannen schwarz am Himmel stehen und darüber Sterne schimmern.

Länger als eine Stunde blieb ich noch auf, sah die kleinen wolligen Nachtflügler um meine Lampe geistern und blies langsam meine Rauchwolken gegen die geöffneten

Fenster. In langen stillen Zügen gingen unzählige Bilder meiner Heimat- und Knabenzeit an meiner Seele vorüber, eine große, schweigende Schar, aufsteigend und erglänzend und wieder verschwindend wie Wogen auf einer Seefläche.

Am Morgen legte ich meinen besten Anzug an, um meiner Vaterstadt und den vielen alten Bekannten zu gefallen und einen sichtbaren Beweis dafür zu geben, daß es mir wohl ergangen und daß ich nicht als armer Teufel heimgekommen sei. Über unserm engen Tal stand der Sonnenhimmel glänzend blau, die weißen Straßen stäubten leicht, vor dem benachbarten Posthaus standen die Botenwagen aus den Walddörfern, und auf der Gasse spielten die kleinen Kinder mit Klickern und wollenen Bällen.

Mein erster Gang war über die alte steinerne Brücke, das älteste Bauwerk des Städtleins. Ich betrachtete die kleine gotische Brückenkapelle, an der ich früher tausendmal vorbeigelaufen war, dann lehnte ich mich auf die Brüstung und schaute den grünen, raschen Fluß hinauf und hinab. Die behagliche alte Mühle, an deren Giebelwand ein weißes Rad gemalt gewesen war, die war verschwunden, und an ihrem Platze stand ein neuer großer Bau aus Backsteinen, im übrigen war nichts verändert, und wie früher trieben sich unzählige Gänse und Enten auf dem Wasser und an den Ufern herum.

Jenseits der Brücke begegnete mir der erste Bekannte, ein Schulkamerad von mir, der Gerber geworden war. Er trug eine leuchtend orangegelbe Schürze und sah mich ungewiß und suchend an, ohne mich recht zu erkennen. Ich nickte ihm vergnügt zu und schlenderte weiter, während er mir nachschaute und sich noch immer besann. Am Fenster seiner Werkstatt begrüßte ich den Kupferschmied mit seinem prachtvollen weißen Bart – und schaute dann auch gleich zum Drechsler hinein, der seine Radsaite schnurren ließ und mir eine Prise anbot. Dann kam der Marktplatz mit seinem großen Brunnen und mit der heimeligen Rathaushalle. Dort war der Laden des Buchhändlers, und obwohl der alte Herr mich vor Jahren in übeln Ruf gebracht, weil ich Heines Werke bei ihm bestellt hatte, ging ich doch hinein und kaufte einen Bleistift und eine Ansichtspostkarte. Von hier war es nicht mehr weit bis zu den Schulhäusern, ich sah mir daher im Vorübergehen die alten Kästen an, witterte an den Toren den bekannten ängstlichen Schulduft und entrann aufatmend zur Kirche und dem Pfarrhaus.

Als ich noch einige Gassen abgestreift und mich beim Barbier hatte rasieren lassen, war es zehn Uhr und damit die Zeit, meinen Besuch beim Onkel Matthäus zu machen. Ich ging durch den stattlichen Hof in sein schönes Haus, stäubte mir im kühlen Gang die Hosen ab und klopfte an die Wohnstubentüre. Drinnen fand ich die Tante und beide Töchter beim Nähen, der Onkel war schon im Geschäft. Alles in diesem Hause atmete einen reinlichen, altmodisch tüchtigen Geist, ein wenig streng und zu deutlich aufs Nützliche gerichtet, aber auch heiter und zuverlässig. Was dort beständig gefegt, gekehrt, gewaschen, genäht, gestrickt und gesponnen wurde, ist nicht zu sagen, und dennoch fanden die Töchter noch die Zeit, um gute Musik zu machen. Beide spielten Klavier und sangen, und wenn sie die neueren Komponisten auch nicht kannten, so waren sie im Händel, Bach, Haydn und Mozart desto heimischer.

Die Tante sprang auf und mir entgegen, die Töchter machten ihren Stich noch fertig und gaben mir dann die Hand. Zu meinem Erstaunen wurde ich ganz als ein Ehrengast behandelt und in die feine Besuchsstube geführt. Ferner ließ Tante Berta sich durch keine Widerrede davon abhalten, mir ein Glas Wein und Backwerk vorzusetzen. Dann nahm sie mir gegenüber in einem der Staatsstühle Platz. Die Töchter blieben draußen bei der Arbeit.

Das Examen, mit dem meine gute Mutter mich gestern

verschont hatte, brach nun zum Teil doch noch über mich herein. Doch kam es mir hier auch nicht darauf an, den ungenügenden Tatsachen durch meine Darstellung etwas mehr Glanz zu verleihen. Meine Tante hatte ein lebhaftes Interesse für die Persönlichkeiten geschätzter Kanzelredner, und sie fragte mich nach den Kirchen und Predigern aller Städte, in denen ich gelebt hatte, gründlich aus. Nachdem wir einige kleine Peinlichkeiten mit gutem Willen überwunden hatten, beklagten wir gemeinsam den vor zehn Jahren erfolgten Hingang eines berühmten Prälaten, den ich, falls er noch am Leben gewesen wäre, in Stuttgart hätte predigen hören können.

Darauf kam die Rede auf meine Schicksale, Erlebnisse und Aussichten, und wir fanden, ich hätte Glück gehabt und sei auf gutem Wege.

»Wer hätte das vor sechs Jahren gedacht!« meinte sie.

»Stand es eigentlich damals so traurig mit mir?« mußte ich nun doch fragen.

»Das nicht gerade, das nicht. Aber es war damals doch eine rechte Sorge für deine Eltern.«

Ich wollte sagen »für mich auch«, aber sie hatte im Grunde recht, und ich wollte die Streitigkeiten von damals nicht wieder aufwärmen.

»Das ist schon wahr«, sagte ich deshalb und nickte ernst.

»Du hast ja auch allerlei Berufe probiert.«

»Ja freilich, Tante. Und keiner davon reut mich. Ich will auch in dem, den ich jetzt habe, nicht immer bleiben.«

»Aber nein! Ist das dein Ernst? Wo du gerade eine so gute Anstellung hast? Fast zweihundert Mark im Monat, das ist ja für einen jungen Mann glänzend.«

»Wer weiß, wie lang's dauert, Tante.«

»Wer redet auch so! Es wird schon dauern, wenn du recht dabeibleibst.«

»Nun ja, wir wollen hoffen. Aber jetzt muß ich noch zu

Tante Lydia hinauf und nachher zum Onkel ins Kontor. Also auf Wiedersehen, Tante Berta.«

»Ja, adieu. Es ist mir eine Freude gewesen. Zeig dich auch einmal wieder!«

»Ja, gern.«

In der Wohnstube sagte ich den beiden Mädchen adieu und unter der Zimmertür der Tante. Dann stieg ich die breite helle Treppe hinauf, und wenn ich bisher das Gefühl gehabt hatte, eine altmodische Luft zu atmen, so kam ich jetzt in eine noch viel altmodischere.

Droben wohnte in zwei Stüblein eine achtzigjährige Großtante, die mich mit der Zärtlichkeit und Galanterie einer vergangenen Zeit empfing. Da gab es Aquarellporträts von Urgroßonkeln, aus Glasperlen gestickte Deckchen und Beutel mit Blumensträußen und Landschaften drauf, ovale Bilderrähmchen und einen Duft von Sandelholz und altem, zartem Parfüm.

Tante Lydia trug ein dunkelviolettes Kleid von ganz einfachem Schnitt, und außer der Kurzsichtigkeit und dem leisen Zittern des Kopfes war sie erstaunlich frisch und jung. Sie zog mich auf ein schmales Kanapee und fing nicht etwa an, von großväterlichen Zeiten zu reden, sondern fragte nach meinem Leben und meinen Ideen und hatte für alles Aufmerksamkeit und Interesse. So alt sie war und so entlegen urväterisch es bei ihr roch und aussah, sie war doch bis vor zwei Jahren noch öfters auf Reisen gewesen und hatte von der heutigen Welt, ohne sie durchaus zu billigen, eine deutliche und nicht übelwollende Vorstellung, die sie gerne frisch hielt und ergänzte. Dabei besaß sie eine artige und liebenswerte Fertigkeit in der Konversation; wenn man bei ihr saß, floß das Gespräch ohne Pausen und war immer irgendwie interessant und angenehm.

Als ich ging, küßte sie mich und entließ mich mit einer segnenden Gebärde, die ich bei niemand sonst gesehen habe.

Den Onkel Matthäus suchte ich in seinem Kontor auf, wo er über Zeitungen und Katalogen saß. Er machte mir die Ausführung meines Entschlusses, keinen Stuhl zu nehmen und recht bald wieder zu gehen, nicht schwer.

»So, bist du auch wieder im Land?« sagte er.

»Ja, auch wieder einmal. 's ist lang her.«

»Und jetzt geht's dir gut, hört man?«

»Recht gut, danke.«

»Mußt auch meiner Frau grüß Gott sagen, gelt?«

»Ich bin schon bei ihr gewesen.«

»So, das ist brav. Na, dann ist ja alles gut.«

Damit senkte er das Gesicht wieder in sein Buch und streckte mir die Hand hin, und da er annähernd die Richtung getroffen hatte, ergriff ich sie schnell und ging vergnügt hinaus.

Nun waren die Staatsbesuche gemacht, und ich ging zum Essen heim, wo es mir zu Ehren Reis und Kalbsbraten gab. Nach Tisch zog mich mein Bruder Fritz beiseite in sein Stübchen, wo meine frühere Schmetterlingsammlung unter Glas an der Wand hing. Die Schwester wollte mitplaudern und streckte den Kopf zur Türe herein, aber Fritz winkte wichtig ab und sagte: »Nein, wir haben ein Geheimnis.«

Dann sah er mich prüfend an, und da er auf meinem Gesicht die genügende Spannung wahrnahm, zog er unter seiner Bettstatt eine Kiste hervor, deren Deckel mit einem Stück Blech belegt und mit mehreren tüchtigen Steinen beschwert war.

»Rat, was da drinnen ist«, sagte er leise und listig.

Ich besann mich auf unsere ehemaligen Liebhabereien und Unternehmungen und rief: »Eidechsen.«

»Nein.«

»Ringelnattern?«

»Nichts.«

»Raupen?«

»Nein, nichts Lebendiges.«

»Nicht? Warum ist dann die Kiste so gut verwahrt?«

»Es gibt gefährlichere Sachen als Raupen.«

»Gefährlich? Aha – Pulver?«

Statt der Antwort nahm er den Deckel ab, und ich erblickte in der Kiste ein bedeutendes Arsenal von Pulverpaketchen von verschiedenem Korn, Holzkohle, Zunder, Zündschnüren, Schwefelstückchen, Schachteln mit Salpeter und Eisenfeilspänen.

»Nun, was sagst du?«

Ich wußte, daß mein Vater keine Nacht mehr hätte schlafen können, wenn ihm bekannt gewesen wäre, daß im Bubenzimmer eine Kiste solchen Inhaltes lagerte. Aber Fritz leuchtete so vor Wonne und Überrascherfreude, daß ich diesen Gedanken nur vorsichtig andeutete und mich bei seinem Zureden sofort beruhigte. Denn ich selber war moralisch schon mitschuldig geworden und freute mich auf die Feuerwerkerei wie ein Lehrling auf den Feierabend.

»Machst du mit?« fragte Fritz.

»Natürlich. Wir können's ja abends hie und da in den Gärten loslassen, nicht?«

»Freilich können wir. Neulich hab ich im Anger draußen einen Bombenschlag mit einem halben Pfund Pulver gemacht. Es hat geklöpft wie ein Erdbeben. Aber jetzt hab ich kein Geld mehr, und wir brauchen noch allerlei.«

»Ich geb einen Taler.«

»Fein, du! Dann gibt's Raketen und Riesenfrösche.«

»Aber vorsichtig, gelt?«

»Vorsichtig! Mir ist noch nie was passiert.«

Das war eine Anspielung auf ein böses Mißgeschick, das ich als Vierzehnjähriger beim Feuerwerken erlebt hatte und das mich um ein Haar Augenlicht und Leben gekostet hätte.

Nun zeigte er mir die Vorräte und die angefangenen Stücke, weihte mich in einige seiner neuen Versuche und Erfindungen ein und machte mich auf andere neugierig, die er mir vorführen wollte und einstweilen noch geheimhielt. Darüber verging seine Mittagstunde, und er mußte ins Geschäft. Und kaum hatte ich nach seinem Weggehen die unheimliche Kiste wieder bedeckt und unterm Bett verstaut, da kam Lotte und holte mich zum Spaziergang mit Papa ab.

»Wie gefällt dir Fritz?« fragte der Vater. »Nicht wahr, er ist groß geworden?«

»O ja.«

»Und auch ordentlich ernster, nicht? Er fängt doch an, aus den Kindereien herauszukommen. Ja, nun habe ich lauter erwachsene Kinder.«

Es geht an, dachte ich und schämte mich ein wenig. Aber es war ein prächtiger Nachmittag, in den Kornfeldern flammte der Mohn und lachten die Kornraden, wir spazierten langsam und sprachen von lauter vergnüglichen Dingen. Wohlbekannte Wege und Waldränder und Obstgärten begrüßten mich und winkten mir zu, und die früheren Zeiten kamen wieder herauf und sahen so hold und strahlend aus, als wäre damals alles gut und vollkommen gewesen.

»Jetzt muß ich dich noch was fragen«, fing Lotte an. »Ich habe im Sinn gehabt, eine Freundin von mir für ein paar Wochen einzuladen.«

»So, von woher denn?«

»Von Ulm. Sie ist zwei Jahre älter als ich. Was meinst du? Jetzt, wo wir dich da haben, bist du die Hauptsache, und du mußt es nur sagen, wenn der Besuch dich genieren würde.«

»Was ist's denn für eine?«

»Sie hat das Lehrerinnenexamen gemacht –«

»O je!«

»Nicht o je. Sie ist sehr nett und gar kein Blaustrumpf, sicher nicht. Sie ist auch nicht Lehrerin geworden.«

»Warum denn nicht?«

»Das mußt du sie selber fragen.«

»Also kommt sie doch?«

»Kindskopf! Es kommt auf dich an. Wenn du meinst, wir bleiben lieber unter uns, dann kommt sie später einmal. Drum frag ich ja.«

»Ich will's an den Knöpfen abzählen.«

»Dann sag lieber gleich ja.«

»Also, ja.«

»Gut. Dann schreib ich heute noch.«

»Und einen Gruß von mir.«

»Er wird sie kaum freuen.«

»Übrigens, wie heißt sie denn?«

»Anna Amberg.«

»Amberg ist schön. Und Anna ist ein Heiligenname, aber ein langweiliger, schon weil man ihn nicht abkürzen kann.«

»Wär dir Anastasia lieber?«

»Ja, da könnte man Stasi oder Stasel draus machen.«

Mittlerweile hatten wir die letzte Hügelhöhe erreicht, die von einem Absatz zum andern nahe geschienen und sich hingezögert hatte. Nun sahen wir von einem Felsen über merkwürdig verkürzte, abschüssige Felder hinweg, durch die wir gestiegen waren, tief im engen Tal die Stadt liegen. Hinter uns aber stand auf welligem Lande stundenweit der schwarze Tannenwald, hin und wieder von schmalen Wiesen oder von einem Stück Kornland unterbrochen, das aus der bläulichen Schwärze heftig hervorleuchtete.

»Schöner als hier ist's eigentlich doch nirgends«, sagte ich nachdenklich.

Mein Vater lächelte und sah mich an.

»Es ist deine Heimat, Kind. Und schön ist sie, das ist wahr.«

»Ist deine Heimat schöner, Papa?«

»Nein, aber wo man ein Kind war, da ist alles schön und heilig. Hast du nie Heimweh gehabt, du?«

»Doch, hie und da schon.«

In der Nähe war eine Waldstelle, da hatte ich in Bubenzeiten manchmal Rotkehlchen gefangen. Und etwas weiter mußten noch die Trümmer einer Steinburg stehen, die wir Knaben einst gebaut hatten. Aber der Vater war müde, und nach einer kleinen Rast kehrten wir um und stiegen einen anderen Weg bergab.

Gern hätte ich über die Helene Kurz noch einiges erfahren, doch wagte ich nicht davon anzufangen, da ich durchschaut zu werden fürchtete. In der unbeschäftigten Ruhe des Daheimseins und in der frohen Aussicht auf mehrere müßiggängerische Ferienwochen wurde mein junges Gemüt von beginnender Sehnsucht und von Liebesplänen bewegt, für die es nur noch eines günstigen Ausgangspunktes bedurfte. Aber der fehlte mir gerade, und je mehr ich innerlich mit dem Bild der schönen Jungfer beschäftigt war, desto weniger fand ich die Unbefangenheit, um nach ihr und ihren Umständen zu fragen.

Im langsamen Heimspazieren sammelten wir an den Feldrändern große Blumensträuße, eine Kunst, die ich lange Zeit nicht mehr geübt hatte. In unserem Haus war von der Mutter her die Gewohnheit, in den Zimmern nicht nur Topfblumen zu halten, sondern auch auf allen Tischen und Kommoden immer frische Sträuße stehen zu haben. Zahlreiche einfache Vasen, Gläser und Krüge hatten sich in den Jahren angesammelt, und wir Geschwister kehrten kaum von einem Spaziergang zurück, ohne Blumen, Farnkräuter oder Zweige mitzubringen.

Mir schien, ich hätte jahrelang gar keine Feldblumen mehr gesehen. Denn diese sehen gar anders aus, wenn man sie im Dahinwandern mit malerischem Wohlgefallen als Farbeninseln im grünen Erdreich betrachtet, als wenn man kniend und gebückt sie einzeln sieht und die schönsten zum Pflücken aussucht. Ich entdeckte kleine verborgene Pflanzen, deren Blüten mich an Ausflüge in der Schulzeit erinnerten, und andere, die meine Mutter besonders gern gehabt oder mit besonderen, von ihr selbst erfundenen Namen bedacht hatte. Die gab es alle noch, und mit jeder von ihnen ging mir eine Erinnerung auf, und aus jedem blauen oder gelben Kelche schaute meine freudige Kindheit mir ungewohnt lieb und nahe in die Augen.

Im sogenannten Saal unseres Hauses standen viele hohe Kästen aus rohem Tannenholz, in denen stand und lag ein konfuser Bücherschatz aus großväterlichen Zeiten ungeordnet und einigermaßen verwahrlost umher. Da hatte ich als kleiner Knabe in vergilbten Ausgaben mit fröhlichen Holzschnitten den Robinson und den Gulliver gefunden und gelesen, alsdann alte Seefahrer- und Entdeckergeschichten, später aber auch viele schöngeistige Literatur, wie »Siegwart, eine Klostergeschichte«, »Der neue Amadis«, »Werthers Leiden« und den Ossian, alsdann viele Bücher von Jean Paul, Stilling, Walter Scott, Platen, Balzac und Victor Hugo sowie die kleine Ausgabe von Lavaters Physiognomik und zahlreiche Jahrgänge niedlicher Almanache, Taschenbücher und Volkskalender, alte mit Kupferstichen von Chodowiecki, spätere, von Ludwig Richter illustrierte, und schweizerische mit Holzschnitten von Disteli.

Aus diesem Schatze nahm ich abends, wenn nicht musiziert wurde oder wenn ich nicht mit Fritz über Pulverhülsen saß, irgendeinen Band mit in meine Stube und blies den Rauch meiner Pfeife in die gelblichen Blätter, über denen meine Großeltern geschwärmt, geseufzt und nachgedacht hatten. Einen Band des »Titan« von Jean Paul hatte mein Bruder zu Feuerwerkszwecken ausgeweidet und verbraucht. Als ich die zwei ersten Bände gelesen hatte und den dritten suchte, gestand er es und gab vor, der Band sei ohnehin defekt gewesen.

Diese Abende waren immer schön und unterhaltsam. Wir sangen, die Lotte spielte Klavier, und Fritz geigte, Mama erzählte Geschichten aus ihrer Kinderzeit, Polly flötete im Käfig und weigerte sich, zu Bett zu gehen. Der Vater ruhte am Fenster aus oder klebte an einem Bilderbuch für kleine Neffen.

Doch empfand ich es keineswegs als eine Störung, als eines Abends Helene Kurz wieder für eine halbe Stunde zum Plaudern kam. Ich sah sie immer wieder mit Erstaunen an, wie schön und vollkommen sie geworden war. Als sie kam, brannten gerade noch die Klavierkerzen, und sie sang bei einem zweistimmigen Liede mit. Ich aber sang nur ganz leise, um von ihrer tiefen Stimme jeden Ton zu hören. Ich stand hinter ihr und sah durch ihr braunes Haar das Kerzenlicht golden flimmern, sah, wie ihre Schultern sich beim Singen leicht bewegten, und dachte, daß es köstlich sein müßte, mit der Hand ein wenig über ihr Haar zu streichen.

Ungerechtfertigterweise hatte ich das Gefühl, mit ihr von früher her durch gewisse Erinnerungen in einer Art von Verbindung zu sein, weil ich schon im Konfirmationsalter in sie verliebt gewesen war, und ihre gleichgültige Freundlichkeit war mir eine kleine Enttäuschung. Denn ich dachte nicht daran, daß jenes Verhältnis nur von meiner Seite bestanden hatte und ihr durchaus unbekannt geblieben war.

Nachher, als sie ging, nahm ich meinen Hut und ging bis zur Glastüre mit.

»Gut Nacht«, sagte sie. Aber ich nahm ihre Hand nicht, sondern sagte: »Ich will Sie heimbegleiten.«

Sie lachte.

»O, das ist nicht nötig, danke schön. Es ist ja hier gar nicht Mode.«

»So?« sagte ich und ließ sie an mir vorbeigehen. Aber da nahm meine Schwester ihren Strohhut mit den blauen Bändern und rief: »Ich geh auch mit.«

Und wir stiegen zu dritt die Treppe hinunter, ich machte eifrig das schwere Haustor auf, und wir traten in die laue Dämmerung hinaus und gingen langsam durch die Stadt, über Brücke und Marktplatz und in die steile Vorstadt hinauf, wo Helenes Eltern wohnten. Die zwei Mädchen plauderten miteinander wie die Stare, und ich hörte zu und war froh, dabei zu sein und zum Kleeblatt zu gehören. Zuweilen ging ich langsamer, tat, als schaue ich nach dem Wetter aus, und blieb einen Schritt zurück, dann konnte ich sie ansehen, wie sie den dunkeln Kopf frei auf dem steilen, hellen Nacken trug und wie sie kräftig ihre ebenmäßigen schlanken Schritte tat.

Vor ihrem Hause gab sie uns die Hand und ging hinein, ich sah ihren Hut noch im finsteren Hausgang schimmern, ehe die Tür zuschnappte.

»Ja«, sagte Lotte. »Sie ist doch ein schönes Mädchen, nicht? Und sie hat etwas so Liebes.«

»Jawohl. – Und wie ist's jetzt mit deiner Freundin, kommt sie bald?«

»Geschrieben hab ich ihr gestern.«

»So so. Ja, gehen wir den gleichen Weg heim?«

»Ach so, wir könnten den Gartenweg gehen, gelt?«

Wir gingen den schmalen Steig zwischen den Gartenzäunen. Es war schon dunkel, und man mußte aufpassen, da es viele baufällige Knüppelstufen und heraushängende morsche Zaunlatten gab.

Wir waren schon nahe an unserem Garten und konnten drüben im Haus die Wohnstubenlampe lange brennen sehen.

Da machte eine leise Stimme: »Bst! Bst!« und meine Schwester bekam Angst. Es war aber unser Fritz, der sich dort verborgen hatte und uns erwartete.

»Paßt auf und bleibt stehen!« rief er herüber. Dann zündete er mit einem Schwefelholz eine Lunte an und kam zu uns herüber.

»Schon wieder Feuerwerk?« schalt Lotte.

»Es knallt fast gar nicht«, versicherte Fritz. »Paßt nur auf, es ist eine Erfindung von mir.«

Wir warteten, bis die Lunte abgebrannt war. Dann begann es zu knistern und kleine unwillige Funken zu spritzen, wie nasses Schießpulver. Fritz glühte vor Lust.

»Jetzt kommt es, jetzt gleich, zuerst weißes Feuer, dann ein kleiner Knall und eine rote Flamme, dann eine schöne blaue!«

Es kam jedoch nicht so, wie er meinte. Sondern nach einigem Zucken und Sprühen flog plötzlich die ganze Herrlichkeit mit einem kräftigen Paff und Luftdruck als eine weiße Dampfwolke in die Lüfte.

Lotte lachte, und Fritz war unglücklich. Während ich ihn zu trösten suchte, schwebte die dicke Pulverwolke feierlich langsam über die dunkeln Gärten hinweg.

»Das Blaue hat man ein wenig sehen können«, fing Fritz an, und ich gab es zu. Dann schilderte er mir fast weinerlich die ganze Konstruktion seines Prachtfeuers, und wie alles hätte gehen sollen.

»Wir machen's noch einmal«, sagte ich.

»Morgen?«

»Nein, Fritz. Nächste Woche dann.«

Ich hätte geradesogut morgen sagen können. Aber ich hatte den Kopf voller Gedanken an die Helene Kurz und war in dem Wahn befangen, es könnte morgen leicht etwas Glückliches geschehen, vielleicht daß sie am Abend wieder käme oder daß sie mich auf einmal gut leiden könnte. Kurz, ich war jetzt mit Dingen beschäftigt, die mir wichtiger und aufregender vorkamen als alle Feuerwerkskünste der ganzen Welt.

Wir gingen durch den Garten ins Haus und fanden in der Wohnstube die Eltern beim Brettspiel. Das war alles einfach und selbstverständlich und konnte gar nicht anders sein. Und ist doch so anders geworden, daß es mir heute unendlich fern zu liegen scheint. Denn heute habe ich jene Heimat nicht mehr. Das alte Haus, der Garten und die Veranda, die wohlbekannten Stuben, Möbel und Bilder, der Papagei in seinem großen Käfig, die liebe alte Stadt und das ganze Tal ist mir fremd geworden und gehört nicht mehr mir. Mutter und Vater sind gestorben, und die Kinderheimat ist zu Erinnerung und Heimweh geworden; es führt keine Straße mich mehr dorthin.

Nachts gegen elf Uhr, da ich über einem dicken Band Jean Paul saß, fing meine kleine Öllampe an, trübe zu werden. Sie zuckte und stieß kleine ängstliche Töne aus, die Flamme wurde rot und rußig, und als ich nachschaute und am Docht schraubte, sah ich, daß kein Öl mehr drin war. Es tat mir leid um den schönen Roman, an dem ich las, aber es ging nicht an, jetzt noch im dunkeln Hause umherzutappen und nach Öl zu suchen.

So blies ich die qualmende Lampe aus und stieg unmutig ins Bett. Draußen hatte sich ein warmer Wind erhoben, der mild in den Tannen und im Syringengebüsch wehte. Im grasigen Hof drunten sang eine Grille. Ich konnte nicht einschlafen und dachte nun wieder an Helene. Es kam mir völlig hoffnungslos vor, von diesem so feinen und herrlichen Mädchen jemals etwas anderes gewinnen zu können als das sehnsüchtige Anschauen, das ebenso wehe wie wohl tat. Mir wurde heiß und elend, wenn ich mir ihr Gesicht und den Klang ihrer tiefen Stimme vorstellte und ihren Gang, den sicheren und energischen Takt der Schritte, mit dem sie am Abend über die Straße und den Marktplatz gegangen war.

Schließlich sprang ich wieder auf, ich war viel zu warm und unruhig, als daß ich hätte schlafen können. Ich ging ans Fenster und sah hinaus. Zwischen strähnigen Schleierwolken schwamm blaß der abnehmende Mond; die Grille sang noch immer im Hof. Am liebsten wäre ich noch eine Stunde draußen herumgelaufen. Aber die Haustür wurde bei uns um zehn Uhr geschlossen, und wenn es etwa einmal passierte, daß sie nach dieser Stunde noch geöffnet und benutzt werden mußte, so war das in unserm Haus stets ein ungewöhnliches, störendes und abenteuerliches Ereignis. Ich wußte auch gar nicht, wo der Hausschlüssel hing.

Da fielen mir vergangene Jahre ein, da ich als halbwüchsiger Bursche das häusliche Leben bei den Eltern zeitweilig als Sklaverei empfunden und mich nächtlich mit schlechtem Gewissen und Abenteurertrotz aus dem Hause geschlichen hatte, um in einer späten Kneipe eine Flasche Bier zu trinken. Dazu hatte ich die nur mit Riegeln geschlossene Hintertüre nach dem Garten zu benützt, dann war ich über den Zaun geklettert und hatte auf dem schmalen Steig zwischen den Nachbargärten hindurch die Straße erreicht.

Ich zog die Hose an, mehr war bei der lauen Luft nicht nötig, nahm die Schuhe in die Hand und schlich barfuß aus dem Hause, stieg über den Gartenzaun und spazierte durch die schlafende Stadt langsam talaufwärts den Fluß entlang, der verhalten rauschte und mit kleinen zitternden Mondspiegellichtern spielte.

Bei Nacht im Freien unterwegs zu sein, unter dem schweigenden Himmel, an einem still strömenden Gewässer, das ist stets geheimnisvoll und regt die Gründe der Seele auf. Wir sind dann unserm Ursprung näher, fühlen Verwandtschaft mit Tier und Gewächs, fühlen dämmernde Erinnerungen an ein vorzeitliches Leben, da noch keine Häuser und Städte gebaut waren und der heimatlos streifende Mensch Wald, Strom und Gebirg, Wolf und Habicht als seinesgleichen, als Freunde oder Todfeinde lieben und hassen konnte. Auch entfernt die Nacht das gewohnte Gefühl eines gemeinschaftlichen Lebens; wenn kein Licht mehr brennt und keine Menschenstimme mehr zu hören ist, spürt der etwa noch Wachende Vereinsamung und sieht sich losgetrennt und auf sich selber gewiesen. Jenes furchtbarste menschliche Gefühl, unentrinnbar allein zu sein, allein zu leben und allein den Schmerz, die Furcht und den Tod schmecken und ertragen zu müssen, klingt dann bei jedem Gedanken leise mit, dem Gesunden und Jungen ein Schatten und eine Mahnung, dem Schwachen ein Grauen.

Ein wenig davon fühlte auch ich, wenigstens schwieg mein Unmut und wich einem stillen Betrachten. Es tat mir weh, daran zu denken, daß die schöne, begehrenswerte Helene wahrscheinlich niemals mit ähnlichen Gefühlen an mich denken werde wie ich an sie; aber ich wußte auch, daß ich am Schmerz einer unerwiderten Liebe nicht zugrunde gehen würde, und ich hatte eine unbestimmte Ahnung davon, daß das geheimnisvolle Leben dunklere Schlünde und ernstere Schicksale berge als die Ferienleiden eines jungen Mannes.

Dennoch blieb mein erregtes Blut warm und schuf ohne meinen Willen aus dem lauen Winde Streichelhände und braunes Mädchenhaar, so daß der späte Gang mich weder müde noch schläfrig machte. Da ging ich über die bleichen Öhmdwiesen zum Fluß hinunter, legte meine leichte Kleidung ab und sprang ins kühle Wasser, dessen rasche Strömung mich sogleich zu Kampf und kräftigem Widerstand nötigte. Ich schwamm eine Viertelstunde flußaufwärts, Schwüle und Wehmut rannen mit dem frischen Flußwasser von mir ab, und als ich gekühlt und leicht ermüdet meine Kleider wieder suchte und naß hineinschlüpfte, war mir die Rückkehr zu Haus und Bett leicht und tröstlich.

Nach der Spannung der ersten Tage kam ich allmählich in die stille Selbstverständlichkeit des heimatlichen Lebens hinein. Wie hatte ich mich draußen herumgetrieben, von Stadt zu Stadt, unter vielerlei Menschen, zwischen Arbeit und Träumereien, zwischen Studien und Zechnächten, eine Weile von Brot und Milch und wieder eine Weile von Lektüre und Zigarren lebend, jeden Monat ein anderer! Und hier war es wie vor zehn und wie vor zwanzig Jahren, hier liefen die Tage und Wochen in einem heiter stillen, gleichen Takt dahin. Und ich, der ich fremd geworden und an ein unstetes und vielfältiges Erleben gewöhnt war, paßte nun wieder da hinein, als wäre ich nie fort gewesen, nahm Interesse an Menschen und Sachen, die ich jahrelang durchaus vergessen gehabt hatte, und vermißte nichts von dem, was die Fremde mir gewesen war.

Die Stunden und Tage liefen mir leicht und spurlos hinweg wie Sommergewölk, jeder ein farbiges Bild und jeder ein schweifendes Gefühl, aufrauschend und glänzend und bald nur noch traumhaft nachklingend. Ich goß den Garten, sang mit Lotte, pulverte mit Fritz, ich plauderte mit der Mutter über fremde Städte und mit dem Vater über neue Weltbegebenheiten, ich las Goethe und las Jacobsen, und eines ging ins andere über und vertrug sich mit ihm, und keines war die Hauptsache.

Die Hauptsache schien mir damals Helene Kurz und meine Bewunderung für sie zu sein. Aber auch das war da wie alles andere, bewegte mich für Stunden und sank für Stunden wieder unter, und ständig war nur mein fröhlich atmendes Lebensgefühl, das Gefühl eines Schwimmers, der auf glattem Wasser ohne Eile und ohne Ziel mühelos und sorglos unterwegs ist. Im Walde schrie der Häher und reiften die Heidelbeeren, im Garten blühten Rosen und feurige Kapuziner, ich nahm teil daran, fand die Welt prächtig und wunderte mich, wie es sein würde, wenn auch ich einmal ein richtiger Mann und alt und gescheit wäre.

Eines Nachmittags kam ein großes Floß durch die Stadt gefahren, darauf sprang ich und legte mich auf einen Bretterhaufen und fuhr ein paar Stunden lang mit flußabwärts, an Höfen und Dörfern vorbei und unter Brücken durch, und über mir zitterte die Luft und kochten schwüle Wolken mit leisem Donner, und unter mir schlug und lachte frisch und schaumig das kühle Flußwasser. Da dachte ich mir aus, die Kurz wäre mit, und ich hätte sie entführt, wir säßen Hand in Hand und zeigten einander Herrlichkeiten der Welt von hier bis nach Holland hinunter.

Als ich weit unten im Tal das Floß verließ, sprang ich zu kurz und kam bis an die Brust ins Wasser, aber auf dem warmen Heimweg trockneten mir die dampfenden Kleider auf dem Leib. Und als ich bestaubt und müde nach langem Marsch die Stadt wieder erreichte, begegnete mir bei den ersten Häusern Helene Kurz in einer roten Bluse. Ich zog den Hut, und sie nickte, und ich dachte an meinen Traum, wie sie mit mir Hand in Hand den Fluß hinabreiste und du zu mir sagte, und diesen Abend lang schien mir wieder alles hoffnungslos, und ich kam mir wie ein dummer Plänemacher und Sterngucker vor. Dennoch rauchte ich vor dem Schlafengehen meine schöne Pfeife, auf deren Kopf zwei grasende Rehe gemalt waren, und las im Wilhelm Meister bis nach elf Uhr.

Und am folgenden Abend ging ich gegen halb neun Uhr mit meinem Bruder Fritz auf den Hochstein hinauf. Wir hatten ein schweres Paket mit, das wir abwechselnd trugen und das ein Dutzend starker Frösche, sechs Raketen und drei große Kanonenschläge samt allerlei kleinen Sachen enthielt.

Es war lau, und die bläuliche Luft hing voll feiner, leise hinwehender Florwölkchen, die über Kirchturm und Berggipfel hinwegflogen und die blassen ersten Sternbilder häufig verdeckten. Vom Hochstein herab, wo wir zuerst eine kleine Rast hielten, sah ich unser enges Flußtal in bleichen abendlichen Farben liegen. Während ich die Stadt und das nächste Dorf, Brücken und Mühlwehre und den schmalen, vom Gebüsch eingefaßten Fluß betrachtete, beschlich mich mit der Abendstimmung wieder der Gedanke an das schöne Mädchen, und ich hätte am liebsten einsam geträumt und auf den Mond gewartet. Das ging jedoch nicht an, denn mein Bruder hatte schon ausgepackt und überraschte mich von hinten durch zwei Frösche, die er, mit einer Schnur verbunden und an eine Stange geknüpft, dicht an meinen Ohren losließ.

Ich war ein wenig ärgerlich. Fritz aber lachte so hingerissen und war so vergnügt, daß ich schnell angesteckt wurde und mitmachte. Wir brannten rasch hintereinander die drei extra starken Kanonenschläge ab und hörten die gewaltigen Schüsse talauf und talhinab in langem, rollendem Widerhall vertönen. Dann kamen Frösche, Schwärmer und ein großes Feuerrad, und zum Schlusse ließen wir langsam eine nach der andern unserer schönen Raketen in den schwarzgewordenen Nachthimmel steigen.

»So eine rechte, gute Rakete ist eigentlich fast wie ein Gottesdienst«, sagte mein Bruder, der zuzeiten gern in Bildern redete, »oder wie wenn man ein schönes Lied singt, nicht? Es ist so feierlich.«

Unsern letzten Frosch warfen wir auf dem Heimweg am Schindelhof zu dem bösen Hofhund hinein, der entsetzt aufheulte und uns noch eine Viertelstunde lang wütend nachbellte. Dann kamen wir ausgelassen und mit schwarzen Fingern heim, wie zwei Buben, die eine lustige Lumperei verübt haben. Und den Eltern erzählten wir rühmend von dem schönen Abendgang, der Talaussicht und dem Sternenhimmel.

Eines Morgens, während ich am Flurfenster meine Pfeife reinigte, kam Lotte gelaufen und rief: »So, um elfe kommt meine Freundin an.«

»Die Anna Amberg?«

»Jawohl. Gelt, wir holen sie dann ab?«

»Mir ist's recht.«

Die Ankunft des erwarteten Gastes, an den ich gar nimmer gedacht hatte, freute mich nur mäßig. Aber zu ändern war es nicht, also ging ich gegen elf Uhr mit meiner Schwester an die Bahn. Wir kamen zu früh und liefen vor der Station auf und ab.

»Vielleicht fährt sie zweiter Klasse«, sagte Lotte.

Ich sah sie ungläubig an.

»Es kann schon sein. Sie ist aus einem wohlhabenden Haus, und wenn sie auch einfach ist –«

Mir graute. Ich stellte mir eine Dame mit verwöhnten Manieren und beträchtlichem Reisegepäck vor, die aus der zweiten Klasse steigen und mein behagliches Vaterhaus ärmlich und mich selber nicht fein genug finden würde.

»Wenn sie Zweiter fährt, dann soll sie lieber gleich weiterfahren, weißt du.«

Lotte war ungehalten und wollte mich zurechtweisen, da fuhr aber der Zug herein und hielt, und Lotte lief schnell hinüber. Ich folgte ihr ohne Eile und sah ihre Freundin aus einem Wagen dritter Klasse aussteigen, ausgerüstet mit einem grauseidenen Schirm, einem Plaid und einem bescheidenen Handkoffer.

»Das ist mein Bruder, Anna.«

Ich sagte »Grüß Gott«, und weil ich trotz der dritten Klasse nicht wußte, wie sie darüber denken würde, trug ich ihren Koffer, so leicht er war, nicht selber fort, sondern winkte den Packträger herbei, dem ich ihn übergab. Dann schritt ich neben den beiden Fräulein in die Stadt und wunderte mich, wieviel sie einander zu erzählen hatten. Aber Fräulein Amberg gefiel mir gut. Zwar enttäuschte es mich ein wenig, daß sie nicht sonderlich hübsch war, doch dafür hatte sie etwas Angenehmes im Gesicht und in der Stimme, das wohltat und Vertrauen erweckte.

Ich sehe noch, wie meine Mutter die beiden an der Glastüre empfing. Sie hatte einen guten Blick für Menschengesichter, und wen sie nach dem ersten prüfenden Anschauen mit einem Lächeln willkommen hieß, der konnte sich auf gute Tage gefaßt machen. Ich sehe noch, wie sie der Amberg in die Augen blickte und wie sie ihr dann zunickte und beide Hände gab und sie ohne Worte gleich vertraut und heimisch machte. Nun war meine mißtrauische Sorge wegen des fremden Wesens vergangen, denn der Gast nahm die dargebotene Hand und Freundlichkeit herzhaft und ohne Redensarten an und war von der ersten Stunde an bei uns heimisch.

In meiner jungen Weisheit und Lebenskenntnis stellte ich noch an jenem ersten Tage fest, das angenehme Mädchen besitze eine harmlose, natürliche Heiterkeit und sei, wenn auch vielleicht wenig lebenserfahren, jedenfalls ein schätzbarer Kamerad. Daß es eine höhere und wertvollere Heiterkeit gebe, die einer nur in Not und Leid erwirbt und mancher nie, das ahnte ich zwar, doch war es mir keine Erfahrung. Und daß unser Gast diese seltene Art versöhnlicher Fröhlichkeit besaß, blieb meiner Beobachtung einstweilen verborgen.

Mädchen, mit denen man kameradschaftlich umgehen und über Leben und Literatur reden konnte, waren in meinem damaligen Lebenskreise Seltenheiten. Die Freundinnen meiner Schwester waren mir bisher stets entweder Gegenstände des Verliebens oder gleichgültig gewesen. Nun war es mir neu und lieblich, mit einer jungen Dame ohne Geniertheit umgehen und mit ihr wie mit meinesgleichen über mancherlei plaudern zu können. Denn trotz der Gleichheit spürte ich in Stimme, Sprache und Denkart doch das Weibliche, das mich warm und zart berührte.

Nebenher merkte ich mit einer leisen Beschämung, wie still und geschickt und ohne Aufsehen Anna unser Leben teilte und sich in unsere Art fand. Denn alle meine Freunde, die schon als Feriengäste dagewesen waren, hatten einigermaßen Umstände gemacht und Fremdheit mitgebracht; ja ich selber war in den ersten Tagen nach der Heimkehr lauter und anspruchsvoller als nötig gewesen.

Zuweilen war ich erstaunt, wie wenig Rücksichtnahme Anna von mir verlangte; im Gespräch konnte ich sogar fast grob werden, ohne sie verletzt zu sehen. Wenn ich dagegen an Helene Kurz dachte! Gegen diese hätte ich auch im eifrigsten Gespräch nur behutsame und respektvolle Worte gehabt.

Übrigens kam Helene dieser Tage mehrmals zu uns und schien die Freundin meiner Schwester gern zu haben. Einmal waren wir alle zusammen bei Onkel Matthäus in den Garten eingeladen. Es gab Kaffee und Kuchen und nachher Stachelbeerwein, zwischenein machten wir gefahrlose Kinderspiele oder lustwandelten ehrbar in den Gartenwegen umher, deren akkurate Sauberkeit von selbst ein gesittetes Benehmen vorschrieb.

Da war es mir sonderbar, Helene und Anna beisammen zu sehen und gleichzeitig mit beiden zu reden. Mit Helene Kurz, die wieder wundervoll aussah, konnte ich nur von oberflächlichen Dingen sprechen, aber ich tat es mit den feinsten Tönen, während ich mit Anna auch über das Interessanteste ohne Aufregung und Anstrengung plauderte. Und indem ich ihr dankbar war und in der Unterhaltung mit ihr ausruhte, und mich sicher fühlte, schielte ich doch von ihr weg beständig nach der Schöneren hinüber, deren Anblick mich beglückte und doch immer ungesättigt ließ.

Mein Bruder Fritz langweilte sich elend. Nachdem er genug Kuchen gegessen hatte, schlug er einige derbere Spiele vor, die teils nicht zugelassen, teils schnell wieder aufgegeben wurden. Zwischenein zog er mich auf die Seite und beklagte sich bitter über den Nachmittag. Als ich die Achseln zuckte, erschreckte er mich durch das Geständnis, daß er einen Pulverfrosch in der Tasche habe, den er später bei dem üblichen längeren Abschiednehmen der Mädchen loszulassen gedenke. Nur durch inständiges Bitten brachte ich ihn von diesem Vorhaben ab. Darauf begab er sich in den entferntesten Teil des großen Gartens und legte sich unter die Stachelbeerbüsche. Ich aber beging Verrat an ihm, indem ich mit den andern über seinen knabenhaften Unmut lachte, obwohl er mir leid tat und ich ihn gut verstand.

Mit den beiden Kusinen war leicht fertig zu werden. Sie waren unverwöhnt und nahmen auch Bonmots, die längst nicht mehr den Glanz der Neuheit hatten, dankbar und begierig auf. Der Onkel hatte sich gleich nach dem Kaffee zurückgezogen. Tante Berta hielt sich zumeist an Lotte und war, nachdem ich mit ihr über die Zubereitung von eingemachtem Beerenobst konversiert hatte, von mir befriedigt. So blieb ich den beiden Fräulein nahe und machte mir in den Pausen des Gespräches Gedanken darüber, warum mit einem Mädchen, in das man verliebt ist, es sich so viel schwieriger reden lasse als mit andern. Gern hätte ich der Helene irgendeine Huldigung dargebracht, allein es wollte mir nichts einfallen. Schließlich schnitt ich von den vielen Rosen zwei ab und gab die eine Helene, die andere der Anna Amberg.

Das war der letzte ganz harmlose Tag meiner Ferien. Am nächsten Tage hörte ich von einem gleichgültigen Bekannten in der Stadt, die Kurz verkehre neuestens viel in dem und dem Hause, und es werde wohl bald eine Verlobung geben. Er erzählte das nebenher unter andern Neuigkeiten, und ich hütete mich, mir etwas anmerken zu lassen. Aber wenn es auch nur ein Gerücht war, ich hatte ohnehin von Helene wenig zu hoffen gewagt und war nun überzeugt, sie sei mir verloren. Verstört kam ich heim und floh in meine Stube.

Wie die Umstände lagen, konnte bei meiner leichtlebigen Jugend die Trauer nicht gar lange anhalten. Doch war ich mehrere Tage für keine Lustbarkeit zu haben, lief einsame Wege durch die Wälder, lag lange gedankenlos traurig im Haus herum und phantasierte abends bei geschlossenen Fenstern auf der Geige.

»Fehlt dir etwas, mein Junge?« sagte mein Papa zu mir und legte mir die Hand auf die Schulter.

»Ich habe schlecht geschlafen«, antwortete ich, ohne zu lügen. Mehr brachte ich nicht heraus. Er aber sagte nun etwas, das mir später oft wieder einfiel.

»Eine schlaflose Nacht«, sagte er, »ist immer eine lästige Sache. Aber sie ist erträglich, wenn man gute Gedanken hat. Wenn man daliegt und nicht schläft, ist man leicht ärgerlich und denkt an ärgerliche Dinge. Aber man kann auch seinen Willen brauchen und Gutes denken.«

»Kann man?« fragte ich. Denn ich hatte in den letzten Jahren am Vorhandensein des freien Willens zu zweifeln begonnen.

»Ja, man kann«, sagte mein Vater nachdrücklich.

Die Stunde, in der ich nach mehreren schweigsamen und bitteren Tagen zuerst wieder mich und mein Leid vergaß, mit andern lebte und froh war, ist mir noch deutlich in Erinnerung. Wir saßen alle im Wohnzimmer beim Nachmittagskaffee, nur Fritz fehlte. Die andern waren munter und gesprächig, ich aber hielt den Mund und nahm nicht teil, obwohl ich im geheimen schon wieder ein Bedürfnis nach Rede und Verkehr spürte. Wie es jungen Leuten geht, hatte ich meinen Schmerz mit einer Schutzmauer von Schweigen und abwehrendem Trotz umgeben, die andern hatten mich nach dem guten Brauch unseres Hauses in Ruhe gelassen und meine sichtbare Verstimmung respektiert, und nun fand ich den Entschluß nicht, meine Mauer einzureißen, und spielte, was eben noch echt und notwendig gewesen war, als eine Rolle weiter, mich selber langweilend und auch beschämt über die kurze Dauer meiner Kasteiung.

Da schmetterte unversehens in unsere stille Kaffeetischbehaglichkeit eine Trompetenfanfare hinein, eine kühn und aggressiv geblasene, blitzende Reihe kecker Töne, die uns alle augenblicks von den Stühlen aufriß.

»Es brennt!« rief meine Schwester erschrocken.

»Das wäre ein komisches Feuersignal.«

»Dann kommt Einquartierung.«

Indessen waren wir schon alle im Sturm an die Fenster gestürzt. Wir sahen auf der Straße, gerade vor unserem

Haus, einen Schwarm von Kindern und mitten darin auf einem großen weißen Roß einen feuerrot gekleideten Trompeter, dessen Horn und Habit in der Sonne gleißend prahlten. Der Wundermensch blickte während des Blasens zu allen Fenstern empor und zeigte dabei ein braunes Gesicht mit einem ungeheuren ungarischen Schnauzbart. Er blies fanatisch weiter, Signale und allerlei spontane Einfälle, bis alle Fenster der Nachbarschaft voll Neugieriger waren. Da setzte er das Instrument ab, strich den Schnurrbart, stemmte die linke Hand in die Hüfte, zügelte mit der rechten das unruhige Pferd und hielt eine Rede. Auf der Durchreise und nur für diesen einen Tag halte seine weltberühmte Truppe sich im Städtlein auf, und dringenden Wünschen nachgebend werde er heute abend auf dem Brühel eine »Galavorstellung in dressierte Pferde, höhere Equilibristik sowie eine große Pantomime« geben. Erwachsene bezahlen zwanzig Pfennig, Kinder die Hälfte. Kaum hatten wir gehört und alles gemerkt, so stieß der Reiter von neuem in sein blinkendes Horn und ritt davon, vom Kinderschwarm und von einer Staubwolke begleitet.

Das Gelächter und die fröhliche Erregung, die der Kunstreiter mit seiner Verkündigung unter uns geweckt hatte, kam mir zustatten, und ich benützte den Augenblick, meine finstere Schweigsamkeit fahrenzulassen und wieder ein Fröhlicher unter den Fröhlichen zu sein. Sogleich lud ich die beiden Mädchen zur Abendvorstellung ein, der Papa gab nach einigem Widerstreben die Erlaubnis, und wir drei schlenderten sogleich nach dem Brühel hinunter, um uns den Spektakel einmal von außen anzusehen. Wir fanden zwei Männer damit beschäftigt, eine runde Arena abzustecken und mit einem Strick zu umzäunen, danach begannen sie den Aufbau eines Gerüstes, während nebenan auf der schwebenden Treppe eines grünen Wohnwagens eine schreckliche dicke Alte saß und strickte. Ein hübscher weißer Pudel lag ihr zu Füßen. Indem wir uns das betrachteten, kehrte der Reiter von seiner Stadtreise zurück, band den Schimmel hinterm Wagen an, zog sein rotes Prachtkleid ab und half in Hemdärmeln seinen Kollegen beim Aufbauen.

»Die armen Kerle!« sagte Anna Amberg. Ich wies jedoch ihr Mitleid zurück, nahm die Partei der Artisten und rühmte ihr freies, geselliges Wanderleben in hohen Tönen. Am liebsten, erklärte ich, ginge ich selber mit ihnen, stiege aufs hohe Seil und ginge nach den Vorstellungen mit dem Teller herum.

»Das möchte ich sehen«, lachte sie lustig.

Da nahm ich statt des Tellers meinen Hut, machte die Gesten eines Einsammelnden nach und bat gehorsamst um ein kleines Douceur für den Clown. Sie griff in die Tasche, suchte einen Augenblick unschlüssig und warf mir dann ein Pfennigstück in den Hut, das ich dankend in die Westentasche steckte.

Die eine Weile unterdrückte Fröhlichkeit kam wie eine Betäubung über mich, ich war jenen Tag kindisch ausgelassen, wobei vielleicht die Erkenntnis der eigenen Wandelbarkeit im Spiele war.

Am Abend zogen wir samt Fritz zur Vorstellung aus, schon unterwegs erregt und lustbarlich entzündet. Auf dem Brühel wogte eine Menschenmenge dunkel treibend umher, Kinder standen mit großen erwartenden Augen still und selig, Lausbuben neckten jedermann und stießen einander den Leuten vor die Füße, Zaungäste richteten sich in den Kastanienbäumen ein, und der Polizeidiener hatte den Helm auf. Um die Arena war eine Sitzreihe gezimmert, innen im Kreis stand ein vierarmiger Galgen, an dessen Armen Ölkannen hingen. Diese wurden jetzt angezündet, die Menge drängte näher, die Sitzreihe füllte sich langsam, und über den Platz und die vielen Köpfe taumelte das rot und rußig flammende Licht der Erdölfackeln.

Wir hatten auf einem der Sitzbretter Platz gefunden.

Eine Drehorgel ertönte, und in der Arena erschien der Direktor mit einem kleinen schwarzen Pferd. Der Hanswurst kam mit und begann eine durch viele Ohrfeigen unterbrochene Unterhaltung mit jenem, die großen Beifall fand. Es fing so an, daß der Hanswurst irgendeine freche Frage stellte. Mit einer Ohrfeige antwortend, sagte der andere: »Hältst du mich denn für ein Kamel?«

Darauf der Clown: »Nein, Herr Prinzipal. Ich weiß den Unterschied genau, der zwischen einem Kamel und Ihnen ist.«

»So, Clown? Was denn für einer?«

»Herr Prinzipal, ein Kamel kann acht Tage arbeiten, ohne etwas zu trinken. Sie aber können acht Tage trinken, ohne etwas zu arbeiten.«

Neue Ohrfeige, neuer Beifall. So ging es weiter, und während ich mich über die Naivität der Witze und über die Einfalt der dankbaren Zuhörer belustigt wunderte, lachte ich selber mit.

Das Pferdchen machte Sprünge, setzte über eine Bank, zählte auf zwölf und stellte sich tot. Dann kam ein Pudel, der sprang durch Reifen, tanzte auf zwei Beinen und exerzierte militärisch. Dazwischen immer wieder der Clown. Es folgte eine Ziege, ein sehr hübsches Tier, die auf einem Sessel balancierte.

Schließlich wurde der Clown gefragt, ob er denn gar nichts könne als herumstehen und Witze machen. Da warf er schnell sein weites Hanswurstkleid von sich, stand im roten Trikot da und bestieg das hohe Seil. Er war ein hübscher Kerl und machte seine Sache gut. Und auch ohne das war es ein schöner Anblick, die vom Flammenschein beleuchtete rote Gestalt hoch oben am dunkelblauen Nachthimmel schweben zu sehen.

Die Pantomime wurde, da die Spielzeit schon überschritten sei, nicht mehr aufgeführt. Auch wir waren schon über die übliche Stunde ausgeblieben und traten unverweilt den Heimweg an.

Während der Vorstellung hatten wir uns beständig lebhaft unterhalten. Ich war neben Anna Amberg gesessen, und ohne daß wir anderes als Zufälliges zueinander gesagt hätten, war es so gekommen, daß ich schon jetzt beim Heimgehen ihre warme Nähe ein wenig vermißte.

Da ich in meinem Bett noch lange nicht einschlief, hatte ich Zeit, mir darüber Gedanken zu machen. Sehr unbequem und beschämend war mir dabei die Erkenntnis meiner Treulosigkeit. Wie hatte ich auf die schöne Helene Kurz so schnell verzichten können? Doch legte ich mit einiger Sophistik an diesem Abend und in den nächsten Tagen mir alles reinlich zurecht und löste alle scheinbaren Widersprüche befriedigend.

Noch in derselben Nacht machte ich Licht, suchte in meiner Westentasche das Pfennigstück, das mir Anna heute im Scherz geschenkt hatte, und betrachtete es zärtlich. Es trug die Jahreszahl 1877, war also so alt wie ich. Ich wickelte es in weißes Papier, schrieb die Anfangsbuchstaben A. A. und das heutige Datum darauf und verbarg es im innersten Fach meines Geldbeutels, als einen Glückspfennig.

Die Hälfte meiner Ferienzeit – und bei Ferien ist immer die erste Hälfte die längere – war längst vorüber, und der Sommer fing nach einer heftigen Gewitterwoche schon langsam an, älter und nachdenklicher zu werden. Ich aber, als sei sonst nichts in der Welt von Belang, steuerte verliebt mit flatternden Wimpeln durch die kaum merkbar abnehmenden Tage, belud jeden mit einer goldenen Hoffnung und sah im Übermut jeden kommen und leuchten und gehen, ohne ihn halten zu wollen und ohne ihn zu bedauern.

An diesem Übermut war nächst der unbegreiflichen Sorglosigkeit der Jugend zu einem kleinen Teil auch meine liebe Mutter schuld. Denn ohne ein Wort darüber zu sagen, ließ sie es merken, daß meine Freundschaft mit Anna ihr nicht mißfiel. Der Umgang mit dem gescheiten und wohlgesitteten Mädchen hat mir in der Tat gewiß wohlgetan, und mir schien, es würde auch ein tieferes und näheres Verhältnis mit ihr die Billigung meiner Mama finden. So brauchte es keine Sorge und kein Heimlichtun, und wirklich lebte ich mit Anna nicht anders als mit einer geliebten Schwester.

Allerdings war ich damit noch lange nicht am Ziel meiner Wünsche, und nach einiger Zeit bekam dieser unverändert kameradschaftliche Verkehr gelegentlich etwas fast Peinliches für mich, da ich aus dem klar umzäunten Garten der Freundschaft in das weite freie Land der Liebe hin begehrte und durchaus nicht wußte, wie ich unvermerkt meine arglose Freundin auf diese Wege locken könnte. Doch entstand gerade hieraus für die letzte Zeit meiner Ferien ein köstlich freier, schwebender Zustand zwischen Zufriedensein und Mehrverlangen, der mir wie ein großes Glück im Gedächtnis steht.

So verlebten wir in unserm glücklichen Hause gute Sommertage. Zur Mutter war ich inzwischen wieder in das alte Kindesverhältnis gekommen, so daß ich mit ihr ohne Befangenheit über mein Leben reden, Vergangenes beichten und Pläne für später besprechen konnte. Ich weiß noch, wie wir einmal vormittags in der Laube saßen und Garn wickelten. Ich hatte erzählt, wie es mir mit dem Gottesglauben gegangen war, und hatte mit der Behauptung geendet, wenn ich wieder gläubig werden sollte, müßte erst jemand kommen, dem es gelänge, mich zu überzeugen.

Da lächelte meine Mutter und sah mich an, und nach einigem Besinnen sagte sie: »Wahrscheinlich wird der niemals kommen, der dich überzeugen wird. Aber allmählich wirst du selber erfahren, daß es ohne Glauben im Leben nicht geht. Denn das Wissen taugt ja nichts. Jeden Tag kommt es vor, daß jemand, den man genau zu kennen glaubte, etwas tut, was einem zeigt, daß es mit dem Kennen und Gewißwissen nichts war. Und doch braucht der

Mensch ein Vertrauen und eine Sicherheit. Und da ist es immer besser, zum Heiland zu gehen als zu einem Professor oder zum Bismarck oder sonst zu jemand.«

»Warum?« fragte ich. »Vom Heiland weiß man ja auch nicht so viel Gewisses.«

»O, man weiß genug. Und dann, – es hat im Lauf der Zeiten hie und da einen einzelnen Menschen gegeben, der mit Selbstvertrauen und ohne Angst gestorben ist. Das erzählt man vom Sokrates und von ein paar andern; viele sind es nicht. Es sind sogar sehr wenige, und wenn sie ruhig und getrost haben sterben können, so war es nicht wegen ihrer Gescheitheit, sondern weil sie rein im Herzen und Gewissen waren. Also gut, diese paar Leute sollen, jeder für sich, recht haben. Aber wer von uns ist wie sie? Gegen diese wenigen aber siehst du auf der andern Seite Tausende und Tausende, arme und gewöhnliche Menschen, die trotzdem willig und getrost haben sterben können, weil sie an den Heiland glaubten. Dein Großvater ist vierzehn Monate in Schmerzen und Elend gelegen, ehe er erlöst wurde, und hat nicht geklagt und hat die Schmerzen und den Tod fast fröhlich gelitten, weil er am Heiland seinen Trost hatte.«

Und zum Schluß meinte sie: »Ich weiß gut, daß das dich nicht überzeugen kann. Der Glaube geht nicht durch den Verstand, so wenig wie die Liebe. Du wirst aber einmal erfahren, daß der Verstand nicht zu allem hinreicht, und wenn du so weit bist, wirst du in der Not nach allem langen, was wie ein Trost aussieht. Vielleicht fällt dir dann manches wieder ein, was wir heute geredet haben.«

Dem Vater half ich im Garten, und oft holte ich ihm auf Spaziergängen in einem Säcklein Walderde für seine Topfblumen. Mit Fritz erfand ich neue Feuerkünste und verbrannte mir die Finger beim Loslassen. Mit Lotte und Anna Amberg brachte ich halbe Tage in den Wäldern zu, half Beeren pflücken und Blumen suchen, las Bücher vor und entdeckte neue Spaziergänge.

Die schönen Sommertage gingen einer um den andern hin. Ich hatte mich daran gewöhnt, fast immer in Annas Nähe zu sein, und wenn ich daran dachte, daß es nun bald sein Ende haben müsse, zogen schwere Wolken über meinen blauen Ferienhimmel.

Und wie denn alles Schöne und auch das Köstlichste nur zeitlich ist und sein gesetztes Ziel hat, so entrann Tag um Tag auch dieser Sommer, der mir in der Erinnerung meine ganze Jugend zu beschließen scheint. Man begann von meiner baldigen Abreise zu sprechen. Die Mutter nahm noch einmal meinen Besitz an Wäsche und Kleidern prüfend durch, flickte einiges und schenkte mir am Tage des Einpackens zwei Paar guter grauwollener Socken, die sie selber gestrickt hatte und von denen wir beide nicht wußten, daß sie ihr letztes Geschenk an mich waren.

Lang gefürchtet und doch überraschend kam endlich der letzte Tag herauf, ein hellblauer Spätsommertag mit zärtlich flatternden Spitzenwölklein und einem sanften Südostwinde, der im Garten mit den noch zahlreich blühenden Rosen spielte und schwer mit Duft beladen gegen Mittag müd wurde und einschlief. Da ich beschlossen hatte, noch den ganzen Tag auszunützen und erst spät am Abend abzureisen, wollten wir Jungen den Nachmittag noch auf einen schönen Ausflug verwenden. So blieben die Morgenstunden für die Eltern übrig, und ich saß zwischen beiden auf dem Kanapee in Vaters Studierstube. Der Vater hatte mir noch einige Abschiedsgaben aufgespart, die er mir nun freundlich und mit einem scherzhaften Ton, hinter dem er seine Bewegung verbarg, überreichte. Es war ein kleines altmodisches Beutelein mit einigen Talern, eine in der Tasche tragbare Schreibfeder und ein nett eingebundenes Heftlein, das er selber hergestellt und worin er mir ein Dutzend guter Lebenssprüche mit seiner strengen lateinischen Schrift geschrieben hatte. Mit den Talern empfahl er mir zu sparen, aber nicht zu geizen, mit der Feder bat er mich, recht oft heimzuschreiben, und wenn ich einen neuen guten Spruch an mir bewährt fände, ihn ins Heftlein zu den andern zu notieren, die er im eigenen Leben brauchbar und wahr befunden habe.

Zwei Stunden und darüber saßen wir beisammen, und die Eltern erzählten mir manches aus meiner eigenen Kindheit, aus ihrer und ihrer Eltern Leben, das mir neu und wichtig war. Vieles habe ich vergessen, und da meine Gedanken zwischenrein immer wieder zu Anna entrannen, mag ich manches ernste und wichtige Wort nur halb gehört und geachtet haben. Geblieben aber ist mir eine starke Erinnerung an diesen Morgen im Studierzimmer, und geblieben ist mir eine tiefe Dankbarkeit und Verehrung für meine beiden Eltern, die ich heute in einem reinen, heiligen Lichte sehe, das für meine Augen keinen andern Menschen umgibt.

Damals aber ging mir der Abschied, den ich am Nachmittag zu nehmen hatte, weit näher. Bald nach dem Mittagessen machte ich mich mit den beiden Mädchen auf den Weg, über den Berg nach einer schönen Waldschlucht, einem schroffen Seitental unseres Flusses.

Anfangs machte meine bedrückte Stimmung auch die andern nachdenklich und schweigsam. Erst auf der Berghöhe, von wo zwischen hohen roten Föhrenstämmen das schmale gewundene Tal und ein weites waldgrünes Hügelland zu sehen war und wo hochstielige Kerzenblumen im Winde schwankten, riß ich mich mit einem Juchzer aus der Befangenheit los. Die Mädchen lachten und stimmten sofort ein Wanderlied an; es war »O Täler weit, o Höhen«, ein altes Lieblingslied unserer Mutter, und beim Mitsingen fielen mir eine Menge fröhlicher Waldausflüge aus Kinderzeiten und vergangenen Feriensommern ein. Von diesen und von der Mutter fingen wir denn auch wie verabredet zu sprechen an, sobald der letzte Vers verklungen war. Wir sprachen von diesen Zeiten mit Dank und Stolz, denn wir haben eine herrliche Jugend-

und Heimatzeit gehabt, und ich ging mit Lotte Hand in Hand, bis Anna sich lachend anschloß. Da schritten wir die ganze den Bergrücken entlang führende Straße händeschwingend zu dreien in einer Art von Tanz dahin, daß es eine Freude war.

Dann stiegen wir auf einem steilen Fußpfad seitwärts in die finstere Schlucht eines Baches hinab, der von weitem hörbar über Geröll und Felsen sprang. Weiter oben am Bach lag eine beliebte Sommerwirtschaft, in welche ich die beiden zu Kaffee und Eis und Kuchen eingeladen hatte. Bergab und den Bach entlang mußten wir hintereinander gehen, und ich blieb hinter Anna, betrachtete sie und sann auf eine Möglichkeit, sie heute noch allein zu sprechen.

Schließlich fiel mir eine List ein. Wir waren unserm Ziel schon nahe an einer grasigen Uferstelle, die voll von Bachnelken stand. Da bat ich Lotte, vorauszugehen und Kaffee zu bestellen und einen hübschen Gartentisch für uns decken zu lassen, während ich mit Anna einen großen Waldstrauß machen wolle, da es gerade hier so schön und blumig sei. Lotte fand den Vorschlag gut und ging voraus. Anna setzte sich auf ein moosiges Felsstück und begann Farnkraut zu brechen.

»Also das ist mein letzter Tag«, fing ich an.

»Ja, es ist schade. Aber Sie kommen ja sicher bald einmal wieder heim, nicht?«

»Wer weiß? Jedenfalls im nächsten Jahr nicht, und wenn ich auch wiederkomme, so ist doch nicht mehr alles wie diesmal.«

»Warum nicht?«

»Ja, wenn Sie dann auch gerade wieder da wären!«

»Das wäre schließlich nicht unmöglich. Aber meinetwegen sind Sie ja doch auch diesmal nicht heimgekommen.«

»Weil ich Sie noch gar nicht gekannt habe, Fräulein Anna.«

»Allerdings. Aber Sie helfen mir gar nicht! Geben Sie mir wenigstens ein paar von den Bachnelken dort.«

Da nahm ich mich zusammen.

»Nachher so viel Sie wollen. Aber im Augenblick ist mir etwas anderes zu wichtig. Sehen Sie, ich habe jetzt ein paar Minuten mit Ihnen allein, und darauf hab ich den ganzen Tag gewartet. Denn – weil ich doch heute reisen muß, wissen Sie – also kurz, ich wollte Sie fragen, Anna –«

Sie sah mich an, ihr gescheites Gesicht war ernst und beinahe bekümmert.

»Warten Sie!« unterbrach sie meine hilflose Rede. »Ich glaube, ich weiß schon, was Sie mir sagen wollen. Und jetzt bitte ich Sie herzlich, sagen Sie's nicht!«

»Nicht?«

»Nein, Hermann. Ich kann Ihnen jetzt nicht erzählen, warum das nicht sein darf, doch dürfen Sie es gern wissen. Fragen Sie später einmal Ihre Schwester, die weiß alles. Unsere Zeit ist jetzt zu kurz, und es ist eine traurige Geschichte, und heut wollen wir nicht traurig sein. Wir wollen jetzt unsern Strauß machen, bis Lotte wiederkommt. Und im übrigen wollen wir gute Freunde bleiben und heute noch miteinander fröhlich sein. Wollen Sie?«

»Ich wollte schon, wenn ich könnte.«

»Nun dann, so hören Sie. Mir geht es wie Ihnen; ich habe einen lieb und kann ihn nicht bekommen. Aber wem es so geht, der muß alle Freundschaft und alles Gute und Frohe, was er sonst etwa haben kann, doppelt festhalten, nicht wahr? Drum sage ich, wir wollen gut Freund bleiben und wenigstens noch diesen letzten Tag einander fröhliche Gesichter zeigen. Wollen wir?«

Da sagte ich leise ja, und wir gaben einander die Hände darauf. Der Bach lärmte und jubelte und spritzte feine Tropfen zu uns herauf, unser Strauß wurde groß und farbig, und es dauerte nicht lange, da sang und rief meine Schwester uns schon wieder entgegen. Als sie bei uns war, tat ich, als wollte ich trinken, kniete am Bachrand hin und tauchte Stirn und Augen eine kleine Weile in das kalt strömende Wasser. Dann nahm ich den Strauß zur Hand, und wir gingen miteinander den kurzen Weg bis zur Wirtschaft.

Dort stand unter einem Ahornbaum ein Tisch für uns gedeckt, es gab Eis und Kaffee und Biskuits, die Wirtin hieß uns willkommen, und zu meiner eigenen Verwunderung konnte ich sprechen und Antwort geben und essen, als wäre alles gut. Ich wurde fast fröhlich, hielt eine kleine Tischrede und lachte ohne Zwang mit, wenn gelacht wurde.

Ich will es Anna nicht vergessen, wie einfach und lieb und tröstlich sie mir über das Demütigende und Traurige an jenem Nachmittag hinweggeholfen hat. Ohne merken zu lassen, daß etwas zwischen ihr und mir vorgefallen sei, behandelte sie mich mit einer schönen Freundschaftlichkeit, die mir meine Haltung bewahren half und mich nötigte, ihr älteres und tieferes Leid und die Art, wie sie es heiter trug, hoch zu achten.

Das enge Waldtal füllte sich mit frühen Abendschatten als wir aufbrachen. In der Höhe aber, die wir rasch erstiegen, holten wir die sinkende Sonne wieder ein und schritten noch eine Stunde lang in ihrem warmen Licht, bis wir sie beim Niederstieg zur Stadt nochmals aus den Augen verloren. Ich sah ihr nach, wie sie schon groß und rötlich zwischen schwarzen Tannenwipfeln stand, und dachte daran, daß ich sie morgen weit von hier an fremden Orten wiedersehen würde.

Abends, nachdem ich vom ganzen Hause Abschied genommen hatte, gingen Lotte und Anna mit mir auf den Bahnhof und winkten mir nach, als ich im Zug war und der eingebrochenen Finsternis entgegenfuhr.

Ich stand am Wagenfenster und schaute auf die Stadt hinaus, wo schon Laternen und helle Fenster leuchteten. In der Nähe unseres Gartens nahm ich eine starke, blutrote Helle wahr. Da stand mein Bruder Fritz und hatte in jeder Hand ein bengalisches Licht, und in dem Augenblick, da ich winkte und an ihm vorbeifuhr, ließ er eine Rakete senkrecht aufsteigen. Hinauslehnend sah ich sie steigen und innehalten, einen weichen Bogen beschreiben und in einem roten Funkenregen vergehen. *(1907)*

Ein Briefwechsel

Theodor an Hans:

Lieber Hansel! Ja das sind jetzt wahrhaftig bald vier Wochen, daß ich Dir antworten will und nie dazu komme. Aber heute soll es endlich geschehen, wenn auch meine Zeit wie immer recht knapp ist. Dein letzter Brief war so nett und hat mich sehr gefreut. Wenn ich ebenso ausführlich von meinem hiesigen Leben erzählen wollte, gäbe es ein ganzes Buch. München gefällt mir, und ich mache fast jeden Tag neue Bekanntschaften, zum Teil reizende Leute, meistens Künstler. Mit einigen habe ich mich gut angefreundet, auch interessante Damen sind dabei. Vorgestern saßen wir bis morgens vier Uhr im Ratskeller. Unsre einstigen Kneipereien in Tübingen waren bescheidener, aber dafür braucht man hier auch unheimlich viel Geld.

Und Du hockst immerfort in Deinem stillen Nest daheim! Manchmal könnte ich Dich ungelogen drum beneiden. Man kommt hier zu keiner Ruhe. Um Dein sonstiges Dasein allerdings beneide ich Dich weniger. Hauslehrer sein, denke ich mir grauenhaft, vollends für einen, der wie Du frisch vom Studentenleben kommt. Hoffentlich findest Du bald einen bequemeren Platz. Falls ich hier von etwas Passendem höre, gebe ich Dir Bericht. Freilich ist das wenig wahrscheinlich.

Schade, daß wir nicht bald wieder einmal zusammensitzen und plaudern können! Unsre Abende auf Deiner Bude waren allemal so nett; ich denke noch oft mit Vergnügen daran.

Wenn Du Emma G. einmal siehst, so sag ihr meinen Gruß.

Dein alter Theodor.

Hans an Theodor:

Mein lieber Theo! Es war lieb von Dir, daß Du mir wieder einmal geschrieben hast. Ich fürchtete schon, es könnte Dir zu mühsam und langweilig werden, um so mehr, als Du mitten im großen Leben schwimmst, während ich hier abseits sitze.

Daß auch Du noch manchmal an unsre Tübinger Zeiten denkst, freut mich herzlich. Für mich ist es eine tiefe und unvergeßliche Erinnerung, denn Deine Freundschaft ist wohl das Schönste und Beste gewesen, was ich bis jetzt gehabt und erlebt habe. Dafür muß ich Dir immer danken. Du hattest ja Freunde genug, Du warst so viel älter und lebenskundiger, während ich mit meiner unbeholfenen Art nirgends ankam. Jetzt kann ich ja von manchem reden, was mir damals nicht über die Lippen gekommen wäre. An dem Abend, nachdem Du so unerwartet mir das Du angeboten hattest, war ich ganz närrisch und kam mir wie erlöst vor, da ich so lang allein und traurig herumgelaufen war.

Jetzt fehlst Du mir jeden Tag sehr. Oft, wenn ich ungeduldig oder gedrückt bin, meine ich, es wäre alles gut, wenn ich schnell zu Dir kommen und mit Dir reden und Dein Lachen hören könnte. Doch ich will nicht klagen. Ich weiß ja, daß Du auch in Deinem neuen, bunteren und reicheren Leben noch an mich denkst und mir gut bist. – Im Gymnasium und in den beiden ersten Studienjahren war ich beständig im stillen auf der Suche nach einem Freund und war beständig ein wenig traurig, weil ich keinen fand. Ich hatte wohl manchen gern, aber ich fand nie den Mut, ihn an mich zu ziehen. Nun glaube ich, es war ein Glück für mich, daß Du nicht früher kamst. Jugendfreundschaften gehen oft so leicht in Scherben, und von der unseren hoffe ich, daß sie mit uns männlicher und reifer wird und fürs Leben vorhält.

Gern täte ich einmal einen Blick in Dein Münchner

Leben, das ich mir herrlich frei und köstlich denke. Aber vielleicht hast Du recht, wenn Du mich um die Stille meiner hiesigen Tage beneidest. So gern ich auch einmal ein wenig vom großen Leben sähe und atmete, im Grund passe ich doch wohl besser in kleine Verhältnisse. Das enge Zusammenleben mit wenigen Menschen in einem so kleinen Städtchen mag etwas Beschränktes haben, aber wer wie ich sich schwer anschließt, der schlägt dann auch gern Wurzeln, und am Ende findet vielleicht jeder überall in der Welt doch stets denselben ihm gemäßen Mikrokosmos.

Was Du übrigens über meinen Beruf sagst, kann ich nicht gelten lassen. Ich bin ganz gerne Hauslehrer. Es hat seine Schwierigkeiten, namentlich die Stellung zwischen Eltern und Kind, aber wenn man ein einziges Kind unterrichtet und erziehen hilft, lernt man es auch genau kennen, und so ein junges Pflänzlein in allen Regungen zu beobachten und zu pflegen, ist doch etwas Köstliches. Ich habe meinen Buben sehr gern. Er ist elfjährig und etwas kränklich, und ohne unbegabt zu sein, lernt er schwer. Wo es gelingt, ihn lebhaft zu interessieren, da macht er recht gute Fortschritte. Er ist ziemlich groß und schlank für sein Alter und hat liebe braune Augen. Im ganzen kann er mich gut leiden, doch ist er manchmal noch scheu, und ich muß ihn fast jeden Tag wieder erobern.

Deinen Gruß an Emma habe ich gestern ausgerichtet. Ich sehe sie ziemlich oft, und wir sind ganz gute Freunde geworden. Sie hat viel Liebes und Sympathisches, und ich begreife, daß Du sie lieb hast. Doch scheint irgendeine Verstimmung zwischen Euch zu sein, nicht? Verzeih, wenn ich unberufen davon rede, aber sie klagte mir, Du schriebest ihr gar nicht. Sie spricht gern und viel von Dir, und ich dachte, ich wollte Dir das sagen, für alle Fälle, ohne mich natürlich weiter in Deine Angelegenheit zu mischen.

Wenn ich nur auch von mir etwas Frauliches berichten

könnte! Du weißt von unserem damaligen Nachtspaziergang in der Platanenallee her, wie es mit mir steht. Ich hab Else B. seither nur zweimal gesehen, das letztemal in Stuttgart bei einem Besuch im Haus ihrer Eltern, aber von irgendeinem Verhältnis zwischen uns darf ich noch nicht reden, wenn ich auch nicht ohne Hoffnung bin.

So, jetzt ist der Bogen voll. Lieber Theo, bleib mir gut wie ich Dir, und wenn ich bitten darf, schreib mir hie und da etwas mehr von Dir und Deinen Erlebnissen, daß ich ein bißchen mitleben kann, wie ich so gern möchte.

In Treue herzlich Dein Hans.

Theodor an Hans:

Lieber Hans! Dein letzter Brief hat mich gefreut und auch ein wenig belustigt. Ein bißchen Schulmeister bist Du ja eigentlich immer gewesen, nun hast Du also Deinen Beruf nicht verfehlt. Aber was Du über unsere Freundschaft sagtest, hat mich gerührt.

Nun eine Frage. Ich brauche Geld und möchte wissen, ob Du mir etwas geben kannst und wieviel. Ich lebe hier einstweilen über meine Verhältnisse, da ich alles kennen lernen will. Sparen wäre da verfehlt. Auch habe ich Aussichten auf eine sehr nobel bezahlte Stellung. Doch davon später, wenn ich selber erst genauer weiß, wie ich daran bin.

Schade, daß Du nicht näher bei München wohnst, so daß man sich etwa einmal sehen und sprechen könnte. Ich hätte viel Interessantes und Amüsantes zu erzählen, aber zum Schreiben komme ich in diesem Trubel schwer. Zurzeit nimmt mich eine Aufführung des dramatischen Vereins in Anspruch, bei der ich mitwirken soll. Es ist so ein modernes Sittenstück, furchtbar toll und eigentlich ziemlich dumm, aber man verspricht sich viel davon. Gott weiß warum.

Heut abend werde ich vielleicht ein paar hiesige Berühmtheiten kennenlernen, im Atelier meines Freundes Max Berlinger. Er war vorzeiten zwei Jahre lang mein Schulkamerad, und wir standen ganz gut miteinander, obwohl er immer etwas eigensinnig und langweilig gewesen ist. Er wurde Maler, und ich traf ihn hier unvermutet wieder. Es scheint, er fängt an etwas zu gelten, er hat zwei Bilder im Glaspalast gehabt und soll viel können.

Also bitte um ein paar Zeilen. Mit Grüßen Dein alter Theodor.

Hans an Theodor:

Lieber Theo! Leider kann ich erst gegen Ende nächsten Monats, also in etwa fünf Wochen, Geld bekommen. Ich habe alles überlegt, aber früher geht es nicht. Dann aber werde ich mindestens etwa fünfzig Mark übrig haben, die Dir natürlich zur Verfügung stehen. Bitte schreib mir, ob Dir dann noch damit gedient ist. Es ärgert mich, daß ich Dir nicht mehr anbieten kann. Ich bekomme hier zwar monatlich 120 Mark, aber ich mußte mir notwendig sogleich zwei Anzüge machen lassen, da ich ziemlich abgerissen hierher kam, und dann muß ich jeden Monat fünfundzwanzig Mark an den dummen Tübinger Schulden abzahlen.

Sonst kann ich zufrieden sein. Mein Bub macht ganz nette Fortschritte und bekommt allmählich Vertrauen zu mir, und das bißchen hiesige Geselligkeit ist mir gerade genug. Auch Emma sah ich neulich wieder. In Deinem letzten Brief stand kein Wort über sie. Vielleicht denkst Du zu wenig daran, wie allein sie hier ist und wie sehr sie an Dir hängt?

Vor meinem Fenster singen und zanken die Spatzen in der Morgensonne, die noch nicht lange herauf ist. So ein Herbstmorgen ist doch wie ein Kleinod, so licht und durchsichtig zartblau! In Tübingen bin ich, so oft ich konnte, um diese Zeit ausgeritten. Das geht hier nicht, aber schön ist es nicht weniger. Der Tannenwald ist duftig blauschwarz und von einem Kranz von Gebüschen eingefaßt, die in allen Herbstfarben leuchten. Dazu höre ich das Flußwehr in der Nähe rauschen. Diese stille, klare Morgenstunde, die ich für mich ganz allein habe, genieße ich jeden Tag wie ein liebes Geschenk. Wenn Du da wärest, würden wir jetzt miteinander durch den Garten bergauf an den Waldrand gehen, wo man das ganze Tal übersieht. Überhaupt – wenn Du da wärest!

Treulich Dein Hans.

Theodor an Hans:

Lieber Hans! Also mit dem Geld ist einstweilen nichts. Nun, wenn Du mir dann das Angebotene schicken kannst, komme ich schon durch, obwohl es nicht ganz ausreicht. Den Rest bringe ich wohl hier zusammen. Jedenfalls wird es nicht lang dauern, bis Du Dein Geld samt jenem früheren zurückbekommst.

Solche Morgenstunden wie Du habe ich leider nicht. In der großen Stadt und bei dem vielen Abend- und Nachtleben kommt man dazu gar nicht, so schade es ist. Doch fühle ich mich sonst wohl wie der Fisch im Wasser, das Vielerlei tut mir gut.

Wegen Emma sollst Du Dir keine Sorgen machen. Gerade weil ich mit ihr ja nicht offiziell verlobt bin, kann ich jetzt, während meine ganzen Verhältnisse so schwebend sind, nichts tun als warten und schweigen. Krisen gibt es in jedem Liebesverhältnis, und ich stecke jetzt so tief in Plänen, daß ich wirklich den Kopf nicht zu Auseinandersetzungen delikater Art frei genug habe. Doch wird das vielleicht schon bald ein anderes Gesicht bekommen. An einem großen Unternehmen, das im Entstehen begriffen ist, hoffe ich einen wichtigen Posten zu bekommen. Doch sind das Dinge, über die ich einstweilen lieber nicht zu viel sage.

Laß wieder von Dir hören und bleib gesund!

Dein Theodor.

Hans an Theodor:

Lieber Freund! Deine Andeutungen machen mich immer gespannter. Hoffentlich ist es mit Deinen Plänen bald soweit, daß Du mir alles mitteilen kannst. Ich zweifle nicht, daß Du mit Deiner geschickten und flotten Art schnell vorwärts kommst, und jedenfalls verlierst Du nicht viel, wenn Du auf den Staatsdienst daheim verzichtest. Sehr interessieren würde es mich, über Deine neuen Freunde mehr zu hören. Denk nur, der hiesige Amtsrichter war diesen Sommer in München und erinnert sich, die zwei Bilder von Max Berlinger gesehen zu haben. Er malt selber und ist ein gescheiter, feiner Mensch, einer von den Besten hier.

Wie ist es denn mit den »Berühmtheiten« gegangen, die Du damals kennenlernen solltest? Du lebst so im Vollen, daß ich fast fürchten könnte, ich käme dabei zu kurz. Aber wenn ich an alle unsre schönen Zeiten denke, namentlich an die letzte herrliche Albtour in den Ferien, kann ich wieder nicht glauben, daß einer von uns jemals den andern vergessen wird, und ich schäme mich, an eine solche Möglichkeit gedacht zu haben.

Was Du über Dein Verhältnis zu Emma sagst, ist mir zwar nicht ganz klar, doch verstehe ich im Ganzen Deine Stimmung wohl. Da ich ja ohnehin – als der einzige, der von Eurer Sache weiß und mit dem sie über Dich reden kann – bei ihr als eine Art Gesandter Kavalierdienste tue, will ich gerne versuchen, sie zu beruhigen. Sie ist eben zu viel allein und überhaupt ein wenig sensibel, so daß sie sich vielleicht manche unnötige Sorge macht.

Nimm vorlieb, es reicht heute nicht weiter. Gleich fängt unsre Grammatikstunde (*amo, amas, amat!*) an, für Lehrer und Schüler die unerquicklichste. Bleibe gut Deinem getreuen Hans.

Theodor an Hans:

Lieber Hans! Nochmals eine Bitte. Um mich einzurichten, sollte ich möglichst genau wissen, *wann* Du mir Moneten schicken kannst und wieviel. Sonst nichts Wichtiges. Bald denke ich Dir nun einmal ausführlicher über alle meine Erlebnisse und Aussichten zu schreiben, wie Du es wünschest. Schön, daß Du Emma tröstest! Aber gelt, mit Vorsicht! Sie ist, wie ich ja wissen muß, gefährlich, und mich schaudert bei der Vorstellung, daß es zwischen uns alten Freunden etwa einmal Eifersucht geben könnte!

Und was macht Dein armer Tropf von Schüler?

Mit Gruß Dein Theodor.

Hans an Theodor:

Lieber Theo! Dein letztes kurzes Brieflein hat mir weh getan. Wie kommst Du auf solche Einfälle? Ich bitte Dich ernstlich und herzlich, diesen Ton nicht mehr anzuschlagen. Ich weiß nicht, ob ich zu einsiedlerisch und damit zu empfindlich geworden bin, aber ich muß Dir gestehen, Dein Witz hat mich so peinlich und fremd berührt, daß ich ganz erschrocken bin. Bist Du denn anders geworden? Alle Deine Briefe sind so kurz und eilig, und manchmal kam es mir beinahe so vor, als hättest Du Dich zum Schreiben zwingen müssen.

Sieh, ich möchte gewiß nicht zu viel von Dir verlangen. Ich weiß, ich bin nicht Dein einziger Freund wie Du mein einziger bist. Du bist vielseitiger, geselliger, und Du lebst in neuen Verhältnissen, die Dich stark in Anspruch nehmen. Trotzdem und so sehr ich Dir alles und alles gönne, sehne ich mich oft nach einem einzigen herzlichen Wort von Dir. Es ist irgend etwas zwischen uns nicht mehr so wie früher. Von Stuttgart aus schriebst Du mir noch ganz anders als jetzt, ausführlicher und wärmer. Jetzt machen Deine Briefe mich oft traurig, sie haben etwas Kühles und Zerstreutes, Du redest, und ich höre zu, aber Du siehst mich dabei nicht an, ich spüre Dein Wesen kaum mehr in Deinen Worten. Hast Du Sorgen, die Du mir verbirgst? Verzeih mir, wenn ich Dir Vorwürfe zu machen scheine, aber laß mich nicht in dieser Ungewißheit. Oder habe ich, ohne es zu wissen, irgend etwas getan oder geschrieben, was Dich verletzt hat? Das wäre mir leid, und ich würde herzlich gern Abbitte tun.

Das Geld kann ich Mitte nächster Woche schicken, wahrscheinlich sechzig Mark, jedenfalls nicht weniger.

Mein Schüler ist krank, er hat Gliederweh und muß still liegen, vielleicht für mehrere Wochen. Der arme Kerl ist mir rührend dankbar, weil ich viel bei ihm sitze. Ich lese ihm Swifts Gulliver vor, an dem ich dabei selber wieder mein Vergnügen habe.

Und was machst Du, Theo? Vielleicht hätte ich diesen Brief nicht schreiben sollen. Aber ich bin traurig und habe das Gefühl, Du wollest mir entgleiten, während ich in verlangender Anhänglichkeit die Arme nach Dir ausstrecke.

Dein Hans.

Theodor an Hans:

Lieber Junge! Da ich morgen früh für zwei Tage nach Nürnberg reise, schreibe ich Dir in Eile noch schnell diesen Gruß. Jenen dummen Witz mit dem Mädchen hast Du doch gar zu ernst genommen! Geschrieben sieht so etwas, was man im Gespräch leicht sagt und leicht hinnimmt, schlimmer aus. Boshaft gemeint war es gewiß nicht.

Wenn Du zusehen könntest, wie ich zurzeit lebe, würdest Du mich verstehen und Deine Vorwürfe zurücknehmen. Ich bin der alte geblieben, und oft genug wünsche ich Dich lebhaft hierher. Aber bei dem Tempo, in dem jetzt meine Tage und oft auch die Nächte hingehen, komme ich kaum zu mir selber, viel weniger zum Briefschreiben, worin ich ohnehin nie exzelliert habe. Den Winter gehe ich vielleicht nach Berlin, was sagst Du dazu?

Soviel für heute, damit Du nicht weiter Grillen fängst, alter Hansel.

Dein Theodor.

Hans an Theodor:

Lieber Theo! Danke für Deine freundlichen Zeilen. Es fällt mir schwer, darauf zu antworten. Noch schwerer wird mir's, das zu sagen, was ich gestern erfuhr und worüber ich Dich fragen muß.

Um es kurz zu machen – Emma hat mir von dem Brief erzählt, den sie dieser Tage von Dir bekam. Gesehen habe ich den Brief natürlich nicht, aber im Wesentlichen kenne ich seinen Ton und Inhalt, denn Emma hat mir in der Erregung mehr über sich selbst und Dich und Euer Verhältnis mitgeteilt, als mir lieb sein konnte. Mir ist noch ganz elend davon.

Was hast Du gemacht, Theo? Die Art, wie Du mit Emma umgegangen bist, ist häßlich. Ich bitte Dich, erkläre mir, wie all das möglich war! Das Mädchen ist krank vor Schmerz. Ich begreife Dich nicht. Selbst wenn Du nichts mehr wolltest, als sie loswerden, durftest Du nicht so schreiben.

Von diesen Zeilen darf Emma nichts wissen, darum

muß ich bitten. Sie hat kein Wort gesagt, das ich als eine Aufforderung, Dir zu schreiben, hätte auffassen können. Aber wie kann ich anders? Ich erwarte bald eine Antwort.

Hans.

Theodor an Hans:

Lieber Hans! Dein Geld ist angekommen, Dank dafür! Und leider auch Dein aufgeregter Brief, der nicht notwendig war. Denn mich vor Dir zu verantworten, muß ich ablehnen. Mir scheint, Du tust Dich mit Emma eigens gegen mich zusammen. Schon daß sie Dir von meinem Brief sagte, war recht indiskret.

Sei gescheit und denke Dir: wohin wollte ich kommen, wenn ich jedem Bekannten über jeden meiner Schritte beliebig Rede stehen müßte? Vollends in solchen Affären. Was zwischen mir und Emma in all der Zeit gewesen ist, darüber könnte ich ein Buch schreiben, und Du willst, ich soll die ganze heikle und komplizierte Sache in drei Worten »erklären«. Und dann – glaubst Du wirklich, ich habe ohne gute Gründe nur so drauf los gehandelt und müsse jetzt auf Deine freundliche Bitte hin erst anfangen, mir mein Tun zu überlegen?

Hansel, ich rate Dir zu warten, bis Du selber einmal Ähnliches erlebt hast. Schließlich bin ich immerhin ein paar Jahre älter als Du und könnte allenfalls eher mir einbilden, ich vermöge Dein Leben und Treiben zu übersehen und zu kontrollieren, als umgekehrt. Und nun stehst Du plötzlich als entrüsteter Richter da und willst mich verhören, dazu noch in Dingen, die Dich wirklich nichts angehen.

Überlege Dir das alles, wenn Du es inzwischen nicht schon getan hast, und begreife dann, daß Dein übereifriges Eingreifen ein Schulmeisterstreich gewesen ist, über den wir beide später einmal lachen können.

Dein Theodor.

Hans an Theodor:

Lieber Freund! Verzeih, wenn ich Deinen Brief nicht so leichthin annehmen kann, wie Du dachtest und wie ich es früher vielleicht getan hätte. Schon neulich hast Du eine ernste Frage von mir als Bagatelle behandelt. Nun muß ich endgültig wissen, ob Du noch mein Freund bist und sein kannst oder nicht. Denn bis jetzt bin ich doch nicht wie »jeder Bekannte« für Dich gewesen.

Dein letztes Verhalten gegen Emma ist, wenn Du es mir nicht überzeugend anders erklären kannst, unehrenhaft. Und wenn mein Freund etwas Unehrenhaftes tut, muß ich ihn zur Rede stellen, nicht? Entweder gibt er mir dann recht oder verteidigt sich hinreichend, dann läßt sich weiter reden. Oder weicht er mir aus, dann ist er mein Freund nicht mehr.

Seit Du in München bist, hatte ich aus Deinen seltenen kurzen Mitteilungen manchmal den bitteren Eindruck, Du seiest mir verlorengegangen. Manchmal schien es mir sogar, ich hätte mich in Dir getäuscht und etwas für Freundschaft genommen, was Deinerseits nur eine bedeutungslose Geste war. Du warst ja immer von »Freunden« umgeben, während ich nur Dich hatte. Wenn es Dir nun doch ernst gewesen ist, so hast Du heute Gelegenheit, es mir zu beweisen. Es wird mir nicht leicht, so mit Dir zu reden. Immer warst Du der, dem ich dankbar war, an dem ich emporsah, der Ältere, Glücklichere, Lebensklügere. Das war ja auch in Ordnung. Aber jetzt ist es so weit, daß ich wissen muß, ob meine Freundschaft je etwas anderes war als eine Einbildung, mit der ich spielte. Ich verlange nicht, daß Du für Deinen Freund ins Feuer gehst, aber ich verlange, daß Du ihn anerkennst und ernst nimmst. Tust Du das, Theo?

Mit Emma stehst Du, wie ich genau zu erraten glaube, so: Du hattest ein Verhältnis mit ihr, dessen Form und Ton ihr die Vorstellung eines Verlöbnisses geben mußte, und so war es auch von Dir seinerzeit gemeint. Inzwischen bist Du kühler geworden, ihre Briefe fingen an Dir lästig zu werden, und nun schreibst Du ihr, wie man einer Maitresse schreiben mag, vermutlich um sie loszuwerden. Dabei nehme ich immer noch an, jener Brief von Dir sei in einer Stunde übler Laune entstanden. Er muß Dir ja leid tun. Ist es nicht so?

Oder aber: Du willst Emma nicht loswerden, ihr aber den Gedanken an Heirat usw. abgewöhnen. Das wäre in jedem Falle nicht schön, ihr gegenüber aber unverzeihlich.

Wenn ich etwas tun kann, um Deinen letzten Brief an sie quasi aus der Welt zu schaffen und zu einer Versöhnung oder aber zu einer ehrlichen Lossage mitzuhelfen, so verfüge über mich. Ich würde gern Peinlicheres übernehmen, um Dir meine Freundschaft zu zeigen.

Ich möchte noch so vieles sagen, ehe ich diesen Brief absende, der für mich eine Entscheidung bedeutet. Doch ist jetzt keine Zeit für »schöne Gefühle«, wie Du dergleichen früher zu bezeichnen pflegtest. Darum schreibe ich nicht weiter, sondern schließe und warte auf Deine Antwort, wie ich noch nie auf einen Brief gewartet habe.

Hans.

Theodor an Hans:

Mein lieber Hans! Auf Deinen Brief ist schwer zu antworten. Eigentlich kann ich nur wiederholen, was ich neulich schrieb: werde älter und lerne verstehen, daß nicht alle Dinge sich in Worten und Briefen erklären lassen. Speziell was den Verkehr mit Frauen betrifft, bleibt Dir noch einiges zu lernen übrig.

Schau, Du regst Dich über Dinge auf, die es nicht wert sind. Und warum? Aus Freundschaft, sagst Du. Aber ist das Freundschaft, daß ich, weil ich Dich gern hatte und noch immer gern habe, mich nun plötzlich von Dir tyrannisieren lassen soll?

Über die Geschichte mit Emma kann ich Dir nur das eine sagen, daß ich an eine Heirat nicht denken kann. Wie ich im weiteren mit ihr zurecht oder auseinander komme, ist doch wirklich rein meine Sache. Ich bin überzeugt, auch im schlimmsten Falle nimmt sie die Sache nicht so tragisch wie Du.

Über kurz oder lang wirst Du einsehen, daß Dein pathetischer Brief zum mindesten unnötig war. Oder wolltest Du mir Angst machen?

Nächsten Monat geh ich nach Berlin. Da solltest Du mitkommen, um Dir die Grillen zu vertreiben. Es wäre lustiger, als bei Deinem kranken Buben zu sitzen, meinst Du nicht?

Wie immer Dein Theodor.

Hans an Theodor:

Lieber Theo! Du bist ein Lebenskünstler, aber ich nicht. Leider nicht. Da Du mich nicht verstehen willst, hat mein weiteres Schreiben keinen Zweck. Du wirst mich auslachen, aber darauf kommt es jetzt nicht mehr an. Du suchst bei mir etwas, was ich nicht habe, und mir ist es mit Dir ähnlich gegangen.

Für Berlin wünsche ich Dir alles Gute. Vielleicht ist Dein Weg der richtige, wenn ich es auch nicht glauben mag. Mitgehen kann ich ihn jedenfalls nicht mehr, und mich wundert, daß ich es so lange gekonnt habe. Ich muß jetzt wieder allein gehen, wie ich es früher gewohnt war, einen weiten, dunklen Weg allein.

Hans.

(1907)

Von der alten Zeit

In meiner Heimat wohnt ein alter Gymnasialprofessor, einer von den guten, der schreibt mir alle Jahre einmal einen Brief. Er wohnt in seinem Einsiedlerhäuschen und Garten still und nachdenklich dahin, und wenn in der Stadt jemand begraben wird, so ist es meist ein früherer Schüler von ihm. Dieser alte Herr hat mir kürzlich wieder geschrieben. Und obwohl ich selbst einer ganz anderen Meinung bin und ihm in meiner Antwort kräftig widersprochen habe, scheint mir seine Betrachtung über die alte und neue Zeit doch lesenswert, so daß ich dieses Stück aus seinem Briefe hier mitteile. Es heißt:

»... Es will mir nämlich vorkommen, die heutige Welt sei von der, die zu meinen jungen Zeiten noch bestand und galt, durch eine größere Kluft getrennt, als sonst Generationen voneinander getrennt sind. Wissen kann ich es nicht, und die Geschichtschreibung scheint zu lehren, meine Ansicht sei ein Irrtum, dem jedes alternde Geschlecht verfalle. Denn der Fluß der Entwicklungen ist ein stetiger, und zu allen Zeiten sind die Väter von den Söhnen überwunden und nicht mehr verstanden worden. Dennoch kann ich mein Gefühl nicht ändern, es sei – wenigstens in unserem Volk und Land – in den letzten Jahrzehnten alles viel gründlicher anders geworden und als habe unsere Geschichte eine viel raschere Gangart angenommen als in früheren Zeiten.

Soll ich bekennen, was mir an diesem Umschwung des Zeitgeistes als das Wesentlichste erscheint? Da ist, um es kurz zu sagen, ein überall spürbares Abnehmen der Ehrfurcht und der Keuschheit. Ich will die alten Zeiten nicht loben. Ich weiß, daß es jederzeit nur eine kleine Minderheit von Guten und Brauchbaren gegeben hat, einen Denker auf tausend Redner, einen Frommen auf tausend Seelenlose, einen Freien auf tausend Philister. Im Grunde war vielleicht nichts Einzelnes früher besser als heute. Aber im Ganzen war, scheint mir, bis vor einigen Jahrzehnten in unserem allgemeinen Lebenshabitus mehr Anstand und Bescheidenheit als heute. Jetzt wird alles mit größerem Getöse und größerer Eigenliebe getan, und die Welt hallt von der Überzeugung wider, sie stehe an der Schwelle der goldenen Zeit, während doch niemand zufrieden ist.

Ringsum ergeht ein Reden, Predigen und Schreiben von Wissenschaft, von Kultur, von Schönheit, von Persönlichkeit! Aber die Einsicht, daß alle diese wertvollen Dinge nur in Stille und nächtlichem Wachstum gedeihen können, scheint durchaus vergessen zu sein. Jede Wissenschaft und Erkenntnis hat es so eilig, gleich auch Früchte zu tragen und sichtbare Erfolge sehen zu wollen.

Das Erkennen eines natürlichen Gesetzes, an sich ein so erhabenes und inniges Ereignis, wird mit bedenklicher Hast in die Praxis gezogen – als ob man einen Baum zu schnellerem Wachstum nötigen könnte, wenn man das Gesetz seines Wachsens erkannt hat. Und so ist überall ein Wühlen an den Wurzeln, ein Experimentieren und Goldmachen am Werk, dem ich mißtrauen möchte. Es gibt weder für die Gelehrten noch für die Dichter mehr Dinge, über welche man schweigt. Es wird alles besprochen, bloßgelegt und beleuchtet, und jedes Forschen will gleich ein Wissen sein. Eine neue Erkenntnis, ein neuer Fund eines Forschers steht, noch ehe der Mann damit ganz fertig ist, schon popularisiert und ausgebeutet in den Zeitungen. Und jedes Fündlein eines Anatomen oder Zoologen bringt gleich auch die Geisteswissenschaft ins Zittern! Eine Spezialstatistik beeinflußt Philosophen, eine mikroskopische Entdeckung die Seelenlehren der Theologen. Und gleich ist auch ein Dichter da, der den Roman dazu schreibt. Alle jene alten, heiligen Fragen um die Wurzeln unseres Lebens sind aktuelle Unterhaltungsstoffe, von jedem Hauch der Mode in Wissenschaft und

Kunst berührt und beeinflußt. Es scheint kein Schweigen, kein Wartenkönnen, auch keinen Unterschied zwischen Großem und Kleinem mehr zu geben.

Im sichtbaren täglichen Leben ist es ebenso. Lebensregeln, Gesundheitslehren, Häuser- und Möbelformen und andere Gegenstände längeren Gebrauchs, denen sonst eine gewisse Stabilität anhaftete, wechseln heute so eilig wie Kleidermoden. Jedes Jahr ist auf jedem Gebiet der Gipfel erklommen und das Endgültige geleistet. Im Leben der einzelnen Familien führt das alles zu einem argen Riß zwischen innen und außen, zwischen Schauseite und Innenseite, und damit zu einem Verfall der Sitte und Lebenskunst, dessen Grundzug ein erstaunlicher Mangel an Phantasie ist.

Beinahe scheint mir das die eigentliche Krankheit der Zeit zu sein. Phantasie ist die Mutter der Zufriedenheit, des Humors, der Lebenskunst. Und Phantasie gedeiht nur auf dem Grunde eines innigen Einverständnisses zwischen dem Menschen und seiner sachlichen Umgebung. Diese Umgebung braucht nicht schön, nicht eigentümlich, nicht reizend zu sein. Wir müssen nur Zeit haben, mit ihr zu verwachsen, und daran fehlt es heute überall. Wer nur nagelneue Kleider trägt, die er sehr häufig wechseln und erneuern muß, dem geht dadurch ein Stücklein Boden für die Phantasie verloren. Er weiß nicht, wie lebendig, lieb, freundlich, drollig, erinnerungsreich und anregend ein alter Hut, eine alte Reithose, ein altes Wams sein kann: Und ebenso ein alter Tisch und Stuhl, ein vertrauter, treuer Schrank, Ofenschirm oder Stiefelknecht. Ferner die Tasse, aus der einer seit Kinderzeiten trank, die großväterliche Kommode, die alte Uhr!

Gewiß ist es nicht notwendig, immerzu am selben Ort und in denselben Räumen und mit denselben Gegenständen zu leben. Es kann jemand sein Leben lang auf Reisen und heimatlos sein und dennoch die reichste Phantasie haben. Aber auch er wird sicherlich irgendein liebes

Stücklein mit sich herumtragen, wovon er sich niemals trennen mag, und sei es nur ein Fingerring, eine Taschenuhr, ein altes Messer oder ein Geldbeutel.

Nun, ich gerate auf Abwege. Ich wollte sagen, daß die heutige Veränderungslust arm macht und die Seelenkraft schädigt, indem sie von der Weltanschauung bis zum Hausgerät eine Abneigung gegen das Stabile hat; man macht schon den Kindern das Dichten, Schaffen und eigene Mitleben mit den Dingen schwer, indem man sie durch viel zu viel Spielsachen und Bilderbücher reizt. Und man macht den Erwachsenen jedes Glauben, jedes innige Erfassen und Festhalten so schwer, indem man gar zu bequem und wohlfeil in jeder Bude darbietet, was langsam und mit Hingabe erworben werden sollte. Nun meint jeder alles erraffen zu müssen, und nichts ist ihm leichter gemacht, als von der Kirche zur Religionslosigkeit, von da zu Darwin, von da zu Buddha, von da zu Nietzsche oder Haeckel oder sonstwohin überzugehen, ohne daß er sich viel zu bemühen und zu studieren braucht. Es ist so leicht geworden, Bescheid zu wissen, ohne lernen zu müssen.

Gewiß wird die Menschheit nicht daran zugrunde gehen. Und ebenso gewiß werden auch heute wie immer die innerlich Tüchtigen auf alle bequemen Wege und Erfolge verzichten. Aber es ist ihnen schwerer gemacht. Und das Leben im ganzen, der Durchschnitt des häuslichen und alltäglichen Lebens und Verkehrs ist gesunken. Es war vielleicht spielerisch und töricht, wenn früher viele Hausväter angenehme Allotria trieben, wenn einer die Flöte blies, einer Kalligraphenkünste übte, einer Uhren auseinandernahm und wieder zusammensetzte, ein anderer Klebearbeiten aus Papier und Pappdeckel machte. Aber es war unschädlich und sie waren zufrieden. Und wenn für das Genie, für den strebenden Einzelnen eine ewig dürstende Ungenüge notwendig und heilsam ist, so ist für die große Menge der Unbedeutenden Zufriedenheit nicht minder notwendig und heilsam, wenn das Ganze im Gleichgewicht bleiben soll.

Es gab früher für Familien und selbst für größere Verbände eine Gemeinsamkeit der intimen Erinnerungen, eine Anhänglichkeit an kleine Dinge der Außenwelt, die mit geheimer Gewalt fortwirkte und ein köstliches Heimgefühl entstehen ließ. Es gab ein Kennen kleinster Züge aneinander, das für Verstandesmenschen gefährlich sein müßte, für Phantasiemenschen aber eine Quelle innigeren Zusammenhaltens und daneben noch eine Fundgrube für Scherz und Laune wurde. Es gab soviele sogenannte Originale, weil man Lust an kleinen Sonderlichkeiten und Aufmerksamkeit für sie hatte, und da dies gegenseitig geübt wurde, entstand daraus ein heiterer, launig wohler Ton im Verkehr und in der Unterhaltung. Natürlich hat auch heute noch jede rechte Familie ihren Ton, ihre Geheimnisse, Neckereien und Geheimsprache, und das wird immer so bleiben. Aber über die Familie hinaus fehlt es zumeist heutigen Gesellschaften an solcher Farbe und Laune, und was an Behagen fehlt, kann der Aufwand in Kleidern, Speisen, in Raum und Gefühl nicht ersetzen …«

So schrieb mir mein alter Lehrer. Wie gesagt, bin ich nicht ganz seiner Meinung. Aber es ist doch etwas daran, will mir scheinen.

(1907)

Berthold

I

Die ersten Jahre seines Lebens sind in Bertholds Erinnerung völlig verlorengegangen. Wenn er in seinen Mannesjahren jener Zeit gedachte, sah er sie nur als ein zerrinnendes Traumbild gestaltlos in goldenen Nebeln schweben, dem Erwachten ferne und unbegreiflich. Geschah es, daß er verlangende Arme des Heimwehs danach ausstreckte, so klang ihm wohl ein sehnlich lindes Wehen aus dem verlorenen Lande herüber, an versunkene Gebilde und Namen rührend, deren aber keines und keiner mehr in seiner Seele Leben hatte. Auch das Bildnis der jung gestorbenen Mutter ruhte schattenhaft und unwiederbringlich in dieser dämmernden Tiefe.

Bertholds Erinnerungen begannen mit der Zeit seines sechsten oder siebenten Jahres.

Da lag im grünen Flußtal die Stadt, von Mauern umfangen, eine kleine deutsche Stadt, deren Namen weiter draußen im Reich niemand kannte, ein verlorenes und ärmliches Nest, das doch seinen Bürgern und Kindern eine Welt war und Reihen von Geschlechtern Raum zum Leben und Raum zum Begraben bot. Die Kirche, in einer früheren wohlhabenderen Zeit erbaut und nicht dem Anfang gemäß vollendet, sondern notdürftig bedacht und nur mit einem sparsamen Holzturm versehen, der auf dem Dache ritt, stand in ihrer Verwahrlosung und unnötigen Größe gleich einer Ruine inmitten der kleinen Häuser, trauerte mit ihren schön gemeißelten, hohen Portalen und predigte Vergänglichkeit. Davor auf dem Marktplatz, der groß und sauber gepflastert war, spiegelten sich die bescheidenen, aus Fachwerk oder auch ganz aus Holz gebauten Bürgerhäuser mit spitzigen Giebeln in der gewaltigen steinernen Schale des Marktbrunnens.

Von den Toren war das südliche gering und niedrig, das nach Norden schauende aber stattlich und hochgebaut, und hier wohnte in Ermangelung eines Kirchturmes der Feuerwächter und Türmer. Man sah ihn zuweilen, einen müden und schweigsamen Mann, in seiner Höhe still und ungesellig die schmale Galerie abschreiten und wieder in sein Gehäuse verschwinden, und es war Bertholds erster Knabenwunsch gewesen, einmal an dieses Mannes Stelle zu sein und mit dem Horn am Gürtel Türmerdienst zu tun.

Mitten durch das Städtlein rann der schmale, schnelle Fluß. Sein oberes Tal war eng, zwischen zwei Züge waldiger Berge gedrängt, und bot nur für einige flache Äcker, eine alte stille Landstraße und berganwärts für wenige, abschüssige und magere Wiesen Platz. Dort draußen hatten nur einige Häusler ihre hölzernen Hütten stehen, auch lag dort nahe am Wasser, verfallend und von den Städtern mit großer Scheu gemieden, ein Pesthaus, vor langer Zeit bei einer großen Seuche gebaut.

Flußabwärts hingegen führte ein wohlgehaltener Weg bald dicht am Ufer, bald durch Kornland und Wiesen das Tal hinab, das nach kurzer Weile breiter und fruchtbarer wurde. Die Berge flohen auf beiden Seiten zurück, einem breiteren und fetteren Boden Raum gebend, und bald tat sich eine schöne, sonnige Talebene auf, durch eine Krümme vor dem Nordwind beschützt. Während oberhalb sowie auch schon eine kleine Stunde weiter abwärts das Tal arm und rauh war und der ganze Reichtum des Landes in den Bergwäldern bestand, prangte hier still und abgeschlossen ein kleines Land mit Frucht und Obst wie ein Paradiesgärtlein zwischen den grünen Bergen. Inmitten lag breit und satt in wohligem Frieden ein Kloster samt Meierei und Mühle, und wer müde auf der Talstraße vorüberwanderte und hinüberschaute und in dem erhöht gelegenen Garten unter laubigen Bäumen die Brüder in weißen Kutten langsam wandeln sah, dem mochte der friedsame Ort eine köstliche und gesegnete Zuflucht scheinen.

Den fröhlichen Wiesenweg von der Stadt zum Kloster hinab wanderte in seinen Knabenjahren Berthold fast jeden Tag. Er ging im Kloster zur Schule, und es war von seinem Vater bestimmt, daß der Knabe in den geistlichen Stand treten sollte. Denn nach dem frühen Tod der Mutter hatte er seinen ersten Sohn vorzeitig in die Fremde gelassen, die den unbändigen Jüngling verlockte, und er war, statt seinem Handwerk nachzugehen, verwahrlost und in der Ferne bei schlimmen Händeln zugrunde gegangen. Darauf hatte der Vater, seiner eigenen unsteten Jugendzeiten und ihren Verfehlungen gedenkend, sich gelobt, den zweiten Knaben besser zu bewahren und womöglich einen Priester aus ihm werden zu lassen.

Eines Tages im Spätsommer kam Berthold, noch ein kleiner Schulknabe, vom Kloster her heimwärts gegen die Stadt gegangen und besann sich auf Ausreden für seine Verspätung; denn er hatte unterwegs sich eine gute Stunde lang im Beobachten der Wildenten vergessen. Die Sonne war schon hinterm Berg und der Himmel rot. Und während der Knabe auf seine Entschuldigung bedacht war, ging sein junger Verstand gleichzeitig andere Wege. Der Lehrer, ein alter Gelehrter und Sonderling, hatte ihm heute von Gottes Gerechtigkeit erzählt und sie zu beschreiben und zu erklären unternommen. Diese Gerechtigkeit schien dem Berthold eine wunderbare und verwikkelte Sache zu sein, und die Beispiele und Erklärungen des Paters genügten seinem Bedürfnis nicht. Zum Beispiel um die Tiere schien Gott sich nur wenig zu bekümmern, oder warum fraß der Marder die jungen Vögel, die doch auch Gottes Geschöpfe und unschuldiger als der Marder waren?

Und warum wurden die Verbrecher gehängt oder enthauptet, wenn doch die Sünde ihren Lohn in sich selber trug; und wenn doch alles, was geschah, seine Wurzel und Zulassung in Gottes Gerechtigkeit hatte, warum war es dann nicht ganz einerlei, was einer tat oder unterließ?

Aber alle diese kindlichen Zweifel und Gedankenversuche erloschen spurlos wie die Spiegelbilder der Dinge in einem plötzlich vom Wind bestrichenen Teich, als Berthold das Tor erreichte und mit schnell ermunterten Sinnen wahrnahm, daß in der Stadt etwas Ungewöhnliches geschehen sei.

Noch wußte er nichts und sah nur die wohlbekannte Torgasse im warmen Widerschein des glühenden Abendhimmels liegen; aber so stark ist im Menschen die Macht der Gewöhnung und der Gemeinschaftlichkeit, daß selbst ein Kind jede Störung hergebrachter Ordnung sofort mit feinen Sinnen erfühlt, noch ehe es die Ursache erfahren oder mit Augen gesehen hat. So bemerkte Berthold im Augenblick, es sei in der Stadt etwas Besonderes im Gang, obwohl er nur das Fehlen der Kinder und Frauen erkannte, die sonst die abendliche Gasse mit Spielen und Geplauder zu erfüllen pflegten.

Doch wenige Augenblicke später vernahm er schon entferntes, leis tosendes Wogen vieler Stimmen, undeutliche Rufe und trommelndes Geklapper von Pferdehufen, unbekannte und erregende Töne einer Trompete. Ohne mehr an seine Verspätung und an die Heimkehr zu denken, lief er trabend durch eine enge, steile und schon dunkelnde Nebengasse zum Marktplatz hinauf. Hastig mit heißem Kopf und stürmisch schlagendem Herzen trat er zwischen den hohen Häusern auf den noch ganz lichten Platz hinaus, von wo ihm vielfältiger Lärm entgegenscholl. Ungewohnte Bilder traten gehäuft und hinreißend seinem gierigen Blick entgegen, und ihm schien aus Reichen der Sage her alle Mannigfaltigkeit und alles Abenteuer der Welt plötzlich zauberhaft mitten in das alltägliche Leben gedrungen zu sein.

Auf dem Marktplatz, wo an anderen Tagen um diese

Feierabendstunde nur spielende Knaben, wassertragende Mägde und rastend auf den steinernen Vorbänken ihrer Häuser sitzende Bürger zu sehen waren, gärte jetzt ein grelles, heftiges Leben. Es war eine Schar fremdes Kriegsvolk angekommen, Landsknechte und berittene Offiziere, Troßbuben, Marketender, buntes Weibervolk. Das trieb sich umher, verlangte Quartier, Brot, Ställe, Betten, Wein, fluchte, kreischte, sprach fremde Mundarten und fremde Sprachen, rannte umher oder lag schon satt und lachend als Zuschauer in den Wohnstubenfenstern der wohlhabendsten Markthäuser. Offiziere befahlen, Feldwebel schimpften, Bürger redeten auf die Leute ein, der Bürgermeister lief erregt und ängstlich hin und wider, Pferde wurden abgeführt. Angst und Gelächter, Krieg und Scherz klangen durcheinander.

Dieses Getümmel, das Berthold mit Wonne, Angst und brennender Neugierde betrachtete, riß den zufrieden engen Kreis seiner kleinen Knabenwelt mit einemmal gewaltsam auseinander und öffnete zum erstenmal die Welt seinen Blicken. Er hatte wohl von der Fremde, von Fürsten, fernen Ländern, von Soldaten, Krieg und Schlachten reden hören und sich davon kühne, farbige Vorstellungen gemacht; doch war für ihn zwischen diesen Dingen und den schönen Märchen kein Unterschied gewesen, und er hatte nicht gewußt, ob das alles wirklich und wesenhaft vorhanden oder nur ein Ergötzen der Gedanken und hübsches Gleichnis wäre. Nun aber sah er mit Augen Kriegsvolk, Pferde und Waffen, Spieße, Schwerter und Abzeichen, schön aufgezäumte Pferde und unheimliche Feuerrohre. Er sah Männer mit fremden, braunen und bärtigen Gesichtern, fremdartige heftige Weiber, hörte rauhe Stimmen unbekannte Sprachen reden und trank begierig den starken Duft des Neuen, Wilden, Unheimischen in seine unbeschwerte Knabenseele ein.

Behutsam ging er zwischen dem wilden Volk umher, damit er alles sehe, machte sich aus Flüchen und einigen

Rippenstößen nichts und tat seiner ersten Schaulust Genüge, ehe er ans Heimgehen dachte. Er bestaunte Arkebusen und Fähnlein, betastete einen Spieß, bewunderte hochschäftige Reiterstiefel mit scharfen Sporen und hatte seine Lust an dem freien, kriegerischen Wesen der Leute, an ihren barschen, kecken, prahlerischen Worten und Gebärden. Da waren Glanz, Kühnheit, Stolz und Wildheit, lodernde Farben, wallende Federbüsche, Zauber des Kriegs und Heldentums.

Betäubt und glühend kam Berthold spät nach Hause. Der Vater war in Furcht um ihn gewesen und empfing ihn mit liebevollem Schelten. Aber der erregte Knabe hörte nichts, er wollte kaum essen und sprudelte von Fragen über, was das für Leute seien, woher sie kämen, wer ihr Feldherr sei, ob es nun eine Schlacht gebe. Er erfuhr allerlei, was er nicht verstand, von Welschen, Kaiserlichen, von Durchzug, Quartier, Plünderung, und der Vater wußte selber durchaus nicht Bescheid. Als er dagegen erzählte, es seien auch bei ihm drei Leute in Quartier, sprang Berthold auf und begehrte sie zu sehen. Wie auch der Vater wehrte und schalt, er war nicht zu bändigen und stürmte hinaus, die Stiege hinauf und zu der Kammer. An der Türe blieb er atemlos stehen und lauschte. Er hörte Schritte und Reden, doch nichts Gefährliches, und so faßte er Mut, öffnete behutsam die Tür und trat auf den Zehen hinein. Dabei stieß er fast auf einen der Soldaten, einen hageren, großen Menschen in schlechten Kleidern und mit einem ungefügen Pflaster auf der Wange, der sich sofort umwandte, den Kleinen grimmig anschaute und mit drohender Gebärde wieder gehen hieß. Aber ehe Berthold Folge leisten konnte, tat ein anderer lachend Fürsprache und winkte den verzagten Knaben zu sich.

»Hast noch nie Landsknechte gesehen?« fragte er ganz freundlich, und da der Kleine den Kopf schüttelte, lachte er und fragte ihn nach seinem Namen. Als er den schüchtern sagte, brummte der Hagere: »Berthold? So heiß ich auch«, und musterte ihn mit einem aufmerksamen und scharfen Blick, als suche er das Bild seiner eigenen Kindertage in dem hübschen Knabengesicht. Ein anderer machte einen Witz, den Berthold nicht verstand, dann ließen sie den Buben unbeachtet. Zwei begannen ein Spiel mit alten, unsäuberlichen Karten, der dritte schenkte sich Wein in den Becher und machte sich gemächlich daran, eine aufgegangene Naht an seinem Lederzeug mit gepichtem Zwirn zu flicken. Bald rief drunten der Vater, und Berthold verließ mit Bedauern und ungestillter Neugierde die Soldatenkammer. Am andern Morgen half er der Magd mit Eifer die schweren Schaftstiefel der Leute putzen.

Dann mußte er sehr gegen seine Wünsche wie immer ins Kloster zur Schule gehen, und als er von da eilig und begierig zurückkam, waren Landsknechte, Offiziere, Gäule und Standarten zu seinem bitteren Schmerz schon wieder weit fortgezogen. Er konnte sie nimmer vergessen, und auch andere dachten noch lange an sie; denn es waren in der einen Nacht ein Totschlag, einige Verwundungen und mancherlei Raub und Gewalttat in der Stadt geschehen. In der folgenden Zeit ergingen noch je und je Gerüchte von solchen Durchzügen in der Gegend; die Stadt aber blieb für lange Zeit verschont, und der Kriegslärm, der anwachsend das halbe Reich erfüllte, brauste fern an ihrer Stille vorbei.

Die Knaben aber spielten seit jener Einquartierung fleißig Soldaten, und zu seines Vaters Leidwesen geschah es, daß Berthold seine vorige träumerische Stille ganz von sich tat und bald der Hitzigste und Anführer der Buben wurde. Seine große Körperkraft, deren er sich jetzt wie nach einem Schlummer bewußt ward, machte ihn unter seinesgleichen berühmt und gefürchtet, und da den Übungen in Kampf und Tapferkeit bald auch andere, weniger edle Taten und Streiche folgten, erwuchs dem Alten mit der Zeit nicht wenig Ärger und Sorge. Denn wie im

Kommandieren und Fechten, so tat der Knabe Berthold sich auch in Prügeleien, Schabernack und Apfeldiebstählen hervor.

Indes er aber auf diese Art den Leuten, dem Vater und seinem guten Lehrer Ärgernis gab, war es ihm selber in seiner wilden Haut nicht etwa unterschiedslos wohl, sondern er wurde nicht selten vom bösen Gewissen geplagt und kam sich oft mitten im fröhlichsten Getümmel wie ein Bezauberter vor, der nicht seinem eigenen Willen folgt. Sein eigener Wille, schien ihm, lag gefangen und betäubt, und wenn er sich in bangen Stunden regte und zu mahnen begann, schuf er ihm Qual.

Freilich geschah ihm das nur hin und wieder. An den meisten Tagen ließ er sich unbefangen treiben und beging seine Streiche, wie jeder Knabe die seinen begeht. Es war auch gar nicht sein Wille, der bei diesem Treiben unterlag und zu kurz kam, sondern ein zeitweilig schlummernder Teil seiner Seele, nämlich der Trieb zum Nachdenken und Erkennen. Dem half der Ausbruch anderer, gröberer Begierden und Regungen zu einem Schlaf, in welchem er sich nur selten schwer und traumbefangen bewegte. Das erkannte sein kluger Lehrer, der anfänglich über die Gemütsänderung des Knaben sehr erschrocken war, bald mit Beruhigung.

»Der Knabe hat früher zu viel gesonnen«, sagte er zu Bertholds Vater. »Jetzt will die Erbsünde ihr Recht und auch der kräftige Körper das seine haben, und es ist viel besser, sie toben jetzt aus, als sie melden sich erst in späteren und gefährlicheren Jahren. Unterdrücken hilft nichts, lassen wir das Böcklein nur stoßen!«

Die Erbsünde büßte denn auch ihre Lust, und das Böcklein stieß, bis es ihm weh tat. Das geschah eines Nachmittags im Winter, bei einer großen Knabenschlacht im Schnee. Zwei Heere beschossen einander mit Schneeballen, und eines hatte den Berthold zum Anführer. Sie kamen einander immer näher, und am heftigsten bekämpften sich die beiden Anführer. Der feindliche Feldherr wagte sich weit vor, mit einigem Vorrat an Geschossen, und traf den Berthold mehrmals aus nächster Nähe mit scharfen Würfen ins Gesicht, so daß der in Zorn geriet und Rache beschloß. Und als nun sein Feind ihn mit einem Schneeball traf, der einen Stein enthielt und eine Beule gab, hielt er sich nicht mehr zurück, sprang den Gegner an und nötigte ihn zum Ringkampf. Beide Heere gaben sogleich den Kampf auf und stellten sich im Kreis um die Brust an Brust Ringenden auf, um das Schauspiel zu genießen.

Der Feind kam bald in Bedrängnis und half sich, da die Kraft seiner Arme nicht ausreichte, durch einen Biß in des Gegners Ohr. Nun hatte Berthold genug. In Zorn und Schmerz warf er mit verzweifelter Kraft den Beißer von sich, ohne zu schauen wohin, und schleuderte ihn so, daß er wider einen Prellstein flog und sofort regungslos liegenblieb. Sein Gesicht wurde zusehends weiß und schmal, aus den Haaren her rann über die Stirn ein Faden roten Blutes, floß über ein geschlossenes, nicht mehr zuckendes Augenlid und blieb vertrocknend auf der Wange stehen.

Die Knabenschar, die eben noch jeden Griff der Ringer begutachtet und auch noch den letzten Gewaltwurf Bertholds mit Jubel bewundert hatte, verstummte plötzlich. Nur ein ganz kleines Bürschlein, das eigentlich noch zur Mutter gehörte, rief entsetzt mit einer hohen Kinderstimme: »Er hat ihn umgebracht!« Minutenlang starrten sie alle glotzend auf den bewegungslos, zerbrochen hingestreckten Körper. Dann wurde es ihnen unheimlich, und fast alle verschwanden lautlos, teils um sich in Sicherheit zu bringen und das Grauen zu vergessen, teils um das Ereignis eilig in der Stadt zu verkünden. Auch die Zurückgebliebenen wichen unbehaglich aus Bertholds Nähe und ließen ihn allein stehen.

Nach dem heftigen Wurf, in dem sein Zorn sich erschöpft hatte, war er einen kurzen Augenblick voll Siegergefühl und ruhiger Sättigung gewesen, gewillt, den tükkischen Stein im Schneeball und den Biß ins Ohr zu vergessen. Der harte Fall und das bißchen Blut hatten ihn nicht erschreckt, da sein Gewissen von keiner Schuld wußte. Da aber der Gefallene nicht wieder aufstand und sein Gesicht weiß und steinern wurde, stockte dem Sieger Atem und Herzschlag, sein Blick hing starr an dem Blutfleck, und als der Schrei des kleinen Knaben erscholl, begann Berthold zu zittern. Trotz Schwindelgefühl und Unbehagen bemerkte er mit unheimlicher Klarheit nicht nur die Todesstarre des Dahingestreckten, die blauen Schatten unter seinen Augen und das auf seiner Wange gerinnende Blut, sondern auch das Grauen und die feige Abwendung der Kameraden, die ihm soeben noch bewundernd zugerufen hatten. Er sah sich als Mörder gemieden und von Schrecken umgeben, von den Freunden im Stich gelassen, von denen gewiß keiner für ihn einstehen würde. Zum erstenmal in seinem Leben fühlte er sich von Einsamkeit wie von einem grauenvollen Bannkreis umgeben und sein warmes Herz von Verzweiflung und Tod eisig angefaßt.

Minutenlang blieb er an dem Anblick des Erschlagenen haften. Dann überfiel ihn plötzlich der Gedanke an Strafe; in schrecklichen Vorstellungen sah er sich von Verhör und Richter, von Schmach und Todesstrafe bedroht. Darüber vergaß er sofort alles andere, sein Leben bangte vor dem unbestimmten Kommenden und setzte sich mit allen Fibern zur Wehr.

Wie ein scheuendes Roß, nachdem die erste, kurze Betäubung und Lähmung des Erschreckens sich gelöst hat, in besinnungslosem Drang, sich zu retten, davonrennt und mit verzweifeltem Galopp das Weite sucht, so riß sich Berthold aus dem dumpfen Banne los und lief nun wie gehetzt von dem Unglücksort weg, zur Stadt hinaus und bergan in den Wald; die erste und sicherste Zuflucht jedes Flüchtigen. Seine Einbildung sah Häscher nach ihm ausziehen, Arme nach ihm greifen, Fäuste nach ihm geballt.

In unnützem Laufen irrte er heiß und zagend abseits der Wege, versank in Schneewehen und zerriß Haut und Kleider im winterlichen Gestrüpp.

Es wurde Abend, der Schnee leuchtete blaß in der Dämmerung. Der Flüchtling war todmüde und halb erfroren, er dachte im Schnee umkommen zu müssen oder dem Wolf zur Beute zu fallen und strebte mit versagenden Kräften, durch die Büsche ins Freie zu kommen. Der aufsteigende Mond half ihm mit schwachem Trost. Endlich fand er sich erschöpft und taumelnd am Rande des Waldes und sah über steile Abhänge hinweg im weißen Schnee- und Mondlicht nicht eine unwirtliche und weglose Fremde, wie er gemeint hatte, sondern das wohlbekannte schöne Tal und im Grunde beschneit und friedvoll das Kloster liegen.

Der Anblick erweckte Trauer und Scham in ihm, noch tiefer im Gemüt aber Trost und frohe Rettungsahnung. Auf frierenden und müden Füßen klomm er das steile Land hinab, oft fallend und wieder aufstehend, erreichte mühevoll die Straße, die Brücke und schließlich das Klostertor, dessen schweren Pocher er mit letzter Kraft hob und auf die Eisenplatte fallen ließ. Aber während der Schall ertönte und den erstaunten Pförtner aus der warmen Halle rief, sank der Zuflüchtling still in den Schnee. Der Bruder hob ihn auf, fand ihn in einem Zustand zwischen Schlaf und Ohnmacht, sah seine Finger und Ohren blau gefroren und trug ihn hinein; denn er hatte den Schüler erkannt.

Berthold erwachte erst spät am andern Tage, sah sich in einem fremden Raum und Bett liegen, und noch ehe er die Erinnerung wiederhatte, trat sein Lehrer ein, und hinter ihm sein Vater. Da gab es ein langes Reden, und als man ihn gesund fand, ein Schelten, Klagen und Fragen. Doch hörte er von allem nur die Nachricht, daß der Erschlagene gar nicht tot und schon gestern wieder zum Bewußtsein gekommen sei.

Da tat seine verdunkelte Seele zagende Augen auf, sah den Weg wieder offen und ihre Flügel beschädigt, doch ungebrochen. In erlösenden Tränen rann die Verzweiflung und Todesangst, die auch seine Träume nicht verlassen hatte, dahin.

Zugleich aber war auch das wilde und stößige Wesen, das Anführer- und Soldatentum abgetan wie eine Maske, und dahinter trat das Gesicht des alten Berthold, des Grüblers und Einspänners, hervor, zu seines Vaters Freude. Eine Woche und zwei Wochen traute er der Stille nicht und war stets gewärtig, den Unhold wieder hervorbrechen zu sehen, während er mit Seufzen jeden Tag der Mutter des verwundeten Knaben, der noch eine gute Weile krank lag, ein Schmerzensgeld bezahlte. Berthold schien jedoch gründlich bekehrt zu sein, er hatte keinen Umgang mehr mit Buben seines Alters, vermied die Gasse und die Spielplätze, lernte gewaltig Latein und neigte mehr als je zu Betrachtungen über Gott und Menschenleben. Was er von der Vergänglichkeit irdischen Ruhmes schon bei dem schlimmen Ausgang jener Knabenschlacht erfahren hatte, fand er nun bestätigt, indem die früheren Kameraden ihn bald nicht mehr vermißten. Sie folgten neuen Feldherren, und Berthold wurde von ihnen zuerst eine Weile gemieden und geschont, dann eine Weile gehänselt und dann vergessen. Niemand sprach mehr von seinen Heldentaten; seines Lateins und seiner Bestimmung zum Priester wegen wurde er wieder wie früher teils neidisch, teils verächtlich der heilige Berthold genannt, und nur das Unglück, daß er einmal beinah einen Kameraden zum Tod gebracht hätte, wurde ihm nicht vergessen. Und er kam sich selber, wie seinem Vater, verwandelt und bekehrt vor, indes doch nur seine angeborene Ungeduld und unbefriedigte Lebenslust ihr ungenügsames Wesen auf etwas andere Weise trieb.

Was der Alte und der Knabe selbst nicht erkannten, blieb dem Lehrer nicht verborgen. Der Pater Paul sah mit

Sorgen das lebhafte Kind zwar still und sittsam geworden; aber sein neuer Eifer im Bereuen, Frommsein und Lernen schien ihm nicht minder übertrieben und wild zu sein als das vorherige Toben. Er sah in dem noch dämmernden Leben der jungen Seele die Ahnung von der Ungenüge und Zweifelhaftigkeit unseres Lebens wie einen Abendschatten unaufhaltsam wachsen, allzudunkel und allzufrüh, und er wußte wohl, daß gegen diesen Schaden kein Kraut in den Gärten wächst. Er wußte es; denn er gehörte selber zur stillen Gemeinde der Unzufriedenen, die niemals wissen, ob es ihre eigene Unzulänglichkeit oder die der ganzen Weltordnung ist, daran sie krank sind. Darum liebte er den hübschen, unruhigen Knaben und fürchtete für ihn.

»Wenn also Gott gerecht ist und wenn alles in der Welt nach seinem Gesetz und mit seinem Willen geschieht«, sagte Berthold, »wie ist es dann, daß es Krieg und Schlachten gibt und daß man den Stand der Soldaten eingerichtet hat, deren Beruf nichts anderes ist, als daß sie Menschen töten? Und man ehrt sie dafür noch, und die Feldherren werden Helden geheißen.«

Der Pater Paul gab Antwort: »Sie sind Werkzeuge Gottes. Wohl soll uns jedes Menschen Leben heilig sein, doch ist es nichts Vollkommenes, und Gott selber läßt ja einen jeden sterben, den einen jung, den andern alt, den einen an Krankheit, den andern durchs Schwert oder durch andere Gewalt. So sehen wir, daß das leibliche Leben an sich selber von geringem Wert und nur ein Gleichnis und Vorbild ist. Daraus sollten wir lernen, schon dieses hinfällige leibliche Leben in Gottes Dienst zu stellen.«

»Ja, aber die Soldaten und Mörder stehen ja auch, wie du sagst, in Gottes Dienst, und sind doch böse.«

»Wenn ein Schmied ein Pferd beschlagen will, so kann er es nicht gut allein tun, nicht wahr?«

»Ja.«

»Gut. Er braucht aber nicht nur einen Gesellen, sondern er muß auch einen Hammer haben.«

»Ja.«

»Nun, der Geselle ist aber mehr als der Hammer, er ist ein lebendiger Mensch und hat nicht nur Kräfte, sondern auch Verstand. So ist auch ein Unterschied zwischen Gottes Dienern und Gottes Werkzeugen. Jeder Mensch, auch der Mörder, ist ein Werkzeug, er muß – ob er es will und weiß oder nicht – Gottes Willen vollführen helfen und hat keinerlei Verdienst dabei. Gottes Diener sein aber ist etwas ganz anderes: das heißt mit Willen und Wissen sich ihm untergeben, auch wenn es weh tut und dem eigenen Gelüst zuwider geht. Wer das erkannt hat, der darf nie mehr damit zufrieden sein, daß er ein Werkzeug ist, sondern muß allezeit ein Diener sein wollen. Und wenn er dessen vergißt und dennoch seinem irdischen Trieb und Gelüst nachgeht, ist er ein größerer Sünder als alle Räuber und Totschläger. Du hast gesagt, die Soldaten seien alle böse. Wie willst du denn wissen, was böse ist? Wer in Torheit und Unwissenheit Arges tut, der sündigt vielleicht weniger, als wer das Gute weiß und tut es nicht.«

»Warum läßt aber Gott so viele in Unwissenheit?«

»Das werden wir nie erforschen. Warum läßt er manche Blumen rot und andere gelb oder blau im Feld wachsen? Und ob vor ihm ein Verständiger von einem Unwissenden und ein Böser von einem Guten gar so sehr verschieden ist, das weiß ich nicht. Aber daß der, dem Gott Erkenntnis gegeben hat, auch größere Pflichten und größere Verantwortung habe, dessen sei versichert!«

So gab es häufige Unterredungen des klugen und geduldigen Paters mit dem fragelustigen Schüler. Berthold lernte viel und wuchs an Erkenntnis; nicht minder jedoch wuchs in aller Stille sein heimlicher Stolz. Er schaute mit Hochmut auf seine ehemaligen Kameraden, ja auf den eigenen Vater, und je besser er von Gott und göttlichen Dingen zu reden und disputieren lernte, desto mehr ging seiner unzufriedenen Seele die rechte Ehrfurcht und Scham verloren. Er gewöhnte sich daran, in Gedanken an allem zu zweifeln und über alles zu urteilen. Seinem Lehrer ging es dabei sonderbar. Er sah wohl, daß er den Verstand, nicht das Herz des Knaben bilde und erziehe, aber er hatte die Zügel verloren. Und während er sich darüber tadelte, tat es ihm doch wohl, einen so gescheiten Schüler zu haben, mit dem er schließlich besser disputieren konnte als mit allen Brüdern des Klosters.

In seinem Hochmut merkte Berthold kaum, wie er die Jahre der Kindheit unkindlich hinbrachte und sich um Unwiederbringliches betrog. Seit er mit Büchern umzugehen wußte und vom Pater Paul mit solchen versehen wurde, führte er ein stilles, doch gieriges Schattenleben im blassen Lande der Buchstaben und vergaß darüber die Welt, der er angehörte und die ihm zustand. Die Gesellschaft der Altersgenossen vermißte er nicht, da er diese alle mehr und mehr verachtete, und wenn der Vater oder ein Onkel gelegentlich sagte, er sehe bleich und überstudiert aus, so freute es ihn wie eine Auszeichnung. Nicht selten überfiel ihn zwar der alte Hunger und das alte wilde Verlangen nach einem gesättigten, vollen, blühenden Leben, wie er's als kleiner Bub in Soldatenspielen gesucht hatte, aber seine Gier ging jetzt in die Zukunft, wo er Herrschaft und Ehre erreichbar meinte, und in die Gedankenwelt, wo er mit vorzeitiger Lüsternheit sich gewöhnt hatte, mit dem Unerforschlichen ein aufregendes Spiel zu haben. Er glaubte sich edel und ausgezeichnet, weil sein Streben geistigen Gütern zugewendet war, und niemand sagte ihm, daß sein Streben nach Wissen eben auch nur der schlimme Hunger eines Unersättlichen war, den alles Wissen nicht gestillt habe, da er darin nur sich selber suchte.

Da Pater Paul fand, es sei nächstens an der Zeit, den jungen Menschen auswärts auf Studien zu senden, fand Bertholds Vater seine Hoffnung, den Jungen im Ornat zu sehen, der Erfüllung nahe und gab mit Freuden seine Zustimmung. Noch mehr freute sich Berthold selbst, der jetzt fünfzehn Jahre alt war und sehnlich in die Weite begehrte.

Durch des Paters Vermittlung, der aus den Rheinlanden stammte und dort noch Freunde besaß, fand sich im prächtigen Köln, das von alten und jungen Klerikern wimmelte, eine Unterkunft für das Studentlein, wo es im Haus eines Domkapitulars wohnen und in guter Gesellschaft die geistliche Schule besuchen sollte. Das Notwendige war bald besorgt, und eines kühlen Morgens im Herbst zog Berthold mit einer günstigen Fahrgelegenheit, auf die er zwei Wochen lang mit Ungeduld gewartet hatte, landeinwärts, von vielen Segenswünschen begleitet und mit einem recht stattlichen Reisegeld und Proviantsack versehen. Ihm entgegen reisten große herbstliche Vogelzüge am hellblauen Himmel, die Rosse trabten frisch die glatte Straße talabwärts, bald ward die Gegend fremd und neu, und nach einigen Stunden war das Flußtal zu Ende und öffnete sich gegen die weite, herbstfarbig prangende Fremde.

2

In Köln erlebte Berthold ein gutes und zufriedenes Jahr. Der Anfang freilich hatte Schwierigkeiten. Im Hause des Domkapitulars wohnten außer dem neuen Ankömmling schon zwei ältere Schüler, Adam und Johannes, die machten ihm in den ersten Tagen oft heiß mit ihrem Spott und Besserwissen. Der Fremdling aus der kleinen Stadt, des Umgangs mit abgeschliffenen Leuten und der feinen rheinischen Sitten ungewohnt, wurde in aller Höflichkeit erbarmungslos gehänselt und mit wohlwollender Überlegenheit als eine Art Hanswurst behandelt, was ihn grimmig verdroß und sogar nachts im Bett zum Weinen brachte, obwohl der muntere und behagliche Hausherr ihn freundlich in Schutz nahm.

Das dauerte sechs, acht Tage, dann hatte Berthold es satt. Als eines Morgens beim Aufstehen die Widersacher aufs neue anfingen und ihn mit boshaften Fragen in die Klemme brachten, erinnerte er sich seines früheren Heldentums, ging zum Angriff über und prügelte alle beide so nachdrücklich, daß sie um Gnade bitten mußten und künftig große Achtung vor ihm empfanden. Als es sich nun auch noch zeigte, daß er im Latein einer der ersten in der Schule war, stieg seine Geltung rasch, und es fehlte ihm nicht an Freunden.

Das Latein spielte überhaupt eine große Rolle an der Priesterschule und galt weit mehr als die eigentlichen heiligen Wissenschaften. Der Kirchendienst wurde zwar genau gelehrt und geübt, auch die Bücher der Bibel und einiger Kirchenväter durchgenommen, und namentlich fehlte es nicht an Belehrung über die alten, und noch mehr die neuen, lutherischen und anderen Ketzerlehren, sonst aber lebte und studierte man auf eine behaglich weltmännische Weise und legte auf besondere Frömmigkeit keinen Wert. Es dauerte lange, bis Berthold von den Reliquien der elftausend Jungfrauen hörte, die in der Stadt waren, und der sie ihm schließlich zeigte, machte wenig Aufhebens davon.

Von seinen Freunden war ihm bald jener Johannes der liebste, und von ihm lernte er auch am meisten. Johannes war ein schöner, feiner Jüngling, zwar von geringer Herkunft aus dem Luxemburgischen, aber an Wuchs und Benehmen jedem Grafensohn ebenbürtig. Er konnte Französisch und ein wenig Italienisch, er spielte die Zither, er verstand sich auf Weine, auf Frauenkleider, Juwelen, Gemälde. Was er jedoch am besten und meisterhaft verstand, war das Erzählen. Er wußte tausend Geschichten, und sie fielen ihm immer in der rechten Stunde ein. Oft am Abend saßen die drei Schüler in ihrer Schlafkammer oder im Garten, Johannes erzählte, und seine Geschichten flossen unermüdet und wohllautend hin wie unten durch die Stadt der strömende Rhein.

Er erzählte vom Wassermann, wie er schöngekleidet am Sommerabend den Tanz bei der Linde besucht und vornehmer ist und feiner tanzt als irgendeiner, nur seine Hände sind eiskalt, und mit der schönsten Jungfrau tanzt er von der Linde fort und weiter in schönen Touren bis zur Brücke, da nimmt er sie in den Arm und springt mit ihr hinab. Darauf erzählte Johannes von dem Fischer bei Speyer, wie er nachts von ganz kleinen Männlein angerufen ward und mußte sie über den Rhein setzen, einen Kahn voll um den andern, die ganze Nacht, und am Morgen fand er seinen Hut, den er am Strand gelassen hatte, voll von kleinen Goldmünzen.

Johannes erzählte, wie einstmals zwei geistliche Schüler einen dritten mit auf einen hohen Kirchturm nahmen, um droben Krähennester auszunehmen. Die zwei legten ein Brett zum Schalloch hinaus und hielten es fest, der dritte stieg hinaus und nahm ein Nest an der Mauer aus. Da er sich alle Taschen voll Eier steckte, wollten die beiden drinnen auch etwas haben, aber er meinte, sie sollten selber heraussteigen, wenn sie Mut hätten. Da drohten sie ihm, wenn er ihnen keine Eier gäbe, würden sie das Brett loslassen. Er dachte, das täten sie doch nicht, und gab ihnen nichts; da ließen sie das Brett los, und der Schüler stürzte in die unermeßliche Tiefe. Aber siehe, die Luft fing sich in seinem langen, zugeknöpften Mantel und blies ihn auf wie eine Glocke, und so schwebte er zum Erstaunen der Leute ganz sanft und langsam wie ein großer schwarzer Vogel auf den Marktplatz hinab.

Teufelsgeschichten wußte er einen ganzen Sack voll. Zum Beispiel die von den drei Gesellen, die in der Kirche während des Gottesdienstes dem Kartenspiel frönten. Da setzte sich der Teufel als vierter dazu und spielte mit. Der eine merkte es und machte sich davon, und bald auch der zweite, der dritte aber war in der Spielwut und merkte nichts, sondern spielte mit dem Teufel weiter. Auf einmal scholl ein grausiger Notschrei durch die Kirche, daß die Gemeinde auffuhr und entsetzt davonlief. An der Stelle aber, wo der Spieler gesessen war, fand man hernach einen großen Blutfleck, und so viel man reiben und schaben mochte, der Fleck war nie mehr wegzubringen.

Weiter erzählte Johannes von der Findung und Hebung von Schätzen, von den unerlösten Seelen Ermordeter, die nachts vor den Häusern standen und wehklagten, kinderkleine Gestalten in roten Hemden; von freundlichen, gutartigen Hausgeistern, von Kobolden und Schlangenkönigen.

Er wußte auch noch andere Geschichten, von denen Berthold nichts hören durfte und die er nur seinem Kameraden Adam mitteilte. Mit diesem Adam hatte er, zu Bertholds Leid, ein fortwährendes Heimlichtun, ja sogar eine besondere, von ihnen erfundene Sprache, von der er auf Bertholds dringende Fragen behauptete, es sei die Sprache der Magier.

Von dieser kleinen Eifersucht auf Adam abgesehen, hatte Berthold gute Tage. Als Lateiner glänzte er in der Schule, als gefürchteter Ringer genoß er Achtung, und die kleinen Künste der feineren Lebensart machten ihm, als er sie nur kühn versuchte, bald kein Herzklopfen mehr, sah er doch im Hause oft vornehme geistliche und weltliche Herren, die er zuweilen bei der Tafel bedienen helfen mußte. Er merkte wohl, daß Schüchternheit es zu nichts bringe, und gewöhnte sich das Rotwerden und Scheusein gründlich ab. Die große, prächtige Stadt gefiel ihm sehr, er lernte die Gassen und Plätze kennen, sah mit Vergnügen schöne Häuser und Paläste, Wagen und Reiter, geputzte Leute, Uniformen, Gaukler, Musikanten. Er gewöhnte sich manche Ausdrücke der hiesigen Mundart an, und wenn er zuweilen an seine Heimat und an sein Vaterhaus dachte, freute er sich darauf, dort einmal als ein feiner und gereister Mann ehrenvoll zu Gast zu sein, um dann beizeiten wieder in die glänzende Welt zurückzukehren.

Auch das Disputieren verlernte er nicht. Nur war es ihm dabei jetzt nicht mehr um das Erklären banger Rätsel zu tun, sondern um ein elegantes Fechten mit den blanken, spielerischen Waffen der Dialektik, deren Glanz und wunderbare Magie ihn stark anzog. Er lernte mit Logik, mit Schlüssen, Beweisen, Zitaten, Bibelstellen umgehen und konnte bald, falls nicht sein Gegner ein noch besserer Dialektiker war, jeden Einfall beweisen und jede Wahrheit widerlegen. Besonders mit Johannes übte er diese Künste oft.

Nach Hause schrieb er jedes Vierteljahr einen Brief in vortrefflichem Latein, den sein Vater dann ins Kloster tragen mußte, um ihn sich vom Pater Paul übersetzen zu lassen. Aber auf den dritten oder vierten dieser Briefe kam, nach langer Pause, als Bote ein Fuhrmann aus der Heimat, der meldete, Bertholds Vater sei gestorben. Von seiten des Oheims, der das Erbe für ihn verwalten sollte, brachte der Bote ein Beutelchen Geld und für den Hausherrn zwei fette junge Gänse mit. Als Berthold ihn nach Neuigkeiten aus der Heimat fragte, berichtete er, der Bürgermeister sei vor drei Monaten gestorben, und vor zwei Monaten der alte Türmer, und das alte Pesthaus vor der Stadt sei von Buben angezündet worden und abgebrannt. Der Mann wurde in der Küche mit Wein gestärkt und nahm bald Abschied, Berthold aber wunderte sich, wieviel daheim seit seinem Weggehen passiert sei, und versuchte, sich seinen toten Vater vorzustellen. Der Hausherr klopfte ihn auf die Schulter und sagte etwas Tröstendes, versprach auch, einige Messen für den Entschlafenen zu halten. Darauf teilte Berthold seines Vaters Tod den Freunden mit. Sie machten ernsthafte Gesichter, und Johannes drückte ihm feierlich die Hand. Adam fragte, wie alt der Vater denn geworden sei, und da Berthold es nicht wußte und sich dessen schämte, log er und sagte: »Sechzig.«

Nach einiger Zeit, als er den Boten und die Heimat und den Vater schon ganz vergessen hatte, erhielt er einen Brief von Pater Paul, dessen Latein er zwar anerkannte, dessen Ermahnungen und Fragen ihm jedoch zudringlich schienen, so daß er keine Antwort gab. Es machten ihm damals ganz andere Dinge zu schaffen.

Daß er keine rechte Kindheit gehabt hatte, daß ihm Kinderzeit, Vaterhaus und Heimat so leicht und schnell verlorengingen und in Vergessenheit sanken, war nicht seine eigene Schuld. Den älteren Bruder hatte er kaum gekannt und war allein mit dem Vater aufgewachsen. Nun fehlt aber einem Knaben, der ohne eine Mutter und ohne Geschwister, zumal ohne Schwestern heranwächst, die halbe Kindheit, und mehr als die halbe, wenn ihm nicht etwa sonst ein naher Umgang mit Frauengemütern zuteil wird. Mag man im übrigen die Frauen hochschätzen oder nicht, als Hüterinnen und Bewahrerinnen der Kindheit haben sie ihr heiliges Amt, in dem niemand sie ersetzen kann.

Berthold war ohne diese Hut und ohne diese unzähligen, feinen, zarten Einflüsse geblieben. Er hatte nur eine strenge, ungütige Tante und die groben oder gleichgültigen Mägde seines Vaters gekannt und wußte vom Frauenwesen weniger als vom Mond. So unabhängig und weltkühl er sonst geworden war, gegen Frauen hatte er noch immer eine spröd abwehrende Schüchternheit behalten, auch hatte er in Köln außer den Mägden des Hauses keine Frauen gesehen als die ihm auf der Gasse vorübergingen. Nun war ihm freilich nicht verborgen geblieben, daß bei diesen fremden Wesen einem Jüngling erhebliche Freuden blühen können, doch war ihm dieser Garten verschlossen, und er wußte mit allem Latein keinen Schlüssel dazu zu finden.

Hingegen war er in der letzten Zeit dahintergekommen, daß Johannes und Adam in ihren heimlichen Unterhaltungen gerade von diesen Sachen redeten. Auch vernahm er gerüchtweise von Unvorsichtigen manches über Vergnügungen und Liebschaften der hohen wie niederen Geistlichkeit, was er anfangs für boshaftes Gerede hielt, dessen mögliche Wahrheit ihm jedoch mit zunehmendem Verstande mehr und mehr einleuchtete, denn je länger ihn diese Fragen beschäftigten, desto weniger traute er sich selbst und anderen die Tugend zu, einer ernstlichen Versuchung dieser Art zu widerstehen.

Denn, um die Wahrheit zu sagen, seit einigen Monaten war seine bisherige Zufriedenheit an der Wärme solcher Gedanken dahingeschmolzen und beinahe ganz zerronnen. Von allen Dingen der unvollkommenen Welt schien ihm jetzt nicht mehr Ehre und Auszeichnung, Gelehrsamkeit und künftige Würde das Begehrenswerteste, sondern weit eher Gunst und Kuß eines schönen Mädchens, doch ohne daß er sein Begehren einer Bestimmten zugewendet hätte.

An einem dunkeln Abend gegen Weihnachten saß er mit seinen beiden Stubenkameraden beim dünnen Kerzenlicht. Adam las schläfrig im Graduale Romanum, Berthold hörte dem Johannes zu. Sie hatten von Rom und dem päpstlichen Hofhalt gesprochen, aber so ergiebig diese Materie war, war doch bei dem Geheul des Schneewindes im Dachgebälk und bei der zuckenden Dämmerung in der großen Kammer Johannes allmählich tief ins Erzählen ängstlicher Geschichten hineingeraten und reihte eine an die andere. Er berichtete unter anderm darüber, wie die Baumeister beim Errichten großer Bauten, namentlich bei Festungen und Brücken, eine völlige Sicherheit der Fundamente nur durch ein Menschenopfer zu erreichen wüßten, indem sie einen lebendigen Menschen mit einmauerten, und am besten sei hierzu ein Kind oder eine Jungfrau geeignet.

In Thüringen, erzählte er, wurde eine Feste erbaut, und

um sie sicher zu machen, kauften die Baumeister für viel Geld einer Mutter ihr kleines Kind ab. Das setzten sie in eine Mauernische und begannen schnell ringsherum feste Mauern aufzuführen, und die Mutter stand dabei.

Nach einer Weile rief das Kind: »Mutter, ich seh dich noch.« Und nach einer Weile: »Mutter, ich seh dich noch ein klein wenig.« Und wieder nach einer Weile: »Mutter, jetzt seh ich dich nimmermehr.«

Und bei einem andern Burgbau gab ein Maurermeister sein eigenes Kind, einen Knaben, für Geld her, damit es eingemauert werde. Ja, er übernahm es sogar selber, das zu tun, und ging sogleich daran. Er errichtete rings um das Kind Mauern, die er höher und höher führte, so daß er bald eine Leiter brauchte, und der Kleine saß geduldig, ohne zu begreifen, was ihm geschehen. Als aber die Mauern immer höher wurden, rief das Kind herauf: »Vater, Vater, wie wird es so finster!« Das ging dem grausamen Mann plötzlich ins Herz, er ließ im Grausen die Leiter los und fiel zur Erde, wo er tot liegenblieb.

»Geschieht ihm recht!« rief Berthold laut, doch tat er es weniger aus Freude an der Gerechtigkeit, als um das stille Grauen zu vertreiben, das ihn bei diesen Geschichten allmählich erfaßt hatte.

Johannes sah ihn aus seinen klugen, mädchenhaften Augen blinzelnd an und fuhr fort: »Bei uns im Luxemburgischen war einmal ein Baumeister ...« Da unterbrach ihn Berthold und bat: »Du, erzähl was anderes!«

»Was denn?« fragte Johannes.

Berthold zögerte und wurde verlegen. Dann faßte er Mut und sagte: »Erzähl mir, wie das ist, wenn ihr zu den Mädchen geht! – Nein, du mußt nicht leugnen, ich weiß es ja wohl.«

Und da er sah, wie Johannes mißtrauisch wurde und Gefahr witterte, nahm er eine gleichgültige Miene an und sagte: »Nun, wie du willst. Ich kann ja einmal mit dem Alten darüber reden.«

Adam hatte zugehört, nun sprang er auf, packte den Berthold am Arm und schrie: »Wenn du das tust, bist du ein Hund! Wir bringen dich um, du!«

Berthold lachte: »Da möchte ich auch dabei sein!« und faßte Adams Hand, die er mit einer Faust zusammendrückte. Adam schrie und ließ los. »Also, was willst du denn?« rief er ängstlich.

Berthold sah ihn an. »Mitgehen will ich, wenn ihr wieder die Kirche schwänzt. Ich möchte auch eine Liebschaft haben, jawohl!«

Johannes sah ihn listig an und brach in ein leises Gelächter aus. Dann sagte er schmeichelnd: »Ja, mein Berthold, bist du denn verliebt? Und in wen denn? Wenn ich das weiß, kann ich dir vielleicht helfen.«

Mißtrauisch sah ihn Berthold an. Dann stieß er verwirrt hervor: »Ich bin nicht verliebt, ich weiß von diesen Geschichten nichts. Aber ich will auch einmal ein Mädchen kennenlernen und ihr einen Kuß geben, und wenn ihr mir nicht helft und wenn ihr mich auslacht, will ich's euch schon vertreiben.«

Er sah so gefährlich aus, daß Johannes nicht mehr lachte. Er besann sich ein wenig und sagte dann gleichmütig: »Du bist ein sonderbarer Bruder, daß du mich fragst, in wen du dich verlieben sollst. Da kann ich nicht raten. Aber wenn du durchaus einen Kuß haben willst, so merke dir die Köchin gegenüber bei dem Seidenhändler, ich glaube, die kann dir helfen.«

»Die magere, mit dem schwarzen Haar?« fragte Berthold schnell.

»Eben die. Versuch's nur!«

»Ja, wie soll ich das anfangen?«

»Junge, das ist deine Sache. Wenn du noch eine Kindsmagd brauchst, mußt du eben nicht mit Mädchen anbändeln wollen.«

»Aber was soll ich denn tun? Was soll ich zu ihr sagen?«

»Sag einfach: ich möcht einen Kuß, aber ich hab keine Courage. Im Ernst, du brauchst ja gar nichts zu sagen! Du mußt sie bloß so anschauen, daß sie merkt, sie gefällt dir. Dann kommt alles andere von selber, verlaß dich drauf.«

Nun mochte er nicht weiterfragen, da Adam grunzte und Johannes das Wetterleuchten in seinen schönen Mädchenaugen spielen ließ. Er beschloß bei sich, dem Rat zu folgen und wenn er sich als übel erwiese, es dem Ratgeber einzutränken. Und ruhig bat er: »Jetzt erzählt noch etwas!«

Johannes lächelte, leckte sich die hellroten Lippen, blinzelte ein wenig mit den langen braunen Wimpern und fing an. »Es waren einmal«, sagte er, »drei Brüder, die hingen mit herzlicher Treue aneinander und hatten sich über die Maßen lieb. Da geschah einst in ihrer Stadt ein Totschlag, und einer von ihnen kam unschuldig in Verdacht, wurde festgenommen und ins Gefängnis gesteckt. Er beteuerte seine Unschuld auch auf der Folter, aber es nützte ihm nichts, und der Richter sprach ihm das Leben ab. Als das seine Brüder hörten, liefen sie beide her und jeder gab sich an, er selber habe den Mord verübt. Aber als der Gefangene es vernahm, rief er sogleich, nein, er sei der Mörder und wolle jetzt gestehen. Denn die Brüder hatten einander so lieb, daß jeder von ihnen lieber sterben als den andern sterben sehen wollte. So hatte der Richter auf einmal drei Mörder, von denen jeder der rechte sein wollte, und kam in Verlegenheit. Da tat er den Spruch, es solle ein jeder von den dreien eine junge Linde pflanzen, aber mit dem Wipfel in die Erde und den Wurzeln in die Luft, und wessen Lindenbaum dennoch wüchse, der solle unschuldig sein und freigelassen werden. Da pflanzte jeder sein Bäumlein, es war in der Frühlingszeit, und nach ein paar Wochen schlugen alle drei Linden fröhlich aus und gediehen so, daß sie noch heute stehen. Daran erkannte der Richter, daß alle drei unschuldig waren.«

Um dem Berthold zu gefallen, erzählte Johannes vor

dem Schlafengehen auch noch eine verfängliche Historie, nämlich von dem Heidengott Vulkanus, dessen Ehefrau eine Liebschaft mit dem Gotte Mars unterhielt, und wie Vulkanus es merkte, und wie er die beiden, als sie zärtlich beieinander waren, in einem künstlichen Drahtnetz einfing und in ihrer Schmach allen andern Göttern zur Schau stellte, so daß sie vor Lachen und die beiden vor Scham hätten sterben mögen.

Diese Anekdote war um soviel von des Johannes früheren Geschichten unterschieden, daß Berthold ihr noch eine gute Stunde nachdenken mußte, ehe er endlich einschlafen konnte, und sie machte ihm sogar noch im Traum zu schaffen. Mit beklemmendem Zauber umfing den harten Knaben die geheimnisvolle Ahnung der Liebeslust, und der Venusgarten zeigte dem befangenen Neuling nur seine herrliche Seite, wo die Rosen keine Dornen und die Pfade keine Schlangen haben. In selig schwebenden Träumen wurde seine Beklemmung zu lächelnd erlöstem, flügelschlagendem Glück, das alle Härte und alle Ungenüge aus seiner hochmütigen Seele nahm und sie zu einem Kinde machte, das im Grase spielt, und zu einem Vöglein, das in den Lüften jauchzt.

Am kalten Morgen erwachte Berthold frierend und fühlte sich traurig von den schönen Träumen genarrt. Im Traum hatte er mit einem großen, feinen Mädchen süßen Wein getrunken, sie hatte ihm Liebes gesagt, und er hatte ihr ohne Scheu geantwortet, hatte du zu ihr gesagt und sie ohne Bangen auf den warmen frischen Mund geküßt. Jetzt aber war es kalt, in einer halben Stunde mußte er zur Frühmesse in die dunkle Kirche, und dann in die Schule, und wenn ihm unterwegs auch sieben von den schönsten Prinzessinnen begegneten, so würde er doch kaum die Augen aufzuschlagen wagen und vor lauter Herzklopfen froh sein, wenn sie nur vorüber wären.

Still und traurig stand er auf, wusch sich mit dem kalten Wasser den süßen Schlaf aus den Augen, schlüpfte ins kühle schwarze Gewand und begann den gewohnten Tag. Auf dem Weg zur Messe verfehlte er zwar nicht, am Hause des Seidenhändlers emporzuschauen, ob etwa die schwarzhaarige Köchin da sei, aber sie war in dieser Frühe noch nicht zu sehen, und er ging verdrießlich seinen Weg.

Als sie gegen Mittag heimkehrten und Berthold vor dem Haus des Seidenhändlers wieder unruhig zögerte und spähte, stieß Adam den Johannes in die Seite und grinste belustigt. Zufällig sah es Berthold, er sagte nichts, aber er sah den Spötter mit einem Blick an, daß Adam erschrak und schnell weiterging. Er beschloß in diesem Augenblick, das Abenteuer auszuführen, und wenn es sein Leben kostete, und den nächsten, der ihn verhöhnte, zu erwürgen.

So schaute er denn diesen und den nächsten Tag fleißig nach dem Nachbarhaus hinüber. Zweimal sah er auch die schlanke Magd, aber so sehr er wollte, er konnte sie nicht keck betrachten, sondern mußte den Blick immer schnell wieder abwenden und wurde rot und verwirrt. Er wäre, trotz seiner festen Vorsätze, nie um einen Schritt weiter gekommen. Allein sie, die ein feines Auge hatte, merkte gar schnell, wohin dieser Hase laufe, und aus einer Rührung über die unverdorbene Schämigkeit des Knaben wie auch aus Wohlgefallen an seiner breiten, kräftigen Gestalt ward sie willens, diesem scheuen Kinde von seinen Sorgen zu helfen. Wie das zu geschehen habe, war ihr kein Rätsel, da sie es mit den jungen geistlichen Schülern von jeher gut gemeint hatte.

Dieser Neue machte es ihr aber wirklich schwer. Als er andern Tages wieder am Hause vorüberkam und wie ein Verurteilter dreinschaute, trat sie aus dem Tor, und als er halb erschrocken aufblickte und ihr eine Sekunde ins Gesicht sah, erleuchtete sie ihm zu Ehren ihr gutes Gesicht mit einem wonnevollen Lächeln. Er sah es, schlug tief errötend die Augen nieder und lief mit Schritten wie ein

Verbrecher die Straße hinab und davon, daß das lange Mäntelein ihm an den Waden rauschte und daß die wohlmeinende Magd aus ihrem Lächeln ein Lachen machen mußte. Doch trug der Flüchtige in seiner Verwirrung einen warmen Liebesstrahl mit sich davon, sein roter Kopf war voll süßer Träume und sein Trotz schwand wie Frühlingsschnee vor einer sonderbaren Ergriffenheit und Milde.

Trotzdem hoffte die Magd Barbara vergebens, ihr Schüler werde nach diesem Anfang rasche Fortschritte machen. Wohl hing sie täglich ihr hübsches Schildlein aus, und der Liebhaber verfehlte niemals zu erröten und innig aufzuglänzen, aber daß er einmal stehenblieb, ein Wort sagte, ein Zeichen machte oder kühn ins Haus trat, das wollte sich nie begeben. Nachdem drei, vier Wochen auf diese Art vertändelt waren, fing die nutzlose Mühe sie zu reuen an, und wenn Berthold das nächstemal vorüberkam, im voraus rot und selig bänglich, schickte sie ihm einen bösen, kühlen Blick, der ihm seinen ganzen blauen Himmel schwer verwölkte. Am andern Tag, da sie nach der Wirkung ausschaute, fand sie den Getreuen todesunglücklich. Er flehte sie aus feuchten, bangen, leidvollen Augen jämmerlich an, so daß sie wohl sah, diesen gefangenen Vogel würde sie nicht mehr loswerden.

Also änderte sie ihren Plan und tat entschlossen das, was eigentlich er hätte tun müssen. Sie wartete, bis er allein vorüberging und niemand in der Gasse war, da trat sie rasch hinaus, ging hart an ihm vorbei, ohne ihn anzusehen, und sagte leise: »Willst du nicht einmal zu mir kommen? Heut abend um achte.«

Diese Anrede traf den Schüchternen wie ein Blitz. Er sah das Paradies offen, und er sah auch, daß er mit seiner Angst und Quälerei ein Esel gewesen war. Wochenlang hatte er von Tag zu Tag auf einen Blick von ihr gewartet, sie zu erzürnen gefürchtet, ihrer Freundlichkeit nicht zu trauen gewagt, sich immer wieder zu täuschen geglaubt und sich Sorgen über Sorgen gemacht. Er hatte sich müde gesonnen, wie er ihr etwa ein Brieflein, ein Geschenk zukommen lassen könnte, und alles war ihm zu gewagt, zu frech, zu gefährlich erschienen. Und jetzt war alles so leicht und einfach!

Nur eines war nicht leicht: den ganzen langen Tag hinzubringen, das ungeheure Geheimnis in der Brust zu tragen und dabei die Stunden gehen zu lassen wie sonst, und dabei immerfort daran denken zu müssen, wie es sein würde, was heut abend geschehn würde. Berthold lief umher wie einer, der noch heute eine Reise nach China antreten will, und dem schlauen Beobachter Johannes, der Bertholds Treiben seit Wochen mit stillem Vergnügen zusah, entging es nicht, daß jetzt endlich das Abenteuer im Gange sei. Er wunderte sich nicht, als Berthold nachmittags mit ernstem und geheimnisvollem Gesicht ihn auf die Seite zog und ihm eröffnete, er müsse diesen Abend in sehr wichtiger Angelegenheit das Haus verlassen und rechne auf seine Verschwiegenheit und nötigenfalls auf seinen Beistand. Ernsthaft gab er sein Versprechen und beeilte sich dann, das Ereignis Adam mitzuteilen, den es nicht minder freute.

»Die gute Bärbel!« rief er lachend. »Nun muß sie auch diesem Knollen die Weihen geben!«

So unendlich der kurze Wintertag schien, es wurde doch einmal Abend, und der Anfänger hatte Glück. Er fand um acht Uhr die Pforte noch unverschlossen, schlüpfte lautlos hinaus und näherte sich unschlüssig dem Haus des Seidenhändlers. Sein Herz schlug wie noch niemals und seine Knie zitterten. Da glitt in der Finsternis ein Schatten an ihm vorbei und eine leise Stimme flüsterte ihm zu: »Halte dich hinter mir, ich gehe voraus.« Und kaum konnte er folgen, so eilig schwand sie im Schatten der hohen Häuser davon und um die Gassenecke. Es ging durch eine enge Seitengasse, über einen wüsten Hinterhof, durch ein ganz kleines kahles Gärtchen, dessen

Hälfte mit tiefem Schnee im Mondlicht gleißte, und durch einen Winkel voll alter Weinfässer, von denen Berthold in der Hast eines umwarf, daß es hohl und schallend durch die Nachtstille dröhnte. Jetzt öffnete die Magd ein Türlein, das sie hinter ihrem Begleiter wieder leise schloß, ging vor ihm her einen steinernen Gang entlang und eine schmale, finstere Stiege hinauf und trat oben mit ihm in eine halbleere Kammer, die nach Heu und Leder roch.

»Hast du Angst gehabt?« fragte sie kichernd.

»Ich habe nie Angst«, sagte Berthold feierlich. »Wo sind wir denn?«

»In unserem Hinterhaus. Das ist die Geschirrkammer, da kommt den ganzen Winter kein Mensch her. Gelt, du heißt Berthold? Ja, ich weiß schon. Willst du mir keinen Kuß geben?«

Das wollte er gerne, und er war erstaunt, wie wenig Worte und Nachdenken das alles brauchte. Es war ihm eine große Sorge gewesen, was er denn zu dem Mädchen sagen solle, nun aber saß er mit ihr auf einem Bänklein, darüber sie eine alte wollene Roßdecke gelegt hatte, und es begann ein ganz glattes einfaches Gespräch zwischen ihnen anzuglimmen. Sie fragte ihn nach seiner Herkunft und bewunderte ihn, daß er aus so weiter Ferne herkomme, und fragte nach dem Gesinde im Haus seines Gastherrn, und die Rede kam auf Essen, Trinken und andere vertraute Dinge. Dazu lehnte sie ihre Wange an die seine, und wenn ihm das nebst dem Küssen auch wunderlich neu war und ihm vor banger Lust fast weh tun wollte, ließ er doch den Mut nicht sinken, sondern bestand das Abenteuer ohne Tadel, so daß das Erstaunen nun an die Barbara kam, die in dem gar so verschämten Knaben weit eher einen empfindsamen und ängstlichen Zauderer als einen so entschlossenen Mann zu finden gedacht hatte. Denn kaum hatte sie während des ruhigen Gesprächs seinen unsicheren Händen einige stille Wege gewiesen, so fand er ohne große Umschweife sich von selber zurecht. Und als er sie verließ und allein den ganzen krummen Weg über Treppe, Winkel, Gärtchen, Hof und Gäßlein zurückfand, da wußte die verwunderte Schwarzhaarige, daß sie diesen Sonderling nichts mehr zu lehren habe.

Es war nicht gut für Berthold, und es ist für keinen gut, das Wunder der Liebe auf diese unechte Art kennenzulernen. Zunächst aber und äußerlich nahm sein Wesen von jenem Abend an einen plötzlichen Aufschwung. Die Scheu und Gedrücktheit, die Kameraden und Lehrer in letzter Zeit an ihm wahrgenommen hatten, verschwand wie ein flüchtiges Unwohlsein, sein Blick war wieder frei und strahlend, er hatte an Turnieren des Geistes und Leibes wieder sein Vergnügen und schien zu gleicher Zeit verjüngt und reifer geworden zu sein.

Johannes und Adam sahen, er sei jetzt kein Kind mehr, und zeichneten ihn auf ihre Weise aus, indem sie ihn auch in das männliche Vergnügen des Weintrinkens einweihten. Was Berthold dabei genoß, war fürs erste nur die Lust am Verbotenen. Es dünkte ihn herrlich, zu stiller Stunde mit Heimlichkeit in den finsteren Keller hinabzusteigen, im Dunkeln das richtige Faß zu ertasten und den langweiligen Wasserkrug am seufzenden Hahnen mit hellem, sacht rinnendem Wein zu füllen. Die Gefahr scheute er nicht, sie war auch nicht allzu groß, denn an des Hausherrn Tafel, die häufig Gäste sah, wurde das Jahr hindurch viel Wein verbraucht und ein Mangel kam nicht leicht zutage, wenn nur das kleine Fäßlein mit des Herrn Lieblingswein verschont blieb. Dieses ließen sie denn auch nur bei festlichen Anlässen und nur sparsam bluten, eigentlich bloß Johannes zuliebe, der in so jungen Jahren schon ein Schmecker war und zuweilen das Bedürfnis nach einem feinen Tropfen zu spüren behauptete.

Wenn dem Berthold früher jemand gesagt hätte, er werde in Köln das Stehlen, Lügen, den Trunk und die Wollust erlernen, würde er sich bekreuzt haben. Jetzt trieb er dieses Leben ganz ohne Bedenken, fühlte sich herrlich wohl dabei und fand, ohne die Studien gerade zu vernachlässigen, ein nie gekanntes Genügen an diesen Leibesfreuden. Er gedieh auch und blühte, der schon vorher ein stattlicher Bursche gewesen war, in die Höhe und Breite zu einem schönen Recken auf, den man gern an einer tüchtigen Arbeit gesehen hätte und dem heute das Hemd von vorgestern nicht mehr paßte.

Zweimal in der Woche, am Montag und Donnerstag abend hatte er seine Zusammenkünfte mit der Magd Barbara. Seiner List und Kraft vertrauend, besuchte er sie in ihrer eigenen Kammer, was noch keiner ihrer jungen Liebhaber gewagt hatte, und da sie ihn meistens nicht nur mit Liebkosungen, sondern auch mit guten Bissen aus ihrer Küche, mit Braten und Kuchen bewirtete, wozu er den Wein in einer Flasche mitbrachte, blieb er oft halbe und ganze Nächte dort.

Immerhin trat ihm nach einiger Zeit der Gedanke nahe, sie sei ihm doch erstaunlich willig entgegengekommen. Auch geschah es mehrmals, daß er an anderen als an den von ihr bestimmten Tagen sich bei ihr anmelden wollte, und da entging ihm nicht, daß sie heftig wurde und ihn mit allzu beflissenem Eifer davon abhielt. Erst jetzt begann ihn auch die Frage zu plagen, warum wohl sein Freund Johannes ihn damals gerade an die Barbara gewiesen habe. Er nahm ihn deshalb dringlich ins Gebet, und Johannes, der zuerst Ausflüchte brauchen wollte, erzählte ihm schließlich in seiner gefällig leichten Art, was er von dem Mädchen wußte. Sie war nach seiner Darstellung eine gute Seele, jedoch übermäßig dem Umgang mit jungen Knaben, besonders aber Schwarzröcken, zugetan. Und so hatte sie den Johannes, den Adam, den Berthold und eine unbekannte Zahl von Vorgängern in ihren willigen Armen zur Liebe erzogen, eine freundliche und selbstlose Lehrerin. Sie habe freilich die bittere Erfahrung gemacht, daß Dankbarkeit und Treue seltene Tugenden sind, und pflege dem Verlust ihres jeweiligen

Lieblings, wenn es wirklich nur einer sei, stets mit ängstlichem Schmerz entgegenzusehen.

Der geschickte Erzähler verteidigte die Schwarzhaarige, während er sie preisgab, und zum Schluß empfahl er dem finster gewordenen Zuhörer, auch er möge milde denken und über einer gewissen Enttäuschung die schuldige Dankbarkeit nicht vergessen. Berthold gab ihm darauf keine Antwort. Er hatte nie geglaubt, Barbaras erster Liebhaber zu sein. Aber daß sie die Jünglinge seines Alters gewohnheitsmäßig an sich zog und wahrscheinlich auch jetzt neben ihm andere Besucher hatte, verletzte ihn schwer.

Er stellte Nachforschungen an. Mehrere Abende war er draußen und umkreiste das Haus des Seidenhändlers. Er spähte in den Nebengassen, im Hof, im Gärtchen, und zweimal sah er seinen Schatz das Hinterhaus mit einem ihm bekannten Schüler betreten. Er zitterte vor Wut, hielt sich aber zurück und beschloß nach einer schlaflosen Nacht, schweigende Verachtung zu üben. Völlig konnte er sich freilich nicht beherrschen. Als er das nächste Mal der Magd ohne Zeugen begegnete und sie ihn mit freundlichem Vorwurf ansah, denn er war nun zweimal beim Stelldichein ausgeblieben, da schnitt er eine Grimasse und streckte ihr die Zunge heraus. Das war sein Abschied von seiner ersten Geliebten.

Da Berthold nun wieder ein unzufriedenes und widerhaariges Wesen annahm, auch mehrmals betrunken angetroffen wurde, ohne sich durch Strafe und Ermahnung zur Einkehr bringen zu lassen, ward auf den Rat eines wohlwollenden Lehrers beschlossen, ihn im Frühjahr für kurze Zeit seinen Verwandten in der Heimat zum Besuch zu schicken. Ihm kam das gar nicht willkommen, da er sich gerade in den Ostertagen zum erstenmal verliebt hatte. Er mußte jedoch gehorchen und reiste denn an einem blauen Tage zu Ende des April auf einem Schiff den Rhein hinauf.

In der Heimat fand er sich fremd und unbehaglich. Der Oheim nahm ihn mit Güte und selbst mit einer gewissen Ehrfurcht auf, und jedermann begrüßte ihn als nahezu ausgeschlüpften Priester mit freundlicher Achtung. Doch mutete ihn dieses enge, harmlose Leben schal und lustlos an, die Basen waren langweilig und scheu, und seine Sehnsucht stand nach den blonden Haaren einer Kölner Kaufmannstochter, die er mehrmals im Dom gesehen und mit hoffnungsloser Verehrung betrachtet hatte. Denn diese, das sah er wohl, würde niemals, selbst wenn sie ihn liebte, ihn von der Gasse weg zu ihres Vaters Hinterhauspforte hereinrufen.

Die alte Zeit sprach in der Heimatstadt nirgends einladend zu ihm. Wohl erinnerte er sich der Knabenzeit, der Soldatenschlachten, jenes vermeintlichen Totschlags und seiner Flucht in den Wald, aber das alles lag fern, gleichgültig und abgetan in der Vergangenheit, die für junge Leute so wenig Sinn hat, und zeigte ihm nur, daß er diesem Leben und diesen Orten fremd geworden sei und hier nichts mehr zu suchen habe.

Nachdem er einige Tage in solchen unfrohen Gedanken herumgezogen war, zog ihn ein leiser Drang talabwärts nach dem Kloster, bei dessen Anblick ihm die frühere Zeit stärker und inniger heraufgrüßte. Nicht ohne Bewegung trat er ein und fragte nach seinem alten Lehrer. Er wurde zum Pater Paul gebracht, der in seiner Zelle schrieb und ihn, den er sofort erkannte, mit der alten Munterkeit lateinisch begrüßte. Doch fand er ihn stark gealtert und gelb im Gesicht geworden.

Im Gespräch mit dem Pater tauchte, sobald die erste Neugierde gestillt war, bald wieder die alte Philosophenfrage auf.

»Nun, mein Sohn, wie schaust du denn jetzt das Leben an? Sind es noch die alten Rätsel oder sind neue draus geworden?«

»Ich weiß nicht«, sagte Berthold zögernd. »Ich habe

nicht mehr viel an diese Sachen gedacht, und ich bin überhaupt kein Philosoph. Schließlich muß ja ich die Weltordnung nicht verantworten. Aber daß sie vollkommen sei, kann ich nicht glauben.«

»Hast du dort in Köln solche Erfahrungen gemacht?«

»Keine besonderen. Ich habe nur gesehen, daß Gelehrsamkeit nicht fröhlich macht, und daß man ein Schelm und Lump und dabei doch Priester, Abt, Kapitelherr und alles mögliche sein kann.«

»Was soll ich dazu sagen? Das Kleid und Amt kann nichts dafür, daß auch Schelme darin stecken. Und es ist schwer zu urteilen. Gott braucht sie alle, auch die Schlimmen, zu seinen Zwecken. Es haben schon Unwürdige viel Gutes gestiftet, und Heilige haben schon viel Jammer in die Welt gebracht. Denk an den Pater Girolamo in Florenz, von dem ich dir früher erzählte!«

»Ja, ja, wohl. Ich wollte damit eigentlich nichts weiter sagen, es steht mir auch kein Urteil zu. Es wird auch wohl so sein, daß die ganze Welt in guter Ordnung ist und daß es nur bei mir fehlt.«

»Schon wieder so bitter? Kannst du mir nicht sagen, wo es dir eigentlich fehlt? Vielleicht ist ja doch ein Rat möglich.«

»Ihr seid gütig, ich danke Euch. Aber ich habe nichts zu sagen. Ich weiß nur, daß das Menschenleben Besseres in sich haben muß, als was ich davon kenne, sonst ist es nicht der Mühe wert, davon zu reden und es zu leben.«

»Vielleicht hättest du nicht Geistlicher werden sollen.«

»Vielleicht ...«

Berthold wurde mißtrauisch. Er hatte nicht im Sinn, des Alten Rat zu suchen, und noch weniger, ihm zu beichten. Aber während dieses Gespräches erhob sich Sehnsucht, Ungestüm und wilde Lebensbegierde in ihm heißer und hoffnungsloser als jemals. Er sah dem Kölner Wohlleben bei gestohlenem Wein und gefälschter Liebeslust, das ihm so süß eingegangen war, auf den trüben Grund seiner törichten Wüstheit und spürte sein ganzes vergangenes und gegenwärtiges Leben als einen widrigen Geschmack im Mund. Da war er nun siebzehn Jahre alt, groß und stark, gesund und auch nicht dumm, und wußte nichts Besseres zu tun als mit bleichen Buben Latein zu lesen und Scholastik zu lernen, ihre kleinen dummen Streiche mitzumachen und bestenfalls einmal ein entbehrlicher Pfaff zu werden, der seine Messen liest, eine gute Tafel hält und von der Liebe die Brocken frißt, die andere übriglassen, oder sich am sauren Ruhm einer unfreiwilligen Heiligkeit genügen läßt. Er vergaß, daß das durchaus nicht jedes Priesters notwendiges Los ist, er übertrieb mit mißmutiger Selbstquälerei und fand eine bittere Lust darin, sich selbst, sein Leben, seinen Beruf und alles, was ihn anging, schlecht und lächerlich zu machen.

Vom Pater nahm er höflichen, doch kühlen Abschied und hielt sein Versprechen, ihn bald wieder aufzusuchen, nicht. In verdrossenem Plänemachen beschloß er bald, davonzulaufen und alles Gewesene liegenzulassen, bald auch, nach Köln zurückzukehren, um nur die schöne Blonde, sei es auch ohne Hoffnung, wiederzusehen.

3

Als Berthold am Urbanstag nach Köln zurückkehrte, konnte man dort nicht finden, daß der Besuch in der Heimat gute Früchte getragen habe. Da er zu der schwarzen Barbara unter keinen Umständen mehr gehen wollte, schuf die Unterbrechung des gewohnten Vergnügens ihm je länger je mehr Qual, und da ihn zugleich die blonde Kirchgängerin mit allem grausamen Reiz des Unerreichbaren anzog und beschäftigte, ließ er die Schule Schule sein und hörte allen Mahnungen, strengen wie sanften, teilnahmslos zu, so daß er in kurzer Zeit seinen Lateinerruhm verlor und unter die mäßigen, ja schlechten Schüler geriet.

Seine brachliegende Kraft bedrückte ihn, und die hübsche Kaufmannstochter ging an seiner stummen Leidenschaft vorbei, hübsch und geschmückt in die Kirche und aus der Kirche, ohne ihn nur zu sehen. Der leichte Sieg über die Magd, das sah er nun, war kein Sieg gewesen.

In dieser Zeit schloß er sich wieder dem eleganten Johannes an, der in seiner höflichen, unverbindlichen Freundlichkeit immer zugänglich war. Eines Tages hatten sie wieder einmal philosophiert, mehr zum Zeitvertreib als aus Bedürfnis. Da sagte Berthold: »Ach, was reden wir! Das hat ja alles keinen Sinn und ist dir so wenig ernst wie mir. Ob es Cicero heißt oder Thomas von Aquin, es ist alles Gefasel. Sag du mir lieber, was du eigentlich vom Leben denkst! Du bist ja so zufrieden, warum eigentlich? Was versprichst du dir vom Leben?«

Johannes schaute ihn interessiert aus seinen lang bewimperten, kühlschönen Augen an. »Vom Leben verspreche ich mir viel – oder wenig, wie du willst. Ich bin arm, ein Kind sine patre, und ich habe im Sinn, reich und mächtig zu werden. Vor allem mächtig. Ich werde mich nie in eine Pfarre setzen, sondern in Hofdienste gehen, wo man gebildete und verschwiegene Leute braucht, und werde Macht über Menschen gewinnen. Ich werde mich so lange bücken, bis man sich wird vor mir bücken müssen. Dann werde ich auch reich sein und Häuser, Jagd, Seidenkleider, Frauen, Gemälde, Pferde, Diener haben. Aber das ist Nebensache, die Hauptsache ist Macht. Wer mich liebt, soll Geschenke haben; wer mich haßt, soll sterben. Das ist, was ich haben will und haben werde; ich weiß nicht, ist es viel oder wenig.«

»Es ist wenig«, sagte Berthold. »Du teilst dein Leben in zwei Hälften: eine Zeit der Dienstbarkeit, eine Zeit der Herrschaft. Die erste wird lang sein, die zweite kurz, und deine Jugend geht unterwegs verloren.«

»Jung bleiben kann keiner. Und ich bin auch gar nicht jung. Ich habe keine Eltern, keine Heimat, keine Freiheit gehabt, ich bin immer andern zu Dienst gewesen, das ist keine Jugend. Ich habe seit meinem zehnten Jahr keinen anderen Gedanken gehabt, als mächtig zu werden und meine Dienstbarkeit auszulöschen. Ich bin ein guter Schüler, ein guter Kamerad, ich bin den Lehrern gefällig, dem Alten gefällig, Adam gefällig, dir gefällig.«

»Aber du bist auch mit uns im Keller gewesen.«

»Ich war auch mit euch im Keller. Ich habe auch bei der Dame des reichen Prälaten Arnulf geschlafen, was mich den Hals hätte kosten können, nicht weil ich es wollte, sondern weil sie es wollte.«

»Und das erzählst du mir!«

»Ja. Du wirst es niemand sagen, das weiß ich. Ich kenne dich. Du bist nicht gut, du bist vielleicht sogar schlechter als ich, aber du wirst es nicht weitersagen. Ich bin mit Adam besser befreundet als mit dir, aber ich würde ihm nie so etwas sagen.«

»Es ist wahr!« rief Berthold verwundert. Staunen und beinahe Schrecken kam ihn an, daß dieser Mensch, neben dem er zwei Jahre gelebt hatte und der ihm als ein kluger, doch leicht zufriedener Bursche erschienen war, innen so aussah.

»Johannes«, rief er ergriffen, »ich habe dich ja gar nicht gekannt. Ich dachte immer, ich allein sei mit dem ganzen Leben unzufrieden und mache mir schwere Gedanken. Wie hast du das nur so allein mit dir tragen können?«

Johannes sah ihn lächelnd an, mit dem leichten Spott im Blick, der ihn nie verließ. »Durch Reden wird nichts anders. Ich habe auch nicht zu klagen, es geht manchem andern schlimmer. Du bist ein Kind, Berthold. Und verliebt bist du auch, nicht? Laß uns ein wenig davon reden.«

»Ach wozu? Du kannst mir doch nicht helfen.«

»Wer weiß? Vielleicht brauchst du einmal einen Boten, oder einen Spion. Du weißt ja, ich bin dienstwillig.«

»Warum eigentlich, wo es dir doch nichts nützt! Von mir hast du doch keinen Vorteil zu erwarten.«

»O, das weiß man nie. Du bist zum Beispiel sehr stark, das ist schon viel wert. Aber im Ernst, erzähl mir ein wenig!«

Berthold widerstand nicht. Er gab Bericht von dem blonden Bürgerkind, beschrieb ihr Aussehen und ihren gewohnten Platz in der Kirche. Ihren Familiennamen wußte er, den Vornamen nicht.

»Ich kenne sie nicht«, meinte Johannes, »du mußt sie mir einmal zeigen. Ich fürchte, da wird wenig zu machen sein, Bürgertöchter lassen sich selten auf Liebschaften mit unsereinem ein, die wollen heiraten. Nachher, als Frauen, sind sie nimmer so genau.«

»Rede nicht so«, bat Berthold. »Ich will nicht von der Frau eines andern geliebt werden, das ist kaum besser als man hält es mit der Barbara. Warum soll ich nicht, wie alle jungen Leute, ein liebes Mädchen für mich allein haben?«

»Warum soll ein feines, schönes Mädchen sich dir an den Hals werfen, da du sie nicht heiraten und ihr nicht einmal Geschenke machen kannst? Die müßte ja toll sein. Du verlangst zu viel, Junge. Außerdem ist es eine schöne Sache, Liebhaber oder Ehemänner eifersüchtig zu machen, es ist vielleicht so schön wie die Liebe selber. Du darfst dich nicht mit anderen ›jungen Leuten‹ vergleichen. Man kommt zu Schaden, wenn man Tatsachen übersieht. Wir tragen den schwarzen Rock und haben davon so viel Vorteile, daß wir die paar Nachteile schon in den Kauf nehmen können.«

»Die paar Nachteile, sagst du, wenn man auf die Liebe verzichten soll!«

»Nun, was haben denn die Weltlichen für eine Liebe? Sie haben das Vorrecht, ihre Geliebte heiraten zu dürfen oder zu müssen und sie dann samt allen Kindern zeitlebens bei sich haben zu müssen. Im übrigen haben sie nichts vor uns voraus. Wenn deine Blonde dich nicht mag, so kannst du geistlich oder weltlich sein, es hilft dir nichts.

Und wenn du meinst, es liege am Heiraten – da müßtest du erst noch erklecklich Geld haben. Einem armen Manne bleibt nichts übrig, als entweder die zu nehmen, die kein anderer haben will, oder ledig zu bleiben.«

»Man kann doch auch einander liebhaben und an das Geld und all das Zeug gar nicht denken.«

»Gewiß, das tun sogar die meisten Verliebten. Aber woran sie nicht denken, daran denken desto pünktlicher der Vater und die Mutter, der Oheim, die Tante, der Vormund oder Vetter. Du bist der falschen Meinung, es gehe anderen Leuten besser als dir, und was dir an Verstand oder Glück fehlte, legst du deinem Stand zur Last. Damit kommst du nicht weit. Und was die Liebe betrifft, so könnte man geradezu sagen, daß nur der Ehelose die wahre Liebe kennenlernt. Wenn eine Frau den liebt, von dem sie nicht Geld, nicht Heirat, nicht Versorgung, nicht guten Namen für sich und ihre Kinder zu erwarten hat, so liebt sie ihn wirklich. Der andere, der ihr das alles bietet, kann niemals wissen, ob seine Frau ihn um seiner selbst willen oder nur wegen dieser Vorteile liebt.«

An diesen Konstruktionen hatte Berthold kein Gefallen. Sie trösteten ihn nicht und sie widersprachen dem, was er selber von der Liebe dachte, im tiefsten Grunde. Er ging nicht darauf ein.

»Du, Johannes«, sagte er nachdenklich, »du hast gesagt, du seiest kein guter Mensch und ich selber sei vielleicht noch schlechter. Was hast du damit eigentlich gemeint? Gibt es wohl überhaupt Menschen, von denen man sagen kann, sie seien gut?«

»O ja, die gibt es, und ich kenne manche. Unser Lehrer Eulogius, so lächerlich er ist, ist ein durchaus guter Mensch, und unter uns Schülern ist der Konrad aus Trier ein solcher. Hast du das nie bemerkt?«

»Du hast recht. Glaubst du, daß diese Leute nun glücklicher sind als wir?«

»Siehst du das nicht? Gewiß sind sie glücklicher, obgleich sie sich kaum ein Vergnügen gönnen. Das liegt in ihrer Natur, und wenn sie ein Verdienst dabei haben, so kann es nur das der Prädestination sein.«

»Glaubst du daran wirklich? Mir ist die Prädestination immer als eine ausgesucht dumme Vorstellung erschienen.«

»Das wäre sie auch, wenn die Welt von der Logik regiert würde. Aber die Logik, die Gerechtigkeit und alle diese scheinbar gesetzmäßigen und tadellosen Dinge sind Erfindungen der Menschen und kommen in der Natur nicht vor. Die Prädestination aber, auf deutsch der Zufall, ist gerade das eigentliche Weltgesetz. Warum wird ein Rindvieh reich und adlig geboren, und ein feiner und tüchtiger Kopf kommt im Armutwinkel zur Welt? Warum bin ich so geschaffen, daß ich ohne Frauen nicht leben könnte, da doch der einzige Stand, in dem ich meine Gaben brauchen kann, der geistliche ist? Warum sind manche schlechte Mädchen schön wie die Engel? Was können die häßlichen, denen niemand Liebe gönnt, dafür, daß sie häßlich sind? Warum bist du, mit deinem starken Herkulesleib, in der Seele unfest und schwermütig? Hat das alles einen Sinn? Ist das nicht alles dumm, Zufall, Prädestination?«

Berthold erschrak. »Aber«, sagte er, »wo bleibt dann Gott?«

Johannes lächelte resigniert. »Das mußt du mich nicht fragen. Das gehört in die Schule, in die theologische Lektion de Deo.«

»Johannes! Soll das heißen, daß du Gott leugnest?«

»Leugnen? Nein, Lieber, ich leugne nie eine Autorität, nicht einmal den zweifelhaftesten Heiligen. Was hat Gott mit der Philosophie zu tun! Wenn ich über das Leben philosophiere, so ist das nicht eine dogmatische, sondern natürlich nur eine müßige Verstandesübung.«

»Aber es kann doch nur *eine* Wahrheit geben!«

»Nach der Logik, meinst du? Ja. Du bist ein guter und

getreuer Logiker. Aber warum soll es nicht drei oder zehn Wahrheiten geben, so gut wie eine?«

»Verzeih, das ist Unsinn. Wenn das Wahre zugleich falsch sein kann, dann ist es eben nicht wahr.«

»Ja, da ist nichts zu machen. Dann gibt es eben weder eine noch zwei, sondern gar keine Wahrheit. Es läuft auch wirklich auf eins hinaus.«

Von da an geschah es häufig, daß die beiden miteinander solche Gespräche hatten. Johannes ging auf Bertholds Fragen stets gelassen und liebenswürdig ein, sobald ihn jedoch Berthold bei einem Bekenntnis festhalten wollte, stellte er alles, was er gesagt hatte, als dialektische Versuche hin und legte keinen Wert darauf, recht zu haben oder ernstgenommen zu werden. Berthold war immer wieder erstaunt, diesen Mädchenfreund und Plauderer, den launigen Geschichtenerzähler und guten Kameraden seine Meinung über die Welt und Menschen darlegen zu hören, die vollkommen skeptisch, kühl und frei von jeder Schwärmerei war wie ein mathematisches Lehrbuch. Johannes ließ jeden Menschen gelten, gute und böse, gescheite und dumme, und sprach jedem einen Wert oder Unwert nur in Beziehung auf sich und seine eigenen Pläne zu. Er verteidigte den geistlichen Stand, ließ es aber dahingestellt sein, ob ein Gott auch außerhalb der Phantasie einiger Kirchenlehrer existiere. Berthold bewunderte bald diese leidenschaftslose Gleichmütigkeit, bald ärgerte er sich über sie, und während er im Herzen immer deutlicher fühlte, daß diese Weltbetrachtung seinem Wesen fremd und feindlich zuwider sei, gewann er doch diese Unterhaltung lieb und gewöhnte sich daran, Johannes als seinen Liebling, ja als seinen einzigen Freund zu betrachten.

Seine Verliebtheit suchte ihm Johannes auszureden. Er lachte Berthold aus, nahm ihn auf lustige Ausflüge mit, empfahl ihm gefällige Mädchen. Jener aber ließ sich nicht trösten. Das blonde Jüngferlein, dessen Namen Agnes er endlich erfahren hatte, schien ihm begehrenswerter als alle Lust der Erde, er verfolgte sie in den Kirchen mit stummer Glut, träumte von ihr, betete zu ihr und hätte ihr zuliebe ohne Besinnen nicht bloß den schwarzen Rock an den nächsten Nagel gehängt, sondern auch jede gute oder schlimme Tat getan. Er verzichtete auf die flüchtige Liebeslust, die er bei anderen haben konnte, und sah darin ein gern gebrachtes Opfer. Er unterzog sich freiwilligem Fasten, nur um seiner Liebe einen Ausdruck zu geben. Einmal sagte er zu Johannes: »Du weißt ja gar nicht, was Liebhaben ist. Sieh, ich glaube, daß manche Priester ihr Leben lang völlig keusch bleiben, weil sie eine Frau wirklich lieben, die sie nicht haben können und in unehrenhafter Weise auch nicht haben wollen.«

»Das kann schon sein«, meinte Johannes, »es gibt Heilige aller Art, und viele wunderliche. Daß ein Mann einer Frau zulieb, die nichts davon weiß und hat, auf alles mögliche verzichtet, ist schon oft vorgekommen. Sie heiratet, kriegt Kinder, hat Liebhaber, und er darbt und verzehrt sich ohne Sinn. Es kommt vor, gewiß, aber es ist darum nicht weniger lächerlich. Es ist eine Art von Madonnenkultus, und es gibt ja Priester, die wirklich die Madonna wie eine unerreichbare Geliebte verehren. Manche behaupten ganz ernstlich, die Frauen seien überhaupt bessere, heiligere Wesen als wir. Das ist aber falsch, und wenn du mir und aller Erfahrung nicht glauben magst, so sieh dir die Lehren unserer heiligen Kirche an. Manche von den älteren Kirchenvätern haben den Frauen sogar den Besitz einer Seele abgesprochen, und auch die anderen stimmen darin überein, daß das Weib ein minderes Geschöpf und häufig ein Werkzeug des Teufels sei. Ich finde das grausam und bin überhaupt kein Frauenverächter, das weißt du, aber sie nun zu Engeln zu machen und für heilig zu achten, ist doch ein bißchen närrisch.«

Das alles konnte Berthold nicht widerlegen, aber es tat

ihm weh und schien ihm falsch und ungerecht. Er hörte auf, mit Johannes von seiner Liebe zu reden, und sah dessen vielen, feinen und geschickten Liebesabenteuern, die er mit tausend Listen anknüpfte und ausführte, mit Wehmut, doch ohne Neid zu. Er trug seine Liebe wie ein auszeichnendes Martyrium, und in den Heiligen und Engeln der Gemälde alter kölnischer Meister sah er Geschwister und Ebenbilder der schönen, zierlichen Agnes, deren Blondhaar und feiner, schmaler Mund durch alle seine Gedanken leuchtete. Oft umschlich er das Haus ihres Vaters, der einen kleinen Handel hatte und ein bescheidener Mann mit einem guten, behaglichen Weinschmeckergesicht war. Er streifte viel durch jene Gassen, erkundete den kleinen Gemüsegarten, sah Freundinnen bei der Agnes ein und aus gehen. Wenn er nun statt eines Klerikers ein junger Kaufmann, ein Schreiberlein, ein Baumeister oder Silberschmied oder nur ein tüchtiger Küfergeselle wäre, dachte er, so könnte er in Ehren ihre Bekanntschaft suchen. So aber war keine Annäherung möglich, da bei seinem Stand jede eine Beleidigung für sie wäre. In seiner Not versuchte er sogar einmal zu dichten. Er begann einen Vers:

Ich weiß ein Mägdelein,
Das ist Agnes geheißen – –

Aber weiter kam er nicht und riß das Blatt in Fetzen.

Unterdessen hatte Johannes das Täubchen, wie er die Agnes Berthold gegenüber immer nannte, sich in aller Ruhe und Stille mehrmals betrachtet und den Eindruck gewonnen, das hübsche blonde Köpfchen werde wohl auch für andere als fromme Gedanken zugänglich sein. Sie gefiel ihm nicht übel, und er nahm sich vor, einen Versuch mit ihr zu wagen. Ging es gut, so dachte er den Gönner zu spielen und sie dem unbeholfenen Berthold zuzuführen. Gelang das nicht, so war doch der Versuch und vielleicht eine angenehme neue Mädchenbekanntschaft die kleine Mühe wert. Fäden zu spinnen und Brükken zu schlagen, wo es schwierig schien, machte ihm als einem geborenen Spion und Glücksritter immer ein Vergnügen.

Er stellte mit Vorsicht und ohne Hast Erkundigungen und Untersuchungen an, überzeugt, es werde auch in die Stille dieses kleinen Mädchenlebens irgendein Faden reichen, dessen anderes Ende ihm erreichbar wäre. Er beobachtete die Ahnungslose, erforschte ihre Verwandtschaft, die Zustände in ihrem Vaterhaus, ihre Pflichten und Gewohnheiten. Durch Kameraden, durch Mägde, durch Freundinnen erfuhr er, was er wollte, denn Johannes hinterließ bei seinen Abenteuern überall Freunde, nie Feinde, und hatte an jedem Finger einen, der ihm gern einen erwiesenen Dienst durch einen ähnlichen vergalt, und sein wohlgeordnetes Gedächtnis vergaß keinen.

Der Faden fand sich denn auch hier. Agnes hatte mehrere Freundinnen, und von denen war eine dem Johannes flüchtig bekannt, und eine andere unterhielt ein Verhältnis mit einem seiner Schulfreunde. Johannes kannte diese Art von Freundschaften zwischen Schülern und Bürgermädchen genau. Es waren keine Liebesverhältnisse, sondern Vorstufen und Anfänge von solchen, die selten lange dauerten und noch seltener zu Ergebnissen führten. Die jungen Leute trafen sich, häufig von willfährigen Dienstboten unterstützt, allein oder auch zu mehreren Paaren auf entlegenen Spazierwegen oder in Gärten, unterhielten sich anständig und waren mit dem schüchternen Genuß dieses heimlichen Sichtreffens zufrieden, wobei das Glück und Wagnis eines Kusses schon für etwas Erkleckliches galt. Es war eine erste schüchterne Umschau im äußersten Vorhof der Liebe, halb schon Abenteuer und halb noch Kinderspiel.

Nun traf Johannes seine Vorbereitungen. Es glückte alles, und er schaute dem Zusammentreffen mit Agnes, obwohl er für Berthold nichts und für sich wenig dabei erwartete, mit einer leichten wohligen Spannung entgegen. Von seinen Plänen hatte er aus Vorsicht niemand etwas gesagt. Mit Adam aber, der sonst in solchen Sachen sein Vertrauter und Helfer war, hatte er gerade vor einigen Tagen Zank gehabt, so daß er mit ihm in einem trotzigen Schweigverhältnis stand, das er wie frühere Male bald und leicht zu kurieren dachte.

Eben dieser Spannung wegen hatte ihn aber Adam beobachtet und wußte zwar nicht genau, doch annähernd, was er im Schilde führe. Er wußte auch, daß es nichts Schlimmes sein konnte; denn daß Johannes ein Bürgerkind aus immerhin gutem Hause zu verführen denke, widersprach dessen vorsichtigen Gewohnheiten, vollends da er den gefährlichen Berthold in sie verliebt wußte. Und wenn er das auch im Sinn gehabt hätte, so würde er es nicht auf diese Weise betreiben, die zu nichts führen konnte und Mitwisser brauchte.

Da also die Sache harmlos schien und Adam doch gern die Gelegenheit wahrnahm, dem Kameraden, mit dem er trutzte, etwas einzubrocken, machte er sich an Berthold, reizte ihn durch Andeutungen und gab ihm schließlich, da er ihn anbeißen sah, sein Geheimnis preis, daß Johannes morgen nachmittag an dem und dem Ort mit Mädchen zusammenkommen werde. Und es werde, meine er, eine dabei sein, die auch den Berthold angehe.

Dieser sah es ungern, daß Adam von seiner Liebe zu wissen schien, mochte aber dessen etwaige Vermutungen nicht noch bekräftigen und enthielt sich darum des Fragens. Er wußte, daß Adam gegen Johannes verstimmt war und nahm seinen Hinweis nicht allzu ernst. Doch sind Verliebte, namentlich unglückliche, immer mißtrauisch, und er konnte sich wirklich eines Argwohns, den er freilich als ein Unrecht gegen Johannes empfand, nicht ganz erwehren. Darum beschloß er, ohne dem Adam indessen für seine Mitteilung zu danken, sich die Sache morgen anzusehen.

Als Johannes andern Tages zu dem Stelldichein ging,

folgte ihm Berthold aus der Ferne. Er sah ihn an einer Ecke warten, sah einen Kameraden zu ihm stoßen und die beiden plaudernd weitergehen, bis an den Rhein hinab. Dort verschwanden sie in einem ummauerten Garten, dessen Tor sie hinter sich schlossen. Berthold wartete eine Weile, dann erstieg er die Mauer an einer Stelle, wo sie vom Garten her von einem hohen Holunderbaum überragt wurde.

Da saß er geschützt in der Höhe, von der er den Garten leicht überblicken konnte. Die beiden Schüler sah er nicht, auch sonst niemanden, doch merkte er bald, daß die Gesellschaft sich in einem Gartenhäuschen befand, das von Laub umwachsen war und keinen Blick einließ. Er hörte von dort her Stimmen, unter denen er die des Johannes erkannte, doch waren die Gespräche nicht zu verstehen, und nur hin und wieder klang ein leises Lachen herüber. Ein großer Birnbaum nahm die Mitte des Gartens ein, in schmalen Beeten wuchsen Bohnen, Lattich und Gurken, von denen einige, groß und nahezu reif, auf den Sandweg heraushingen. Weiterhin standen junge Obstbäume in einem kleinen Grasgelände und da und dort ein Beetchen voll Blumen, Rosen, Levkojen und Rosmarin, die den stillen Raum mit einem leisen, sonnenwarmen Duft erfüllten.

Berthold saß geduldig auf seiner Mauer, vom Holunder geborgen, und sah müßig in den Gartenfrieden hinab. In der Sonnenwärme kauernd, schaute er die Beete und Blumen, die jungen Bäume und ihre stillen Schatten an, roch den Blumenduft und atmete vertrauliche Gartenlüfte, die ihn leise an die Heimat und frühe Kindheit erinnerten. Es kam eine Müdigkeit über ihn, die in seinem Herzen zur Wehmut wurde. Da hing er allein und ausgeschlossen, ein ungebetener Zuschauer, auf seiner Mauer, indessen drinnen sein Freund Johannes und andere frohe junge Leute ihr Vergnügen hatten.

Eine gute Weile verging so, und er dachte daran, sich zu

entfernen, da er sich dieses traurigen und wenig ehrenhaften Lauerns zu schämen anfing. Allein jetzt klangen die Stimmen lauter, er hörte, daß man sich in der Laube erhob, und nun trat jener Schüler heraus und neben ihm ein Mädchen, das ihm nicht unbekannt erschien. Bald erinnerte er sich, daß es eine von Agnesens Freundinnen war, und er erschrak und wunderte sich, sie hier zu sehen. Denn er wußte nur, daß Johannes, in Liebesgenüssen erfahren, es bei seinen Unternehmungen nicht auf harmlose süße Reden absehe. Gespannt und atemlos lauschend, spähte er hinab.

Und er hatte kaum einige Augenblicke gewartet, da trat aus der Laube auch sein Freund hervor und neben ihm rot und ängstlich ein schlankes Mädchen mit blondem Haar, und da sie sich zur Seite wandte, sah er ihr Gesicht und erkannte Agnes. Das Herz stand ihm still, und er meinte zu fühlen, wie es ihm von einer fremden Hand aus der Brust genommen ward.

Erblaßt und kaum noch seines Bewußtseins mächtig, hielt er doch mit Gewalt an sich, verbarg sich sorgfältiger und beobachtete mit brennenden Augen. Er sah Johannes mit zierlichen Bewegungen, mit seinen lang bewimperten Augen und seinem fein lächelnden, frauenhaften Munde zu Agnes gewendet, die still und schüchtern neben ihm schritt. Er sah seinen lächelnden Blick höflich und überlegen auf ihrem zarten, verwirrten Angesicht ruhen und sah, wie er mit leisen Worten auf sie einredete. Und er mußte, so wenig ihm jetzt an Gleichnissen lag, an die Schlange denken, den Verführer von Anbeginn.

Dann ließ er sich lautlos außen an der Mauer hinabgleiten, schaute sich um und versteckte sich in der Nähe hinter einem alten Boot, das geborsten nicht weit vom Ufer im Trockenen lag. Da hörte er das Wasser ziehen und die Rufe der Schiffsleute, sah Eidechsen im Gras und kleine wimmelnde Asseln im faulenden Boden des Nachens spielen, aber es war alles unwesenhaft und nicht wirklich und ging an seinen Sinnen wie ein Traum oder Bildnis vorbei. Der Strom floß dahin und mit ihm floß Bertholds Vergangenheit, alles schattenhaft und nur im Traum gelebt, von gleitenden Wellen gleichgültig hinabgespült, zu Nichts geworden und keines Nachdenkens wert. Sein Entschluß war gefaßt, und außer ihm war nichts Lebendiges und Wirkliches mehr vorhanden.

Es ging eine Zeit hin, vielleicht eine Stunde, vielleicht viel weniger, da tat sich die Gartenpforte auf. Der Kamerad des Johannes kam heraus, schaute sich um und ging davon. Berthold lag geduckt auf der Lauer. Nach einer kleinen Weile öffnete sich das Tor von neuem und es kamen die beiden Mädchen, machten befangene Gesichter, lächelten aufatmend und gingen miteinander stadteinwärts. Berthold sah ihnen nach und verfolgte die schmale Gestalt der Agnes mit einem langen Blick. Dann schaute er rings umher. Es war kein Mensch in der Nähe.

Und wieder ging die Pforte auf, und Johannes kam heraus. Er zog das Tor zu, verschloß es und steckte den Schlüssel in die Tasche. In diesem Augenblick warf sich Berthold über ihn, mit einem weiten Sprung, und hatte ihn mit beiden Händen an der Kehle, noch ehe er schreien konnte. Er zog ihn zu Boden, sah ihm ins Gesicht und drückte die Hände fester zu. Er sah ihn blaß werden, rot werden, sah seine Augen groß und stier hervortreten und auf seinem Munde das alte Lächeln erstarren und zu einer dummen Grimasse werden. Berthold hielt ihn, der verzweifelt um sich schlug und mit allen Gliedern rasend zuckte, mit ruhigen Händen fest, er sagte kein Wort und schlug nicht und tat keine unnütze Bewegung, er spannte nur die Finger fest um den zuckenden, schwellenden Hals und hielt wartend fest, bis es genug war.

Dann blickte er um sich und überlegte, wohin er den Körper tun müsse. In den Rhein, dachte er, aber da wäre er zu schnell gesehen worden. So trug er ihn zu dem alten Boot und legte ihn darunter, und dann ging er heim.

Es war ihm ganz anders zumute als damals in der Knabenzeit, da er den Spielkameraden getötet zu haben glaubte. Seine heutige Tat war ein wirklicher Totschlag mit Willen und Überlegung vollbracht, und er bereute sie nicht. Wohl tat es ihm bitter leid, daß es gerade seinen einzigen Freund hatte treffen müssen. Aber da nun doch sein bisheriges Leben zerstört war, tat es ihm fast wohl, daß es so gründlich und an der Wurzel geschehen war und kein ungelöster Rest hinter ihm blieb. Sein Freund war falsch gewesen, seine Liebe falsch und töricht, sein Beruf verfehlt, und er hatte alles, eines wie das andere, mit eigenen Händen erwürgt und von sich getan. Jetzt galt es zu leben und eine neue Bahn zu finden, vielleicht dieses Mal die rechte.

Vor allem galt es aber, am Leben zu bleiben und sich zu retten. Berthold wußte genau, was auf ihn wartete, wenn ihm die Rettung mißlang. Er wußte, vom Augenblick der Entdeckung an gab es für ihn nur noch Feinde, und sein Tod war ihm sicher. Johannes selber hatte ihm oft genug Gefangennehmungen, peinliche Verhöre und schimpfliche Hinrichtungen mit allen scheußlichen Einzelheiten in seinen Geschichten vorgemalt. Im ersten Augenblick freilich, als ihm der Tote in den Armen hing und die Gartenszene mit der schönen Agnes ihn noch ganz erfüllte, hatte er daran gedacht, alles seinen Gang gehen zu lassen, seine Festnehmung zu erwarten, nicht zu leugnen und lieber den Tod zu leiden als ein Flüchtlingsleben, mit diesen Erinnerungen beladen, hinzuschleppen. Da ihn alles getäuscht und verlassen hatte, schien ihm das Leben keiner Anstrengungen und Opfer mehr wert. Aber das war spurlos erloschen, sobald er von dem Leichnam weg stadteinwärts gegangen war und ihm überall das Leben mit dem vertrauten Gesicht in die Augen blickte. Wenn jetzt die Büttel ihm schon auf den Fersen und an kein Entrinnen mehr zu denken gewesen wäre, er hätte sich doch zur Wehr gesetzt und das nackte Leben mit den Zähnen verteidigt.

Ein verzweifelt kühler Mut machte ihn besonnen und vorsichtig. Er war entschlossen, falls sein schnell gefaßter Plan mißlänge, jeden Feind seine Kraft fühlen zu lassen und sein Leben teuer zu verkaufen. Darüber ward er ruhig und besorgte das Notwendige mit kühler Miene und ohne Hast.

Es war noch nicht Abend, da wanderte er gemächlich aus der Stadt, mit seinem schwarzen Röcklein angetan, darunter aber in einem bäuerischen Leinengewand und mit zwei Talern versehen. Rheinaufwärts wehte ein kräftiger Abendwind, und als in Köln die Glocken zu läuten begannen und Berthold einen Augenblick zurückschaute, sah er die Türme der Stadt schon grau und geisterhaft im abendlichen Dunste stehen. Der schwarze Rock lag längst, um einen guten Kieselstein gewickelt, im Strom. Sein Weg aber ging nach Westfalen, wo er Werber zu finden hoffte, um im Schatten der Fahnen und im Getöse des großen Krieges zu verschwinden.

Hier, wo Berthold den Weg in die Abenteuer des Dreißigjährigen Krieges antritt, bricht die Handschrift ab.

(um 1907)

Nachwort des Herausgebers

Die Erzählungen 1905-1907

Die Geschichten dieses und des nachfolgenden Bandes der Sämtlichen Erzählungen sind alle in Hesses Bodenseejahren entstanden, der für diese Form des Fabulierens wohl produktivsten Zeit des Dichters. Seine erste, Anfang 1907 erschienene Erzählsammlung *Diesseits* erreichte bis Jahresende zwölf Auflagen (also mehr als sein Romandebut *Peter Camenzind* in vergleichbarer Zeit), so daß Hesses Verleger Samuel Fischer großes Interesse an weiteren Erzählbänden zeigte. Im Oktober 1908 folgte die nächste Sammlung *Nachbarn*, wobei der Autor wie beim Sammelband *Diesseits* auf die zuvor nur in Zeitungen und Zeitschriften erschienenen Erzählungen aus den Jahren 1903 bis 1907 zurückgreifen konnte. Dieser zweite Erzählband war noch erfolgreicher, denn bereits drei Monate nach Erscheinen konnte schon die zwölfte Auflage gedruckt werden. Gleichwohl plagten den Verfasser Zweifel, ob er wirklich ein Erzähler sei. Das zeigt sich in einem Schreiben vom März 1908 an den Redakteur der »Württembergischen Zeitung«, worin er den Gattungsbegriff »Erzählungen« als »eine notgedrungene Bezeichnung« relativiert und bemerkt, jede dieser Geschichten sei eher »ein Versuch, Erlebtes in geklärter Form festzuhalten. Ich weiß besser als mancher zu wohlwollende Kritiker, daß ich eigentlich kein Erzähler bin. Auch neun Zehntel und mehr von allen heutigen Romanen sind keine Erzählungen. Wir ›Erzähler‹ von heute treiben alle eine Kunst von übermorgen, deren Formgesetze noch nicht da sind. Was man eigentlich Erzählung nennt, ist die Darstellung vom Geschehen zwischen handelnden Menschen, während wir jetzt ein Bedürfnis fühlen, den einsamen Einzelnen darzustellen. Vielleicht wird aus diesen Versuchen eine neue Kunst werden, aber auch hier wird das A und O sehr nahe beieinander liegen. Und wenn auch diese neue Art einmal ihren Homer bekommt, so wird er trotz alles Neuen dem alten Homer wie ein Bruder gleichen.« Und auf eine Umfrage von »Westermanns Monatsheften« antwortete er zur selben Zeit anläßlich der Sammlung *Nachbarn*: »Strenge Richter werden freilich finden, es [das Erzählen] sei mir auch hier wieder mißglückt, und sie werden wohl recht haben, da ich selber mich nicht für einen richtigen Erzähler halten kann. Ich benutze darum gern, wie z.B. in den beiden letzten Erzählungen [»Walter Kömpff« und »In der alten Sonne«], die Freiheit unserer Novellenform, um statt des eigentlichen Erzählens einem beschaulichen Betrachten der Natur und merkwürdiger Menschenseelen nachzugehen. Daß dabei wie in allen meinen bisherigen Büchern das Idyllische vorwiegt, mag zum großen Teil in meinem Wesen liegen, dem das Dramatische fremd ist; zum Teil ist es aber auch bewußte Beschränkung auf ein Gebiet, dem ich mich bis jetzt noch besser gewachsen fühle als der Darstellung mancher gar nicht idyllischer Stoffe, zu der mir das Vertrauen noch fehlt. Mehr kann ich in der Kürze nicht sagen, nur noch das, daß ich trotz der letzten Notiz keineswegs der Meinung bin, ein aufrichtiger Autor könne seine ›Stoffe‹ absolut frei wählen. Vielmehr bin ich durchaus davon überzeugt, daß die Stoffe zu uns kommen, nicht wir zu ihnen, und daß daher die scheinbare ›Wahl‹ kein Akt eines losgebundenen persönlichen Willens, sondern gleich jeder Entschließung Folge eines lükkenlosen Determinismus ist. Nur möchte ich damit nicht den Anschein erwecken, als halte ich nun jeden Einfall und jede Arbeit eines Dichters für sanktioniert, sondern gebe gern und mit Überzeugung zu, daß hier wie im übrigen Leben der Glaube an die Determination keineswegs die persönliche Verantwortung aufhebt. Dafür haben wir einen untrüglichen Maßstab im Gewissen, und das dichterische Gewissen ist darum das einzige Gesetz, dem der Dichter unbedingt folgen muß, und dessen Umgehung ihn und seine Arbeit schädigt.«

Dies ist auch eine Absage an die bei Redakteuren so beliebten Einladungen an Autoren, sich Themen zuzuwenden, die sie selbst den Schriftstellern vorgeben und meist besser honorieren als das, was diese aus eigenem Antrieb schreiben. Solchen Anregungen hat sich Hesse fast immer entzogen und darauf u.a. in einem Brief an Josef von Vintschger (vom 30.8.1944) geantwortet: »Ich schreibe fast nie etwas im Auftrag und kann nichts weniger leiden, als wenn Dichter und Dilettanten über irgendein Gebiet, auf dem sie Laien sind, Worte machen.« Daß in Hesses Erzählungen das lyrische Element das dramatische übertrifft und die Handlungen zwanglos und organisch mit dem Ambiente der Natur, der Witterung und dem jeweiligen *genius loci* harmonieren, macht das Unverwechselbare seiner Darstellungen aus, wobei es ihn unberührt läßt, ob er damit gegen normative oder gegen die jeweils modischen Bewertungskriterien verstößt. Denn auch ohne extravagante Erfindungen, künstliche Dramaturgie, sensationelle Handlung und Stilmittel bemühen zu müssen, ist Hesse ein mitreißender Erzähler, da er das Besondere im Alltäglichen, im Gewöhnlichen das Symptomatische und im Banalen das Exemplarische zu sehen und zu zeigen vermag.

In einem Essay über deutsche Erzähler zieht Hesse das Fazit: »Am höchsten werden uns immer jene Werke stehen, von welchen wir uns ebenso menschlich bestärkt wie ästhetisch befriedigt fühlen. Und der ideale Autor wäre der, bei welchem sowohl Talent wie Charakter ein Maximum darstellte. Nun ist es niemandem gegeben, seine eigene Natur wesentlich zu steigern. Der einzige Weg zu einer solchen Steigerung liegt für den Künstler eben im Ringen nach einer möglichen Angleichung von Talent und Charakter. Der Könner, dem wir zutrauen, er hätte von allen seinen Sachen ebenso wohl das Gegenteil machen können, ist uns verdächtig und wird uns bald zuwider. Und stets siegt am Ende das menschliche Urteil über das ästhetische. Denn wir verzeihen dem Talent nicht leicht, daß es sich mißbraucht, wohl aber verzeihen wir dem menschlich wertvollen Werke manchen offenkundigen Formfehler. Wir rechnen der groß gewollten Dichtung ein formales Scheitern (wozu das Nichtfertigwerden vieler großer Werke gehört), wir rechnen dem aufrichtigen Gefühl eine unbeholfene Gebärde nicht unerbittlich an; hingegen verzeihen wir es dem Könner niemals, wenn er etwa versucht, seelisch und gedanklich mehr zu geben, als er hat. Jenen Einklang von Talent und Charakter kann man einfacher als Treue zum eigenen Wesen bezeichnen. Wo wir sie finden, haben wir Vertrauen. Wir sehen nur mit Mißbehagen zu, wenn ein biederer Erzähler ohne Not versucht, witzig zu sein. Aber wir lieben und bewundern an einem starken Dichter den Aufstieg zum Humor, und der Schwächere, intellektuell Überlastete bleibt uns lieb und wert, wenn wir ihn den Notausgang in die Ironie gewinnen sehen.«

Die Hälfte der in diesem dritten Band versammelten Erzählungen sind Liebesgeschichten. Nur eine davon, »Schön ist die Jugend« hat der Autor selbst in seine *Gesammelten Schriften* (1952/1957) aufgenommen. Handelt es sich bei den Kurzgeschichten »Liebesopfer«, »Liebe«, »Brief eines Jünglings«, »Eine Sonate«, »Maler Brahm« und »Ein Briefwechsel« um eher vorläufige Annäherungsversuche an dieses Thema, so enthalten sie doch Konstellationen, die später wieder aufgegriffen und vertieft werden, wie in der tragischen Geschichte des Malers Brahm. Sie schildert das Schicksal eines Künstlers, der durch die unerwiderte Liebe zu einer Sängerin den Halt in seiner Arbeit verliert und seine innere Balance erst dann wiederfindet, als er endlich die Aussichtslosigkeit seiner Neigung erkennt. Eine trotz ihrer Kürze eindringliche Parabel über die Entstehungsbedingungen von Kunst. Dieser Maler ist – wie der glücklichere Held in der dreizehn Jahre später entstandenen Novelle »Klingsors letzter Sommer« – ein Besessener und Vorläufer des Expressionisten Klingsor. Auch sein Schaffen endet mit einem furiosen Selbstporträt.

In der zwei Jahre nach seiner Heirat und dem gleichzeitigen Umzug an den Bodensee geschriebenen Kurzgeschichte »Liebesopfer« blickt Hesse zurück auf seine Antiquariats-Lehrzeit in Basel. In diesem Beruf, »einem Asyl für Entgleiste jeder Art«, hatte er durch einen älteren Kollegen, am Abend seines Geburtstages im Juli, von einer Spielart der Liebe erfahren, die ein ganzes Leben auf den Kopf stellte. Die im selben Jahr 1906 entstandenen Geschichten »Liebe«, »Brief eines Jünglings«, »Eine Sonate« und »Eine Fußreise im Herbst« variieren dieses Thema, das ihm damals durch seine Ehe wieder zum Problem geworden war (siehe auch die beiden Frühfassungen des Romans *Gertrud*, SW 2). Denn das Erreichte, auch und gerade mit der Ehe, befriedigte Hesse nicht so sehr wie der Reiz des Ungebundenseins. Zu lieben und abgewiesen zu werden, aber auch der freiwillige Verzicht gehören in diesen Geschichten zusammen. Nur die Leidenschaft selbst, das erhöhte Lebensgefühl, zählt. Die Angst vor einer Erniedrigung des Ideals ist stärker als der Wunsch nach Erfüllung, wie in der Erzählung »Eine Sonate«, worin die befürchtete Resignation aus dem Blickwinkel einer Frau geschildert wird. Hedwig Dillenius ertappt sich bei einer Lüge, damit die Entbehrungen, die sie in der Ehe erleidet, nicht nach außen dringen. Zum Gefühl des Mangels tritt das der Scham.

Auch der fiktive Bericht über »Eine Fußreise im Herbst«, dessen erstes Kapitel »Seeüberfahrt« bereits im September 1905 geschrieben wurde, endet mit einer Ernüchterung. Der Ich-Erzähler begibt sich darin auf eine sentimentale Reise, um nach zehnjähriger Abwesenheit zu sehen, was aus der stolzen und prächtigen Julie geworden ist, die seine »damaligen phantastisch kühnen Ansichten und Lebenspläne verstanden und geteilt hatte.« Er trifft auf eine gesetzte verheiratete Frau, deren ehemaliger Charme fast ganz verblüht ist, die ihn am liebsten gar nicht empfangen hätte und mit »Sie« anredet, um dann von nichts anderem als ihren Kindern, deren Krankheiten sowie Schul- und Erziehungssorgen zu plaudern. Der Frühnebel, der ihn bei seiner Abreise umgibt und der »alles Benachbarte und scheinbar Zusammengehörige trennt«, paßt zu dieser Erfahrung mit Julie (die den Vornamen von Hesses im *Hermann Lauscher* als »Lulu« vorkommenden, jedoch unverheiratet gebliebenen Jugendliebe Julie Hellmann trägt). Unauslöschlich jedoch bleibt die Erinnerung an das, was er dieser Liebe damals verdankte: »die fröhliche Kraft, für sie zu leben, zu streiten, durch Feuer und Wasser zu gehen. Sich wegwerfen können für das Lächeln einer Frau, das ist Glück und das ist mir unverloren.«

Eine Liebesgeschichte ganz anderer Art ist der Dialog »Ein Briefwechsel« zwischen den ehemaligen Studenten Hans und Theodor. Der gutmütige Hans, der als Privatlehrer in seine Heimatstadt zurückgekehrt ist, versucht seine Freundschaft mit dem nach München verzogenen und dort auf großem Fuß lebenden Theodor wenigstens brieflich aufrechtzuerhalten. Doch die räumliche Distanz zwischen den beiden macht die Verschiedenartigkeit ihrer Naturelle deutlicher, als es ihnen während ihres gemeinsamen Studiums in Tübingen aufgefallen war. Theodor nutzt die Anhänglichkeit seines Freundes aus, indem er ihn für seine weltmännischen Eskapaden um Geld anpumpt und es Hans überläßt, sich um das von ihm im Stich gelassene Mädchen zu kümmern, dem er die Ehe versprochen hat. Als Hans ihm deshalb Vorhaltungen macht, trennen sich ihre Wege, denn auch sonst haben sich ihre Gemeinsamkeiten als Illusion erwiesen.

»Hans Dierlamms Lehrzeit«, die spannendste dieser Liebesgeschichten, hat Hesse merkwürdigerweise in keinem seiner Erzählbände überliefert. Sie spielt wieder im Schlosser- und Mechanikermilieu von Gerbersau. Der gescheiterte Gymnasiast Hans Dierlamm, der wie der ihm ähnliche junge Giebenrath in *Unterm Rad* den Vornamen Hans trägt, absolviert (wie Hesse selbst) im Alter von 18 Jahren eine Mechanikerlehre, die er auf Betreiben seines Vaters nicht auswärts antritt, sondern in seiner Heimatstadt, damit man ihn besser unter Kontrolle hat. Bei Reparaturen an den Maschinen der benachbarten Webwarenfabrik lernt er die italienische Gastarbeiterin Maria Testolini kennen, die ihn dazu bringt, zum unfreiwilligen Nebenbuhler des mit ihr bereits liierten Niklas Trefz zu werden, der als Obergeselle mit Hans in der selben Werkstatt beschäftigt ist. Als Maria zudem mit dem Inhaber der Firma zu kokettieren beginnt, bemerkt Niklas ihre Untreue und kündigt seine Stelle. Sobald ihm zu alledem auch noch Gerüchte über ihr Verhältnis zu dem zehn Jahre jüngeren Volontär Hans kolportiert werden, platzt ihm der Kragen. Auf einem Ausflug mit Hans verlangt er darüber Gewißheit und plant, ihn mit einem Hammer zu erschlagen, falls sich das Gemunkel bestätigen sollte. Doch nach dessen redlicher Schilderung der Begebenheiten bringt er es nicht mehr über sich, die Tat zu begehen, verläßt die Stadt und ist auch von seiner Liebe zu Maria geheilt. Anhaltspunkte dafür, ob diese Erzählung auf eine authentische Begebenheit zurückgeht, konnten bisher noch nicht nachgewiesen werden. Unübersehbar jedoch ist die Übereinstimmung der Tätigkeiten Hans Dierlamms mit Hesses Selbstzeugnissen aus der Zeit seiner eigenen Schlosserlehre. Das zeigt u.a. sein Brief vom 29.5.1895 an Theodor Rümelin, worin es heißt: »In der Mechanik habe ich immerhin einiges gelernt, verstehe, eine Nähmaschine zu zerlegen, eine Drahtleitung zu ziehen, Eisen zu drehen, Schrauben zu machen, eine Säge zu hauen, kann Stahl, Eisen, Messing, Kupfer, Zinn, Zink, Antimonium etc. unterscheiden, Elementleutwerke einrichten, Most trinken, trocken Brot essen, Lehrlinge kommandieren, von Leitern herabfallen, Hosen zerreißen und was sonst zur Mechanik gehört.« Wie detailgetreu diese und die übrigen »Gerbersau«-Geschichten mit der lokalen Topographie verbunden sind, findet man in Siegfried Greiners Darstellung *Hermann Hesses Jugend in Calw* (Thorbecke Verlag, Sigmaringen 1981) belegt.

Auf die Frage Erika Manns nach dem Verhältnis zwischen Dichtung und Wahrheit in der Schlossergeschichte »Das erste Abenteuer« antwortete Hesse am 3.6.1958: »Mit der Erzählung von jenem jugendlichen Liebeserlebnis ist es so: sie ist wahr und erlebt, aber die Personen sind vertauscht: nicht die Dame der Erzählung war es, die mir Avancen machte, sondern eine andere Frau und die liebte ich nicht.«

Fast unverfremdet autobiographisch dagegen ist der Rückblick auf Hesses Sommerferien im Jahr 1899 in der Erzählung »Schön ist die Jugend«. Nach erfolgreich abgeschlossener Buchhändlerlehre sehen wir den für verloren gegebenen Ich-Erzähler nach langer Abwesenheit als einen fast schon gemachten Mann in seine Heimat zurückkehren, die er zuvor »als schüchternes Sorgenkind« verlassen hatte. Denn mehr als vier Jahre lang »war unweigerlich alles schief gegangen, was man mit mir unternehmen wollte«, erinnert sich Hesse in seinem »Kurzgefaßten Lebenslauf«: »Keine Schule wollte mich behalten. Jeder Versuch, einen brauchbaren Menschen aus mir zu machen, endete mit Mißerfolg, mehrmals mit Schande und Skandal, mit Flucht oder Ausweisung« (siehe SW 12, *Autobiographische Schriften*). Vor diesem Hintergrund muß man die hier geschilderte Ferienidylle vom letzten Augustmonat des 19. Jahrhunderts lesen. Der hoffnungsfrohe, nun erstmals errungene Einklang des

Erzählers mit seinen besorgten Angehörigen erklärt die Lebensfreude jener Wochen des endgültigen Abschieds von der Kindheit ebenso wie den etwas euphemistischen Volksliedtitel »Schön ist die Jugend«, den Hesse für diese Geschichte gewählt hat. Denn hier läßt er seine Herkunft und Heimat in einem Licht erscheinen, »als wäre damals alles gut und vollkommen gewesen«. So wollte sich Hesse das Elternhaus in Erinnerung bewahren, und noch 1946 schrieb er an seine Schwester Adele (sie ist die Lotte in dieser Erzählung): »›Schön ist die Jugend‹ ist mir und wohl auch Dir die liebste von meinen frühen Erzählungen aus der Zeit vor den Kriegen und Krisen, weil sie unsere Jugend, unser Elternhaus und unsere damalige Heimat recht treu aufbewahrt und geschildert hat.«

Eine andere Art von Abschied überliefert die kurze, in Briefform gekleidete Geschichte »Abschiednehmen«. 1901/1902 mußte sich Hesse wegen unerträglicher Augenschmerzen einer Operation unterziehen, wobei seine zu engen Tränenkanäle aufgeschlitzt wurden. Dieser Eingriff erwies sich als kontraproduktiv. Denn die lebenslange Folge waren beidseitige Bügelmuskelkrämpfe und Neuralgien in der oberen Gesichtshälfte, die periodisch wiederkehrten und dazu führten, daß er monatelang weder lesen noch schreiben konnte. So fiel es ihm leicht, sich in die Lage eines Menschen zu versetzen, der damit rechnen muß, sein Augenlicht einzubüßen, wie der Ich-Erzähler, der kurz vor der befürchteten Erblindung zehnfach zu schätzen beginnt, was er verlieren soll.

Von den Ursachen, warum ein Mensch zum Sonderling und Außenseiter werden kann, handelt die Geschichte »Walter Kömpff«. Sie entrollt das tragische Schicksal eines gutwilligen jungen Mannes, der daran gehindert wird, seine individuellen Anlagen zu entfalten. Er wird zum Opfer der Erwartungen seines Vaters, der ihm noch auf dem Sterbebett das Versprechen abverlangt, die berufliche Familientradition fortzusetzen und sein Geschäft zu übernehmen. Bei dieser Problematik, der Hesse selber in seiner Jugend ausgesetzt war und die er dank seines Eigen-Sinns nur mit knapper Not zu bewältigen vermochte, konnte er zu keiner souverän humorvollen Erzählhaltung wie in der Geschichte von den Sonnenbrüdern (Bd. 2) finden. Walter Kömpff, der für das Kaufmannsgewerbe nicht geschaffen ist, wird darüber immer wunderlicher und im Kontakt mit den pietistischen Stundenbrüdern auf merkwürdige Weise religiös und »geisteskrank«. Da seine Mitbürger ihn für verrückt halten, kommt er vollends aus der Balance und nimmt sich das Leben. In der Erstfassung des Manuskriptes hieß die Erzählung »Der letzte Kömpff vom Markt«, ein Hinweis, daß der Autor dabei an den Sohn eines Kaufmannes dachte, der bis 1887 Inhaber eines Ladens im Erdgeschoß seines Geburtshauses am Calwer Marktplatz gewesen war. Das Schicksal dieses unfreiwilligen Krämers (sein wirklicher Name war Emil Dreiß) nimmt Hesse zum Anlaß, um damit einmal mehr die Bedeutung der Selbstbestimmung, ein Leitmotiv vieler seiner Schriften, vor Augen zu führen.

Eine weitere »Gerbersau«-Geschichte dieses Bandes »In einer kleinen Stadt« ist relativ unbekannt geblieben, weil Hesse sie nur einmal in einer Zeitschrift veröffentlicht hat. In ihrer Hauptgestalt, dem Maler, Karikaturisten und Schmetterlingssammler Hermann Lautenschlager ist unschwer der Verfasser selbst zu erkennen und im Verhalten seines Antipoden, des feisten Emporkömmlings Trefz, zeigt er die Reaktionen der Einheimischen auf seine (damals ja schon in Zeitungen und Zeitschriften veröffentlichten) »Gerbersau«-Geschichten. Hermann Lautenschlager, dessen Reputation weit über Gerbersau hinausreicht, da seine Arbeiten in überregionalen Blättern, ja sogar von dem in der Hauptstadt erscheinenden »Hans Sachs« (einer an den »Simplicissimus« erinnernden Revue) veröffentlicht werden, wird seiner Heimat zum Ärgernis, weil er sein Talent nicht weltläufigen Themen zuwendet, sondern es in einer seltsamen Art von Anhänglichkeit und Heimatliebe am Ort und mit der Schilderung von Charakteren seiner Mitbürger erprobt. »Obwohl er seine Heimatstadt besser kannte und mehr liebte« als irgendeine, gilt er dort als Nestbeschmutzer, da er deren Originale »mit einer leisen grausamen Übertreibung ins Komische zog«. Die Gestalt des gleichaltrigen Karrieristen und späteren Notars Trefz, mit dem er aufgewachsen war, wird ihm zum Inbegriff des engstirnigen Lokalgeistes. Trefz ist einer jener Philister, die ihm von Kindheit an zu schaffen machten und die er solange darstellen und karikieren muß, bis es ihm gelingt, »sie mit einer abschließenden Arbeit für immer zu bezwingen und sich vom Hals zu schaffen.« Bis dies möglich war, sollte auch für Hesse noch eine beträchtliche Zeit vergehen. Sei es, weil er den ironischen Blick auf die Kleinstadtnoblesse seiner Herkunft nicht weiter ausspinnen wollte, sei es, weil diese ursprünglich als Roman konzipierte Erzählung unvollendet blieb, hat er diese »Roman-Hälfte«, als welche der einmalige Abdruck in »Velhagen & Klasings Monatsheften« deklariert wurde, nicht in seine Erzählbände aufgenommen.

Die amüsante, zu Hesses Lebzeiten nie in Buchform veröffentlichte Erzählung »Casanovas Bekehrung« greift eine Episode aus Giacomo Casanovas *Geschichte meines Lebens* (1774 ff.) auf. Sie schildert seine Flucht vor Offizieren des württembergischen Herzogs Karl Eugen, die den venezianischen Abenteurer 1791 in Spielschulden verwickelt hatten. Hesses Erzählung hält sich ziemlich genau an die Schilderung aus dem sechsten Band von Casanovas Memoiren, worin die ihm vertrauten Stationen der Reise von Stuttgart über Tübingen, Donaueschingen (=Fürstenberg), Schaffhausen nach Zürich und Einsiedeln festgehalten werden. Manche der in den Lebenserinnerungen nur angedeuteten Szenen, wie der Flirt des galanten Virtuosen der Gefühle mit den Wirtstöchtern in Fürstenberg, werden von Hesse mit humorvoller Detailfreude ausgemalt. Sie tragen dazu bei, daß sich die Erzählung mit ihren psychologischen Finessen mitunter pikanter liest als das Original, zumal Hesse den Routinier des Liebesspiels, »dem zur Liebe, die kein Spiel mehr ist, etwas fehlt«, mit der Phantasie des Asketen ähnlich detailkundig zu porträtieren vermag wie die barocke Lebensfreude des Fürstabtes Nikolaus II. von Kloster Einsiedeln, dessen Fastenspeise aus delikaten Waldschnepfen und Lachsforellen besteht. Dieser heitere, dem galanten Charmeur und gerissenen Lebenskünstler wie angegossene Erzählton ist selten bei Hesse, da ihm seine eigenen Themen diese koketten Ausdrucksformen nur ausnahmsweise erlauben.

Die große Erzählung »Berthold« ist der Beginn eines unvollendeten Romans, dessen Niederschrift Hesse rückblickend in mehreren Briefen unterschiedlich zwischen 1906 und 1908 datiert. Am präzisesten äußert er sich darüber in einem Schreiben vom 27.9.1943 an Otto Basler: »Vor einigen Tagen habe ich einen merkwürdigen Fund gemacht, zwar nicht eines der verlorenen Bücher des Livius, aber das Fragment eines Romans von mir, dessen Existenz ich völlig vergessen hatte. Es sind etwa 50 Seiten Schreibmaschine (die Urhandschrift fand sich bisher nicht), die ich beim Ausräumen einer Schublade entdeckte. Die Geschichte beschäftigte mich damals (es war in Gaienhofen etwa im Jahr 1907) etwa ein halbes Jahr lang intensiv, blieb dann aber liegen und wurde nie fortgesetzt. Es ist eine Art Vorstufe zum Goldmund.«

Wie Goldmund ist Berthold ein für den Priesterberuf bestimmter Sinnenmensch, introvertiert zwar, doch zugleich wach, gescheit, kritisch, dabei körperlich kräftig und bei Provokationen reizbar bis zur Gewalttätigkeit. Das zeigt sich schon in seiner Kindheit, wo er seinen Herausforderer bei einer Schlägerei fast umbringt und zehn

Jahre später am Ende seiner Studienzeit auf dem Priesterseminar in Köln. Dort erwürgt er seinen Freund, den ehrgeizigen und weltmännischen Johannes, als dieser sein Vertrauen mißbraucht und die von Berthold geliebte Kaufmannstochter Agnes für sich selbst zu gewinnen versucht. Interessant an dieser aus drei Abschnitten bestehenden Erzählung sind besonders die in Köln spielenden letzten beiden Kapitel, worin Bertholds Erfahrungen mit der Liebe geschildert werden. Dabei kommt es zwischen dem Pragmatiker Johannes und dem Idealisten Berthold zu bemerkenswerten Dialogen. Denn die Unvereinbarkeit der Positionen von Johannes, der auch bei Frauen vor allem auf sein Vergnügen und seine Karriere bedacht ist, und Bertholds ernsthafteres, auf Langfristigkeit angelegtes Ideal der Liebe als etwas geradezu Heiliges, lächerlich macht, ist ergiebig und konfliktreich, zumal ausgerechnet der Idealist darüber zum Mörder wird. Anders als Goldmund (Bertholds spätere Inkarnation in Hesses Werk), der als Bildhauer seine Liebe in Kunst zu sublimieren vermag, flieht Berthold vor den Konsequenzen seiner Affekthandlung und verliert sich als Söldner in die Abenteuer des Dreißigjährigen Krieges. Daß Hesse an dieser Stelle das Manuskript abbrechen mußte, begründet er in einer Fußnote zum Erstdruck des Romanfragmentes in der »Neuen Schweizer Rundschau« vom Mai/Juni 1944 damit, daß es ihm damals noch »nicht gelang, eine halb historische, halb imaginäre Zeit spürbar zu machen, wie ich es zwanzig Jahre später in *Narziß und Goldmund* wieder versucht habe.«

Der fiktive Brief »Von der alten Zeit«, den ein betagter Gymnasiallehrer einem seiner ehemaligen Schüler über die Schattenseiten des Fortschritts schreibt, ist, abgesehen von einigen altertümlichen Wendungen, aktuell geblieben bis auf den heutigen Tag. Er erinnert an ein im selben Jahr entstandenes Antwortschreiben Hesses an Jakob Schaffner, worin es heißt: »Mit den Maschinen ist es wie mit allem, die paar guten und freien Menschen werden gefördert, aber den Millionen Lumpen wird ihr Betrieb ebenfalls erleichtert.« Die vielgerühmten Vorteile der Mechanisierung und der angebliche Gewinn an Zeit, den die Technologie uns beschert, waren Hesse schon damals nicht geheuer, weil der ganzen Beschleunigung ja kein Zuwachs an Lebensqualität entspricht.

Volker Michels

Quellennachweis

Das erste Abenteuer: Geschrieben 1905. Typoskript im Deutschen Literaturarchiv, Marbach. Erstdruck in »Simplicissimus«, München vom 12.3.1906. Unter verschiedenen Titeln (»Erlebnis«, »Liebe wie im Traum«, »Mit achtzehn Jahren«, »Achtzehnjährig«, »Liebes-Erlebnis«) in Zeitungen und Zeitschriften mehrfach nachgedruckt. Erstmals in Buchform in H. Hesse, »Die Kunst des Müßiggangs«. Kurze Prosa aus dem Nachlaß. Herausgegeben von Volker Michels. Frankfurt am Main 1973.

Liebesopfer: Geschrieben 1906. Erstdruck im »Simplicissimus-Kalender«, München 1907. Erstmals in Buchform in H. Hesse, »Die Kunst des Müßiggangs«, a.a.O. 1973.

Liebe: Geschrieben 1906. Erstdruck in »Neue Freie Presse«, Wien vom 15.4.1906. Erstmals in Buchform in H. Hesse, »Die Kunst des Müßiggangs«, a.a.O. 1973.

Brief eines Jünglings: Typoskript im Deutschen Literaturarchiv, Marbach. Erstdruck in »Simplicissimus«, München u.d.T. »Ein Brief« vom 2.7.1906. Erstmals in Buchform in H. Hesse, »Die Kunst des Müßiggangs«, a.a.O. 1973.

Abschiednehmen: Erstdruck in »Simplicissimus«, München vom 7.9.1906. Erstmals in Buchform in H. Hesse, »Sämtliche Werke«. Band 6 (»Die Erzählungen 1900-1906«). Herausgegeben von Volker Michels. Frankfurt am Main 2001.

Eine Sonate: Geschrieben 1906. Typoskript im Deutschen Literaturarchiv, Marbach. Erstdruck in »Simplicissimus«, München vom 4.3.1907. Erstmals in Buchform in H. Hesse, »Die Kunst des Müßiggangs«, a.a.O. 1973.

Walter Kömpff: Geschrieben 1906. Erstdruck u.d.T. »Der letzte Kömpff vom Markt« in »Über Land und Meer«, Stuttgart vom Dezember 1907 bis Januar 1908. Erstmals in Buchform in H. Hesse, »Nachbarn«. Berlin 1908.

Casanovas Bekehrung: Erstdruck in »Süddeutsche Monatshefte«, München vom April 1906. Erstmals in Buchform in H. Hesse, »Legenden«. Frankfurt am Main 1975.

Maler Brahm: Typoskript im Deutschen Literaturarchiv, Marbach. Erstdruck in »Simplicissimus«, München vom 22.12. 1906. Erstmals in Buchform in H. Hesse, »Gesammelte Erzählungen«, Bd. 4 (»Innen und Außen«). Frankfurt am Main 1977.

Eine Fußreise im Herbst: Geschrieben 1905/1906. Erstdruck der später bearbeiteten Fassung u.d.T. »Ein Reiseabend« in »Neue Freie Presse«, Wien vom 12.10.1905 und u.d.T. »Aus einem Reisetagebuch« in »Neues Wiener Tagblatt« vom 19.11.1905. Die vorliegende Version in »Die Rheinlande«, Düsseldorf vom Februar-März 1906. Erstmals in Buchform in H. Hesse, »Diesseits«. Berlin 1907.

In einer kleinen Stadt: Eine unvollendete Romanhälfte: Geschrieben vermutlich 1906/1907. Erstdruck in »Velhagen & Klasings Monatsheften«, Braunschweig vom Januar 1918. Erstmals in Buchform in H. Hesse, »Die Erzählungen«. Frankfurt am Main 1973.

Hans Dierlamms Lehrzeit: Geschrieben im Februar 1907. Manuskript im Deutschen Literaturarchiv, Marbach. Erstdruck in »Über Land und Meer«, Stuttgart vom Oktober 1908. Erstmals in Buchform in H. Hesse, »Die Erzählungen«, a.a.O. 1973.

Schön ist die Jugend. Eine Sommeridylle: Geschrieben 1907. Erstdruck in »März«, München vom Juli bis September 1907. Einzelausgabe 1916 bei S. Fischer, Berlin.

Ein Briefwechsel: Erstdruck in »Velhagen & Klasings Monatshefte«, Braunschweig vom September 1907. Erstmals in Buchform in H. Hesse, »Sämtliche Werke«. Band 7 (»Die Erzählungen 1907-1910«). Herausgegeben von Volker Michels. Frankfurt am Main 2001.

Von der alten Zeit: Druckfassung des Manuskriptes »Mein Bilderbuch« im Deutschen Literaturarchiv Marbach. Erstdruck in »Württemberger Zeitung«, Stuttgart vom 22.10. 1907. Erstmals in Buchform in H. Hesse, »Gesammelte Erzählungen«, Bd. 4 (»Innen und Außen«). Frankfurt am Main 1977.

Berthold: Ein Romanfragment: Geschrieben um 1907. Typoskript im Deutschen Literaturarchiv, Marbach. Erstdruck in »Neue Schweizer Rundschau«, Zürich vom Mai/Juni 1944. Einzelausgabe 1945 bei Fretz & Wasmuth, Zürich.

Inhalt